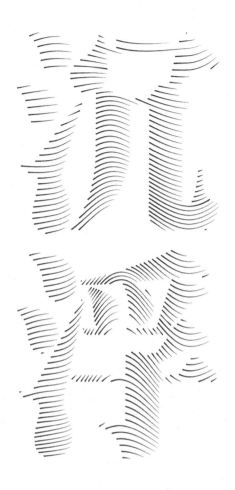

朱德盛 著

浙江文艺出版社
Zhejiang Literature & Art Publishing House

目录

三易楼标

滨江市阳春的早晨,一轮旭日从老龙山冉冉升起,晨光洒满高矮错综的楼群。人流汹汹、车流湍湍,人们在繁忙中感受仲春的温暖,一派忙碌景象。

白玉楼坐落在时风西路繁华路段,仿欧建筑,四十三层顶端上的标志是一位肌肤美嫩的性感美女。

这幢楼的顶端标志随着时代的更迭,已易过三次。

建楼伊始是一面旋转招展的五星红旗,这是白玉楼创建人宋小的授意,他说:"解放军是举着五星红旗进入这座城市的,没有这面五星红旗哪有我们的今天?所以,我要把五星红旗永远挂在这幢楼顶上。"

然而这幢楼的楼标很快在宋小的儿子宋龙手里更换。他是上海复旦大学国际经济与贸易专业硕士,从父亲手里接管这幢白玉楼后,他说:"老一代奉献的时代已经过去,现在是金钱万能时代。"所以,他把五星红旗更换成"金元滚碧海"的雕塑。远远看去,无数金元在大海的碧浪上颠簸滚动,一会儿无数宝石漫天闪光,一会儿美元飞舞,一会儿人民币百元大钞熠熠生辉。

第三次更换,是宋小的孙子宋鹏。他是美国人体艺术博士,从父亲宋龙手里接过白玉楼,看到这座雄伟美丽的大楼却在楼顶滚动金元,顿觉平庸俗气。他说:"物质生活满足以后更要满足精神生活,我们要向世界展示这座城市是如何的文明、自由、开放。"所以,他把"金元滚碧海"更换成性感美女。如今仰首望去,由于灯光的效应,艺术的手法,湿润空气的折射,每个人都能看到一个微笑的性感美女在晨霞中扭摆、曼舞,既风情万种,又使人五味杂陈,百感交集。

　　无论滨江市的市民懂不懂欣赏，宋鹏自诩白玉楼顶的性感美女比北京机场的裸体油画高屋建瓴，比美国自由女神像洒脱威武。他坚持认为，白玉楼和楼顶的性感美女象征着滨江的现代文明，是这座城市风流的标记，更是这座城市的骄傲。

暗相思

　　一位青年女士驾驶一辆红色轻骑,肩上斜挎着一个深灰色蟒皮皮包,风驰电掣般由滨江路向时风西路驰去。她是白玉楼舞蹈艺术学校的舞蹈老师,名叫王园园。

　　舞蹈这项艺术是很辛苦的,不亚于武术的踢打滚爬。特别是一些柔体高难动作,拳不离手曲不离口,每日都要练。王园园习惯提早半小时上班,为勤恳学习而早到的学生辅导练功。

　　今天晚起了十几分钟,她只好加快车速。

　　转弯处,王园园对白玉楼顶端的美女睃了一眼,车速稍微放慢,立刻感觉被超过的车辆刮擦,一下子摔倒了。

　　王园园三岁就学舞蹈、柔术、弹跳,在北京舞蹈学院四年期间,柔术比赛连续三年摘冠,可谓敏捷过人。她在摔倒的过程中向前翻了个跟头,顺势站起来,活动一下手脚,幸好没有受伤。掸掸身上的灰,扶起倒下的轻骑,"哎呀,"她突然惊叫出声,"我的包没了!"

　　王园园今天背的蟒皮皮包是她到非洲旅游时买的,价值人民币八万多元,里面还有手机,支付宝里面还有三万五千元,更别说身份证、医保卡、银行卡……瞬间急出她一身冷汗。

　　正着急时,一位女士骑辆电动车缓缓驶近,王园园下意识拦了拦,这位女士马上停下来,抢先问:"我刚看到了,您是被抢了吧?"

　　王园园点点头,强笑道:"手机也在包里,麻烦您替我打110报警。"

　　那位女士约三十岁出头,看来也是热心人,连忙拨打110。

不到十分钟，一辆警车闪着红灯，鸣笛而至。

从车上跳下三名刑警，当头的是一位不惑之年的高个儿刑警，自亮身份说："我是滨江市公安局刑警支队第一大队二中队队长李峰。"他又转过脸指着身后两个青年刑警，"他叫何玉发，他叫王刚，我们是奉命来执行任务的。你俩哪个被抢了？"

"是我。"王园园答道。

李峰向受害人瞥了一眼，被她的美貌惊诧，旋即端正了神色："刑警勘查现场是有程序的，首先要询问被害人的姓名、性别、年龄、住址……请您配合。"

于是三名刑警做了分工，何玉发、王刚忙着摄像、画图、收集痕迹，李峰则对王园园两人进行询问。

"你叫什么名字？什么时间被抢的？"

"我叫王园园，刚刚被抢的。"王园园还有些六神无主。

多数受害人回答警察的问题都不得要领，李峰也不在意，翻过手腕示意她看一下手表，重复问："什么时间被抢的，几点几分？"

王园园总算找回理智，努力思索："现在是八点十五分，我是七点五十出来的，到这里大约需要十分钟。"

"那就是八点。"

"差不多。"

"多大年纪？"

"二十四岁。"

"文化程度？"

"北京舞蹈学院硕士毕业。"

"在哪个单位工作？什么职务？"

"白玉楼舞蹈艺术学校教师。"

"犯罪嫌疑人你看清楚没有？"

"没有，我转弯的时候走神，看了一眼白玉楼顶，就被抢了。"王园园苦笑着指了指楼顶翩然舞蹈的美女。

三名刑警随她一起望向白玉楼顶端，何玉发露出一个嫌弃的表情："这个东西是从西方引进的糟粕，好多人提意见要把它去掉，不知什么原因到现在也没成，害得这里出了好多交通事故。"

"艺术无国度。你太保守了。"王刚笑嘻嘻地戏谑同伴。

"勘查现场，别走神！"不等何玉发回嘴，李峰批评了一句，两个年轻人这才消停下来。

李峰向王园园问完被抢的经过,又询问那位帮忙报警的女士,旁边的王园园也定下心听了一耳朵。原来这位女士姓陈名萍,耳东陈,浮萍的萍,三十五岁,是第一人民医院影像科医生。

作为目击者,陈萍比王园园提供的信息更多,她说:"我看到的只是歹徒的背影,他上身穿黑衣服,车速飞快。跟在后面的还有一辆摩托车,穿的衣服好像是黑色西装,有可能是同伙。"

王园园正听着李峰询问陈萍,眼角瞄见王刚举起相机,一按快门,她下意识往旁边闪身,躲过了镜头。

"这是现场勘查程序,站好照相。"王刚责令她。

王园园只好站定不动,王刚"咔嚓咔嚓"不知照了多少张,都有些走神了。

真美啊,他透过相机细细瞧她,心想,要不是公务在身,我一定要约一约这位姑娘。

王园园倒没有发觉年轻警察的心猿意马,她生来是个美女,已经美了太久,对于因此产生的种种便利与烦恼,早就像吃饭喝水般习以为常。

最近就有一段由于她太美产生的插曲,发生在人才招聘市场。

王园园大学硕士毕业,正好碰到白玉楼舞蹈艺术学校招聘舞蹈老师,王园园的母亲朱丹便托人安排。一共只招十五个人,计划面试一百二十个人,王园园排第一。

白玉楼老板宋鹏,也就是在白玉楼顶端放置美女的那位留美的人体艺术博士、亿万富翁,有钱有势,还有一米八的高个儿和白面皮,是一位堂堂的美男子。宋鹏对这次招聘十分重视,亲自到人才招聘市场看应聘学生档案并面试。当他翻开王园园的档案时,立刻被照片吸引,拍案决定:"我要她!"

当宋鹏喊到王园园的名字时,她应声而入,就像一位仙女飘然降落在他的眼前。暖融融的体香向他直扑而来,玉润的面庞带着甜蜜的微笑,简直像一尊会说话的玉观音。他对王园园上上下下细看了几十遍,让王园园羞得满面红云,像一朵娇嫩的芙蕖在他眼前含苞待放。

宋鹏有过六任老婆,他打量王园园的眼光仿佛她已经是自己的第七任妻子。幸而王园园对这样的色鬼司空见惯,也并不怯场。她从容不迫,甚至有些不耐烦地问:"你们收不收我?我有急事。"

"收!收!收!"宋鹏连说三声,视线冒犯地投向王园园胸前。

"月工资多少?"王园园板起脸,不带丝毫笑容地问。

"工资?哦,这个好说。"宋鹏魂不守舍,"现在刚毕业的大学生月工资都在两千多到三千多,硕士也不过四千元。我看了您的档案,是硕士生,而且舞蹈表演赛三年三次夺冠,又这么靓丽……给您大学教授级别的工资,月薪一万,奖金另议。怎么样?"

王园园并没有因高薪喜形于色,反而皱了皱秀气的眉毛,追问:"合同期多长?"

"呃,暂定五年吧。"宋鹏根本集中不了注意力,他的灵魂被她的神韵拉到那遥远而难以达到的天外。

王园园年轻,涉世不深,不知道就业市场这个瞬息万变的"大海"水有多深。但妈妈朱丹和滨江市文化广电局局长陪她来面试,在门外暗暗替她撑腰,因此她沉思片刻,想到什么说什么:"五年会不会太长了?"

"不长!再说了,我给您这么高工资,您不觉得越长越好呀?"宋鹏道貌岸然,心里却想着,你今后就是我的夫人了,没有什么长短。

王园园摇头道:"钱多钱少对我来说无所谓,否则我就不会来当老师了。我的人生目标是努力培养国家的有用之才,而不是钱。"

这话略带点官腔,但是她的真心话。直到现在,王园园仍然记得宋鹏吃惊的表情,她每次想起来都会笑。

结束记忆,回到当下,李队长放走陈萍,向王园园交代:"这附近有监控摄像头,我们接下来会去调取监控录像。最近抢劫案频发,有可能是团伙作案,需要更多证据把他们一网打尽……"

话还没说完,一辆黑色摩托车狂飙而来,在李峰身边漂亮地急刹停稳。

骑车的青年倒不像有这么好的车技,他穿了身西装,体形修长,斯斯文文,左手扶着车把,右手拎高一个蟒皮皮包,问道:"警察同志,她被抢的是这个小皮包吗?"

"对!是我的皮包!"

不等李峰答话,王园园一眼就认出自己的皮包,高兴地快要跳起来。

李峰看到这个被记录在案的皮包也是眼前一亮,好像重压在心底的岩石突然滚落,顿觉轻松愉快。他脸上浮现一丝笑容,伸手和青年握了握,笑道:"您做了我们警察的工作啊,感谢您!"

王园园在旁边连连拍着如藕尖般白嫩柔软的双手,双颊泛起两片红云,圆润而光洁的鼻尖沁出晶莹微汗。

"谢谢!"她被意外之喜刺激得语无伦次,"我不知道该说什么,太感谢这位大哥了!"

"您尊姓大名?"李峰热情地问。

"姓赵,赵文锋。"青年摘下头盔,应道。

"多大年纪?"

"二十八岁。"

"什么学历?"

"上海外国语学院硕士研究生。"

"在哪个单位工作?"

"本市华东外国语学院副教授。"

"住在哪里?"

"龙河路棚户小区三十四号。"

"手机号?"

"18030981198。"

李峰按规定询问着,越看赵文锋越觉得眼熟,终于想起来在哪里见过。他紧皱的双眉即刻舒展,问道:"赵老师,您两年前在河里救过两名溺水儿童,是有这回事吧?"

"是。"赵文锋平静地笑了笑,"为人师表,应该做的。"

"您因为见义勇为上过报纸,英雄事迹的材料是我提供的。"李峰心生敬佩,忍不住第二次跟他握了握手,"您把两个儿童救到水边,您自己休克了。医生来的时候,您的脉搏、心跳已经停止……幸亏那位医生认真,做了十五分钟的心肺复苏才把您救醒过来。"

"那位医生姓朱,我一辈子忘不了他的救命之恩。"赵文锋拍了拍脑袋,"休克十五分钟后遗症不小。我是学语言的,原来过目不忘,从那以后记忆力变差,留学申请都被撤回了。"

李峰略一沉思,又说:"还有一起案件,发生在凤起路口。有位老太太抱着孙子过街,歹徒从她怀里抢走了孙子,骑上电瓶车逃跑。某老师在上班路上看见了,骑着摩托车追了十几里路,最终抓获犯罪分子……也是您吧?"

赵文锋点点头:"是,差点没追上,至今我想起来还后怕。"

李峰叹息:"那次太危险了,犯罪分子捅您那一刀离心脏只有半厘米。"

两个男人的简单对话信息量充足,勾勒出一位不止一次见义勇为的英雄形象。王园园听得既好奇又兴奋,眼波流转,不由朝赵文锋多看了几眼。

赵文锋感知敏锐，刹那间对上王园园投去的目光，两人顿了顿，同时心中一动。

不说赵文锋惊艳于王园园的美丽，王园园眼里的赵文锋也是帅哥。他有一米八以上的个儿，腰板挺直，面容英俊，尤其两眸炯炯，目光像是会放电。

此刻王园园的心脏就像触电般狂跳，脸红了起来，双颊火辣辣地发烫。

她今年二十四岁，虽然从小到大追求的人多如过江之鲫，但她从未接受。就连她那个顶头上司、亿万富翁、美国博士宋鹏疯狂的追求也没能打动她的心。

直到此时此刻，她平静的心湖头一次为异性泛起惊涛骇浪。

王园园的反应太大，眼神和脸色的变化都没能逃脱刑警王刚的眼睛。王刚哀叹美女心有所属，转了转眼珠，决定帮她一把："报告队长，现场已勘查完毕。"

"把赵老师和王老师录下来。"李峰指着赵文锋和王园园。

"好。"王刚指挥，"请赵老师和王老师面对面站着，赵老师把皮包递给王老师。王老师双手接包，同时向赵老师鞠躬。赵老师还礼，鞠躬。准备，开始！"

拍完以后，王刚回放画面给大家看，调侃道："不行，这个画面就像夫妻对拜。"

王园园听出他话中有话，脸更红了，烫得快要熟透一般。

"不好意思啊，我们重拍一次。"王刚对赵文锋致歉道，"您把皮包递给王老师，王老师对您鞠躬，您前跨一步，握住她的手。她说：'谢谢您！'您说：'不需谢，应该的。'"

于是，两人按他的"剧本"又"演"了一遍。王园园全程红着脸，眼睛里水光潋滟，晨光映在她的脸上，收进相机的镜头里，仿佛一朵芙蕖摇曳盛放。

王刚忘形地拍了许久，半晌才道："好了，这次拍得很好！之前的'夫妻对拜'就留在我这儿作纪念吧。"

听他连说两次"夫妻对拜"，赵文锋自己倒无所谓，担心唐突佳人。他情不自禁地朝王园园又看了一眼，却与她闪躲的目光再次相遇。

王园园飞快扭头，她躲得太急，赵文锋受她感染，也莫名其妙地慌乱起来。

他清了清喉咙，对李峰道："李队长，没什么其他事的话，我要去学校上课了。"

李峰有点意外："您是唯一和歹徒接触过的，不能帮我们追捕疑犯吗？"

赵文锋摇摇头，看了看表。他上课一贯认真，因此被评为省级模范教师、德育先进工作者，对他来说一分一秒都要锱铢必较。

"现在是八点十五分，第一节课已经过去十五分钟。我第二节开课，还要提前做些准备。对不起，不能奉陪了。"他边说边发动摩托车。

引擎声响中，李峰连忙拉住他："等等，我可以替您向张校长请假，您救落水儿童那次我就认识他了。"

王园园听说赵文锋要走也急了起来,顾不得害羞,左手拉住赵文锋,右手从皮包里取出五张百元大钞塞进他口袋里:"小意思,您一定要收下。"

赵文锋下意识推拒,他个头大、手大、力大,一把将王园园的手和那五张百元大钞一起包在掌心。王园园也有一米七的个头,可她白嫩柔软的手,被赵文锋刚健有力的手握得紧紧的,动弹不得。

两人的手都在赵文锋的西装口袋中,赵文锋掌心里像捏了一朵温柔的热烫的云,轻也不是重也不是,不小心用错了力度,只听"刺啦"一声,口袋被撕开了。

不知谁的手机"啪"一声掉了出来,两人同时松手,百元大钞掉落在地。

李峰从地上捡起了钞票,还给王园园。

"钱您拿回去,赵老师是见义勇为,不图财。"李峰批评了她几句,干脆赶她走,"您还是上班去吧,办案的事交给警察。"

"好的。"王园园不敢争辩,乖乖地低头答应,"我回头打电话到派出所去找您。"

至于她真正想找的是谁,恐怕只有她自己,还有透过相机观察一切的王刚知道。

王园园回到白玉楼舞蹈艺术学校,她之前借陈萍的手机向领导请假,所以学生都知道她被抢的事情。

一进练舞厅,同学们都围了上来,七嘴八舌,问长问短。最近类似的案件频发,而这是第一次发生在白玉楼舞蹈艺术学校师生身上,大家既害怕又想听。

或许因为这种心理,同学们对见义勇为的勇士尤其感兴趣,有个男生问:"王老师,他要没要钱呀?"

王园园摇摇头,微笑着没有说话。

"这人真棒,是真正的英雄! 他叫什么名字?"一个女生崇拜地问。

"他叫赵文锋。"这个名字勾起王园园的心事,她变得略微烦躁,忍不住驱赶同学们,"快要上课了,大家别围着我——"

"我认识他!"人群中却有一个女生打断了她的话,"赵文锋是我舅舅!"

所有人的目光瞬间转移过去,女生兴奋地道:"我舅舅可了不起,他连这次一共三次见义勇为,上次还被歹徒捅了一刀,差点命都没了! 我舅舅正直、聪明,还长得帅! 他这么年轻就是华东外国语学院的副教授,本来学院还想送他出国深造,受伤以后他自己拒绝了⋯⋯"

王园园那点烦闷已经蒸发得无影无踪,脸颊微红,小声问:"他不要我的钱,是家里很有钱吗?"

"我舅舅家没什么钱,"女生摇摇头,"但他见义勇为从来不要钱的。上次救了两个溺水儿童,两家人一起送了一万块谢金,他死活不收。"

王园园声音更轻了:"可他是大学副教授,工资不会低,他爸妈不可能没有收入呀……他爱人也是老师吧? 怎么会穷?"

女生名叫宋华,虽然才十八岁,可是很机灵。她听出弦外之音,看了看王老师:"我舅舅还没有结婚呢! 他今年二十八岁,那么多人追求都被他婉拒了。他说他不能害人,娶老婆养不活,不如不娶。他说,现在的社会找对象必须有'三子':房子、车子、票子。他住的是老式小平房,没有车,拿死工资,和白玉楼老板宋鹏这样的没法比,哪有恋爱娶妻的条件?"

"你外公、外婆可以帮助嘛。"王园园脱口而出。

"我外公没有工作,天天在家写字作画;我外婆是下岗工人,只有一点退休金。"宋华有问必答,"我还有一个曾祖父九十岁了,没有退休金。"

王园园还想追问,上课铃响了,宋华和凑热闹的同学一哄而散,留下她独自陷入沉思。

晚上回家,王园园的异状迅速被她的母亲朱丹发现。

过去,外面发生的大小事情王园园都要跟朱丹讲,宋鹏对她的一些不规矩行为,她刚跨进家门,就会流着眼泪向朱丹哭诉。今天为何闷闷不乐,一声不吭?

朱丹和王园园的父亲王诚都是文化广电局干部,有文化人的敏锐和细心,当即不动声色,暗中观察女儿。

她注意到王园园草草吃了一点饭,洗过澡,很快就上床睡觉。而平常王园园下班回家,首先是沐浴、更衣,然后坐在电视机前,寻找感兴趣的世界各地文艺舞蹈节目。她观看节目的过程就是学习的过程,边看边自言自语,忽而批评,忽而赞扬,有时还起身模仿。

王园园的反常让朱丹实在忍不住,试探地问:"园园,你是不是感冒了?"

"没有呀,我很好。"王园园漫不经心地对母亲笑了笑。

"那就好,滨江风大,每年春天感冒的人都不少。你练功经常出汗,更要注意保暖,休息的时候记得马上把衣服穿上。"

"知道了,妈。"

朱丹泛泛地叮嘱，王园园随口答应，弄得朱丹更纳闷了。虽然是自己的女儿，但二十四岁的大姑娘，她也不好深问。

第二天，王园园比爸妈早到家，帮助保姆做晚饭。

文化出版界很乱，淫秽物品泛滥，对青少年毒害很大。王诚和朱丹忙着整顿文化市场，下班时间不怎么稳定。今天朱丹难得按时回家，看到王园园帮保姆做饭，像是恢复了正常，总算放心了些。

王诚要加班，母女二人用晚饭，电视画面出现滨江市《晚间新闻》，播音员字正腔圆的播报传来："昨天上午，本市王女士被歹徒抢走了皮包，在见义勇为的英雄协助下，本案及时告破……"

新闻报道非常详尽，除了隐去受害人信息，对"见义勇为的英雄"极尽渲染，不但报道了赵文锋的姓名、本次协助警方追捕犯罪嫌疑人的经过，并且报道了他前两次见义勇为的英雄事迹，最后还把赵文锋归还王园园皮包的现场录像播放出来。

天下父母对儿女的言行举动都是十分敏感的，朱丹先是震惊女儿被抢，又看到女儿与这位"见义勇为的英雄"握手，平时对异性矜持冷淡的女儿，此刻却在屏幕上红着脸忘情地欢笑。

她立时醒悟，原来王园园情绪反常的根源在这里！

电视中的镜头虽然一闪而过，但朱丹仍然看清了赵文锋的模样。只见他身形雄伟，态度热情又不失沉稳，隐约还有几分憨厚。单论外貌性格已经算青年中的佼佼者，还是一位副教授！

于是朱丹刚醒悟女儿有了意中人，马上又给她的意中人打出高分，这位副教授与她的女儿站在一起，倒好像是天生的一对儿。

王园园当然猜不到母亲刹那间百转千回的心思，新闻报道过后，她知道瞒不下去，把昨天被抢的经过跟母亲说了一遍。

朱丹对赵文锋印象更好了，十分感慨地说："赵老师帮了这么大的忙，他不收钱，我们在其他方面表示表示吧。"

王园园为难地说："赵老师有个外甥女是我的学生，据她说，她舅舅虽不宽裕，但不贪利，前两次见义勇为也没有收人家礼金。他……是个重义不重利的人。"

朱丹文化程度高，多年担任市文化广电局副局长，闻一知十，给女儿出主意："他家里穷，可能需要现金。我们不送礼，准备点现金悄悄送到他家里，你看怎么样？"

王园园摇摇头，欲言又止。

朱丹察言观色,看出她不是不同意,便拍了板:"不管他收不收,我们一家人都去,诚意到位。就明天晚上吧,你先联系好,赵老师在家的时候去。"

王园园正愁找不到理由与赵文锋联系,对母亲这个提议打心眼儿里赞同。但她头一次恋爱,难免患得患失,犹豫了半天,期期艾艾地说:"我们去送钱,赵老师会不会生气啊?我昨天试着问他的外甥女,她说:'我舅爷立的家教是毛主席提出的'为人民服务',见义勇为是为人民服务的具体表现,所以不能因此获'小利',而要想着'大利'。别人有痛苦,你挺身而出帮助他化解,当你遇到凶险时,别人也会挺身而出帮你化险为夷,整个社会形成风气,这就是'大利'。社会风气好了,社会就稳定,就会长治久安,人民才有安全感和幸福感。'她还说,她舅舅经常觉得现在的社会秩序不稳定,民心不安,为此作了一首诗鞭挞不正之风,我请她复印了一份给我。"

王园园去包里翻了翻,找到那份复印的诗,羞涩地递给朱丹:"拐骗绑劫风鹤唳,烽烟熄灭今又炊。贿贪淫赌蚀宫厦,两抢飞车各自为。警棍没藏金棒术,不除妖雾日蒙灰。家家户户铁笼闭,莺夜何时唱宿归。"

竟是一首古体诗,是朱丹他们这个年纪的文化人喜欢的类型。她看过以后,笑笑说:"这诗切合事实,有点味道,就是差一些诗应该有的洒脱美感。"

王园园以为她不喜欢,顿时急了,连忙道:"赵老师很有才呢,上海外国语学院硕士研究生毕业。他的外甥女说,他的专业成绩在全校名列前茅,准备留学深造,因救人受伤才没能如愿……"

这就护上了?朱丹又好气又好笑,调侃道:"这外甥女话这么多,我们就请她做我们的联络员吧,全面了解一下赵老师的家庭情况。对了,这孩子叫什么名字?"

"妈妈要了解人家的家庭情况干吗呀?"王园园不经逗,红着脸娇嗔,"酬谢过了不就结束了吗?"

"你说的啊?好,酬谢过以后,我永远也不睬他了。"

"妈妈,您怎么这样没有人情味的?人家为我出了那么大力,挽回这么大损失,用着人朝前,用不着人朝后,这不是忘恩负义吗?"

"你这孩子,"朱丹被气笑了,忍不住捏了捏女儿的脸,"亲也不好,疏也不好,话都让你说完了,你来教教妈妈怎么做?"

王园园笑嘻嘻,她知道母亲看出了自己的心思,所以打一下岔缓解害羞。可害羞归害羞,这时候不勇敢,将来后悔都来不及。

"赵老师的外甥女……她叫宋华。"王园园被朱丹捏着脸,含糊地说。

"这样,"朱丹放开女儿,又出了个主意,"你明天上班,先问宋华要手机号,让她当我们的联络员。"

王园园还想开口,朱丹拦住她:"我知道你的意思,怕赵老师太清高,我们谈物质被他瞧不起。可是再清高的人也活在现实里,你妈你爸也是文化人,照样离不开柴米油盐工资奖金。再说了,他要不要是他的选择,我们送不送是我们的心意。这个星期日就去,请他外甥女带路,准备一万块现金,再买些礼品给他爷爷。"

多几十年饭不是白吃的,朱丹为人处事的老练程度远超王园园,后者沉思一会,终于点头:"还是妈妈考虑全面,就这么办吧。"

"还有,"朱丹补充道,"这个案件是公安局哪位警察办的?最好把我们的计划跟办案人说一声。"

王园园心服口服,频频点头:"是李峰中队长,我这里有他电话。妈妈您帮我打吧,先感谢他对我的关心,再向他说明我们要给赵老师送礼,看他是什么意见。"

母女两人配合行动,电话很快打通。朱丹自报家门,笑道:"我是王园园的妈妈朱丹,李队长您好,感谢您为我家园园挽回损失。我们想这个星期日去赵文锋家酬谢,您看怎么样?"

李峰记录过王园园的个人信息,回去一查,早知道她的母亲是文化广电局副局长。他礼貌回应:"朱局长,您好。关于酬谢的事,我建议你们暂时不用急。赵文锋同志的英雄事迹受到广泛关注,我们领导要求更详细的报告,稍等几天,到时候我可能要和你们一块儿去。"

和李峰一起去,那赵文锋得到的就不仅是王家人的私人感谢那么简单,朱丹听懂他言下之意,喜道:"好的好的,那我们等您的通知。"

放下电话,朱丹无意间朝女儿脸上瞄了眼,差点吓一跳——王园园脸上的羞涩和愉悦不见了,就在这片刻之间,变得沮丧、怅惘。

朱丹精熟人情世故,但她毕竟不再是少女,忘了少女心事本就如此复杂多变。

自从被抢以后,王园园一时后怕一时庆幸,一会儿苦涩一会儿甜蜜,脑子里熬浆煮粥般沸腾,整夜都没能合眼。

又要见到赵文锋了,王园园心里激动,总算把对歹徒的恐惧抛到脑后。她对赵文锋的感情是有些客观因素的,因为在最无助的时候得到赵文锋的帮助,所以想到他就有了主心骨,能够看到他,待在他身边,更是充满安全感。

要穿什么样的衣服去见他?要不要化妆?行为举止要注意哪些细节?在交谈中用普通话还是本地话?如果见到他的父母,要讲些什么才能留下良好印象?

王园园既紧张,又鄙视自己的紧张,八字还没一撇呢,就像古代儿媳见公婆那样,真没出息!

赵文锋个人条件虽好,但王园园什么样的男人没见过? 自从她长成少女以后,追求她的人如同过江之鲫,而她从来没有心动。

她细细品评自己对赵文锋的感情:这是友情吗? 不是,更多。这是亲情吗? 不是,非亲非故。这是恩情吗? 有点像,可为了报恩哪能茶饭不思? 这莫非就是传说中的爱情? 我只见过他一面就犯了花痴,万一他没有相同的感觉,我岂不是单相思?

王园园想到这里,怎么能不沮丧? 怎么能不怅惘? 难怪人们说女儿心海底针,父母摸不着,连自己也摸不清楚。

四月五日案发,到四月十七日,十二天过去了,王园园仍然没有见到赵文锋。

她每天给市公安局李峰中队长打一次电话,预约到赵文锋家里酬谢的时间问题,得到的答复总是"没时间,听我通知"。

母亲对子女的观察是细致入微的,父亲对子女的观察,与母亲相比就要略逊一筹。十二天了,王园园的父亲王诚终于发觉女儿不对劲。

王诚是滨江市委常委、宣传部部长,工作繁忙,每天很晚回家。这天,女儿替他开门,他突然觉得女儿不像以往那样高兴。过去他下班回来,女儿都会含笑喊声"爸爸好",可近来她人也不喊了,脸还总是阴沉沉的。

和朱丹一样,王诚的第一反应是王园园身体出了问题,以为女儿可能有点感冒。

"园园你感冒了?"王诚关切问,"到医院里去看医生吧。"

"爸爸!"父亲刚进门就来这么一句,王园园哭笑不得,"您哪点看出我病了? 我不是好好的吗?"

王诚打量着她:"你好像没精打采的。"

"噢噢,我有点累了。"园园掩饰地说。

"你工作太认真了!"王诚立刻心疼了,"爸爸早就说过,你那工作一天到晚蹦蹦跳跳的,就是个体力活儿。我们园园不受累,爸爸想办法把你调走。"

"爸爸!"园园知道他说话算话,急忙跺脚撒娇,"您可别乱来,我很爱我的专业,累一点怕什么呀,休息一晚就好了……"

"你父女俩说啥呢? 吃过晚饭再谈。"父女俩在门口理论,厨房里的朱丹听得一清二楚,抓住时机端菜出来,帮园园岔开了话题。

晚寝,朱丹与老伴王诚并头共枕,夫妻俩感情甚好,几十年来都是这样卿卿我我地说床头话。

朱丹先侧耳听了听,隔壁房间安安静静,王园园已经睡了。

"她爸,"她压低声音道,"自从被抢以后,我看园园这十几天精神都不太好,有些抑郁。不知道是受到惊吓,还是因为没能酬谢见义勇为的人,她心里过意不去。"

王诚这样的男人对女儿情绪变化这种"小"问题不如爱人细心,也万万料不到家里两个女人已经瞒着他达成统一战线。他皱眉道:"我也发现她精神不太好,以为她感冒了,她说只是有点累。"

朱丹循序渐进,娓娓道来:"园园身体特好,不可能是累了。我看就是没能酬谢见义勇为的英雄,她心里有愧。我已经和公安局李队长联系过,李队长说,他也要去,时间由他安排。可是转眼十几天,他也没有抽出时间,我们等不起了。听园园说,那位英雄的外甥女还是她的学生,我们更不能就这么混过去。我的意思是,请园园的学生与她舅舅联系,明天是星期日,我们一家人下午过去,带一万块现金,考虑到他有个爷爷九十岁了,再买千把块钱补品。你看好不好?"

"你想得很周到,"王诚缓缓点头,"我们确实应该好好感谢人家,这个人也值得感谢。就前天,滨江日报副总编杨汝法到市委宣传部还提到这个人。说几年前,有个老太太的孙子当街被人抢走,是这位把孩子救回来,被罪犯捅了一刀,离心脏不到一厘米,差点儿没命。还有一次,两个儿童溺水,他救了人,自己陷入昏迷,要不是现场有位医生懂急救,他就是用自己的命换了孩子的命。前后两件事,几家人送的酬金和礼品他都拒绝了……这是个英雄啊,英雄的行为,英雄的品格。他帮了园园,我们酬谢很有必要,不管他收不收。人家不收,或许因为家境殷实,大学副教授工资也不低。"王诚讲到这里蓦然停顿,"不对,似乎在哪里听说过,他爷爷和爸爸都有什么问题。"

"能有什么问题?"朱丹往王诚身边挪动一下,两人紧紧挨在一起,"你女儿才有问题。明天你一定要去,一则表示重谢,二则看看赵文锋这个人怎么样,尤其他的家庭情况。我们园园已经二十四岁,到谈婚论嫁的时候了,既然你也认可赵文锋的人品,不如考虑一下?"

王诚惊讶地瞪大眼睛,与朱丹对视:"你是说园园对赵文锋……"

"不行吗?"朱丹微嗔,"人家赵文锋要人才有人才,要文才有文才,要品德有品德。我那天在电视上看了眼,帅得很呢。"

"可他们只见过一面!"

"这才是天赐良缘嘛。"朱丹亲昵地敲了敲丈夫的肚腩,"我和你不也是一见钟情吗,就好像前生有缘。"

王诚抓住朱丹的手,笑了:"是的,我俩第一次相见,就好像彼此之间很了解,这就是缘分。听说情侣除了志趣相投之外,还与生物电有关。美国科学家做了一个实验,让男女坐在一块儿,用仪器测试两人的生物电。仪器能看到从头部放出的绿色电波,如果两人性格相投,绿色电波融合一起;如果两人性格相异,生物电就各自分开。但这也不是绝对的,有的夫妇婚后很融洽,可是十几年以后又离婚,过去少见,现在多了。都是喜新厌旧、利益冲突、兴趣变化而产生的新问题。例如酗酒、赌博……很复杂。我们的园园一定不能嫁给有缺陷的对象,我们要给她找一个身体健康、品德高尚、智商高、情商高的人。"

全天下的爸爸都觉得自己女儿值得最完美的丈夫,朱丹懒得跟他争辩,叹道:"不只我们有眼睛,好的对象身边不可能没有恋人。那个赵文锋,我们先去看看再说,这是两家人的事情,剃头挑子一头热是不行的,还必须双方都有意。"

王诚"嗯"了一声,朱丹又憧憬道:"园园二十四岁,早该找了,追求她的人很多,她一个也没看中。好不容易她对这个赵文锋有点意思,等明天我们看过没问题,马上就去争取她爷爷奶奶的同意。你今年五十岁,我四十八岁,也到了抱外孙的年龄!外孙女也很好!"

她想到白天的某件事,突然失笑:"你肯定喜欢赵文锋,那孩子跟你一样,喜欢写律诗,带得园园也开始胡诌。我今天在她书桌上发现一首小令:'单相思,长相思。何日相思不再思? 梦中相见时。   长相思,苦相思。何日相思不再思? 洞房烛夜时。'"

"这是园园写的?"王诚心底微酸,哼哼唧唧地扭头瞪了眼墙壁,"看来园园真的爱上他了。罢了,赵文锋这孩子确实很好,顺水推舟倒是一件美事。二十八岁的副教授,少年得志,人才难得。就是听说他的长辈有些政治问题,不知真假。"

听到他还在纠结这点,朱丹不耐烦地说:"你的观点过时了,现在集中力量发展生产,一切放开了,还谈什么政治问题? 这孩子个人素质这么高,现在是滨江市的见义勇为英雄,什么政治问题都不算事。"

"我们明天先看看他的家庭情况,别的回来再商量。"

夫妻二人至此达成一致,安稳睡下不提。

或许是"人逢喜事精神爽",星期日的早晨,王园园一早就起床了,精神抖擞地跑到练功房里练功。

她练得很顺,感觉今天精神特别愉快,身体也很轻松,心里思忖:去他家穿什么衣服呢?

现在是四月中旬,人说二、四、八月乱穿衣,街上行人有穿棉裤的,有穿短裙高筒丝袜的,都能自得其乐。

王园园此刻心跳加快,浑身发热,于是想穿白色短裙,粉红长筒丝袜,上身穿羊绒黑色马甲。但她又很快改变主意,太显眼了,万一遇到他的父母,长辈不见得喜欢。

要端庄大方的话,还是穿孔雀蓝的连衣毛线裙,袜子穿肉色的长筒丝袜,配紫色野牛皮高跟鞋,披淡粉红色真丝披肩,轻染口红……会不会太老气?

她习惯依靠母亲,最后决定听妈妈的意见,大不了从妈妈衣柜里挑衣服。

小小的纠结并没有影响王园园的好心情,她朝练功房的窗户望了眼,外面天碧、日暖、风和。

心里突然涌出一曲忘记出处的歌词:天鹅飞去鸟不归,回峰山中我独醉。良辰美景斜眼看,孤独寂寞深深埋……

春天多美呀,美得就像少女的绵绵情思。

王园园改换音乐,跳起国标舞。国标舞需要二人协同才能跳好,可她今天状态超常,一个人像旋风一样,在练功房里旋转、旋转、旋转。

以往练功房的音乐声都很小,今天却很大,熟睡的王诚和朱丹自然被吵醒了。

两夫妻头并头躺在床上听了一会儿,朱丹叹口气:"十几天没练功,一来就是国标舞曲。一个人跳什么国标舞?什么时候才能圆她的这个单相思梦呢?"

王诚比妻子少了几分多愁善感,笑道:"我从音乐中发现,女儿今天很高兴。"

"是啊!"朱丹也振奋起来,"我们女儿每次提到赵文锋都很高兴,今天她一早起来练功,肯定和下午到赵文锋家有关系。"

王诚"嗯"了声,他就这么一个宝贝女儿,聪明伶俐,美丽可爱,没有半点不满意的地方。他身为父亲,一天见不到这个心肝宝贝,就觉得精神空虚,好像缺少什么。现在女儿想嫁人了,他决定拿出毕生眼光来挑女婿,不图财,只图人品,图学识,图才能。现在离婚率特高,有的人吃着碗里,拿着手里,还要看着锅里,一辈子就是"谈恋爱,结婚,离婚,再结婚,再离婚",时间都花在家事上,还能干出什么事业!

王诚以男性的眼光为未来女婿定下基调,深思熟虑地道:"这个参谋我俩要当

暗相思

好,急火烤不出好烧饼,我们园园的终身大事,一定得慎重。今天下午先去看看赵文锋,到他家了解情况以后,我晚上再去一趟爸妈那里……"

上午,赵文锋的外甥女宋华打来电话,确定两边约定妥当,王诚、朱丹便带着女儿出发。

一家人先到索菲特超市买了两盒蛋白粉、两盒核桃粉、两盒韩国人参胶囊。朱丹还仔细为赵文锋妈妈挑了条红格真丝披肩,给赵文锋买了一件黑色山羊绒大衣。

赵家这边呢,因为朱丹话说得漂亮,也不提酬谢,只说两家人做一次友谊来往,赵家人实在没办法拒绝。

约定的时间是下午三点钟,午饭后,赵家全家人包括赵文锋都聚在客厅等候。

可事有不巧,两点半时,学院教务处突然来了电话,通知赵文锋回校开会,评审小组要反馈赵文锋申请正教授的材料和评审意见。

二十八岁申请正教授,谈何容易,不但滨江市没有,全省也少见。赵文锋为此辛辛苦苦翻译了一百多万字的国防科学方面的书,还编著了《英语音标速成学习法》,可以说,他对这次关系未来职业生涯的评选志在必得。

他挂断学校的电话以后,马上又打给宋华:"你过来一趟,我有事要回学校,你帮着外公、外婆接待客人,我开完会马上回家。"顿了顿,他低声补充:"记得让你外公把我们的家史介绍一下……"

赵文锋没想到的是,宋华接完电话便赶去与王园园会合,不知出于什么心理,她没有把舅舅不在家的事情告诉王家人。

她是主动来为客人领路的,王家人没有多想,反而非常感激。

王家人对此次拜访极其重视,从行头就能瞧出来。王诚西装革履,打着淡蓝色领带。朱丹披一件黑色风衣,内穿薄袄,脚蹬黑色皮鞋,手上还戴了只戒指。两位家长装扮隆重,一则是为了尊重对方,二则是显示自己的身份。两人一个是滨江市的高层官员,一个是中层官员,本来就不是一般人家,俗话说人靠衣装马靠鞍,他们既存着为女儿选婿的念头,当然更期望被对方高看。

父母都这么重视,王园园只会更甚。她从早上练功时纠结到出门前,反复考虑,不是走亲访友,也不是逛街,而是去挑女婿,所以不能浓妆厚抹,只能素妆淡雅。最后决定上身内穿一件黑色双料羊绒衫,外披淡绿色云锦马夹,下面贴身穿黑色羊绒紧身裤,外面再罩一条与马甲配套的淡绿色云锦长裤。因为她的职业是舞蹈老师,不穿高跟鞋,穿了一双黑色黄羊皮平底鞋,背的单肩包正是赵文锋替她"救"回来的那只蟒皮小包。苗条身材，一身素裹，映衬着玉般的面庞，水灵灵的眼睛，粉面朱唇。王园园的美就像出水的芙蓉，雅致而艳压群芳。

王诚自己开车，宋华坐在副驾驶的位子上带路。十几分钟后，进入一个棚户区，没有正规的马路，都是崎岖不平、弯弯曲曲的土道。这样的路连步行也要注意摔跤，何况轿车，底盘不时与地面摩擦得咯吱作响。

这个小区的居民大部分是解放前后流入城市的农民，也有部分是逃亡地主，目前都算滨江市还没富起来的贫困户。因为穷，很少有轿车来往，就有些老年人站在门口，歪着头斜着眼朝轿车里望，窃窃地猜测车里是什么样的人，到哪一家去。十几分钟以后，轿车停在一条黑水河边，这是造纸厂废水流经的河岸，隔着车窗都能闻到刺鼻的烧碱味。

有宋华指引，王家人下车便看到了赵文锋家，比想象中好很多。

那是一幢坐北朝南的红瓦平房，院子周围养了些还算齐整的竹木花草。

大门口站着四位中老年人，排在第一位的是一个九十岁的老人，约一米八的高个儿，腰不龟，腿不弯，笔直地站着。身上披了件好像是几十年前的棉布军大衣，大衣只剩一颗纽扣。内穿一件黑色旧棉袄，胸前绽出旧棉花。老人脚下跶一双黑色旧棉鞋，拄着根比他还要高的竹拐杖。人和竹子一样精瘦，他脸上布满风刀刻出的皱纹，深而有序，眼眶凹陷，精神矍铄，一看就是行伍出身的军人。这就是赵家的一家之主，赵文锋的爷爷赵伟民。

第二个中年人，五十岁出头，一米八以上的个头，身材魁伟，面相和善，身穿一件黑色旧羽绒袄，一条黑颜色夹裤。大眼睛转动有神，射出聪颖的神光，显露艺术家的风采。这位中年人相貌堂堂，与赵文锋颇为相似，正是赵文锋的父亲赵世才。

再往后是两位女性，一位是年近九十的赵文锋奶奶，另一位中年妇女则是赵文锋的母亲。

王园园憋了十几天的相思，激动地看过去，来迎客的几人中却没有赵文锋。她灼热的心就像被泼了一瓢冷水，脸上微微的笑容立刻消失了。

王园园内心的火焰明灭只有她自己知道，轿车刚停稳，赵文锋的爸爸迎了上去，除开他的外孙女宋华，第一个下车的是王诚。

没有等外孙女介绍，赵世才热情地伸出手，两只厚实有力的大手紧紧握住王诚温暖的双手，笑容可掬地说："小事一桩，还要劳驾领导一家人登门感谢，真不好意思。"

"哪里。"王诚也笑得满脸堆花，"赵老师为人忠厚，学识渊博，这样有德有才的人难能可贵,我们一家人都是很敬佩的。"

王诚见惯了这样的场面,松开赵世才的手又去与赵文锋的爷爷赵伟民、祖母、母亲热情握手。赵世才也与朱丹、王园园一一握手。王园园握着赵世才的手,因为赵世才与赵文锋长得太像,竟有点与赵文锋握手的错觉,脸上微烫,同时又觉得若有所失。

"赵文锋到哪里去了呢?"她话到嘴边,又努力咽了下去。

王诚一家由赵文锋的父亲领着进入院里,王园园打起精神观望,没想到里面竟是别有洞天。

从外面看,赵文锋家是矮趴趴的红瓦平房四合院,五十年代时算中高档民房,现在则是棚户区的改造对象。进入里面才发现,小院经过赵家三代人精心侍弄,绿化实在搞得好。有苍翠欲滴的女贞,扶疏潇洒的湘妃竹,千枝若盖的桑树,挂满花的高大泡桐,花木葱茏。画眉、喜鹊、麻雀在树枝里翻飞跳跃,唱出高低参差的歌声。

院门一开,迎面先扑来花香。两个花坛内八大香花都有。白玉兰裂苞露白,含笑零星绽放;高山云锦杜鹃花团锦簇,恰与园园的笑容遥相辉映;那盆桂花虽不到怒放时节,浓郁的碧叶却也在微风中轻言笑语,迎接客人的到来;藏在花丛中的瑞香,暗暗给客人送去舒畅愉悦的健心之香……

王园园从小就喜欢听鸟鸣和观花,在都市里居然可以听到悦耳的鸟鸣,闻到扑鼻的花香。原来看赵文锋不在家有些扫兴,可现在听风观雨,见景思人,立刻又兴奋起来。

她正在想这园子里有没有赵文锋的劳动成果,赵文锋的爸爸仿佛听到了她的心声,指着那些花草说:"这些都是赵文锋栽的。我家这孩子不抽烟,不喝酒,也不贪玩到处交友。他每天钻研英语、备课、帮学生补习,剩余时间就是莳花弄草。"

赵世才嘴上讲话,眼角扫过三位客人的面庞,发现三位客人脸上都露出微笑。特别是王园园,闻言弯下腰,伸着脖子去嗅那盆粉红色牡丹花,自言自语道:"难怪说国色天香,这香味真浓。"

她说着话,略微侧过脸来,脸旁正是那株银粉牡丹,艳冠群芳的花王与娇憨妩媚的美人,一时竟不知谁更胜一筹。

进到屋里又是另外一个世界,除了一张旧方桌,四条长木凳,没有沙发,没有靠椅。白墙上挂的都是条幅墨宝,字字刚劲有力;两边山墙上是山水画和花鸟四屏。整个客厅的装饰透出一股浓烈的书卷气,墨香四溢,文采斐然。

这显然出乎王诚、朱丹的意料。两口子不禁对视一眼,王诚赞叹:"真是没有想到,您家里'藏龙卧虎'啊!"

朱丹轻声吩咐女儿把带来的几件礼品放到大桌上,赵世才陪着王诚,两人慢慢绕墙欣赏墨宝、画作。

"这些都是赵先生您的大作吗?"王诚一边欣赏一边问道。

"唉!"赵世才叹了一口气说,"惭愧,都是用来开销的。过去那么多年,除了我妈和我老伴的工资,就靠我这份微不足道的自由职业。除了供文锋上学,一日三餐没有问题。现在好啰,改革开放新时代,鸟枪换炮,吃穿不用愁了。"

他略作停顿,又道:"可是别的还谈不上,比如新房,一平方米就是我一家人两个月的饭钱,一辈子不吃不喝也买不起。现在只有等政府旧房改造。"

刚进门就谈起房子,朱丹在旁边听得眼珠一转,微笑插口:"据我了解,您这个地方已经列入市里第三批改造计划了,而且高楼哪有您这块风水宝地好。您儿子是大才子,没想到赵先生也这么有才,您的这座小红瓦房,可出了两代才子!"

赵世才被她夸得笑了起来,王诚在一幅中堂面前驻足,指着这幅《龙勤海国虎眈峰》说:"这幅中堂太好了,裱工也好。字不但苍劲有力,而且含意深邃。替我留着。"

"这是我儿子文锋的作品。"赵世才笑得更开心了,滔滔不绝地介绍起来,"他的书法是我教出来的,但已经超过我了。他一般不写,他的精力都用在研究他的业务上了。书法、花艺只是他的闲趣。这孩子很聪明,一点就透。他的记忆力、理解力特好,称得上过目不忘。三岁背唐诗,四岁学写字,到了十二岁,熟背《唐诗三百首》。上面的字连我都不能全部认识,他都认识,因为我家各种词典都有,他一个字一个字自学的。他写字,开始是描红,描了没几天就脱手临帖。他还有两本书法专著,高中毕业那年就加入了中国书法家协会。而我为了多个饭碗,四十多岁才写了两本与书法相关的书,加入中国书法家协会。"

王诚和朱丹自然是赞不绝口,就连王园园,本来在观赏花鸟四屏,听到是赵文锋作品,马上也跑过来看这幅《龙勤海国虎眈峰》。

她虽然不太懂书法,但情人眼里出西施,此时兴趣勃发,津津有味地一撇一捺琢磨,竟然也收获许多感想。她今天没有见到赵文锋,见物思人,想到"这样一位见义勇为的英雄偏还多才多艺",替他既自豪又骄傲,浑身热血沸腾。

赵世才炫耀完儿子的聪明才智,也如愿受到赞扬,他把那些夸赵文锋的话也当作夸他自己,越发精神焕发:"自从当年那件事以后,二十多年没有人夸奖过我,我也很少和他人来往，只有少数几个业余书画爱好者常到我家来探讨书画。我中学时代、大学时代要好的同学，特别是当政者，见到我都敬而远之。今天政府官员登门，我感到莫大荣幸。"

他走到朱丹跟前指着那幅中堂说："我儿子文锋原来写的是'龙登海国虎归山'。两边的配联，上联是'风调雨顺'，下联是'国泰民安'。我考虑'龙登海国虎归山'，寓意风调雨顺、国泰民安是可以的。可是龙居深海，只知作乐，再也不想兴风行雨了，岂不是懒龙？怎么能风调雨顺呢？猛虎饱食懒卧高峰，怎么能捍卫它的领地呢？我为了更进一步体现寓意，又画了这两幅画。"

他指着上首一轴水墨画，只见"浩浩大海，万顷碧波，一群海鸟在云雾中翻飞，鱼群在海藻、珊瑚礁中曼舞。老龙王在水晶宫里转圈作法，满头大汗，指挥四海之龙、江龙、湖龙、河龙行云布雨。"

下首一轴画则是"险峰突兀，山脉绵延、林木葳蕤、紫气腾绕，一只雄壮猛虎卧于高峰，一群虎崽在身边追打嬉闹。高大而茂密的层林，群鸟争鸣，空中大雁南翔"。

王诚、朱丹、王园园伴随他的指点再次细品，纷纷叫绝。尤其是王园园，跳跃着，拍着手，连连说："太棒了！"

烽火少年

恰在此时,赵世才的手机铃声响了。

赵世才从衣服口袋里掏出一只老年手机放在耳边,手机音量很大,在场所有人清晰地听到赵文锋的声音:"爸爸,是我,请王诚叔叔接电话。"

赵世才便把手机递给王诚,笑着说:"王部长,我儿子打给您的。"

王诚用智能手机习惯了,老年机比智能机小太多,他伸手去接,小小的老年机"啪"一声从手心掉到地上。

赵世才离得比较近,急忙把老年机捡起来,贴在耳朵上听听,又放在手上轻轻拍拍,嘟囔道:"怎么坏了? 质量差。"

王诚脸红了,抱歉说:"对不起,我回去买一只好的给您。"

现在最重要的是赵文锋的电话。王诚取出自己的手机欲拨,却想起自己不知道赵文锋的电话号码。

他朝女儿瞥了一眼,王园园不知为何有点失神,被父亲看了一眼才反应过来,拨通赵文锋的号码后递给他。

王诚微笑着说:"你接吧。"

一屋子人的目光集中过来,王园园干脆开了免提,手机里传出赵文锋的声音:"是园园吗? 我跟您父亲有事要说,怎么挂了呀? 手机坏了?"

他一下子就猜到发生了什么,好聪明!

王园园听到赵文锋浑厚有力的男中音在她耳边响起,不由得心率加快,脸颊攀上一层红云。

这么多双眼睛注视之下，她不敢露出端倪，清了清嗓子，客客气气地道："是，赵叔叔的手机掉在地上摔坏了，我爸爸叫我打给你。"

赵文锋那么聪明，可能也察觉到了赵家的情况，何况他本就是礼貌严谨的性格，比王园园更客气："请您帮我向叔叔、阿姨道歉：'实在对不起，我今天赶不及回家，不能亲自拜见叔叔、阿姨。因为省教育厅的职称评审小组来了，我要在今天下午就我的八篇论文进行口头答辩，已经过了五篇，现在是趁休息时间打的电话。'"

赵文锋清朗自信的声音回荡在客厅内，在座的两家人相互交换眼神，仿佛听闻了动人的乐曲，由内到外备感愉悦。

二十八岁的正教授，多难得！

每个人听到赵文锋要晋升正教授都很高兴，王园园更是激动地浑身冒汗，还要控制自己不咧嘴欢笑，微带颤抖地道："好的，我会转告我爸妈，你放心答辩。"

挂电话之前，她实在忍不住，又补充了一句："祝你顺顺利利，心想事成。"

王园园按捺住内心的情绪，抬眼从赵家人到王家人，一个个望过来，最后，她美丽的双眸落在赵文锋爷爷身上。

王诚有意缓和气氛。他在宣传部见过不少类似赵伟民的老革命，专门挑他可能感兴趣的话题，含笑开口："赵老爷子，您老人家是我们在座这些人里人生经验最丰富的，给我们小辈分享一下，这九十年来，您最刻骨铭心的事是什么？"

果然，这个话题令赵伟民眼前一亮，嗓音洪亮地道："我和我的老伴李小娟解放前都是苦大仇深的人，我为了保卫祖国，在抗日战场上出生入死；在社会主义建设中忘我劳动；成立滨江市革命委员会时，我被任命为老中青结合领导班子里的市革命委员会副主任；毛主席去世后，一九八一年清理'三种人'，我被划为其中之一，被开除党籍、开除公职，被判刑，而且还影响了后代……"

说到痛苦处，老人干瘪的双腮剧烈颤抖起来，旁边的赵文锋奶奶也悄悄抹泪，王诚和朱丹连忙安慰，赵伟民摆了摆手，话锋一转："但要说最刻骨铭心的事，我清楚记得，是一九三七年的秋天……

"那年秋天，我家还住在乡下宋庄，日本鬼子经常来'扫荡'。

"日本鬼子一下乡就是'三光'政策，杀光、烧光、抢光。'扫荡'，扫什么呀？就是扫八路军。我们老百姓见到日本鬼子，就像见到瘟神一样，一村人都跑光了。下乡'扫荡'的另一个含义就是强奸妇女，奸过就杀，还要烧房子……

"我家很穷，上无片瓦，下无立足之地。父亲闯东北，受雇给矿主开矿，遇上事故死了。我妈、我姐一家三口人，租地主三亩薄田，一年只有半年粮，勉强活着而已。

　　"那天是一九三七年八月十五,刚刚吃中午饭。哦,我们一年只能吃到三次肉,春节吃一次,五月端午吃一次,八月十五吃一次。那天过节,我妈买了一斤肉烧粉丝。粉丝是我妈用屋后种的绿豆,到粉坊里换的。真好吃,筋拽拽的,真解馋啰。

　　"我们刚开始吃,忽然见到一群群拖儿带女的人从家门口跑过,向南边大山跑去,里面还有我们的邻居林彬、李小娟、吴兰芳等人。他们一边跑一边喊:'快跑呀!日本鬼子来了!日本鬼子来了!'

　　"我妈看到那么多人都在跑,出门朝村西边望了望,回到家里惊慌失措地说:'不好了!日本鬼子进村了,我们也快跑!'

　　"我住的宋庄,一千多户,这边望不到那边,人群像受惊的羊群般乱哄哄地往村外南边大山方向跑。我家穷,什么值钱的东西都没有,连一床被子都没有,别人逃难带齐家当,我妈只带了一把红色布伞。我妈迷信,说:'鬼怕红色,雨伞可以避鬼。'

　　"我听了我妈的话,心里想:'日本鬼子是什么样的呀?真是鬼吗?'

　　"我没见过日本鬼子,所以一点也不怕,就馋着那碗里的肉,耍赖不走,临走时还抓一块肉塞进嘴里。一边跑一边嚼着肉,越嚼越香。我妈拖着我急得直嚷嚷:'快跑呀!牛崽!日本鬼子到脚后跟了!快跑呀!日本鬼子到脚后跟了!'

　　"我嘴里嚼着肉,因为手指头沾了汤,在妈妈身上擦擦,再回头看脚后跟:'我脚后跟什么也没有。'

　　"我妈也不讲话,拖着我随着人群越跑越快。我跑着跑着又往脚后跟看了看,鬼在那里呀?没有看到鬼呀。我曾听大人说过鬼是看不见的。我妈怎么能看见呢?她肯定是骗我的。

　　"跑了约莫个把小时,我们到了一座大山下面,山上长满大树,还有很多巨大的岩石。

　　"那些跑鬼子的人都消失在这座大山里,我妈也带着我和大姐随着人群跑进一条山沟。很巧,碰到邻居宋小头和他妈,还有他大姐小英子。

　　"小英子穿了身蓝底红花的衣服,特别显眼。我先认出小英子,然后看到宋小头和妈妈、姐姐躲在我们对面一个平坦稍高的地方。我妈、我姐和我三人则躲在悬崖下的洼地里。两边距离差不多十几米远。

　　"宋小头那年十岁,和我一般大。他个儿比我矮,很瘦,头小,所以庄上人都叫他宋小头。也有人说宋小头是他义父给他取的名字。我和宋小头关系不错,这时互相打眼色,又对四周看了又看,都想知道鬼是什么样。可是怎么看也看不到鬼。

"那是仲秋季节,阳光明媚,山沟里长满野菊花,少数已经开花,一股芳香向我们袭来;野柿子在丛林里金黄点点,迎风摇曳;灌木丛中的野栗子,向我们张口微笑;林中的画眉唱着悦耳的歌声;草丛里不知是什么虫儿,也悠闲地哼着曲儿;树梢上的喜鹊对我们点头,翘着尾巴喳喳叫,好像欢迎我们到来……

"我对宋小头大声说:'这地方真好。'

"我妈立即捂住我的嘴,她和宋小头他妈各自抱紧孩子们,慌张地朝山口处张望。

"我小时候很迷信,以为日本鬼子就是鬼,鬼怎么能看得见呢?倒是听大人们说过,把鞋子顶在头上就能看到鬼。等我妈放开我,我就和宋小头一起把鞋子脱下来,顶在脑袋上,探出头看来看去。当然,我们也没有看到鬼。

"宋小头又说:'我听爸爸说过,弯下腰从裤裆往后看,也能看到鬼。'

"我俩不顾两位母亲的阻拦,嘻嘻哈哈地弯下腰从裤裆往后看,不料,却真的看到了鬼!

"我们看到一群穿黄衣服的人,手里端着枪,带着大狼狗,大狼狗大约二十多条,伸长舌头一边向我们跑来一边狂叫。还有个人骑在马上,高举一把明晃晃的东洋刀,指向我们叽哩哇啦地狂叫,听不懂叫的什么。忽然,'嘟嘟'一阵枪声震耳,子弹击中我们身边的黄色岩石,碎石飞扬!'鬼'叫声、狗吠声、马嘶声、枪鸣声混在一起,林中的鸟儿惊得扑棱棱一阵乱飞乱叫,不知逃到什么地方去了。

"原来鬼就是这样凶恶吗?!我一下被吓蒙了,我姐姐吓得尖叫,只知道把我妈搂得紧紧的。宋小头他妈吓得一屁股坐在地上,顾不得疼,爬起来就往山林里跑。伴随她的跑动又是一阵枪声,宋小头他妈倒在血泊中,一股股红的血从她的右胸前蹿出,身边的黄色野菊花也被血染红了,被血压得弯了下来,好像在低头哭泣。宋小头他妈妈嘴里还模模糊糊喊着她女儿和宋小头的名字:'快跑……快跑……'

"小英子那年十七岁,比我大姐大两岁,眼睁睁看到她妈倒在血泊里,来不及害怕,也不知道跑,双手抱着妈妈又哭又喊:'妈妈你怎么啦?妈妈你怎么啦?醒醒!醒醒!把眼睛睁开看看我……'

"骑着高头大马的日本鬼子向我们急驰而来,手举一把寒光闪闪的东洋刀,嘴里用中国话喊'花姑娘!花姑娘!',我猜他可能是看到小英子穿了身花衣服,目标明确地朝她直冲而来。那匹马边跑边嘶嘶鸣叫,狼狗也奔向我们,猖猖狂吠。后面跟他的几十名士兵,满嘴叽哩哇啦,居然端着枪弯着腰对我们冲锋!

"这时不知从哪儿冒出个'通事'，我后来才知道这个词，听说这是老百姓对给日本鬼子当'翻译'的中国人的称呼。他瘦矮个，尖嘴巴，左太阳穴有个疤痕，长得有些像日本鬼子。他和日本鬼子一起向我们冲来，太阳穴上那个疤迎着阳光闪闪发亮，边跑边喊叫：'别跑！别跑！皇军是打八路的，不打老百姓！他们爱护老姓！东亚共荣！'

"没人理他的鬼话，我们这样的小孩子根本听不懂。我只看到日本鬼子端着枪，又忘不了宋小头他妈妈胸口上的血往外喷的一幕。我害怕极了，身上直哆嗦，但我没有哭，也没有跑。宋小头吓得浑身乱颤，连连对我说：'鬼！我怕！鬼！我怕！'

"他也没有看到过鬼，以为真是鬼来了。而我那时不知怎么就明白了，那不是鬼，却比鬼更可怕。

"我姐把我妈抱得紧紧的，哭着说：'妈妈我怕！妈妈我怕！'

"'不好了！英子她妈被打死啰！'我妈比她好不到哪儿去，被宋小头妈妈的死吓得话都说不清了，还要乱七八糟地安慰我姐，'乖呀，妈妈在这里保护你，别怕……'

"宋小头听到我妈的话，扭头看他妈妈倒在地上，胸口的血仍在向外喷，他也顾不得怕了，跑过去和姐姐一起抱着妈妈哭喊。或许，这时他才懂得日本鬼子是穷凶极恶、讲话听不懂的'鬼'，而不是那种来无影去无踪的鬼。

"忽听'嘟嘟'又一阵枪声，小英子随着枪响倒在她妈身边，脑浆和血都流到她妈妈身上；宋小头也伏在他妈身上，双手抱着妈妈一动不动。母、子、女三人几乎被血泊浸泡，脸上、身上、地上全都是血。

"我以为宋小头也被打死了，耳边'嗡'一声响，整个人都变成了愣呆呆的木头。

"那个通事跟在日本鬼子那匹马的身后，和狗跑在一块，高喊着：'太君只要花姑娘，别跑！不打人，谁跑就打死谁！'

"骑马的日本鬼子在我妈身边下马，一把将我大姐从我妈怀中拉开，对我大姐笑嘻嘻地说：'花姑娘，美美！'

"那个通事立刻指着我大姐'翻译'：'这是太君，叫你把裤子脱掉，躺下来，给太君性交！性交！'

"这个'太君'对后面的鬼子兵做了个手势，那群日本鬼子便往后退去。我大姐拼命挣扎，哭着骂：'你们这群畜生！强盗！到我们中国来杀人！放火！强奸！不得好死！'

"那个通事不耐烦地喷了声,跨近一步,一耳光就把我大姐打倒在地,接着骑在我大姐身上,把我大姐的裤子扒掉。我大姐无力反抗,哭喊着:'妈妈救救我! 妈妈救救我!'

"我妈扑上去,对那个通事又是打又是咬,也被那个通事挥拳打倒在地。

"日本鬼子看到我大姐下身一丝不挂,满意地对通事竖起拇指:'你大大地好! 花姑娘,你也来塞古! 塞古的!'

"这通事一贯跟在日本鬼子后面吃巧嘴,听了他的话后,高兴得一个立正,九十度鞠躬,堆笑说:'谢太君! 太君大大地好!'

"他说完,不敢打扰鬼子的兴致,乖觉地后退了十几步。

"原地只剩下日本军官和我们一家三口。我们伤的伤,傻的傻,鬼子根本没有把我们当活人。比起我们,他明显更担心身边那匹高头大马。

"那匹马似乎刚抢来不久,还没有驯服,性情暴躁,刨着蹄子嘶嘶鸣叫。鬼子怕马跑掉,先把马的缰绳拴到自己的脚脖子上,这才放下心脱裤子。

"这时,我听到我妈躺在地上自言自语:'光天化日的,也不怕上天报应!'

"她逃出家门时只带了一把红伞,被打得爬不起身,摸索到背后的那柄红伞,便把它撑开,挡着天。

"却不料伞刚好撑到马头前,那匹马突然看到个红色的东西在它眼前飞起,吓得一阵狂嘶,掉头就跑!

"那日本军官被马倒拖在崎岖的山坡上,不停碰撞着碎石和树桩,嘴里痛呼狂喊,马和我们一句也听不懂。他被马拖出一百多米,喊声消失了。又一阵枪响,那马倒下了,弹着四蹄,哀鸣着。那个日本鬼子的尸体依然和马拴在一起,身上的衣服都给树桩剥掉了,赤条条一动不动。

"一伙日本兵跑了过去,想解开日本军官脚脖子上的马缰。可是怎么也解不开,一百多斤的人,拖了那么远,绳结拉得太紧了。实在没办法,一个日本鬼子用东洋刀把缰绳挑断了,另一个日本鬼子身背一个小皮箱,上面有个红色十字。那时候我没有看过那东西,不知道是药箱。后来我参加了八路军,才回想起来,那就是卫生箱。他从那小皮箱中拿出一个银光闪闪的东西套在耳朵上,又用一个白色的圆东西,有酒杯口大,贴在那个日本鬼子胸部挪来挪去。过了一会他直起身来,摆摆手。然后从那小箱子里拿出个小瓶子,又拿出一根带针的玻璃管,用小钳子把那个小玻璃瓶敲碎,把里面的水吸进那个玻璃管里,在那个日本鬼子屁股上扎了一下。结合我后来学到的知识,那应该是注射器。那个日本军官可能还没死透,所以给他打了一针强心剂。

"我大姐早就吓呆了,我妈倒是恢复了点力气,她爬起身,示意我过去。

"我连忙帮我妈把大姐拉起来,我妈指着旁边茂密的树林说:'我们快跑!'

"我下意识朝宋小头和他妈、他姐那里望了一眼,他们一家三人紧抱着泡在血泊里,我那时候太小,也不懂死亡是什么。我学着我妈喊了一声:'小头快跑!'

"宋小头平静地趴在他妈身上,源源不绝的鲜血环绕流动。他没有回应我。

"我和妈妈、姐姐跟跟跄跄地往森林里跑,没跑几步,听到熟悉的'嗒嗒'枪声,子弹击中我身边的大岩石,被击碎的岩石飞溅开来,我的右腿顿时鲜血直流。

"'别跑!跑就打死你们!'那个通事的吼叫声传来,我和妈妈、姐姐都刹住脚步,不敢动,也不敢坐下。我比她俩胆子大些,回头望了望,看到两个年轻的日本鬼子向我们走来,停在我们身后几米的地方,端起枪,枪口对准我们三人。

"他们的不远处正是宋小头一家人,我忍不住又看了两眼,从我的角度看不见宋小头伤在哪里,只看到她妈和她姐姐身上的鲜血还不断地向外淌。

"再远处,一棵高大的树迎风晃了晃,树上不知从哪里飞来的几只乌鸦,对着那个死了的日本鬼子呱呱地叫着,好像在庆贺。叫声又引来几只喜鹊,翘起尾巴对那伙日本鬼子喳喳乱喷,好像在说'罪有应得!罪有应得!'。我猜这些鸟儿可能是最早被枪声惊飞的那群,恋家,飞走又回来了。一个年龄大的日本鬼子注意到鸟鸣,指指树上,不知说了几句什么话,随即只听一阵雨点般的枪声,把那棵大树上的树枝、树叶打得纷纷掉落。乌鸦和喜鹊惊得扑棱棱飞走了,一边飞一边叫,似乎在说:'鬼来啦!鬼来啦!'

"我越看宋小头越觉得他没受伤,身上的血都是他妈和她姐的,他自己并没有往外流血。

"我想去拉他一把,看看他是不是还活着。我偷偷朝那两个日本兵瞟了一眼,他们倒是没关注我,手里的枪对准我妈和我大姐,四只眼睛放着绿光,像野狼一样凶相毕露。我刚走半步,吓得又退了回来。

"僵持了大约半个小时,日本鬼子可能是到山下村庄里抓民夫,抬那个死去的日本鬼子军官,但没有抓到人,只抢回一扇门板。他们把那个日本军官放在门板上,四个年轻的日本鬼子抬着,后面跟着几个日本鬼子端枪护卫着往山下走。

"我心头一松,天真地想:太好了,鬼子走了,我们就可以回家了!

"没想到尸体抬走了,剩下的日本鬼子又卷土重来,带领一群大洋狗,疯狂地向我们扑来!

"鬼子的怒吼声，狗的狂叫声，鞋踏山石的咔嚓声，所有的声音都令人毛骨悚然。眨眼工夫，'恶鬼'就冲到了我们身边。一群狼狗围绕宋小头他妈和他姐姐的尸体狂吠。这些畜生嗅到血腥味，张开的狗嘴里腥臭的口水不断往下滴。

"那个年纪大的日本鬼子对血泊中的三人看了一眼，竖起枪托朝宋小头屁股上使劲一捣，把他捣得翻了几个滚。宋小头'哇'一声哭了出来。他果然还活着！

"宋小头双手捂着屁股，想爬起身，可是站了几次也没能站起来。他从那以后走路就歪呀歪的，应该是坐骨神经受到永久伤害。而我当时只觉狂喜，沉浸在宋小头没有死、宋小头还活着的喜悦之中，差点喊出声。我忘记害怕，跑出去拉他。刚跑两步，我身边一个日本鬼子飞脚踢在我右腿上，当场把我踢倒在地。

"那个日本鬼子是个二十几岁的青年，我还是个孩子，这一脚他不知道使了几分力，我的腿钻心一般痛。我颤抖着伸手摸了摸，骨头好像没断，可我痛得不停流眼泪，又不敢哭出声。

"我大姐离我比较远，想过来拉我，她身边的日本鬼子反手又是一耳光，接着也抬脚把她踢倒在地。我大姐没有哭，她爬起来瞪了一眼那个日本鬼子，我妈已经把我扶起来，又冲她焦急地摇头。日本鬼子只许我们原地站定不动，谁动就打谁。

"那边的狼狗可能饿了，不肯听指挥，对着小头妈妈姐姐的尸体吠叫不止。年纪大的日本鬼子探手摸了摸狗头，抬起手对宋小头妈妈和姐姐的尸体指了一下，嘴里不知喊了声什么。这群狼狗应声扑了上去，只几秒钟就把衣服撕碎。

"一条最强壮、最高大的黑狗很熟练地把小头他妈的胸膛撕开，一颗血淋淋的人心便被这条狼狗狼吞虎咽地吞食。宋小头姐姐的尸体更是惨不忍睹。一个日本鬼子用东洋刀从下部插进，往上一挑，整个腹部被挑开，肠子被挑了出来。那群狼狗争着抢食，只十几分钟两具人体仅剩下赤红的骸骨。那群狼狗吃饱了，嘴巴、身上都是血，蹲在主人身边兴奋地甩动舌头，摇晃尾巴……

"我一生中在战场上看过许多尸体，那一幕是最让人恐惧的。直到现在，那群日本'恶鬼'豢养的恶犬还会在我噩梦中反复出现。"

赵伟民老人暂停讲述，皱了皱两撇长长的雪眉，嘴唇不受控制地战栗。在场的王家人早就听得入神，王园园一边擦眼泪一边轻声抽泣，朱丹也低头拭泪，王诚毕竟是男子汉，可他的眼眸也湿润了。

王诚和朱丹以往也听过不少类似的惨事，仍被赵伟民的一番回忆打动了，王园园感受到的情绪比爸爸妈妈更激烈。她在学校里学过历史，知道日本鬼子侵略中国、杀人放火；侵华日军南京大屠杀遇难同胞纪念馆也去瞻仰过，里面有万人坑、白骨堆……但白纸黑字的记录永远没有活着的人、经历过那一切的人亲身讲述来得具体而惨烈。

王园园擦干眼泪，一再端详赵文锋的爷爷，发现老人精神矍铄，一双深陷闪动的眼球在晶晶泪水中转动。这时，她已经忘了从老人脸上寻找与赵文锋相似之处，她看出老人内心深处藏着更痛的伤痕。她想了解那些，不仅因为那是赵文锋的家史，是今后她与赵文锋的共同话题，更因为那是身为一个中国人共同的伤痛。

她朝爸爸妈妈瞟了一眼，发现爸妈还在沉思中，只好自己开口，轻声追问："日本鬼子有没有把您带走呀？"

老人对王诚、朱丹、园园扫视了一眼，稍稍整理了一下思绪，藏在腹内八十载的伤疤被揭破，又开始汩汩流血。他虽然过去与儿孙多次忆苦思甜，但这次的听众是客人，还是市里的领导，他不由得更加动情。

老人干瘪的嘴唇又翕动起来："两个日本鬼子端着带刺刀的枪，走到我妈我姐跟前，叽哩哇啦地不知讲什么。那个通事翻译说：'皇军叫你们跟他走，把你俩带到营房里，过好日子，管吃管喝不要钱。'

"我妈一听当时就坐了下来，哭着不愿去。我大姐也坐了下来，好像已经看到日本鬼子下一步的恶行，嘴里喊着：'你们这群强盗，坏事做绝，还要干什么呀？！'

"通事狠狠踢了我大姐一脚，骂她：'皇军喜欢花姑娘，你是去过好日子！他妈的！敬酒不吃吃罚酒，走！'

"他在这头骂，站在我大姐旁边的另一个小矮个日本鬼子就用刺刀扎我妈的腿，鲜血瞬间染红了裤子。我大姐看我妈受伤，连忙从地上爬起来，说：'走吧！中国有四万万人，你能杀得尽吗？！'

"我妈还要拦她，我大姐把我妈也拉起来，擦干眼泪说：'妈妈走，屈膝是没有用的，我不信他们能在中国横行一辈子！'

"大姐这几句话我后半辈子都记得清清楚楚。她只上过几个月小学，因为家里穷辍学。我以前不觉得她和我有什么两样，没想到她这样坚强，深明大义。或许，这出于中国女性高贵的本能吧。

"我妈抱着我大姐哭，我记忆中她说的最后一句话是：'我的乖呀，我们一去再也不能回家了，这都是一群吃人的狼！'

"日本鬼子并不管她愿意或是不愿意，用枪指着她们，她们不得不往山下走去，我也被迫跟在他们队伍的尾端。

"宋小头的妈妈和姐姐给日本鬼子杀了，尸体也被那群大狼狗撕成碎片，前后几十分钟，他就变成孤儿，天大地大无处可投。他只认识我，沉默地跟在我身后，一拐一瘸地走着。我想偷偷靠近妈妈和大姐，日本鬼子把我踢进路边水沟，宋小头沉默地将我从水沟里拉起来。

"我全身湿淋淋的，幸好是八月十五，天气还不太冷。宋小头腿疼走得很慢，我被那日本鬼子踢倒后，身上一点劲儿都没有，两个人臂挽着臂才能勉强继续走。或许也是因为中午没有来得及吃饭，我们肚子都饿了。现在的年轻人可能理解不了，我们小时候穷，家里经常缺粮断炊，饿得手脚无力，还会满身大汗。几十年了，我现在仍然有这毛病，参加八路军以后才知道是低血糖，吃一块糖就好了。

"我和宋小头两人像两条奄奄一息的小狗，互相帮助，用尽全力追赶日本鬼子的队伍。大约走了两个小时，那伙日本鬼子押着我妈她们进入一个小山坡下的大院子。

"那个院子周围没有人家，光秃秃的，只有稀稀拉拉的几棵白杨树。院墙四个拐角上是四座很高很高的炮楼，大门口有两个恶煞般的日本鬼子，手握钢枪，笔直站着许久不动。

"以我现在的眼光看，那山坡附近视野开阔，日本鬼子选择这个地方作营房，可能是为了预防八路军袭击的。当时我什么都不懂，只知道我妈和我姐被日本鬼子押进院子，拐个弯消失了。我妈在进门时还回头望了望我，满脸忧急，对我摆摆手，或许是叫我不要乱来，不要再激怒日本鬼子，不要去找她们……可惜，我永远也不知道她到底想说的是什么。

"我如今回想自己的一生，妈妈和大姐消失的那一刻最着急，最伤心。我连哭带喊，要往门里跑，左边站岗的日本鬼子抬脚踩在我的腿上，把我当场踹倒。我疼得站不起来，但嘴里还喊着：'妈妈！大姐！你们等等我！我要跟你们一块去！'

"不管是站岗的日本鬼子，还是把我们掳来的日本鬼子，没有人再理会我，他们嘻嘻哈哈地从我身边经过，就像我是一条毫无威胁的流浪狗。

"哦，不，比起那些吃人的恶狗，我连狗都不如。

"只有宋小头还把我当人，他拉我起来，陪我坐在门口哭，不敢走也不愿意走。

"我俩在门口等了约半个小时，天已经快黑了，终于出来一个便装男人，远远冲我们招手。这人乍一看不知是日本鬼子还是中国人，仔细再看，太阳穴上有块疤痕，迎着光发亮。

"我认得他，不就是跟日本鬼子去'扫荡'的那个通事吗？

"他和站岗的日本鬼子说了几句我听不懂的话，又打了一下我的头，对我和宋

小头说中国话:'跟我走!'

"后来我才知道,这个通事绰号'狗班长',真名叫徐日新,说白了就是'徐日亲',不知是他自己取的还是本来的名字,听名字就是个万恶的狗汉奸!

"'狗班长'没有让我和宋小头进大院,而是到了离那个大院约二百米的地方,是另一个比足球场还大的矮墙大院。东墙根下放了一排铁笼子,里面关着几十条狼狗,有黄的、灰的、黑的,还有花白毛的狼狗。那些凶神恶煞的狼狗看到我俩进门,两腿竖起来扒在笼子上,'汪汪'地叫得震天响——正是吃掉宋小头妈妈和姐姐的那群恶狗!

"宋小头一把握紧我的胳膊,我也大吃一惊,我俩身上都抖个不停,说实话,比看到那群日本鬼子还害怕。

"看到我们走进院子,立刻出来几个人,三个聋哑人,两个瘸子。其中一个叫作小徐,瘦高条儿,走起路来脚点呀点的,两个眼珠深深地陷在眼窝里,肚子瘪瘪的。又有一个姓金的,又矮又黑又瘦,蓬头垢面,没有穿衣服,套了件可能是捡来的破烂军用裤头,到处是洞,尿尿都无须解裤子。还有一个姓伍的,是这群人里面最小的,大约只有八九岁,爱哭,我印象中他累也哭,饿也哭,怕也哭。最后一个是个直不起身的龟腰老头。

"龟腰老头对'狗班长'弯腰鞠躬,腰本来就龟,再弯腰,头就快着地了。他说:'班长有什么吩咐?'

"'狗班长'指了指我们,对龟腰老头说:'这两个小孩以后归你管,叫他们打扫狗圈,喂狗。'说完也不理老头的反应,转身走了。

"他走了,龟腰老头还一时不敢抬头,俗话说'聋子好打岔,哑巴好讲话',他不理我们,那三个聋哑人却对我们瞪着眼睛'啊!啊!'叫,不知说的什么。

"其中一个哑巴表达能力较强,边说边用手指向日本鬼子的营房,腿上做了一个踢脚的姿势。日本鬼子打人好像习惯用脚,我刚才被那站岗的踩了一脚,余痛未消,下意识缩了缩身子。那哑巴看我和宋小头不睬他,又重复了一次踢人的姿势,胳膊使劲朝日本鬼子营房挥舞。

"我还是没看懂,害怕得浑身颤抖,我越是抖,那些大狼狗对我和宋小头越是疯狂地叫个不停。宋小头的妈妈和姐姐就是被这群狼狗吃掉的,他既恨又怕,吓得脸都紫了,'哇'一声哭了出来。

"这时,那个龟腰老头终于出声,出乎意料地和蔼。他抚着宋小头的头说:'孩子别怕,那些大狗比日本鬼子好,比刚来的那个"狗班长"也好。日本鬼子杀人放

火，那个"狗班长"为虎作伥，这些狼狗都听我的话，我叫它们干什么它们就干什么。'

"他指了指那聋哑人和瘸子，又说：'他们和你们一样，都是被日本鬼子抓来的。给鬼子喂狗，只管吃饭，没有工资。我们每天都要为狗洗澡，洗不干净要挨打，狗毛没梳好要挨打，狗圈没有打扫干净要挨打，狗没有喂饱还要挨打……管我们的就是刚才送你们来的那个"狗班长"，打我们的就是他。他会讲日本话，会拍日本鬼子马屁，受到日本鬼子重用。他不但是"狗班长"，还当翻译。我名叫张茂松，你们今后听我的，我就能护住你们。'

"这一番话语简直是救命的稻草，宋小头立即不哭了，我听了以后身上也不颤抖了。我们最怕挨打，之前都被日本鬼子踢过，大头皮鞋踢在身上像刀扎一样痛。现在只要听龟腰老头的话就不会挨打，我们的小心脏像是落回了胸腔里。

"我不怕挨打了，就想着我妈妈和我大姐，不知道她们现在怎么样了？吃没吃晚饭呢？住在哪里呢？有没有挨日本鬼子打……耳里听到那些大狼狗的叫声，宋小头妈妈和姐姐的惨况不由自主地浮现在我眼前，我又害怕起来。宋小头不哭了，我开始抽抽噎噎地哭。

"那个张老头把我搂进怀里，连连说：'别怕孩子！别怕孩子！我会保护你的！'我紧紧抱住那个老头的腿，感觉他像亲人那么亲，抽泣着喊声'张爷爷'，问他：'你能找到我妈妈和我姐姐吗？'

"张老头听我喊他爷爷，把我搂得更紧了，不明所以地问：'你妈和你姐在哪里呀？'

"我和宋小头你一言我一语，把我们的恐怖经历告诉了他。他好像在想什么复杂的问题，半晌才叹了口气，说：'孩子，别担忧，善有善报，恶有恶报……'

"张爷爷的话还没有讲完，日本鬼子住的那个大院里一阵铃响，张爷爷连忙松开我，解释说：'日本鬼子开晚饭了，我们也要在这个时间喂狗。'

"随着铃声响起，关在铁笼里的那些狗一起狂吠起来，我现在知道应该是条件反射，当时却又吓了一跳。

"张爷爷拍了拍我，从衣服口袋里掏出一个小哨子，'呜呜'吹了几声，那三个哑巴和两个瘸腿子便走进附近的小屋，每人挑了两只木桶出来。

"我和宋小头好奇地过去围观，桶里装着的应该是狗食，是些牛肉和杂粮馒头，比人吃得好多了！

"我后来知道，像这样精壮的狼狗吃的都是狗营养师配好的狗粮，里面的牛肉少数是从市场上买来的,大部分则是下乡'扫荡'抢来的,是我们中国人看得比眼珠子更珍贵的耕牛!

"当时我想不到那么多,只嫉妒狗吃得比人好。中午我在家只吃了几块肉,饭还没有来得及吃,现在闻到牛肉香味,嘴里流口水,两条腿直打软。

"张爷爷见多识广,看我脸色苍白,脸上汗珠不断滚落,马上叫我坐下。他警觉地往四周瞥了几眼,从木桶里拿出块牛肉,对我说:'孩子快点吃,那个"狗班长"一到餐点就来检查,被他发现会挨打。'

"我感激地接过,牛肉没熟,嚼不动,我还是狼吞虎咽地吃了下去。后来我才知道,狼狗不给喂熟食,不管是喂牛肉还是其他动物肉,都是半生不熟的。这是为了保持狼狗的野性。喂熟食时间长了,野性退化,攻击性就减弱了。

"所幸'狗班长'没有抓到我偷吃,在张爷爷照看下,我和宋小头这惊心动魄的一天总算熬到头了。

那天夜里,我跟张爷爷睡在一个地铺上。没有被子,也没有帐子,蚊子挺多。一天的折磨和惊吓,我倒头就睡着了。宋小头和一个叫'小徐'的瘸腿青年,他们睡在隔壁另一间房子的地铺上。

"天刚亮,大院子里就吹起床号,张爷爷利索起身,把我和宋小头喊醒打扫狗笼。

"狗吃半熟肉食,屎特别臭。我们嗅到就恶心,想呕,但也不得不扫。每天早晨我们打扫的时候,日本鬼子大部分在那边大院里上操,少部分会来这个院子里驯狗。

"我留了个心眼,一边打扫狗笼,一边偷看他们如何驯狗:有的日本鬼子骑着自行车在前面跑,狗跟在后面追;有的日本鬼子把东西藏起来叫狗去找;有的日本鬼子指挥狗撕咬稻草人;有的日本鬼子驯导狗爬梯子、过天桥;有的日本鬼子穿着橡皮衣,戴着手套、面具与狗搏斗……

"张爷爷告诉我说:'这里是日本鬼子华东驯犬基地,这些狗都是全世界最威猛的七大军犬。大部分是德国种,价格不菲。'

"他指着一条像小驴那样大的长鬃金毛狗说:'这条狗是德国种,凶猛、好斗、耐力强。'又介绍一条伸着长舌头、翘着锥形尾巴、黑色短毛的狗说:'这条也是德国种,名叫罗威纳犬,战斗力极其强悍。'

"我听得半懂不懂,张爷爷望向那些正在驯导狗的日本鬼子,嗫了嗫嘴,轻声说:'日本鬼子比中国人少,他们养这些恶狗,都是为了杀我们中国人。'

"宋小头听得哭了起来：'张爷爷我要打它们，它们把我妈、我姐都吃了，太可恨了！'

"张爷爷摇了摇头，叹气说：'狗是畜生，畜生懂什么？它们只是日本鬼子的杀人工具，工具无罪，有罪的是日本鬼子。等我们把日本鬼子打倒了，狗也就没有这些用处了。'

"我和宋小头互相望了望，还是听不太懂。

"场上日本鬼子又带狗跑起来，我问张爷爷：'日本人为什么每天带着狗跑那么久？'

"'减膘。'张爷爷解释，'狗如果只吃不操练，长胖了会跑不动。'

"还有十几条狗围绕着一个站立的橡皮人，在院子另一边操练。驯狗的日本鬼子站在橡皮人旁边，提高声音呼啸，那十几条大狗迅速抬起头，齐刷刷瞪向他。几秒钟后，那个日本鬼子又叫了一声，同时抬手指向橡皮人。

"刹那间，十几条大狼狗蜂拥而上，将那个橡皮人冲倒在地。它们用锋利的爪牙在橡皮人身上又是抓又是咬。不一会儿，最强壮的那条狼狗就把橡皮人胸膛扒开来，掏出一颗血淋淋的心脏，用爪子捺着，疯狂地撕咬吞吃。没有吃到的狗也不甘示弱，纷纷冲过来与它争抢。

"十几条小牛犊般的大狗打成一团，我不由想起它们撕咬宋小头妈妈和姐姐的场面，双腿直打哆嗦。宋小头可能也想起那一幕，咧了咧嘴，放声哭了出来。

"'别哭，'张爷爷连忙捂住他的嘴，悄声说，'那个'狗班长'在那边，他看到又会打你。'

"宋小头立刻不敢哭了，紧紧咬着嘴唇，一面打扫狗笼一面呜咽。

"我躲开'狗班长'望过来的视线，低下头问：'张爷爷，橡皮人为什么有心？狗吃的是什么心？'

"张爷爷沉声说：'是猪心，有时也用人心。'

"我既害怕也不解，问道：'他们为什么要把心放在橡皮人里给狗扒出来吃？'

"张爷爷不知叹了第几声，说：'这是为了驯导狼狗专门吃活人，据说是从德国法西斯那里学来的。用这种办法，可以搞刺杀。'

"说着话，干活好像也没那么累了。我们先打扫狗笼里的狗屎狗尿，然后用水冲洗。那个'狗班长'偶尔会在狗笼前面来回走动，监视我们干活的进度。打扫冲洗干净以后，张爷爷走到'狗班长'面前弯腰鞠躬，请他验收。

"正像我昨天看到的那样，张爷爷本来就是龟腰，再鞠躬，头就要碰地了。那个

'狗班长'却毫不怜悯,抬腿就踢他一脚。

"那一脚踢在张爷爷头上,老人瞬间倒地,像皮球那样翻了个跟头。'狗班长'还呵斥他:'滚开!'

"我和宋小头壮着胆子把张爷爷扶起来,'狗班长'没有理会我们,走到狗笼旁边跟狗一样东嗅西嗅。

"验收完狗笼,那些大狼狗也结束驯导回来了,张爷爷又带我们给大狼狗洗澡、梳毛。

"我和宋小头不但恨那些大狼狗,更害怕那些大狼狗。张爷爷给我俩一人一把铁齿梳子,我们哭着不敢去。张爷爷苦笑,说:'伺候狗比伺候日本鬼子好,也比伺候那个'狗班长'好。去吧,我叫它不咬你们,它就不会咬你们。你们给它梳毛,它觉得舒服,还会对你们摇尾巴。'

"张爷爷把我们领到那条扒吃猪心的狼狗的笼子里,教我和宋小头先轻抚狗头,再在它脖子上力道适中地摸了摸,最后用铁梳子替它梳毛。那条大狼狗果然一动不动地站着让我梳。

"张爷爷欣慰地说:'好了,它再也不会咬你了。'

"第三天,我们正在给狗喂晚餐,那个'狗班长'忽然来了。

"今天的狗粮是马肉,我猜是那匹拖死日本鬼子的马,心里很有几分畅快,怕'狗班长'看出来,赶紧把头埋得低低的。其他人也不敢出声,大家尽量离'狗班长'远些,只有三个哑巴在他身边挑狗食往狗笼投送。

"突然,哑巴们被什么东西吓得哇哇乱叫,我抬头望去,居然在狗粮桶里看到半只人脚!

"我不敢置信地再看一眼,越看越像我妈的脚!我妈下地干活都是赤脚,右脚大脚趾被碴子割破,患上了甲沟炎,整片脚指甲烂掉。那半只脚大脚趾没有指甲,光秃秃的肉坑,正是我熟得不能再熟的妈妈的脚!

"我脑子里'嗡'一声响,停止了思考,再回过神时,我已经把妈妈的半只脚抢过来,抱在怀里号啕大哭。

"那个'狗班长'似乎在呵斥我放开,我怎么可能放开?!我的妈妈,或许还有我的姐姐,都变成了狗粮!三天前我们全家整整齐齐,现在全家只剩下我一个人,我活着有什么意思?我为什么还要活着?就让他们杀了我,杀了我,把我也剁成狗粮!

"我把那半只脚紧紧护在怀里,'狗班长'狠狠地踹了我一脚又一脚,把我踢倒

烽火少年

在地,我不放;他把我踢得在地上翻了几个滚,我仍然死都不放。

　　"张爷爷过来救我,拉住'狗班长'连连劝说:'班长,息怒!息怒!孩子不懂事……'

　　"'狗班长'正在气头上,反手将张爷爷扇开,回头继续收拾我,一边踢蹿一边破口大骂:'反了天了,我看你狗日的放不放!'

　　"他重重一脚踢在我太阳穴上,我眼前一黑,没了意识。

　　"再醒过来,我先听到我自己的声音,干涩地、微弱地念叨:'妈妈,妈妈,你的脚怎么被弄到这里来了……'

　　"'孩子,'张爷爷的呼唤让我彻底苏醒过来,他摸了摸我的眼皮,将我的脑袋扶起来抱在怀里,'头疼不疼?'

　　"我'嗯'了一声,那时候还不知道,由于颅脑受过两次重创,我已经留下后遗症。往后几十年,每逢天阴下雨我就会失眠,严重时彻夜难眠。

　　"张爷爷替我按揉太阳穴,又一下一下抚摸我的脊背,像妈妈讲故事那样在我耳边温柔说话:'孩子,国家危亡,百姓遭殃。你不能放弃,我们都要等,这些奴颜婢膝的汉奸总有一天会受到人民的审判。'

　　"我昏昏沉沉,懵懵懂懂,问道:'张爷爷,什么叫'审判'呀?'

　　"张爷爷笑了笑,坚定地说:'就是把'狗班长'这样的人逮起来,问罪,判刑!'

　　"我还是没听懂,但我从他的语气里品味出我想要的信息。我在张爷爷怀里艰难翻身,搂住他,有气无力地说:'替我妈妈、姐姐报仇……'

　　"'一定报仇!'张爷爷拍拍我,'好孩子,有志气,有骨头!'

　　"我对'志气''骨头'这两个词一点都不懂。张爷爷拍着我的脊背,没什么肉的脊梁骨'啪啪'作响,我心里想着:对,我就是有骨头的人。

　　"天又亮了,隔壁日本鬼子大院里吹响起床号。

　　"张爷爷对我说:'孩子,你受伤了本来应该休息,就怕那个'狗班长'又来打你。这样,你还去干活,我们两人在一块,你梳狗毛,慢慢做当休息,我替你打掩护,他就不会盯着你。'

　　"我自然没有意见,张爷爷把我扶起来,我们出门与宋小头他们会合。

　　"宋小头和一个瘸腿青年睡在隔壁地铺上,'狗班长'觉得小孩子贪玩,把我们盯得特别紧,白天我俩根本不敢靠近彼此。这天晚上,我俩躲在外面墙根下,偷摸说话。

"宋小头开口就是一个大消息,告诉我他要逃跑。我俩同年,他没有我高,但他亲眼目睹母亲和姐姐惨死,变得比我懂事多了。

"他说:'不逃不行,在这里迟早会被日本鬼子打死喂狗。'

"我其实很同意他的话,可是张爷爷昨晚说了,之前也有被抓来的人夜里逃跑,其中一个被炮楼上的日本鬼子用机枪打死,另一个当场喂了狗。

"宋小头听我转述以后也吓到了,白着脸说:'那就等等,总有机会,反正不能在这里等死。'

"这一等却是长得望不到尽头的苦难,睁眼就要干活,'狗班长'从早到晚检查十几次,一怕我们偷懒,二怕我们逃跑,动不动便拳打脚踢。我每天一想到我的妈妈和姐姐就会哭,又不敢大声哭,憋得经常喘不上气来。那段时间不是过日子,是熬命。

"幸好有张爷爷,我们没有听过他谈论自己,不知道他有什么样的悲惨往事,只知道他把我和宋小头当自己的孩子一般关爱。

"冬天到了,我和宋小头只穿着一身秋天的破烂单衣,夜里气温下降,我们都没有被子盖,冻得根本睡不着。我想,快下雪了,这样下去我和宋小头会冻死。也好,冻死总比被日本鬼子杀死强。

"张爷爷不想我们死,把他仅有的一件破棉袄脱给我穿。我当然不能要,张爷爷这么老了,不穿棉衣也会冻死的。我不穿,他又拿给宋小头穿,宋小头也不穿。我们两个小孩有小孩子的聪明:张爷爷是唯一对我们好的人,他冻死了我们就没有依靠了。

"张爷爷比我们更聪明,在下雪之前,他终于想出一个办法:把稻草抖乱揉软,夜里给我和宋小头当被子盖;白天编得像蓑衣一样,绑在身上当衣服穿。这样虽然还是很冷,但不至于冻死。

"因为稻草衣服,后来还出了点小意外。为了防风,我和宋小头全身都裹在稻草里,腰间、腿间更用草绳细细密密地扎起来。我穿成这样去喂狗,狗乍见异物,猖猖狂吠,吓得我连喊'闭嘴'。后来,它们大概嗅出我的气味,又听到我的声音,翘起尾巴摇了摇,也就不叫了。

"张爷爷说得对,狗比人好太多了。

"又过了个把月,一天上午下起大雪,冷到牙关打战。张爷爷突然把我拉到墙根,流着眼泪说:'孩子,你和宋小头快要离开我了。没想到你们小小的年纪,竟然遭到这样的厄运……'狗班长'通知我,明天早上要拿你和宋小头做狗吃活人心的

观摩驯导！'

"我并不懂'狗吃活人心'的驯导是怎么一回事，傻愣愣地问：'什么叫观摩驯导？我和宋小头都没有看过，我们不会。'

"张爷爷把我使劲搂进怀里，带着哭腔说：'就是要把你和宋小头的心给狗扒出来吃掉，像扒橡皮人那样！'

"我大惊，曾经亲眼所见的一幕幕在眼前闪现，胸膛内还跳动着的那颗心揪了起来，仿佛下一刻它就要为了逃避厄运自行爆炸。

"我反手抱住张爷爷，两个人在寒冷的天气里因为恐惧而不停哆嗦，我颤抖地说：'张爷爷你救救我们，我妈和我姐，宋小头的妈妈和姐姐，已经那么多人都被狗吃了！我俩要为她们报仇，不能再给狗吃！你救救我们吧！'

"我是病急乱投医，其实不指望张爷爷真的能救我们，但他抱着我思索了一会儿，出乎意料地说：'我去想想办法，能不能救，要看你俩的造化了。'

"下午，我看到张爷爷向'狗班长'请假，他说：'有一家人养了一条土耳其大狼狗，有小毛驴那么高，特别聪明，我去把它牵来送给皇军。'

"'狗班长'不疑有他，高兴地同意了。

"张爷爷回来得很晚，果真牵了一条土耳其特驯狼狗回来。'狗班长'邀请几个皇军观摩，让它和其他狼狗较量，看看新狗的对抗性。

"几条德国狗都被这条土耳其狗打败了，皇军伸出大拇指对张爷爷说：'大大地好！大大地好！'

"张爷爷可能觉得一条好狗能够换回我和宋小头两条贱命，'狗班长'却不这么想。第二天，'狗班长'把我俩叫过去，每人塞了两个干冷的隔夜馒头，又命令我们穿上一模一样的灰衣服，将我们关在大院角落的一间小屋里。

"为了防止我们逃跑，'狗班长'安排两个伪军在门口荷枪看守。我和宋小头偷听他们聊天，原来我们身上穿的是八路军的衣服。日本鬼子是要用我和宋小头假扮八路军，做狗吃活人心的观摩驯导！

"小黑屋里，我和宋小头抱在一块，又冷又害怕，除了哭不知道还能做什么。我之前以为自己已经不怕死了，直到那时才知道，人最悲哀的是知道自己的'死期'，真正体会到'宁愿痛苦地活着，不愿舒服地死去'。

"我们不知道哭了多久，哭着哭着，好像有个人把我搂在怀里，温柔地说：'孩子别哭，天快亮了，太阳快出来了，很快就要暖和了。'

"好像是张爷爷搂着我，又好像是我妈妈，可是，我妈不是给日本鬼子杀了吗？

不，不是我妈，是张爷爷。他每天夜里都像这样搂着我，哄我睡觉。

"张爷爷说：'孩子，睡吧，还不到半夜，出太阳的时间还早着呢。'

"我听张爷爷的话，含着眼泪睡去，在他怀里像婴儿那样蜷缩起来。突然，我看到我大姐站在旁边哭泣，披头散发、满身是血！我刚叫了声'姐'，我妈也来了，我扑过去，我妈和我姐抱住我，妈妈吻着我的脸，她全身冰凉，我冷得直哆嗦，却舍不得放开。我们一家三口终于又在一起了！我来不及高兴，近处出现一群日本鬼子，带领凶猛的狼狗向我们冲过来！

"'妈妈！姐姐！快跑！'我惊恐地高喊，一阵巨响像劈头打了个闷雷，将我从梦中惊醒。

"我一骨碌爬起来，听到小黑屋外面响声不断，从日本鬼子营房东南、西南传来，比打雷声还强烈。

"宋小头也被惊醒了，口齿不清地说：'牛、牛崽，这是日本鬼子放高升（即鞭炮）了，要、要把我俩送给大狼狗扒心！'

"那是高升吗？不，我听到那些声音分明比高升还响亮，连地都在震动！我抹了一把眼泪，哆哆嗦嗦地说：'这不是放高升，是别的声音，太可怕了！'

"我们从门缝里隐约看到一道道像闪电一样的白光、红光、紫光闪动，还有一些略低一些的，像日本鬼子打死宋小头他妈妈和姐姐那种声音。这是枪声吗？深更半夜日本鬼子开枪打什么呢？还有'嗵''嗵''嗵'……像高升的声音，但比高升要响亮沉重许多倍，到底是什么？

"门忽然开了，看守我们的一个伪兵探头进来，急匆匆地说：'八路军来打日本鬼子了，不想死快跑！'

"八路军来打日本鬼子了，狗吃不了我们了！

"我和宋小头绝处逢生，喜得眼泪鼻涕流了满脸，结结巴巴道谢。那个伪军做完好人，自己先抓紧机会溜了。

"我们两个小孩子，让我们跑也不知道往哪里跑，于是跑回宿舍去找张爷爷。没见到张爷爷，倒是遇到瘸腿小徐和小五、小金，他们站在门口，边张望边小声议论。那三个哑巴没有出来，我猜是因为他们耳聋，听不到声音。

"我和宋小头十分紧张，远远地冲他们三人喊：'张爷爷呢？'

"那三人也很惊慌，同时脸上藏不住喜气。小金告诉我们，张爷爷被'狗班长'支派出去，张爷爷关心我和宋小头，回来以后立刻找我们，可是我和宋小头都消失了。张爷爷打听到'狗班长'把我和宋小头关在小黑屋里，想去安慰我们，走到距那间小屋还有几十步，就被那两个看守的伪兵喝止。张爷爷忐忑不安地回来，后来小金就再没有见过他。

"小金说完，指了指日本鬼子军营方向，那里有闪亮的火光和紫黑色的雾气。他提高声音说：'别找张爷爷了，你听，是炮弹声和枪声，八路军来打日本鬼子，我们可以跑了！'

"原来那比雷声更响更沉的是炮弹的轰鸣声！

"我只见过农村里两帮人吵架、打架，但没有看过用枪炮打仗。第一次看到炮弹在空中飞舞发出的闪光，听到那可怕的声音，我却一点也不害怕！

"八路军打日本鬼子，我只有高兴！

"见我呆头呆脑地傻笑，小金连忙把我拉到他身边，提醒说：'小心点，子弹会打死人的，往墙根下面站。'

"我被他一说，想起宋小头他妈妈和姐姐被日本鬼子开枪打死的场面，不由得直打哆嗦。宋小头就跟在我旁边，我问他害不害怕。他点点头，又摇摇头，刚要开口，忽见院子里一道闪光，我们没有一个人反应过来，那比雷还要响的声音就在耳边炸响。

"每个人都被震得脑子停转，过了半晌，耳朵才慢慢地又听到声音，只听狗笼子里的狗全体疯狂地吠叫，然后小徐喊了一声：'我的妈呀！'

"话音未落，小徐便倒下了，喘着气说：'我的腿，我的腿中弹了！日本鬼子从炮楼上打过来的炮弹落在院子里了，可能就落在狗笼里。'

"我蹲下来摸他的腿，还好，只是左腿上有个小血口子，应该是轻伤。伤口不大血流得却多，他只穿了条单裤，裤子很快被血浸透。小徐还有空说笑：'幸亏是这条坏腿，要不然连要饭都不能走路了。'

"我心慌意乱，傻乎乎地跟着他问：'你这条腿是怎么瘸的？'

"他说：'要饭时被狗咬的，肿成两条腿那么大，先流脓后淌血，好不容易活了下来，腿就再也伸不直了。'

"我俩其实都吓坏了，勉强说说闲话分神，只见连续几道火光落在院子里，又一阵轰然巨响伴随狗的狂吠声。

"宋小头也蹲下来，趴在我耳边吼叫，我听起来却是模模糊糊的：'这次可能是八路军的炮弹……'

"我们都希望宋小头说的是对的。小徐抓着我的手说：'对，一定是八路军打日本鬼子的炮弹！狠狠地打，把日本鬼子都炸死！把那些恶狗也都炸死！'我和宋小头把小徐从地上挽起来,他搭住我俩的肩膀,摇摇晃晃地支撑着,笑着说:'牛崽,我要是以后都不能走了,我就教你要饭,你到时候给我一点吃的好不好?'

"我分不清他是不是说真的,傻乎乎地摇头说:'我没有要过饭,我们会饿死的。'

"小徐张了张嘴,又是几声震耳欲聋的爆炸声,狗叫得声嘶力竭,我再也听不清他说什么。

"我们逐渐有了点经验:炮弹来了,就趴下来;炮弹炸完以后,再站起身透透气。如此几番,又一阵炮弹爆炸过后,枪声像春节放鞭炮一样响个没完,同时军号长鸣。

"我听到枪声、炮声,还有很多很多人高喊:'冲锋!冲锋!'

"'冲锋'是什么意思呢?我不懂,却听得皮肤表面浮起一层鸡皮疙瘩,我本能地觉得,那是和枪炮一般充满巨大能量的声音。

"大约过了几十分钟,持续不断的巨响震得我耳朵都快聋了。突然,日本鬼子炮楼上的枪声、炮声停止了,火光冲天,那些之前喊'冲锋'的人又喊:'缴枪不杀!缴枪不杀!'

"狗叫声不知什么时候也歇了,我怀疑那些狗已经全部被炮弹炸死,心里感觉很复杂。一方面,我恨它们吃掉了我和宋小头的亲人;另一方面,就像张爷爷说的,畜生又懂什么呢?日本鬼子才是我真正的仇人。

"这种复杂的心理可能只有宋小头明白,我扭头向身旁的宋小头看去,却发现宋小头和没受伤的瘸腿金大哥都不见了。

"我怔了怔,以为他们害怕,躲回屋里了,可是,怎么不叫我?

"炮弹声和枪声已经完全停下,黑夜里一片肃静,我慢慢爬起身,与院门外进来的四个人打了个照面。

"那四人穿一模一样的灰色衣服,每个人肩上背着两支日本枪,右手握手枪,左手拿着手电筒好像在寻找什么。

"我和受伤的小徐都不敢动。他们走到我身边,用手电筒对我们照了照,没有讲话,又散开来在院子里巡视了一周。

"这时,我已经认出他们穿的衣服很像日本鬼子逼我和宋小头换的衣服,日本鬼子要我们假扮八路军,所以他们是八路军吗?!

"小徐也认识八路军军服,我俩互相望了望,不约而同地说:'是八路军来了!八路军来了!'

"四个八路军在院子里仔细搜寻过后,又回到我们身边,用手电筒照着我和小徐,往我们脸上看了几眼。

"其中一个八路军拍了拍我的肩膀,笑着问:'你是牛崽吗?'

"我一听蒙了,八路军怎么知道我的名字?

"我把眼睛瞪得比铜铃还大,不敢回答。那个八路军也不着急,又和和气气地重复说:'你是牛崽吗?你张爷爷叫我们来救你。'

"我一听张爷爷,什么都忘了,激动地一把抱住那个八路军的腿,说:'我是牛崽!张爷爷在哪里?他在哪里我都去!我跟你们走!'

"那个八路军被我逗笑了,单手把我拎起来。另一位高个儿身材魁伟的八路军从屋里出来,问我:'宋小头呢?'

"宋小头和小金不在屋里吗?我疑惑地摇摇头,回过头看小徐。他好像吓呆了,贴着墙根一动也不动。

"我老老实实地回答:'我不知道宋小头到哪里去了,我找他也没有找到。还有小徐在这里,他的腿遭日本鬼子炮弹炸伤了。'

"我身旁的八路军挪过手电筒对小徐照了照,说:'这孩子伤得不轻。'

"高个儿的八路军问:'他是干什么的?'

"我说:'他是日本鬼子抓来跟我一块喂狗的。'

"牵着我的那个八路军便对同伴点点头,说:'一起带走。'

"两人分别把我和小徐背起来,背我的八路军性格要活泼些,边走边开玩笑:'牛崽,我们要快快地跑,让日本鬼子的增援部队吃我们的灰!'

"后来,我在八路军里长大,很长时间才搞懂:日本鬼子华东驯狗基地,是连级编制,共计百把人;歼灭日本鬼子华东驯狗基地的八路军是北滨县的县大队,也只有百把人。八路军用突袭的游击战战法端掉了这个据点,驻滨江市的日本鬼子派一个团去增援,却扑了个空。八路军凭借迅雷般的袭击与撤退,赢得全胜。"

赵伟民讲到这里又告一段落,老人有点累,伸了伸满是青筋的脖子,用衣袖轻轻地擦拭眼睛。

他旁边的诸人都还没回过神来,王园园听得发呆,王诚与朱丹也进入了角色,随着年幼的"牛崽"情绪起伏,不由自主地关心他的命运。

半晌,王诚叹息:"听了赵大爷这番讲述,给我上了爱国主义的生动一课,确实是'民族危亡,百姓遭殃'。我曾经读过一本日军日记,上面写着,不但日军的狗吃人,日军也吃人。有的日军把我们爱国将士的脑浆做成药丸当补药服;有的日军把我们爱国将士逮去杀死,放高压锅里煮,剔成白骨,挂在屋内做装饰……日军反人类的暴行罄竹难书，我们只有不忘过去，才能明白习主席抓'强军'的正确性。"

王园园却没有父亲的政治觉悟，她就像听了一个恐惧惊悚的故事，尚陷在余波里，不禁问道："后来呢？爷爷你从此就参加抗战了吗？"

她问得真诚、急迫、关切，正问到赵伟民心坎里，老爷子眯起眼睛看了看她，心想："这姑娘真懂事，长得也美，给我做孙媳妇该多好。"

赵伟民对王园园微微一笑，继续说道："我被八路军背回队伍里，天都亮了。他们准备吃早饭，每人一个烧饼，就一碗稀饭。背我的八路军也给我带了一份，我边吃边好奇地东张西望。那么多八路军，我一眼都看不到边，他们边吃边唱：'黄桥烧饼黄又黄，黄桥烧饼慰劳忙，同志们呀吃一个，多打鬼子多缴枪……'

"我吃过早饭，精神放松了，眼皮子就有点往下耷，模模糊糊看到张爷爷笑嘻嘻地拿着两件灰棉衣和一双布鞋向我走来。

"我以为自己又做梦了，直到张爷爷停在我面前，用熟悉的声音说：'牛崽，你没想到我俩在这里见面吧？'

"不是梦！是真的！

"我立刻把眼睛瞪得溜圆，惊讶地打量张爷爷——他的腰板笔直，一点也不龟了！

"我十分奇怪，我十分激动。我顾不了别的，扑上去一把抱住他。

"我激动地喊着：'张爷爷！爷爷！你怎么在这里？你是八路军吗？是你救了我！'

"张爷爷被我扑得往后仰了仰，声音带笑：'不是我救你的，是八路军救你的！'

"我控制不住地狂流眼泪，哽咽着说：'带我回来的八路军叔叔告诉我，是你叫他们去找我的。'

"'是，我请他们去的，可惜还有宋小头没找到。天寒地冻，不知死活，可怜的孩子。'张爷爷不再否认，他的眼眶湿了。

"他轻轻推开我，揉了揉眼睛，又笑起来：'来，牛崽，我给你穿衣服！'

"在狗院子里时，张爷爷每天早晨也是这样笑着，这样说着，替我和宋小头绑上厚厚的稻草。此刻，他终于能帮我穿上真正的衣服了。还是我从来没有穿过的崭新的棉袄。

"家里有姐姐，我排行老二，从来没有穿过新做的棉袄。新棉袄穿在身上好暖和，好舒服呀！

"我新奇地原地蹦了蹦，这件新棉袄是大人穿的，膀子和裤脚都要长出许多。

张爷爷怕我摔跤，按住我，弯下腰替我卷裤腿。他边卷边笑着说：'从今往后，我们牛崽就是小八路军了！'

"我像做了一场美梦，不，我的梦都没有这么美！我趴在张爷爷背上，抱住他的头颈放声哭了起来。

"我太小了，不懂得表达感激之情，只说：'爷爷！爷爷！你就是我的亲爷爷！'

"张爷爷很高兴，一下子把我抱起来，举得高高的，笑道：'牛崽，我们今后是同志，我是你的张爷爷，也是你的同志！'

"我第一次听到'同志'两个字，虽然不知具体是什么意思，但也知道是特别特别好、特别特别亲近的意思。我用脸颊贴住张爷爷的头，小声说：'我爸爸没了，我妈妈和姐姐也没了，一家人都死光了，我就剩亲爷爷了。'

"张爷爷的泪水也流了出来，凉凉地沾在我脸上。他把我搂在怀里，低声说：'我一生孤独，没想到老了还能有个孙子。牛崽，我们是同志，你也是我的孙子，你不是孤儿，所有八路军都是你的亲人。'

"他说得我既开心又难过，抹了抹眼泪，想起瘸腿小徐，问道：'爷爷，小徐到哪里去了？'

"张爷爷眉飞色舞地说：'我正要跟你说小徐的好消息。你应该听他提过，他腿瘸了不是骨头问题，也不是筋，是他讨饭时被狗咬过以后没能好好养，伤愈后皮肤收缩，长在一起造成的假性瘸腿。我把他送到卫生队，医生说他的外伤不太重，是炮弹碎片造成的擦伤，明天送回后方医院给腿动手术，以后再也不会瘸了！'

"'真的?!'我都惊呆了，'小徐的瘸腿也能治?!'

"'能治！'张爷爷把我放下地，斩钉截铁地回答。

"八路军真神了！我抱住他的腿又笑又跳，快活得像在天上飘，追问：'爷爷，后方在哪里呀？'

"张爷爷哈哈笑，摇头说：'你这孩子该去上学，这么多问题，成绩一定会好。后方在很远的地方，是日本鬼子不敢去的地方。那里人人平等，没有剥削，没有压迫。孩子上学不要钱，家庭妇女晚上都上识字班。不能劳动的老人吃救济粮，八路军送粮食给他们……'

"我越听嘴巴张得越大，傻乎乎地问爷爷：'那里是天堂吗？是神仙住的地方吧？我听我妈说过，天堂就是这样的！'

"张爷爷摸了摸我的头，有点感慨，沉思着，露出一个神秘的微笑：'你这孩子想象力丰富。等明天，明天我就送你到学校里去。有了知识，你才懂得后方和天堂的

区别.'

"第二天,我跟随八路军到了根据地,张爷爷就把我送进一所小学。我上小学连跳两级,初中也跳了两级,一九四七年,我高中毕业,正好赶上淮海战役。"

赵伟民连连咳嗽,他的讲述不得不再次中断。

朱丹瞄了眼手表,五点二十了,她又看了看丈夫和女儿,王诚好像在沉思,王园园脸上的神色随着赵伟民的述说不停变化,此时满面笑容、热泪盈眶,仿佛与那个被拯救的"牛崽"感同身受。

她稍显激动地说:"爷爷是抗日战争老干部!是老英雄!"

年轻女孩子真挚的发言令赵伟民老泪潸然,叹了一口气,没作回答。

王诚刚要开口,手机却响了,是市委办公室林主任电话通知:"晚上七点半开常委会,学习中央反腐文件。"

常委学习反腐文件不能缺席,现在已经五点,王诚起身告辞,和赵家人约定后会有期。

朱丹从手提包里又抽出厚厚一叠钞票放在桌上,真心诚意地说:"请一定收下我们微不足道的谢礼。补品给爷爷补补身体,钱为爷爷买几件衣服,还有这件大衣,是我们全家人送给文锋的。"

赵世才、李翠平夫妇平常很少接触王诚和朱丹这个级别的领导,王诚一家亲自登门,半点也不骄矜,送礼的态度也非常谦卑,老两口不由受宠若惊。李翠平是个没多少文化的家庭妇女,隐约觉得儿子受人尊重,她与有荣焉。作为一位母亲,一个女人,她更敏锐地察觉到王园园对自己的儿子那一汪柔情蜜意。

被儿子和儿媳妇热切地看着,赵伟民也不好推拒,老爷子斟酌了片刻,诚恳地道:"文锋的区区之劳,二位领导如此重视,特别是园园小姐这样热心、礼貌,我再拒绝就是不近人情了。"

他把桌子上厚厚的百元大钞塞回朱丹的手提包里,又道:"带来的礼物我收下,这个请您带回去。"

朱丹看他如此坚决,便也不再坚持。

王家人临走前,赵世才从墙上取下那幅《龙勤海国虎眈峰》,顿了顿,又取下《鸳鸯戏并莲》的画。

"这幅画是我根据文锋墨宝的命题,突击了一夜画成的。"赵世才微笑道,"送给领导拿不出手,他们年轻人倒不用这么讲究。"

他把《鸳鸯戏并莲》的画细致地卷起来,双手递给她。

那岂不是相当于赵文锋送给自己的？王园园的脸霎时红了，既喜且羞又欢悦更激动。

她定住神，先对赵世才敬了一个礼，才小心地接过画，缓缓打开画卷，只见一片水域，四周翠微，鸟翔蝶翩，荷菱飘逸，一对鸳鸯游弋在并蒂莲下。

惟妙惟肖，栩栩如生，太美了！

以赵世才的眼光，一眼看透了园园内心的火焰，他不由得暗自喜悦："文锋与园园匹配，龙凤一对，我要有这样的儿媳……"

王园园欣赏了一会儿，把画卷了起来，小心翼翼地抱在怀里。一家三口再次向赵家人告别，在欣悦中踏上归途。

回家的路上，园园一直把墨宝与画抱在胸前，似乎有股热流通过书画不断渗进她的心房，又慢慢扩散至全身。少女的心第一次被男性气息扰乱，占据。

她感觉无比欣慰，无比充实，无比惶恐，这就是爱情吗？

她对赵文锋，赵文锋对她，他们算是两情相悦吗？

画上的鸳鸯并蒂莲暗示着什么呢？

单相思

　　王园园从小到大都很美，因为美，她的人生有很多普通人难以想象的烦恼。

　　比如，走在大街上会被尾随搭讪。她为了回避搭讪，几乎享受不到逛街的乐趣，要么一出门就骑电瓶车，要么目不斜视大步快走。

　　又比如，她每天都会接到莫名其妙的电话，有不熟悉的小学同学、中学同学、大学同学，也有一面之交的社会名流，更多的是完全不知来历的陌生人。这些电话往往一讲就是十几分钟、半个小时，毫无内容，纯属闲聊。陪聊吧，浪费时间；不陪聊，又得罪人。她不得不设置家人朋友"白名单"，拒接所有未存进名单里的电话。

　　微信之类社交工具也可以设置拒绝添加，最无法避免的是信件。家里的收件地址不知怎么泄露了，她每天下班都要到小区的几处快递点，带回一大堆信件，谈正事的留下来，花样百出的情书归类，周末再付之一炬。

　　今天从赵文锋家回来，园园照例去了趟快递点，又收到几封情书。其中一封稍显特殊，因为发件人是她目前的老板，宋鹏。

　　这封情书并不能随意处置，王园园拆开来仔细阅读，越看越气，竟羞愤地哭了起来。

　　王诚回市委开会，朱丹在家，听到女儿房间传出哭声，连忙推门进去，问道："园园你怎么了？"

　　王园园没有回答母亲，她紧咬丹唇，气得眼泪狂涌，两手剧烈颤抖。朱丹再次追问，园园深吸一口气，把信递给妈妈。

　　朱丹接过信一看，三页A4打印纸上面，字迹歪歪斜斜，内容荒诞不经：

亲爱的园园：

　　您好！

　　允许我这样称呼您吗？我称您亲爱的，只因为您可爱之处太多了。我也可以称您是"靓女"，因为您美而有才。您美胜西施，沉鱼落雁；才过卓文君，笔挥龙凤。

　　哪有男人不喜欢才貌双全的女士呢？这种女性是男人的幸福，这种女性是家族兴旺之花。哪有女士不喜欢被男人爱呢，爱的人越多，越说明您的才貌卓绝。一个女士被男士称呼亲爱的，应该感到光荣而自豪。我爱您！我永远！永远地爱你，直爱到海枯石烂。如要移情，天打五雷轰！

　　我在美国学的专业是美术，我愿称之为人体艺术，而我是这一行业的专家。我观察人的丑俊是入木三分的。我的心从对您面试的一刹那起，就被您劫去了。您就像一位仙女、一尊玉观音飘落在我的眸前。您妖娆而又庄重，艳丽而又素雅。中国古代四大美女有闭月羞花之貌，有沉鱼落雁之美，但您比西施，西施没有您的丰腴玉体；您比贵妃，贵妃没有您轻盈苗条；您比貂蝉，貂蝉没有您文质素雅；您比王昭君，昭君没有您舞姿翩翩。每日每夜，您的倩影无时无刻不在我眼前微笑。我被您迷痴，我为您倾倒，我的魂也给您劫去了！我现在茶不思饭不想，我快要成为梁山伯了，得了再好的医生也治不好的相思病！园园，您就是祝英台，唯有您能治好我的病！求你大恩大德救救我吧，救人一命胜造七级浮屠！

　　您教我跳国标舞的那一刻，我把您紧紧搂在怀里，我的身体就像融化在爱河之中，出娘胎之后从来没有感受过这刹那的温馨与幸福。您赏了我一个"五指莲花"，我感受到您这"五指莲花"的温柔，带着您处女的芬芳，痛在我脸上，爽在我心上。我恨不得从此不洗脸，让您那"五指莲花"永远绽放在我脸上，深藏在我心房。

　　我是留美的博士，我是亿万富豪，我是一米八的雄伟男子汉，我是人人称颂的帅哥。我有刚柔相济的性格，我有博士加富豪的社会地位。像我这样一位既有学识又有财富的如意郎君，您此时不爱，过期无处再寻。

　　我的身后有无以数计的淑女在等待我的爱，我的身后有无以数计的才女等待我的吻，可我非您不爱，非您不娶。

　　亲爱的园园，您真的想一辈子当一个舞蹈老师，没完没了地在学生中打转吗？什么"为人民服务"，别听糊弄人的那一套，多无聊，多没意思！您这样的美人儿不该像一支蜡烛，照亮别人，消磨自己。

我的身后有美术协会的上千会员在支持我，我的大姑父、二姑父、三姑父都是官员，市委、市政府领导对我都很器重，他们参观了我的画展，赞扬我的画展是滨江市的艺术之窗，是滨江市拓宽文学艺术之方向。我既有经济实力，也有政治实力，只要我俩结为连理，从此没有任何人敢欺凌您。我咳嗽一声，您的人生从此就会改变，您的父母，也可以乘上我这阵东风！

等我们喜结良缘的那一天，我不但把自己交给您，我还要把亿万家产都交给您掌管。君子一言，驷马难追！如果您存疑，我们可以到公证处去公证。您不相信我，难道不相信公证机关吗？不相信法律吗？

发出这封信时，我已经做好了我们的蜜月计划：我用私人飞机带您环游世界。

我们先到美国参观白宫，与总统合影留念；我带您登上自由女神像；我带您潜游尼亚加拉瀑布；我带您买空第五大道；我带您进入英国伦敦白金汉宫做客；我带您入住法国古堡，品尝最好的葡萄酒；我带您定制意大利时装；我带您去瑞士滑雪；我带您去澳洲骑马；我带您到南非购买刚切割好的钻石，您想要多大就有多大……

为了得到您，我可以不惜一切代价。

不再赘言，盼复。

爱您的宋鹏

这封信让朱丹脸颊泛起层层红晕，鼻尖沁出晶莹汗珠——给气的！她随手把信揉成一团，怒极反笑："这位留美博士还是中国人吧？倒像从小在国外长大的黄皮白心，连中文都不会写！通篇不知所云，不说人话！"

王园园已经止住眼泪，情绪也稳定下来，反过来劝解妈妈："听说他很小就出国，根本不懂国情，居然拿权、钱来威胁我。现在是什么时代？黄世仁早死了！我婚姻的权利掌握在我自己手里。"

朱丹沉吟片刻，定睛打量女儿，试探道："虽然这封信写得不够尊重，但他有些话还是没说错。宋鹏相貌出众，家世豪富，还是个高知。园园，你嫁给他是可以'立地成佛'的，真的不考虑一下？"

"呸！"王园园厌弃地唾了一口，"我才不要！妈你不知道，他算个什么高知？！

我到他的展厅参观过,全是大大小小的裸体美女,不管什么姿态都要专门突出那个地方……他雇用的青年女模特就有一百多个,嘴上说是艺术,其实借艺术之名搞七捻三,四年离六次婚,玩过就抛弃的美女数都数不清!"

她想起那封油腻腻的求爱信,直犯恶心:"什么艺术家、亿万富翁,在我看来就是个玩弄女性的流氓,白玉楼就是铺着金钱的陷阱。"

"你能看清就好。"朱丹相信女儿是真的对宋鹏毫不动心,欣慰地笑了,"谈恋爱每人的取向千差万别,有的图财,有的图人,有的人财双取。我们园园眼力好,赵文锋不但是见义勇为的英雄,也是年轻有为的教授,要人才有人才,要品德有品德,不比什么好色的亿万富翁强?"

朱丹爱怜地搂过女儿,傲然道:"再说亿万富翁有什么了不起,你没听奶奶说过吗?我们家祖上也是大财主。'富不过三代',是历史的经验。"

王园园听到"赵文锋"三个字就脸红,在妈妈怀里哼哼唧唧,蹭来蹭去撒娇。

母女二人开了一会儿玩笑,园园拿起宋鹏的信想撕,朱丹连忙抢过来:"这封信要保留,信里充满暗示和要挟,宋鹏说他家里有亲戚做官,这就是证据。我们虽然不怕,但也要打听清楚他背后都是些什么人,不能两眼一抹黑。等你爸开会回来再给他看看,听他有什么意见。"

王诚刚结束会议,朱丹的信息便到了,看过宋鹏那封信的照片以后,他径直从市委去了父母家里。

王诚的母亲姓林名疏影,大家闺秀,祖上曾经富甲一方,无论阅历、见识、智慧都远超王诚夫妻,二人遇到难题经常向老母亲讨主意。

王园园也很亲近奶奶,所以林疏影隐约知道赵文锋的事,王诚这次过来,先详细说了王家去赵家拜访的经过,然后提到宋鹏的信。

林疏影边听边思索,观察儿子的表情,说道:"园园是在我的手掌心上长大的,聪明、伶俐、乖巧,她这么好,配得上任何人的追求。现在她面前同时出现两个不错的对象,决定了她的两种完全不同的未来,你知道这个选择有多重要吗?"

王诚默默点头,正是因为知道,所以他才拿不定主意,希望母亲为他指点迷津。

林疏影却不肯让他蒙混过去,非要问个明白:"你是什么态度?"

"园园不喜欢宋鹏,所以我没有多考虑。"王诚埋着头,声音有点闷,"不过,白玉楼宋家确实有钱有势,不提亿万家产,他们还有几个官场里的亲戚……与这样家庭的人攀亲,起码不会吃亏……啊!"

王诚这点心理活动不敢让女儿知道，也不愿告诉妻子，只能偷偷说给母亲听，但母亲抬掌拍他头顶，生生打断了他的话，林疏影气得脸色青紫，颤声说："你这个市委常委、宣传部部长能讲出这种无知、无骨的话来，简直不可思议！有钱算什么，你外公难道没有钱？'富不过三代'，你没听说过？宋鹏这样的富三代，不修身的纨绔子弟，把女人当玩物，有多少家产败不了?!"

"你就等着看吧，"老人双目中露出看透世情的冷漠，"宋家到他这一代就结束了，你要想把我园园往火坑里搡，我只要有一口气在，你就办不到!"

林疏影非常生气，怀疑自己家庭教育失败，连连咳嗽不止。王诚急忙倒了一杯纯净水递到母亲嘴边，另一只手拍着她的后背，好声好气地祈求："妈，您别生气，您有高血压，别把身体气坏了。我这不是在您面前才敢胡说八道吗?"

王诚的父亲王志宏旁听了半天，也出言劝老伴："家务事无巨细，没有事不好商量的，孩子做错了可以批评，但要心平气和地说。"

等林疏影气息平复了，王志宏才对儿子道："王诚呀，你官再大，在家里是我的儿子，我就要批评你。我祖上是大盐商，吸毒、赌博败了；你妈祖上是大茶商，吸毒、吃喝嫖赌败了。我和你妈当年什么苦都吃过，多亏解放后共产党培养，我们才能有今天。我们这辈子最明白一个道理：'钱财和权势都不是根本，人，才是根本!'宋家土好、根正，但苗不正，别看他家现在是富豪，白玉楼高耸入云，苗不正这楼早晚会塌！再说了，现在婚姻自由，园园自己的事情要尊重她自己的意愿，你只能当参谋，不能把她当'梯子'。"

王诚听到"梯子"二字，戳中他心中自己都不愿意面对的隐秘，脸唰地红了，大声辩解："我没有！妈，爸，我从来没有把园园当'梯子'的意思，我只是慎重！宋家在省里、市里都有人，我要平衡这个关系。"

他越说越委屈，红着眼睛扫了爸妈一眼，又埋下头嘟囔："你们教了一辈子书，不知道官场有多复杂，根连根，枝连枝……我不是不考虑园园的意愿，我要平衡关系，做得圆满些。"

林疏影和王志宏对视一眼，林疏影缓缓地喝了几口水，叹息道："我和你爸在滨江市第一中学教了几十年书，宋鹏的爸爸宋龙、赵文锋的爸爸赵世才都是我的学生，宋龙的父亲宋小和赵世才的父亲赵伟民我也都有了解。他们都来自宋庄，是老乡，还曾经走得很近。宋小年轻时去马来西亚种橡胶，发了财，马来西亚当时没有中文中学，于是把儿子宋龙送回国，寄宿在赵伟民家里。"

"宋龙与赵世才同宿同窗，宋小为了儿子也时不时回国，存下几百万在滨江银行。遇到'公退民进',市属、区属工厂都倒闭了,市政府没钱发工资,通过银行向宋小借贷,把几百亩地的砖瓦窑场、纱厂,还有一千多亩的芦苇荡用来抵债。宋龙从父亲手里继承这些地,开起了房地产公司,又遇到房地产暴涨,宋家第三代才有现在的财势。

"而赵家那边呢,赵伟民十岁就参加八路,解放后转业在滨江市当建设局局长。滨江现在的城市大部分都是在他领导下规划的,也算为滨江建设立下汗马功劳。可惜他'文革'中指挥武斗,被划为'三种人',判刑几年后什么都没了。

"赵世才的书读得比宋龙好,考到北京的大学,后来嘛……"林疏影说到这里顿住了,摇了摇头,寻不出适当的句子。

老人沉默了一阵,赵家和宋家曾经走得很近,如今天差地别,活到她这样的岁数当然知道人生各有际遇,却仍然免不了怅惘。

她没兴趣再想当年,淡淡地收尾:"赵家那小子我没见过,不知如何;但宋家的小子四年离了六个老婆,现在又盯上我的园园,我绝不可能眼睁睁看园园踏进火坑里! 不知你做爸爸的是什么想法?"

"妈!"王诚皱紧眉头,觑着母亲的脸色说:"您别刺我了! 现在离婚率特高,离几次婚的大有人在。宋鹏四年离了六次婚,性质我说不清,可他的行为并不犯法! 您放心,道德上我是批判他的,他的劣迹我也是存有戒心的,园园的恋爱婚姻完全由她自己做主,我没有想法,完全支持!"

一番话总算让林疏影有点笑意:"这才像我的儿子,有骨气!"

宋小九十寿诞

王诚被林疏影敲打一顿，很有些怏怏不乐，觉得母亲冤枉了自己。

看完宋鹏寄给王园园那封求爱信，他确实对宋鹏的家世背景有直观的认识，情不自禁去考虑与宋家结亲可以带来的好处，但那也只是考虑。他作为一个成年男性，一家之主，思考问题时更侧重利益难道有错吗？何况他并没有想要违逆王园园的意愿，仅仅觉得可以多个选择。

母亲教诲的声音在他大脑里回响，王诚思前想后，甚至失眠。他现在犹豫未决却不是因为想得到宋家的好处，而是他怕拒绝以后得罪宋家。

王诚的纠结瞒不过同床共枕的朱丹，两口子一同担心了几天，机会来了。

今年的八月十五日是宋鹏的祖父宋小九十寿诞的大日子，那天正好是周六，宋家大摆宴席，王诚和朱丹也接到邀请。他们能够通过寿宴实地考察宋家的社会关系、人缘、礼节、威望，特别是宋鹏的面相、行为、举止。

王诚心里暗想："我与市委有关领导曾在画展时见过宋鹏，倒是一表人才，礼貌谦和，半点瞧不出仗势欺人的纨绔作风。他的人体创作我不懂，看着确实有些过分，不过现在也没有标准界定，大家参观以后笑笑也就过去了。到底是他假装艺术的名义掩饰内心龌龊呢，还是真的隔行如隔山？"

为了宋小的大寿，白玉楼餐厅一个月前就停止营业，修缮一新，作为寿诞的主礼仪大厅。还设置了几个小客厅，专门招待省、市一级官员。

王诚一家三口同时接到请柬，请柬中注明："情感寿宴，概不收礼。每村（含街道)十个代表,原纱厂、砖瓦窑厂下岗工人优先,每人补贴误工费三百元。八月十五日下午五时准时进场。"

请柬上印有寿星公的大名"宋小",王诚觉得耳熟,向消息灵通人士打听。据说宋小幼时不幸,母亲和姐姐遭日军残忍杀害,他的腿也被日军打伤,走路有点歪,所以绰号"宋老歪",还有个乳名"宋小头"。

王诚恍然大悟,原来赵世才故事里的宋小头就是宋家的老祖宗,白玉楼的创始人,亿万家产的奠基者。回想林疏影说赵世才与宋小曾经走得很近,岂止很近,那简直是同生共死的交情!

八日十五日,下午五时,客人在礼炮声和"祝你生日快乐"的音乐声中进场。

王诚一家来得不早不晚,他注意观察,客人除了宋龙的亲朋好友以外,还有四乡八镇的头头脑脑。宋鹏的小姑父是省委常委、组织部部长关锋,宋鹏的大姑父是省委常委、省公安厅厅长杨汝普。另外,滨江市委、市政府的领导班子也基本参加了宋小的生日庆典。

今天的白玉楼大厦装饰得金碧辉煌,大门两边悬挂知名书法家在巨幅红绸上写的楹联,斗大的黑字飘着墨香。上联是"青春未虚度,冰河铁马、伏虎降龙前半生",下联是"白发逢盛世,看烟柳画桥、铺金叠翠换新天"。

等到华灯初放,门外的广场上霓虹闪烁,一群舞者开始表演,踏着轻音乐《祝寿赞》,如天宫仙女,广袖飞旋。迎客结束后,近万只五色气球升上天空,礼炮声、鞭炮声、锣鼓声、音乐声与宾客的贺寿声汇聚成流,半条街都热闹鼎沸。

担任礼宾的主持人是滨江市赫赫有名的礼宾博士,晚六时整,主持人穿着博士服,戴着博士帽,在《祝你万寿无疆》的音乐声中登场。

主持人站在大厅内的寿台上,旁边摆着张铺了红色金丝绒的长条桌,中央树立一双一米多高的镀金烛台,上插一对沉甸甸的大蜡烛。

闹腾腾的人声略微静了静,主持人宣布:"宋老寿星九十寿诞庆祝大会开始!第一项:欢迎老寿星登场! 奏乐!"

乐队奏起《祝寿歌》,一位又矮又瘦的老人,穿着一身大红云锦服,颤巍巍地在一对童男童女的牵扶下登场。这便是滨江市白手起家的传奇富豪、白玉楼第一代主人,赵世才故事里差点命丧狗嘴的宋小头。

跟在宋小头后面进场的是他儿子宋龙。正值壮年的宋龙与宋鹏有七八分相似,都是高高的个儿,身材挺拔,面目英俊。宋龙穿一身黑色西装,打紫红色领带,漆黑的头发光溜溜梳到侧边。不仅外貌出众，他还顶着市政协副主席、龙腾房地产开发公司董事长的光环，气质自信从容，一派潇洒的绅士风度。

王诚和朱丹交换了个诧异的眼色，夫妻二人心意相通，都觉得宋小和宋龙天差地别，竟不像一对父子。

他们不知道的是，宋小头出身贫寒，虽然后来为宋家攒足了第一桶金，毕竟没有在富贵中浸泡过，向来勤俭，甚至可以说抠门。就连这次寿宴，也是他的儿子宋龙说："爸您辛苦一辈子，九十寿诞必须大大地热闹一番。"实际上，宋龙坚持为宋小贺寿也是目的不纯，他想要借父亲寿诞之机广结人缘、展示实力，以及消除下岗工人内心的仇恨。

宋龙是复旦大学国际经济与贸易专业硕士，又是龙腾房地产开发公司董事长，可以说有丰富的市场经济理论与实践知识。他为人性格沉稳，思虑深远，在担任滨江市纱厂厂长期间，正值"公退民进"，滨江市政府把拥有几千工人的纱厂和砖瓦窑厂的几千亩地抵债给宋小，等于打碎几千工人的饭碗，他难免觉得内疚。借父亲寿诞的机会，他邀请下岗工人免费聚餐，发表《祝寿词》，发放寿诞纪念品，希望暖众人之心，解众人之怨。同时，也展示宋氏家族的羽翼，给儿子宋鹏的发展铺平道路。

回到寿诞现场，在《祝寿歌》旋律中，一对童男童女将寿星扶到雕刻龙凤花纹的红木靠椅上。寿星干瘪的脸露出微笑，举起一双细瘦的胳膊向大厅里的来宾拱手致谢，大厅里顿时响起热烈的掌声。

主持人适时宣布："庆祝寿诞仪式进行第二项：合唱《祝您生日快乐》歌。"

大厅内亮起五彩旋转的灯光，乐队演奏《祝您生日快乐》，王家人与宾客一起和着节拍鼓掌歌唱，融入欢快的祝福氛围。

歌唱完，主持人宣布庆祝寿诞仪式进行第三项发表祝寿词："各位来宾，各位亲朋好友，大家好！在这秋风送爽的大好时节，在这华灯初上的时刻，我们欢聚一堂，我代表宋老寿星及其家人向前来参加祝寿庆典仪式的亲朋好友、敬爱嘉宾表达最热烈的欢迎和衷心的感谢！

"此刻，我们的现场喜气洋洋，每个人都感觉到亲切、喜悦、祥和、幸福，让我们记住这一刻，共同祝贺宋老寿星九十华诞！祝宋老寿星福如东海、寿比南山！"

宾客们举杯遥贺，台上的宋家人还礼，庆祝寿诞仪式第三项便结束了，因为请柬上早就写明本次寿宴谢绝收礼，所以送礼环节略过，主持人宣布开席，宾客们动起筷子，工作人员载歌载舞，放气球，鸣礼炮，将会场的欢庆气氛推向更高峰。

与王家人同席的大都是熟人，王诚和朱丹带着王园园挨个打招呼，应酬了一通,再吃几筷子菜,就听到主持人宣布寿诞仪式进行第四项:"亲属向老寿星献礼、拜寿!"

乐队奏起《万寿无疆》曲,宋家庞大的亲属团体在众人注视下排成队列,每个人都手捧寿礼,面带微笑,等待主持人点名。

主持人面上的笑容似乎也更灿烂了,声音更洪亮,铿锵有力地宣布:"大儿子宋龙、大儿媳刘秀琴向老寿星贺寿!"

宋龙神采奕奕,踏着聚光灯的霓虹光圈走上寿台,在三米外按了按进口的遥控点射打火机,点燃了那对沉甸甸的大蜡烛。原来这对大蜡烛不是一般产品,而是特制的高科技镁粉蜡烛,大厅里立刻亮起两个柔和的"小太阳",把旮旮旯旯照得透亮,祝寿宾客的一张张笑脸愈显真诚。

宋龙与妻子合捧一只金寿桃向献礼台缓缓走去,宋龙先走到,把手中的金寿桃放在寿礼台中央,回身等了等妻子。

宋龙的妻子、宋小的儿媳名叫刘秀琴,是清华大学土地资源管理专业硕士,现任滨江市国土资源管理局局长。她中等个儿,漆黑短发,白面红唇,穿一身与宋龙的领带同色的紫红色女式西装。她接过宋龙手里的遥控打火机,手微微一扬,点燃蜡烛旁边的寿香。那是一对茶杯粗、一米高的特制万寿金龟香,红火冉冉,却不见丝丝烟雾,浓烈的异香迅速弥漫大厅,客人们顿觉神清气爽。

主持人宣布:"儿子、儿媳向老寿星行三跪九叩礼!"

王诚注意到,宋龙刚侧过身面向父亲跪下,一个保安匆匆走来,在他耳边低语。

宋龙对保安轻声回了一句,保安立即转身离开会场,宋龙若无其事地与刘秀琴继续向宋小行三跪九叩礼。

主持人朗声道:"一跪祝老寿星寿比南山! 一叩首! 二叩首! 三叩首! 二跪祝老寿星福如东海! 一叩首! 二叩首! 三叩首! 三跪祝老寿星长生不老! 一叩首! 二叩首! 三叩首!"

又道:"老寿星赠回礼!"

宋小指示童男从回礼箱里取一幅《五路财神图》挂屏,向宾客展示过,赠给儿子宋龙;又指示童女从回礼箱里取出一幅《聚宝盆》挂屏条幅,展示后赠给儿媳刘秀琴。

主持人宣布:"礼毕,退场!"

宋龙下台,依然面带微笑,在两个保镖的护卫下向大门外走去。除了王诚,会场里的宾客都似毫无察觉,耳边除了掌声只余下欢快的音乐声,热闹而庄重。

拜寿仪式继续进行，主持人宣布："孙子宋鹏、重孙宋继发向老寿星献寿礼！"

王园园此时去了洗手间，王诚精神一振，也顾不得想宋龙出门做什么，和朱丹全神贯注望向寿台。

宋鹏出场，恭恭敬敬地双手高捧一根银拐杖，身后跟随着一名中年妇女，抱了个约两三岁的孩子向献礼台缓缓走来。

王诚用手轻轻碰了一下朱丹，轻声说："这就是宋鹏，你看长相怎么样？"

"倒是相貌堂堂。"朱丹不得不承认，"那个孩子是他的儿子吧？听说有病，体内有两套生殖系统，长大后才知道能不能动手术。抱孩子的像是保姆。离婚六次看来也是真的。"

宋鹏把龙头银拐杖仔细地放在寿礼台上，接过保姆手里的儿子，父子俩转身向老寿星行礼。

同样是三跪九叩大礼，宋鹏刚跪下，宋小的反应却比宋龙行礼时大得多，竟然激动地站了起来。

在场的只有宋家人知道，宋鹏极少回去探望老人，老寿星已经很长时间没有看到心爱的孙子和重孙子了。这次他们同时出现在面前，又是在这个特殊的喜庆日子里，在这个特殊的充满祝福的气氛中，宋小深受感染，伸手牵着孙子宋鹏，抱住重孙宋继发，又亲又吻。

对于宋小这样思想传统的老人来说，宋鹏和宋继发不仅是血脉传承，也是宋家亿万家产的继承人，是他从无到有、取得成功的见证者，是他毕生奋斗的意义，他怎么能不激动？旁边的摄影师看到宋小真情流露，连忙把老寿星亲吻孙子、重孙子的场面摄下。

王园园这时从洗手间回来，见父母都盯住台上的宋鹏看个没完，不禁羞恼，抓住妈妈的手捏了捏。朱丹握住女儿的手，与王诚收回了目光。

老寿星亲过孙子、重孙以后，被搀扶着重新坐下，主持人赶紧宣布："向老寿星行三跪九叩礼！一跪祝老寿星松鹤延年！一叩首！二叩首！三叩首！二跪祝老寿星春秋不老！一叩首！二叩首！三叩首！三跪祝老寿星古稀重新！一叩首！二叩首！三叩首！"

"老寿星赠回礼！"

宋小指示童女从回礼箱里取出一幅出自名家之手的《云鹏万里图》回赠孙子宋鹏，又指示童男从回礼箱里取出另一幅《头悬梁锥刺股图》回赠给重孙宋继发。

主持人宣布："礼毕！退场！"

接下来是宋小的大女婿杨汝普、大女儿宋凤、外孙杨杰向老寿星献寿礼。

杨汝普手捧一套云锦睡衣,在妻子宋凤、儿子杨杰的陪同下走到献礼台,把睡衣放在台上。

主持人宣布:"向老寿星行三跪九叩礼! 一跪祝老寿星日月昌明! 一叩首! 二叩首! 三叩首! 二跪祝老寿星寿与天齐! 一叩首! 二叩首! 三叩首! 三跪祝老寿星福寿康宁! 一叩首! 二叩首! 三叩首!"

"老寿星赠回礼!"

老寿星指示童男从回礼箱里取出一幅《夜莺唱明月》巨幅长屏,回赠女婿杨汝普,又指示童女从回礼箱里取出一幅《秋爽谷馨观婵娟》水墨图回赠大女儿宋凤,再指示童女在回礼箱里取一件五彩缤纷的景德镇名瓷"凤凰涅槃",回赠外孙杨杰。

"礼毕! 退场!"

然后是二女婿张民远、二女儿宋爱爱、外孙张超向老寿星献寿礼。

二女婿一家送的礼是红木盒装的三江源虫草,老寿星指示童男从回礼箱里取出一幅《金猴图》回赠二女婿张民远,图上一只金猴手拿金箍棒,脚踏行云,活灵活现。又指示童女在回礼箱里取出一只银制暖宝宝回赠二女儿宋爱爱。再指示童男从回礼箱里取出一幅《匡衡凿壁图》回赠外孙张超。

主持人又有新的贺词:"一跪祝老寿星百福具臻! 一叩首! 二叩首! 三叩首! 二跪祝老寿星福至心灵! 一叩首! 二叩首! 三叩首! 三跪祝老寿星瑞启德门! 一叩首! 二叩首! 三叩首!"

最后,主持人宣布:"小女婿关峰,小女儿宋姗姗,外孙女关玲,向老寿星献寿礼!"

三女婿关峰手捧一只金龟,老寿星指示童男从回礼箱里取出一幅《伯乐相马图》回赠他,又指示童女从回礼箱里取出一幅《纲举目张旋网图》回赠小女儿宋姗姗,再指示童女从回礼箱里取出一幅《丹凤朝阳》屏幅回赠外孙女关玲。

三人向老寿星行三跪九叩礼时,主持人的贺词是:"一跪祝老寿星万寿无疆! 一叩首! 二叩首! 三叩首! 二跪祝老寿星幸福安康! 一叩首! 二叩首! 三叩首! 三跪祝老寿星吉祥如意! 一叩首! 二叩首! 三叩首!"

"礼毕! 退场!"

六钗闹寿

宋龙向宋小叩拜时,王诚望见保安在宋龙耳边低语,他久历官场,嗅觉敏锐,当时就认为有事发生,而他并没有猜错,保安告诉宋龙:外面有人闹事!

宋龙在两个保镖护卫下往外走,他头脑冷静,步伐稳健,一面走一面沉思:"是什么人赶在这个时间下我的脸?是纱厂和窑厂下岗工人趁机要钱?砸工人的饭碗虽然不是我的错,但我爸当初买下这么多地,家里财产因为房地产升值这么多倍,我是应该负起更多社会责任……"

走出白玉楼,人声呼啸灌入耳中,祝寿的舞蹈队和乐队没有了,取而代之的是嘈杂混乱的场面。宋龙定睛望去,情况好像和他想的不一样,广场上大多是看热闹的群众,满脸堆欢,你推我搡,怎么也不像来闹事的。

他再抬头向远处望,入目一块五六米长的红色横幅,在人群中高高竖起,上面书写斗大四个黑字:"六钗闹寿"。人群像海浪般荡来漾去,那横幅也时不时展开、折起,他怎么也看不清打横幅的人。

两个保镖连忙过来为他开道,大声呼喊:"让开!让开!宋老板来了!"

不料人群一听"宋老板来了",不退反进,都踮起脚尖,伸长脖颈想看看宋老板是个什么样儿。宋龙三人越挤越走不动,在混乱中只听到口号:"还我青春!还我贞操!"

宋龙听到这口号,顿时恍然:"坏了,肯定是宋鹏六个离异的前妻,趁着做寿来败坏宋家名声!"随即又想:"不但是败坏,而且是要钱。"

两个保镖身强力壮,为雇主使尽全力拨开一条路,宋龙走近一看,果然是宋鹏的六个前妻,她们个儿稍矮,陷在人群的旋涡中很难看见。

六名女子愤怒的脸上挂着泪水,恨恨地瞪视宋龙,她们周围还有少数纱厂、砖瓦窑厂的下岗工人帮忙壮声势,都是宋龙眼熟的面孔。虽然二十多年过去了,他们已经满头白发,但旧貌依稀,和他心里的名单还能对得上号。

宋龙心里迅速给这些人也下了判断:"他们不是有组织有计划来闹事的,而是心中有气,趁机出气的。"

宋龙是个十分沉着的人,当初买断纱厂时,一千多名女工闹事,他没有害怕过;买断窑厂时也有一千多名工人闹事,他也挺过来了。不知为何,几十年后的现在,他直视这些旧相识的老工人,反倒吸了一口凉气。

是内疚吗? 有点。是同情吗? 有点。是害怕吗? 也有点……害怕结下子孙仇,辈辈怨。

人群为了看热闹挤得更紧了,隐约听到微弱的喊声:"宋厂长您好!"

宋龙转过脸来,只见一个花白头发的瘦弱妇女,提着一袋废塑料瓶和废纸盒,含泪对他微笑:"您还认识我吗?"

这不是原纱厂的妇女主任庹兰吗? 宋龙立即赔着笑脸说:"认识! 认识!"

他被庹兰的落魄模样惊到,下意识想掏钱给她,低头抬头之间,她却被人群挤走了,耳边又响起一阵:"还我青春! 还我贞操!"

他被这口号叫得头疼心跳,围观人群嘻嘻哈哈,显然也对口号反应强烈。也对,这年头谁不爱桃色新闻呢? 指不定混乱中就有人拿出手机开了直播。

宋龙顾不得再找庹兰,硬着头皮走到横幅前,面带微笑,先对六名女士其中一人道:"发发妈妈也来了,怎么不来家里坐坐,发发经常哭着要见你呢。"

他首先把孙子发发抬出来做调和剂,又放缓了口气,尽可能亲切地劝慰:"你们几位有什么要求尽管说,都是自己人,不必搞这些。今天是发发太爷爷的寿诞,老人这辈子没享过几天福,看在发发的面子上,不要在今天给他添堵,好吗?"

宋龙竭力用真诚的眼神挨个看向六名女子,六个曾经都是对他很尊敬的儿媳,喊过他爸爸的人,如今却变成了仇人。相比零散的下岗工人,这六个离异的儿媳有横幅、有口号,明显是计划好了带着目的前来,他决心不惜一切代价在最短时间内息事宁人,不能影响寿诞。

可不管他态度再真诚,说话再好听,六个曾经的儿媳没有一个应声的。她们继续旁若无人地高喊口号:"还我青春! 还我贞操! 宋鹏是骗婚流氓艺术家!"

这次的口号多了一句,宋龙听在耳中,心里"咯噔"一声,怒火控制不住蹿向头顶。

活了半辈子，这是他第一次听到别人当面污蔑他的儿子。宋鹏是他的独子，比他的眼珠子更珍贵，从小长得像面团儿一样白糯可爱，大了又帅气又聪明，靠自己考上美国学校读完博士……他妻子对这个儿子是含在口里怕化了，抱在怀里怕飞了。他自己也是引以为傲，隐隐觉得毕生的事业都不如生出这个优秀的儿子值得骄傲……总之宋鹏离婚六次不是他的错，就算有错，也只怪他们夫妻太娇生惯养！

"骗婚""流氓"两个词十分刺耳，直指宋家门风，宋龙火气冲上天灵盖，脸都涨红了。这一瞬间他心里不知转了多少个念头，像他这样在滨江市赫赫有名，连市委书记、市长都尊敬的人物，耍为难几个女人实在容易。怒火不可遏制，他话到嘴边，幸好有一丝理智尚存，又强行咽了下去。

不行，今天不比平常，省里、市里都有人在，虽然是亲戚朋友，但毕竟都是有身份的人物。信息社会，到处是群众监督的眼睛。

宋龙拿出几十年来处理群众闹事的隐忍功力，息怒为笑，目光逡巡，又对他的第一任离异儿媳洪素芳说："素芳，我是个连儿子都管不好的没用的人，我丢脸是活该，你看在发发的分儿上，给他爸爸留两分面子。你们有什么要求，尽管说，我都会满足。"

洪素芳是他精心挑中的对话人选，个性善良软弱，而且她是发发的母亲，虽然与宋鹏已经离婚，发发与宋龙却有割不断的血缘关系。果然，她见到发发的爷爷低声下气示弱，立刻停止了喊口号。

宋龙期待地望着她，洪素芳一时不知如何答话，她转过头看了看身边的其他五个人，稍顿一会儿，按照商量好的话说："我们有六个人，每个人补贴我们青春损失费五百万，贞操损失费五百万。"

两个五百万，一人一千万，六千万！

多吗？不多，宋家给得起，但是凭什么?!

宋龙患有高血压，只觉得脑中轰的一下，眼冒金星，脚下不自觉打了一个趔趄。

身边的两个保镖连忙扶住，幸好没有跌倒，他有气无力地道："我头晕，你俩代我谈吧，最多每人十万。"

保镖陈风有些激愤，对六个离异的少妇高声喊叫："宋主席高血压犯了，要是闹出人命来，你们吃不了兜着走！你们离婚时，法院依法作了判决，从离婚协议生效的那一天起，你们和宋鹏的婚姻就已经结束了。趁着宋主席父亲九十大寿，每个人来要一千万，这不是敲竹杠吗?！聚众闹事是违法的，敲诈勒索更是违法，我看你们每个人拿十万——"

陈风话没说完,便被"还我青春! 还我贞操!"的口号声打断,人群越来越挤,还不时听到呼朋唤友凑热闹的欢声笑语:"快来白玉楼看美女,看宋老板家的六个儿媳游行……"

闹腾的人群让宋龙更头疼了,终于,六个前妻中有人主动站出来,是宋鹏的第二任前妻江春蕾,今年才二十三岁,兰克国际艺术学院广告模特班毕业,外形青春靓丽,十分吸引围观群众的眼球。

周围的热闹略降几分,大家眼巴巴地盯着江春蕾,只听她冷哼一声,尖着嗓子道:"十万? 发发他爷爷,您给这点钱是打发要饭的吧? 好意思说出口! 亿万富翁! 钱在您宝贝儿子手里流水一样花,买模特一掷千金,集体淫乱,污染社会! 他干那些肮脏事的时候您装聋作哑,轮到我们受害者要说法,您不买单谁买——"

江春蕾的话被"哇啊"的起哄声打断了,群众听到有钱人的私生活如此精彩,兴奋地又往前挤,她不得不张开双臂维持平衡,继续骂:"您不愿意给儿子买单也行,我们要见我们的前夫,从美国归来的著名艺术家宋鹏先生! 就算我们和他离婚了,可'一日夫妻百日恩',余情未了,我们很关心他今后的婚姻。同时,出于对女性同胞的爱护,我们也希望他未来的妻子了解他曾经的婚姻状况。离婚自由,离婚六次究竟是自由还是骗婚可能需要他未来的妻子自己判断。当然,如果他找不到新的妻子,也不用着急,我后面这位大哥今天带了条母狗,美国曾经有人和狗结婚,相信特立独行的艺术家宋鹏先生也愿意尝试一下!"

她身后挤出一个男青年,牵着一条金黄色的美国比特犬,探头出来附和:"宋老板,我送您一个儿媳妇,您把它牵去吧。虽然它是我高价买来的,但送给您我不要钱,您既省了十万,又多了个儿媳妇,还可以当保镖,一举三得!"

宋龙挣脱保镖的搀扶,轻声道:"意见不一致可以协商,讽刺挖苦是解决不了问题的。"

保镖夏雨这时反应过来,他武艺超群,极少被人当面挑衅,不禁举起拳头大声叫嚣:"你他妈的放狗屁! 你才是狗,你玩这条大母狗玩够了,又要来玩这几个骚女人!"

夏雨的脏话不但激怒了六个前妻,也激怒了那个养狗的青年,小伙子冲上前骂道:"哈巴狗,你那是嘴还是茅厕?"

宋龙害怕激化矛盾,一把扯回夏雨,呵斥他:"别惹事!"

夏雨其实只有三分生气,剩下七分倒是想表现他的铜拳铁脚,好得到宋老板的赏识。被宋龙拉住，夏雨不敢再造次，哪知身后的另一个保镖陈风比他更蠢，生怕功劳被夏雨抢去，也急着在宋老板面前表忠心。

陈风一个箭步蹿到夏雨前面，照着养狗的青年脑门就是一拳。他练过的拳头哪里是普通人能挡，那青年应声倒地，鼻口蹿血。

"不得了啦!"围观的群众立刻骚乱起来，"打死人啰!"

那条比特犬看到主人被击倒，一跃身蹿到陈风跟前。凡狗都有"护主"的本性，这狗还遗传了狼的特性，悄没声息地伸头，一口就咬住陈风的脖子。

这下突然袭击，陈风始料未及。他毕竟是行家里手，本能地挥拳，狠狠击中比特犬的头部。但狼和狗都是铜头、铁背、豆腐腰，陈风没能击中它的要害，距离又太近，拳的冲力不够，比特犬扛住拳头死也不松口。没几秒，陈风的气管便被咬断，颓然倒地。

前后不到一分钟，宋龙面前人仰马翻，他看出夏雨犹豫不决，连忙高喊："愣着干什么? 快救人啊!"

夏雨是想借狗出自己受过的窝囊气，因为陈风对老板宋龙处处讨好，得到重用，月工资高出他一千多元，但他并不想陈风死。他冲上去救人，一脚踢断了比特犬的前肋骨，断骨刺破心脏，那狗立刻停止了呼吸，狗嘴却还咬住陈风的脖子不放。

夏雨上去扒开狗嘴，将陈风扶起来坐着，脱下外衣包住他的脖子。他摇晃陈风的身体，不让他陷入昏迷，嘴里不停地呼唤他的名字。这些都是学武术时老师教过他们的抢救术，可是不管他怎么呼喊，陈风始终毫无动静。

六个前妻从来没有经过这样惨烈的场面，一个个把手握的横幅撂下，吓得蒙住眼睛尖叫。正如宋龙所料，她们有组织有计划，但原来只想趁机出出气、要点钱，没想过会闹出这么大的祸事。江春蕾带头欲逃，人群却围得水泄不通，她们跑不掉，也不知道会面临什么，都急得哭了起来。

"打死人啰!"

"狼狗咬死人了!"

广场上那些看热闹的人骚动越来越厉害，风声鹤唳，乱跑乱叫，很快出现跌倒的、被踩伤的。少时，围观者跑了一小半，但还有很多人滞留，想看个究竟。

宋龙当机立断，拿出手机拨打120和110。

白玉楼大厦地处新风大道与滨江路交叉处，是十分繁华的地段，由于闹事造成严重堵车，滨江市交警全部出动，疏散车辆；不久又从远处传来救护车隐隐约约的鸣笛声，以及警车的警笛声。

室外是翻江倒海,惊恐万状,人声杂沓;室内是欢天喜地,音乐悦耳,彩灯生辉。一墙之隔恍若两个世界。

宋龙自从纱厂、窑厂宣布破产,解雇职工,激起群愤群闹事件以后,就有了相关经验。这次省里市里都有领导来做客,还有祝寿的千把亲朋、好友、邻里,他害怕出问题,结果还是出了问题。

幸好他对这次的问题事先已有预案,十天前,他向二妹夫、副市长兼公安局局长张民远打过招呼,将寿诞列为大型活动申请重点保卫,张民远给他一个三位数特急电话号码。他此时拿出手机,向这个号码发过去四个字:"千人闹事"。

约十分钟,从新风大道方向开来十几辆警车,警车的前面是几十辆三轮警用摩托车。几百名防暴警察,头戴钢盔,身穿防弹服,一手拿着透明防弹盾牌,一手拿着钢刺警棍,把车辆停在外围,跑步到闹事现场,迅速把人群围住。

宋龙转身回到白玉楼,脱离是非之地,轻声吩咐夏雨:"那六个女人不要让她们跑了。"

观热闹的人群里三层外三层,内层的不知底细,还在推着挤着拼命突围;外围的被挤得东歪西倒,眼看就要闹出踩踏事故。过了一会儿,一辆闪着红灯的军用吉普车上广播响起:"各位先生、女士,不要再挤了!我们只追究少数别有用心的闹事者,不知情者、围观者一律不追究。请站在原地不要走动,保持安静……"

十几分钟后,混乱的场面平息下来,鸣着长笛的十几辆救护车从四面八方开来,在人群外围闪着蓝光。

防暴警察的首要任务就是防暴力、救伤员。他们兵分三队,一队十几个人协助救护人员,把两名重伤者及十几个跌倒被踩伤者送上救护车;另一队清理现场,很快锁定六个前妻以及她们带来的几十名壮声势的同伴,把他们架上警车;还有几百名防暴队员负责戒严,将混乱的人群锁在广场等待处理。二十多分钟过后,场面清理完毕,一切回归正常。

而此时,宋龙回到祝寿大厅,第五项仪式"向老寿星献礼拜寿"才刚刚结束。

主持人宣布:"寿诞仪式第六项:亲属代表向老寿星致祝寿词!"

宋龙面带微笑,挺胸阔步走到致词台前,伸出右手调试了一下麦克风,镇定地开口:"尊敬的各位来宾,在这华灯初上的喜庆时刻,祝大家精神愉快、身体健康。今天高朋满座,我们怀着喜悦的心情欢聚在一起,共同庆祝我家老父亲九十寿诞。首先,请允许我代表我们一家向各位来宾送上最真诚的感谢;然后,祝福我家老父亲福如东海、寿比南山。

"我父亲风风雨雨九十载,阅尽人间沧桑。曾经受尽苦难,如今时逢盛世,年丰人寿。吃水不忘挖井人,感谢党给我们带来的和平生活与发展机遇,也感谢滨江市勤劳善良的劳动人民,如我这般的少数人能够先富起来,全都靠了与我们一块日夜奋斗的兄弟姐妹。借此,我也向纱厂的下岗职工们表示歉意!向砖瓦窑厂的下岗职工们表示歉意!我经常在梦里回到当初,和兄弟姐妹们在一起赶夜班、抢任务、做贡献,万众一心完成国家下达的生产计划。我经常觉得内疚,和兄弟姐妹们拉开差距,这是时代的阵痛……"

这些话确实是宋龙的真心话,自从买断纱厂、窑厂,辞退工人之后,他心里一直很矛盾:一夜之间变成亿万富翁是好事,从工人阶级变成剥削者,真的是好事吗?有人把这种变化说成颠覆,也有人说是阵痛,还有人说是国策,到底用什么理论解释这种变化比较妥当?宋龙的思想时刻处于时代洪流冲刷之下,使得他意气风发,也迷惘无措。

致词完毕,宋龙掏出一张面巾纸,擦了擦脸上的泪水,对着大厅恭恭敬敬地鞠了三个躬。来参加寿宴的纱厂部分下岗职工和砖瓦窑厂部分下岗职工,个个似乎被他感动了,大厅内响起潮水般的掌声。

趁着气氛,主持人宣布寿诞仪式第七项:"来宾献词。"

一个五十多岁的妇女稳步走上前台,她穿着素雅,举止大方,面对大厅众人也鞠了三个躬。停顿几秒,她朗声说道:"我今天受邀参加宋老寿星的寿宴,十分高兴。宋老寿星,您这一生为家庭创造财富,为社会做出贡献,对子女言传身教。太平盛世,人民安居乐业,今天是五谷丰登、桂子飘香的金秋时节,也是您收获一生丰硕果实的九十大寿,可谓天和、地利、人长久!"

掌声响起,献词人等到掌声告一段落,话风忽转:"刚才宋龙厂长的话让我有很多感慨,忍不住也离题说几句。我曾与宋龙厂长在原滨江市纱厂共同战斗过,我当车间主任,他当厂长。这个厂是赵伟民老厂长带领一批工人在'大跃进'中白手起家创建的,赵厂长现在九十岁了,在家吃子孙饭……从'大跃进'开始,我们厂走过三十多年艰苦创业的崎岖道路,从一个十几人的小厂发展到三千人的滨江市重点企业,一年为国家创造利润上千万,在'公退民进'中却作为'三铁'被砸,三千多人的铁饭碗被砸了,铁工资被砸了,厂长的铁交椅也被砸了……"

王园园听到"赵伟民"的名字,意识到是赵文锋的爷爷,终于对台上的讲话产生兴趣,凑到妈妈耳朵边问:"'三铁'和'公退民进'是什么意思?"

朱丹摇摇头,王诚望着台上沉思,王园园只好默默把这两个词记下来,打算回家自己查。

献词人眼含泪水道："'一石击来各自飞'，下岗工人有的一家三代都是厂内职工，饭碗被砸，仓促找不到工作，他们只好以拾破烂、捡菜皮为生；有的双职工家庭，贫贱夫妻百事哀，小两口离婚；还有少数体弱多病或者年纪老迈的，生活无依无靠，上街讨饭，甚至还有轻生的。我们过得苦不堪言，没想到宋厂长没有忘记我们！宋厂长自己掏腰包，给困难职工生活补助，给孩子学费补贴，还有各种帮助我们重新走上工作岗位的优待。有的下岗职工虽然已经年迈，仍然被招聘到龙腾房地产公司从事力所能及的工作。今天，宋厂长的老父亲宋老先生九十大寿，他也没有忘记我们，早早发请柬邀请了我们，还特别注明不收礼物。宋厂长现在有钱了，每天依然戴着安全帽，穿着工作服，与工人同行同吃、共同劳动，把我们当成他的兄弟姐妹。无论如何，我对宋厂长是感激的，历史落在他和我们的头上，我们每个人都无可奈何……

"最后祝宋老寿星幸福常伴，松鹤延年！"

这次的掌声响得更久一些，宾客们似乎有很多感触，主持人也体贴地不加催促，等了许久，才宣布寿诞仪式第八项："宋老寿星讲话。"

宋小在童男童女的搀扶下，颤颤巍巍地站了起来。他是一个干瘪瘦削的老人，沧桑的风刀在他脸上刻满了年轮。他目光炯炯，精神矍铄，如果不讲话，坐在那里，真像铜雕铁铸的塑像。由于他童年缺衣少食，个子较矮，头稍小，人都叫他宋小头。九十载风霜，压缩了他的筋骨，站起来挺着胸也不过一米五高。

主持人疾步走近，扶住他的双臂连连说："老寿星坐下来讲，坐下来讲！"

宋小便又坐下，掏出讲话稿。稿子是他自己写的，他只在八路军根据地里上过几天学，但他记忆力非凡，能读通《千字文》《大学》《中庸》《论语》，写这么一篇稿子自然不在话下。

主持人殷勤地把话筒送到宋小嘴边，但他从来没有见过这么大的场面，更没有在这么大的场面上讲过话。今天在场的虽然都是他的晚辈，四乡八镇的乡邻，不应该怯场，但是几千人的目光齐刷刷集中过来，饶是宋小一生跌宕起伏，也不禁对着话筒两腿打战，瑟瑟发抖。

这可把主持人吓坏了，怕老人心脏犯病，连忙用手指去掐他的人中。宋小却以为主持人要捂他的嘴，伸手把主持人的手拍到旁边，严肃地说："干什么？我要讲话！"

老人这么一怒，什么怯场心理都没了，他把主持人的话筒夺到手中，对着大厅略有点含糊地道："亲朋好友们，乡亲们，晚辈们，你们好！你们在百忙中抽出时间来参加我的寿宴，我十分感激！我能有今天，太太平平地活到九十岁，首先要感谢毛主席和共产党救了我。回忆祖国大地流血的历史，我的心至今还在颤抖。一九三七年八月十五日那个中秋节，我的妈妈、姐姐被日本鬼子杀害了，被他们放狗撕成碎片，我的大腿被日本鬼子打伤，至今刮风下雨还疼。我的父亲被日本鬼子抓到东北开煤矿，因矿难而死。我还亲眼看到赵伟民的妈妈和姐姐被日本鬼子抓去，死得不明不白，剁成尸块喂狗。当时我和赵伟民被日本鬼子抓去养狗，赵伟民发现狗食里有半只人脚，认出是他妈妈的脚，他抱着脚贴在脸上放声大哭，被'狗班长'打得昏死过去。"

宋小讲到这里，老泪浸满了经历九旬风刀霜剑的面孔，大厅里也隐约传来呜咽声和唏嘘声。他稍停顿一会，稳了稳情绪，又道："我和赵伟民是同生死、共患难的老乡、朋友，也是异姓兄弟，从旧社会到新社会，我们两家互相扶持，建立了两代人的友谊。我在马来西亚打工种橡胶，因为那时马来西亚没有中文中学，我的大儿子宋龙只好寄住在赵家上学。宋龙与赵世才相处六年，两弟兄都考取了大学，大学毕业，宋龙又被分配到赵伟民的纱厂里。这个厂是赵伟民在'大跃进'中带领工人自手起家创建的，后来，也是他推荐我儿子宋龙当了厂长。刚才你们说起纱厂，这个厂与我们宋家和赵家都关系匪浅，别的你们说过了，我就说说我的老弟兄赵伟民。"

老寿星叹道："这次我做寿，我亲自到赵伟民家里去邀请他，被他拒绝了。他说他派他孙子赵文锋来。我多次到他家去闲叙，偏偏运气不好，没有见过他的孙子。听说他上过电视，是见义勇为的英雄，也是年少有为的教授，长得还很帅！"

大厅内传出善意的笑声，宋小也笑了起来，伸长脖子向大厅里张望了一下："赵文锋来了吗？"

"来了！"人群里响起一声洪亮的回应，"谢谢爷爷，您过奖了！"

宋小脸上的寿纹瞬间绽开了，急道："快！快上来给我看看！"

赵文锋听老人呼唤他上台，不喜反惊，脸红到脖子根。他正在犹豫，背后有一个年轻人站起来，推了他一掌。

于是宾客们看到两位一米八以上个头的美男子，两人一前一后阔步走上台，同时向老寿星鞠了三个躬。

老寿星握住赵文锋的双手，兴奋地站起来，想亲他的脸，可是踮起脚尖还够不到赵文锋的脸。

赵文锋弯下腰，宋小亲吻赵文锋的刹那，眼角瞟到旁边站着的另一个青年，正是他的孙子宋鹏。

宋小大喜，他和赵伟民、宋龙和赵世才是两代之交，何不发展为三代之交呢？

老寿星激动地喊："宋鹏来！你与赵文锋相互认识认识！"

宋鹏笑吟吟地应了声，转身与赵文锋打了个照面，互相打量对方。

认识宋鹏的人都称赞他英俊、帅气，但他现在与赵文锋近在咫尺，两人一比，他比赵文锋矮了一点，身材似乎也没有他挺拔。

老寿星一手紧紧握住赵文锋的手，觉得厚实，热乎，亲切可爱；另一手抓住孙子宋鹏的手，感到柔软的皮肉下生机勃勃的脉搏，那里流淌与他同样的血，心里顿觉亲情的温暖。

"你祖孙三代都是大个儿，你多高呀？"老寿星仰首看着赵文锋问。

"一米八多。"赵文锋瞟了眼宋鹏，微笑着轻声说。

"多大啦？"老寿星关切地问。

"我二十八岁了，爷爷。"

"哦，你比我孙子小。你是弟弟，他是哥哥。今后你们俩要以兄弟相称，互相帮助。多个朋友多条路，一个篱笆三个桩，一个好汉三个帮。"老人絮絮叨叨地说教，赵文锋和宋鹏在众目睽睽之下立定了，垂头听训。

"二十八岁该成家了，有没有在谈呀？"宋小忽然又问。

赵文锋刚恢复一点的脸又变得绯红，摇了摇头："没有。"

王园园听到赵文锋的名字已是震惊，抬头在人群中寻找，看到赵文锋洒脱的身影向老寿星走去，她心潮起伏，不知不觉笑容微绽，就像一枝初绽的芙蕖摇曳在人海中。

她瞄了一眼身边的爸爸妈妈，王诚和朱丹正惊讶地观赏这个额外花絮，她偷偷松了口气，目光也移过去，不由自主地，对台上两个年轻男子做出详细的对比。

宋鹏化了妆，肤色和五官形状可以通过化妆修饰，显得面皮比赵文锋白，但这种白叫苍白，白而无神韵，乍一看去的俊美是浮在表皮上的；赵文锋没有化妆，虽然略显黝黑，但他的双眸中射出聪颖的光泽，朴实而内藏坚毅。宋鹏比赵文锋稍矮、胖，肚子也大，显得呆板臃肿，气质笨拙；赵文锋个子更高，神清骨秀，自带一种利落刚劲的气质。宋鹏穿一身价值十几万元的黑色名牌西装，大波浪披肩发，修饰得漆黑油亮，但这样的发型从背后看会以为是女性，与大众审美存在距离；赵文锋则穿着一身半旧的灰格西装，发型简单、干净清爽，正是一种肉眼可辨的、最符合大众审美的、邻家男孩儿般的传统英俊。

王园园本就有所偏向，越比较越觉得赵文锋可爱，白玉般的面庞上桃粉绯绯，融融的暖意占满了心房。又是好些天不见，她对赵文锋日思夜想，茶饭不思，人都瘦了许多。她暗下决心："今天晚上一定要和他约会！"

宋鹏与赵文锋见过面之后，老寿星继续发言，可惜他人老多忘事，讲了没几句就从演讲稿脱稿，讲到赵伟民，哪里还接得回去。

宋小问宋鹏："我讲到哪里了？"

宋鹏摇摇头，他根本就没听。

赵文锋提示道："日本鬼子把您和我爷爷抓去养大狼狗。"

"噢！我想起来了！"宋小恍然大悟，"日本鬼子把我们逮去养大狼狗，每天吃不饱饭还要挨打，冬天来了没有棉衣穿，也没有被子盖。如果不是八路军消灭了日本鬼子的驯狗基地，我们就是不被狗咬死，也可能冻死、饿死。感谢八路军解救，感谢共产党的领导，在过去神州沦陷的年代里，我做梦也没有想过今天的好日子……"

好不容易，老寿星颠三倒四、啰里啰唆地说完了，主持人擦了擦额头的汗水，欣然宣布："感谢各位来宾，所有环节完成，奏乐！"

《步步高升》曲中，寿诞仪式圆满结束。

第一次约会

赵文锋在台上，王园园既没有兴趣喝高档的寿酒，也没有心情品尝山珍海味，她那颗芳心早已飞到赵文锋的身边。古诗云："衣带渐宽终不悔，为伊消得人憔悴。"她这几个月来，相思成疾，瘦了许多。她是舞蹈演员，只因为瘦，更显得体态轻盈，舞姿娇柔，张翅若飞。哪怕是徐徐走过闹市，也使人不觉回眸。

散席后，王园园鼓足勇气，偷偷给赵文锋打电话。她拿出手机，心突突跳，面部发热，手微微颤抖。她不知道赵文锋对她是什么态度，万一他不喜欢她，岂不是自讨没趣？

赵文锋与王园园就在一个大厅里，人群川流不息，他们看不到彼此只隔数步之远。听到手机振动，赵文锋拿出手机一看，心里也热起来。

他喝了两杯酒，情绪没有往常那么内敛，接起电话欣喜地问："王园园，你找我有事吗？"

"我们……我们今天晚上到情侣湖去观赏月下荷怎么样？"王园园用微弱的声音期期艾艾地向他发出邀请。

赵文锋怎么可能不答应？他怎么可能不喜欢她？！

"好！"他激动的声音都有点变调，"几点钟？在哪里会面？"

王园园默算了一下时间："来不及看烟火，就不看了，我们八点整在情侣湖南畔曲桥桥头见。"

她顿了顿，羞涩又坚定地补充："不见不散。"

是夜,一轮皓月当空,银辉洒满湖面,青山倒映碧波,柳丝轻摆疏影,桂子飘香,馨风吹拂。

王园园骑着电瓶车,风驰电掣地来到约定的地方。这时湖畔的停车场已经停满各式各样的轿车、摩托车;湖边的亭台、水榭、吴王靠上都是人,稍好些的位置坐满情侣;也有不少中年夫妇带着孩子在湖边散步、观景、赏月;还有些老人携伴观赏湖中摇曳的莲实,漫步逍遥。她向情侣湖广阔的湖面扫了一眼,一阵馨风向她吹来,她心旷神怡,轻松地舒了口气,从来没有感觉到风是这样的温柔和舒适。突然,一双温暖的大手从背后捂住她的双眼,她由惊转喜,装腔作势轻轻惊叫一声:"哎呀! 抓流氓!"

赵文锋虽然算得上青年才俊,在谈情说爱方面却是初出茅庐,听到这么一声惊叫,吓得他赶紧松手,心慌意乱地道歉:"对不起! 对不起! 我认错人了。"

赵文锋惊愕未消,忽见对方转首给他送来一个"秋波",笑容如芙蓉绽开。

一阵透骨的清香伴随笑容向他袭来,赵文锋立即从惊讶中回过神来,心里不由涌现"人面桃花"四个字。他的心突然融化了,就像一块冰落到水里,像一个人掉进了爱河。

这是什么滋味? 是爱情吗? 是的! 是他从未体验过的异性魅力。是爱情吗? 是的! 是会说话的芙蓉,是天仙,是富有冲击力、无法抵抗的美!

此时此刻,他忘掉了一切忧愁和烦恼,只觉得自己是世界上最幸福的人,理性的头脑离他远去,他唯心是从,觉得爱情的力量无坚不摧,正如火焰可以熔化钢铁。

王园园见赵文锋满脸惊讶,显得憨厚,还有点傻,心中长时间积累的相思一下爆发出来,化为带有母性的涓涓柔情。她主动搂住赵文锋的脖子,脸紧紧贴在他胸前,手抬上去抚摸他的发尾。她此时头脑里一片空白,一身轻松,她觉得自己已经不存在了,"我"变成了"我们",她和这个男人被打碎了重新捏合到一起。

赵文锋从恍惚中醒来,突然觉得爱情来得这么快,好像自己在做桃花梦;然而他又觉得爱情来得很自然,回想他把被抢的背包送还王园园的一刹那,她的眼神中就充满好感。他从受宠若惊、飘飘欲仙到终于降落人间,渐渐接受了自己是一个被美女主动示爱的幸运儿。他不免感觉到欣慰、自信、骄傲、惶恐,复杂的情绪中正面压倒负面,最后融合成纯然的生理性的愉悦。

他一把抱住王园园就地转了几个圈,然后把她柔软的胳膊搭在自己的腰上,半抱着她走到湖边,在一个凉亭边沿坐下。

这一对年轻男女依偎在湖边,却万般湖景无心看,身心浸在爱河中。王园园把脸紧紧贴住赵文锋的脸，她胸中的柔情带出更多母性，仿佛身边不仅是她的爱人，也是她的孩子。她回想起在母亲怀里的温馨，又回想起在父亲怀里的安全感，回想起幼时，在爷爷奶奶怀里的无忧无虑……感情似有一些相同，但有更多的不同。

两人不约而同地在心底说：我愿用我的生命来保护我拥抱的这个人。

不知过去多久，一道五彩飞虹从湖心升起，远方飘来《春江花月夜》的轻音乐，夹杂着湖滨人群对五彩喷泉的惊喜赞叹。

王园园热爱舞蹈，在遇到赵文锋前，她满脑子都是音乐和舞蹈。此刻，她被《春江花月夜》的音乐唤醒，睁开一双水灵灵的眼睛，凝神倾听了片刻，心满意足地道："好美。"

满湖清波，五彩霓虹，花月共春风，天涯共此时，怎不令人心醉神迷？

"看那里。"赵文锋拉起她的手，指着喷泉顶峰，那里竟有一对情侣相拥舞动的幻影！

王园园震惊地坐起身，赵文锋捏捏她的手指，感慨地说："那就是情侣湖得名的原因了。我小时候，爷爷每逢节假日都要带我来这里游湖，他最爱这个湖，因为这个湖有他的血汗，是他在'大跃进'中带领全市群众挖出来的人工湖。有一年夏天的某个周日，我跟爷爷来到这里，突然遇到暴风骤雨。那时还没有这么多亭台水榭，我们十几个人挤在一个小凉亭里避雨，突然看到湖心映出一对情侣的幻影，他们手牵着手，踏云升空，在雷声闪电中消失。"

王园园懊悔地说："我小时候跟爸爸妈妈也来过很多次，我怎么没有看到？"

"应该是你和神仙没有缘分。"赵文锋一本正经地说，看她真的相信了，忍不住笑起来，"我开玩笑的，没有什么神迹，那只是喷泉对面那座铜像的倒影。"

他叹道："我爷爷告诉我，一九五六年以前，这里是一片盐碱洼地，遍地盐蒿，看不到一片绿叶，更不要说一汪清水。当时有个顺口溜：'一去二三里，沿路四五家，楼台无一座，四季不开花。'就因为这样，滨江市委在一九五八年才决定建造人工湖。当时，四乡八镇的人民一起拥来，人山人海，主动承包。那个年代既没有铲车也没有吊车，全是肩挑背扛，大家的劳动热情空前高涨。

"有一对情侣承包挖一个陡坡，眼看将要完工，突然陡坡塌方，二人不幸被埋进土里。为了纪念在公益劳动中献身的英雄，滨江市委在塌方的地方立了一块碑，后来有钱了，又改成一尊铜像。现在这尊铜像已经是湖滨一景，每天有不少情侣在铜像前留影，还有许多人穿着婚纱拍照。"

王园园有些神往地想象了许久，忽然说："到那一天，我们也穿着婚纱到那里录结婚誓词。"

第一次约会,美丽的姑娘就开始畅想他们的婚姻,她对他的爱是如此热情真挚、毫无保留!赵文锋不禁又将王园园搂进怀里,珍惜地吻了吻她的脸,因为过于激动反而思维断片,脑子里翻来覆去只有一句"但愿人长久"。

两人紧紧地拥抱,王园园面部潮红,圆润的鼻尖上沁出一层香汗,也不知是身热,还是心热。

少女的心事神鬼莫测,就在这般快乐的时刻,她却想起宋鹏,想起宋鹏锲而不舍的追求,父亲暧昧的态度,宋家寿宴上权势与财势的展示……

音乐喷泉的《春江花月夜》恰好换成了《梁祝》,似是不吉之兆。她喜中生悲,轻轻推开搂住自己的臂膀,含着泪说:"我要是祝英台,你怎么办?"

赵文锋侧耳听了听,以为她是对音乐有感而发,笑道:"封建社会永远过去了,你不可能是祝英台,我也不可能是梁山伯。何况,新社会哪里来的马文才?"

有的,任何时代都有马文才。王园园在心底默默叹息,对赵文锋又升起一股母性的爱怜。他们赵家祖孙三代似乎都是这样,才能卓著,善良热忱。

赵文锋不明所以地看向她,月光清晰地映在王园园的芙蓉美面上,他看到两潭清泉滚动着莹莹珠泪,讶然发问:"你为什么流泪?"

王园园眨了几下蝶翼般的长睫毛,用面巾纸擦干了泪珠,佯笑道:"这湖里吹来一阵风,沙粒刮进了我的眼睛。"

赵文锋仔细替她查看眼睛,当然什么也没找到,最后,他小心翼翼地捧住她的脸,嘴唇贴在她的睫毛上。

两人又沉默了一阵,赵文锋的心情逐渐平静下来,他不再感觉如梦似幻,终于接受了自己被世界上最美好的异性青睐的事实。他甚至有一种士为知己者死的坦然,恨不得明天就把她娶回家,终生爱护她,回报她。

王园园闭着眼,耳边只剩下赵文锋的心跳声,她又想哭了。为了摆脱不受控制的心理阴影,她捏捏赵文锋的手说:"我觉得有点累,我们到水榭里去休息一会儿。"

她牵着赵文锋走进附近的水榭,水榭位于一棵大树下,光线晦暗,保障了隐私。两人在吴王靠上静静地坐下,适逢一阵清风从湖面吹来,夹着莲蓬和红菱的芳香;鱼儿在黑暗的水面下追逐、跳跃,扑打起哗哗水声;远处传来夜鸟对唱,鸳鸯和鸣。

自然的美与爱情的美似在此时此刻发生共鸣,震动了这对年轻男女的灵魂。

王园园长长地舒了一口气,她无意中摸了摸口袋,掏出一块不知何时放在兜里的巧克力。她眼睛转了转,将巧克力这头含在自己唇间,又把另一头递到赵文锋嘴边。

两人分食完这块巧克力，王园园贴在赵文锋唇边，喃喃道："听我爸爸说，美国有一种测生物电的仪器，让一对男女坐在一起，从头顶发出生物电。如果两人情感相投，两道生物电就融在一起；如果不相投，则像油和水那样各自分开。"

这个新闻赵文锋倒是第一次听说，很感兴趣地道："那我俩也去测测？"

他眼睛亮晶晶的，看起来像个想要新玩具的小男孩儿。王园园忍不住抚摸他的脸，笑道："聪明的笨蛋，我爸爸就那么一说，谁知道是真是假？而且不需要那么麻烦的测试，人的嗅觉受荷尔蒙控制，如果男女感情不到位，相互之间气息都很难闻。你……喜欢我的味道吗？"

赵文锋细品巧克力的滋味，一语双关地道："我吃过很多巧克力，从来没有这样甜美。"

他没有正面回答她的问题，王园园美目流波，期盼地望着他。

巧克融化得太快了，赵文锋感觉一股热流随着香甜也淌进肚里。他咽了口口水，抵抗不了她的眼神，投降道："我光是闻到你的味道，就要醉了……"

这个答案让王园园开心了，得意了，听到从湖的深处传来鸳鸯戏水声，她的音乐细胞突然兴奋起来，快活得想要唱歌跳舞。

"我唱一首歌给你听听，好吗？"

"好啊，我听我外甥女宋华说过，你能歌善舞，我要大开眼界了。"赵文锋放开她，期待地说。

王园园娇躯一转，袅袅婷婷地站到亭子中央，歪过头问："《雨不洒花花不开》你喜欢听吗？"

"喜欢！"赵文锋连忙道，脸上一阵火辣，"其实我不知道这是什么歌，我就没听过几首歌，人家都叫我书呆子。"

赵文锋还在自惭形秽，王园园轻展歌喉，一阵柔婉的清音随着微风飘在情侣湖的上空："哥是天上一条龙，妹是地下花一丛，龙不翻身雨不下，雨不洒花花不开。龙不翻身雨不下，雨不洒花花不开。高高山上一树槐，手攀槐丫望郎来，娘问女儿望什么，我望槐花几时开。娘问女儿望什么，我望槐花几时开。"

王园园唱着歌，又想起宋鹏和他烦人的追求，不知会不会对她和赵文锋的情路造成影响，一时情难自已。

赵文锋却没有发觉她细腻的愁肠，他纯粹被她的歌声打动了，就像一团柔软的丝球在他的心窝里来回滚动。过了一会儿，他才发觉王园园眼眶里有晶莹闪光，抽出纸巾帮她擦拭眼泪,柔声安慰道:"你怎么了? 唱歌太动情了?"

"我唱完了。"王园园岔开话题,"你也要唱一首! 快想想要唱什么。"

"啊? 我也要唱?"赵文锋头大无比,"别人都说我是书呆子,同学们替我起了个绰号叫'二姑娘',因为一讲话脸就红,我哪会唱歌啊?!"

"不管,唱不唱是态度问题,唱得好不好是水平问题。"王园园拉扯他的衣袖撒娇。

赵文锋为难地抓头,自己实在没有音乐细胞,可能只有给同学们上课的时候不怯场,声音洪亮,发挥自然。算了,女朋友都唱了,他要不唱就是对不起女朋友。

他把"女朋友"和"王园园"联系到一起,心里甜蜜无比,忍不住又亲了一下新鲜出炉的女朋友,悄悄说:"我想起来了,我会唱《告白气球》。我轻一点唱,给你一个人听,能听到就行。不然你的歌声已经吸引了不少人,他们要是再听到我的歌声,还以为你跟驴谈恋爱呢!"

他这个自嘲风趣幽默,逗得王园园失笑,跳过来坐到赵文锋大腿上,两手抱住他的脖子使劲地亲了亲他,笑着说:"唱吧,我不笑话你。"

赵文锋果然就在她耳边偷偷摸摸地唱完一首方文山作词、周杰伦作曲的《告白气球》:

> 塞纳河畔　左岸的咖啡
>
> 我手一杯　品尝你的美
>
> 留下唇印的嘴
>
> 花店玫瑰　名字写错谁
>
> 告白气球　风吹到对街
>
> 微笑在天上飞
>
> 你说你有点难追
>
> 想让我知难而退
>
> 礼物不需挑最贵
>
> 只要香榭的落叶
>
> 喔　营造浪漫的约会
>
> 不害怕搞砸一切
>
> 拥有你就拥有全世界
>
> 亲爱的　爱上你　从那天起

甜蜜得很轻易

亲爱的　别任性　你的眼睛

在说我愿意

塞纳河畔　左岸的咖啡

我手一杯　品尝你的美

留下唇印的嘴

花店玫瑰　名字写错谁

告白气球　风吹到对街

微笑在天上飞

你说你有点难追

想让我知难而退

礼物不需挑最贵

只要香榭的落叶

喔　营造浪漫的约会

不害怕搞砸一切

拥有你就拥有全世界

亲爱的　爱上你　从那天起

甜蜜得很轻易

亲爱的　别任性　你的眼睛

在说我愿意

亲爱的　爱上你　恋爱日记

飘香水的回忆

一整瓶的梦境　全都有你

搅拌在一起

亲爱的　别任性　你的眼睛

在说我愿意

　　出乎王园园的预料,赵文锋的男低音非常美,加上爱情滤镜,她人生中第一次听到这样美的男低音。这浪漫的声韵,像情侣湖的馨风吹得她飘飘然、昏昏然,真想立刻变成一只蝴蝶,围绕荷叶翩翩起舞。她想,赵文锋如果不搞学术研究,去做一个男低音歌唱家，他一定也能做得很好。他歌唱天赋这样高，音色这样美，说英文时一定也很好听，就像、就像传说中的吟游诗人。

王园园忍不住又过去亲了亲赵文锋，贴在他耳边撒娇："再唱一遍，你再唱一遍，我给你伴舞。好不好？"

她热乎乎的气息喷到赵文锋耳朵上，激得他全身颤抖，连忙答应："你要听，我唱多少遍都行！"

很快，赵文锋的男低音再次随清风从水榭向外扩散，王园园围绕他踏着歌的韵律翩翩起舞，一会儿如彩蝶穿花，一会儿如燕子掠水；一会儿是金鹰展翅，一会儿是兔子蹬鹰；一会儿是单腿旋转，一会儿是后踢探海；一会儿是一字马，一会儿是前倾弯腰后转；一会儿空中大跳，一会小五花转手……

她长得美，舞姿更是绝美，如桃花初绽，秀色可餐，光彩照人。别看她随便就能编出一套高难度舞蹈，这是因为她多年勤练不辍。她练腿功比坐老虎凳还痛，腿下曾垫过三块砖，痛得咬破香唇，满口血流。她为了增强腿部肌肉力量，长时间在小腿上绑了两个五斤重的沙袋，练到功成时，能连续后踢探海几十个。王园园基本功出色，舞姿如行云流水般轻松惬意，水榭旁围满游人，不断为她鼓掌喝彩。

赵文锋看到四周游人越聚越多，眉头紧紧皱起，没唱完就停了下来。王园园舞蹈也随之暂停，刚要开口，围观人群中传来一声喊："王老师跳得好，再来一个要不要？"

"要！要！要！"随着起哄声，人群沸腾起来。

王园园定睛一看，带头起哄的不是别人，却是宋鹏的秘书司徒骏。

在最欢乐的时候骤然见到此人，仿佛一直盘旋在心底的阴影化为现实，王园园顿觉身体掉在凉水里，悚然而惊。

她想：坏了，司徒骏知道，宋鹏马上也会知道。他奈何不了自己，如果为难赵文锋呢？赵家人无权无势，哪里防得了钱权在手的宋家的恶意。虽然赵老爷子和宋老寿星曾经是生死之交，可是几十年过去了，豪门哪来的长情真意？

她想到这里不由打了个哆嗦，连忙拉住赵文锋的手，低声说："我们走，换个地方。"

赵文锋以为王园园讨厌被起哄，也对，她毕竟为人师表，自矜自爱是应该的。他拱着双手向大家作了个揖，微笑道："感谢赞美，这里有点冷，大家散了吧。"

围观群众见他学跑江湖卖艺般作揖，觉得有趣，嬉笑了一阵，果然散开来。

赵文锋松口气，牵着王园园的手走出水榭，边走边与她耳语："不用紧张，人家就是看你跳得好，不是在嘲笑我们。现在多的是年轻人在公众场合谈情说爱，我们学校里也有，一到晚上成双成对的，谁也管不着。"

"嗯，我们学校也是，只要领导不管，谁还管这些闲事，吃饱饭撑的？"王园园打起精神应和他。

两人手牵手亲密交谈，王园园面上不显，心里总想着宋鹏和他那封情书，越想越恶心，气不打一处来。这样下去再和宋鹏共事也没意思，不如离职，去国有单位，工资低一点也不受这个气。

走到一个八角凉亭边，赵文锋回头看了看，人群并未跟上，便道："这里好，柳荫下视野开阔，我们在这里休息一会吧。"

王园园自然没有意见，两人进入凉亭坐下，蓦地，几十条五彩"飞虹"又从湖心飞起，映得湖岸五彩缤纷。音乐喷泉之前播放了《春江花月夜》和《梁祝》，都是高雅的纯音乐，这次却换成了流行乐曲。

赵文锋没听过几首流行曲，王园园被歌声打断愁绪，认出是姚谦作词、陈珊妮作曲、刘若英演唱的《蝴蝶》，这首歌是电影《梁山伯与祝英台》的主题曲：

人为什么凭感动生死相许

拥抱前离别后　是否魂梦就此相系

人为什么有勇气一见钟情

人海里这一步　走向另一段长旅

给你承诺一句

如果生命在这秒化灰烬

可还我原来天地　我们相爱的那一季

梦里蝴蝶翩然舞起

我也愿意因感动生死相许

拥抱前离别后　与你梦魂就此相系

我也可以凭勇气一见钟情

人海里这一步　走向另一段长旅

给我承诺一句

就算生命在这秒化灰烬

可还我原来天地　我们相爱那一季

梦里蝴蝶翩然舞起

继续　我要我们的爱在明天

继续　就算流泪也在所不惜

有多少四季能浪费在思念和犹豫

后来此恨绵绵无尽期

给我承诺一句

就算生命在这秒化灰烬

可还我原来天地　我们相爱那一季

梦里不只蝴蝶翩然舞起

"梁祝"这个主题戳中王园园的心事，她忍不住又和着音乐翩翩起舞，跳了没几分钟，亭子外面响起齐刷刷的掌声，有人喊："王老师跳得好不好？"

众人和道："好！"

"再来一个要不要？"

众人和道："要！"

赵文锋和王园园望过去，不是别人，正是宋鹏的秘书司徒骏带十几个人在尾随他们。

这下连赵文锋都觉得不对劲，他起身欲言，王园园拦在前面，佯笑道："我今天倒霉，光遇到鬼！你跟着我干什么呀？"

"宋老板看到您提前离开晚宴，特意叫我们几个来保护您的安全。"司徒骏斜睨赵文锋一眼，挖苦说："王老师，鲜花就是鲜花，要爱惜自身，千万不要插到牛粪上。"

"你！"王园园气得浑身乱颤，既恨他侮辱赵文锋，又怕赵文锋和他当面起冲突，传到宋鹏耳中，心慌意乱之下骂人都骂不利索："你狗嘴里吐不出象牙！你跟踪我，这是侵犯人权！我要到法院告你！"

湖畔休闲的人群听到这两人斗嘴，特别其中有王园园这样的美女，自然都停住脚步，围上来想看个究竟。无数或好意或恶意的闪烁眼光一起向王园园投来，她这么爱惜脸面的大家闺秀，顿觉十分狼狈。

赵文锋一直保持沉默，尊重王园园挡在自己身前和司徒骏交涉，这时见王园园面露难堪，展臂遮住她的头脸，轻声道："我们走，不要理他。"

"你去告啊！你有什么证据？"司徒骏却不肯放过他们，他目中无人，根本就当赵文锋不存在，嬉皮笑脸地说，"我们宋老板刚办完寿宴，省里市里的领导都来了，你怎么不当面去告？"

他自以为得意，却不料这话说出来引起老百姓的反感，人群中有一对六十多岁老夫妻，老头抱不平道："这人谁呀？拉大旗作虎皮，欺负人家姑娘。"

旁边一个三十来岁的中年人不屑地冷笑了声，接话道："我认识他，他是我小学同学，叫司徒骏，现在是白玉楼老板宋鹏的秘书。"

白玉楼宋家在本地赫赫有名，财富的积累伴随普通人的牺牲，一个四十多岁的魁梧大汉立刻发言："白玉楼的人能是什么好东西？！那幢大厦有我们工人的血汗，我们的窑厂给宋鹏他爸霸占去开发房地产！"

那个六十多岁的老头连忙牵着老妻往后走，小声对老伴说："国有资产流到私人手里，工人失业，少数人发财，民心当然不平！仇富成风……要不得！要不得！"

"打他个狗日的！狗腿子！"另一个五大三粗的青年几步跨到司徒骏身边，像老鹰抓小鸡那样，一把提起他摔在地上，又踢了两脚，对着他的脸吐唾沫。

司徒骏的同伙也不示弱，抓住这个青年拳打脚踢，青年边还手边怒骂："逼我妈下岗，我妈吊死了！我打死你们这些狗腿子！"

路不平众人踩，围观的人群同情青年，一个魁梧大汉带头冲了上去，两拨人须臾展开一场混战。

赵文锋眉头皱得死紧，王园园看他的样子竟然还想去劝架，赶忙扯住他的袖子带出人群，急急地劝说："快走！是非之地，你职称不想评了？"

赵文锋稍作犹豫，不到几分钟，警笛声由远而近，警车闪着红灯飞驰而来。

这里距离宋家举办寿宴的白玉楼并不远，属于同一辖区，也在今天报备过的大型活动重点维护范围内。警车门一开，下来十几名防暴队员，个个戴着头盔，身着防弹服，背着瓦斯弹、防暴枪，手握带钢刺的防暴棍，旋风般抵达斗殴现场。

打架斗殴的路人早在警笛声响时就已经跑光了，只剩下司徒骏，衣服被撕得稀烂，赤条条躺在地上，鼻子还在往外淌血。

他带来的几个人也被揍得鼻青脸肿，傻呆呆地守在一旁，眼看防暴队到来，高声求救，用手指向远去的人群："是他们干的！就是那些人！"

然而远处只有湖光山色，湖心的霓虹喷泉依然发出动人的音乐，湖畔的人们依然在轻歌曼舞中散步，尽情享受新时代自由、安全、平等的小日子，喷泉对面的情侣铜像反射灯光，依然熠熠生辉。

宋小头的童年

　　与新时代人民的好日子相对的,不得不提到旧社会底层人民经受的苦难。典型人物,就是在本书中多次提到的,赵伟民和宋小头。

　　我们从前文知道赵伟民非常不幸又非常幸运,被八路军拯救,那么宋小头呢?

　　宋小头是滨江市宋庄农民的儿子,父亲名叫宋老好,与赵伟民的父亲赵小根是老乡。两人结伴闯关东,被日本鬼子抓去开煤矿,遇到矿难而死。宋小头和母亲卢英花、姐姐小英子,赵伟民和母亲陈玉英、姐姐陈小妹,两家人在一九三七年八月十五日这天,跑日本鬼子,躲进同一个大山坳里。宋小头母亲和姐姐被日本鬼子打死,尸体被大狼狗吃掉;赵伟民的母亲、姐姐被日本鬼子抓到日本鬼子驯狗基地,死得不明不白,尸体剁块喂狗。

　　宋小头与赵伟民被日本鬼子抓到日本鬼子驯狗基地,饲养大狼狗。一个严寒的深夜,这个驯狗基地被八路军歼灭,赵伟民从此当上八路军。宋小头与瘸腿小徐却失踪了。

　　那天,在赵伟民趴到地上躲炮弹的时候,瘸腿小徐过于害怕,拉着宋小头,两人离开基地,走到附近的小村庄,躲进一个柴堆里避寒。

　　第二天早晨,村妇周丫丫在草垛上取草烧早饭,一掀开柴堆,发现两个人不像人鬼不像鬼的东西,尖叫:"我的妈呀! 救命! 快来人呀!"

　　叫声惊动了她的丈夫宋继奎,也吵醒了女儿娇娇。宋继奎跑到草堆边一看,是两个蓬头垢面的孩子,满脸黑灰,只有两双疲惫的眼睛是干净的。两人都穿着单衣,外面裹一层稻草,身体颤抖,冻得不能说话。

宋继奎惊讶地问："你们两个孩子是干什么的？怎么跑到我家草垛里睡觉？"

两个孩子听到宋继奎的问话仍然不讲话，都哭了起来。此时北风呼啸，寒霜铺满大地，宋继奎不由打哆嗦，连忙道："丫丫快！这两个孩子要冻死了！我背大的，你背小的。"

宋继奎和丫丫将宋小头他们背回家，两个孩子立刻躺到地上，闭着眼睛，怎么拉也拉不起来。宋继奎用手分别在他们的鼻孔下面试了一试，感觉还有呼吸，便把人抱在怀里说："把我们的棉被抱来给这两个孩子围着。"

这对夫妻都是好心人，丫丫依言抱出自家的破被子，宋继奎把被子裹在两个孩子的身上。他摸摸他们冰凉的身体，感觉还不行，于是又喊："丫丫！快抱柴来烧火取暖。"

女儿娇娇也很善良，看到两个孩子要死了，听到爸爸叫妈妈抱柴取暖，急急说："妈妈，不用你去，我去！"她边说边跑了出去，顷刻抱了一捆柴回来。

宋继奎烧火给宋小头和瘸腿小徐取暖，娇娇越看两人越可怜，疑惑地问："为什么不把火烧大点？"

宋继奎摇头："我以前听老人说过，救冻昏的人，不能用大火烤，用大火烤会死的。要用小火慢慢加温，慢慢复苏。"

他把宋小头两人扶起来坐着，双手各搂一个在怀里，指挥女儿："我扶着他们，你来烧火，记得我说的，小火慢慢加热。"

一家人通力合作，丫丫点燃柴，娇娇用小火给两个孩子取暖。大约过了两顿饭时间，小一些的孩子慢慢睁开眼，看到身边有人给他烤火，他哭了。开始只是流泪，渐渐哭出声来，而且哭得很伤心。

宋继奎拍了拍他以表安慰，问道："你叫什么名字？"

"宋小头。"他微弱地出声。

"他叫什么名字？"宋继奎又指着大孩子问。

"我们都叫他瘸腿小徐。"

娇娇抢着问："你俩从哪里来的？"

"日本鬼子驯狗的那个地方。"宋小头老老实实地回答。

"日本鬼子驯狗的地方？！"宋继奎吓了一跳，村子里来日本鬼子了？

他想来想去，终于想起村西十几里外似乎有个日本鬼子的驯狗基地，离他们村不远不近，没听说往这边来人。

他定住神，又问："你俩为什么夜里跑到这里来？"

"那个地方打仗,他们说是八路军打来了。"宋小头低着头,问什么答什么。

宋继奎有些不解地问:"八路军打日本鬼子,你俩跑什么呀?"

"小徐说、说我俩都是给日本鬼子喂狗的,八路军也要打我们!"宋小头吓得又哭起来。

宋继奎一家人相互望了望,虽然村民都知道八路军是好人,打鬼子,但谁也不敢说八路军真的不打养狗的。

娇娇嘴快,直接问:"你这么小,怎么到那里面去的呀?"

宋小头哭得上气不接下气,磕磕巴巴地讲述了他妈妈和姐姐遇难的经过。还没讲完,瘸腿小徐也苏醒过来,和他一起诉说。

两个可怜的孩子深得宋继奎夫妇的同情,宋继奎叹口气,问丫丫:"早饭烧好了吗?"

"烧好了。"丫丫点头。

"多不多?"宋继奎又问。

"我们家就三口人,三个人的饭哪有多的呢?"丫丫这时会过意来,"是不是要给这两个孩子饭吃?"

"是啊,他们瘦得皮包骨头,再不吃饭顶不住。"宋继奎皱紧眉,转脸又对女儿微笑着说,"娇娇,你和这两个小孩子一起吃吧。"

"我也不吃了,都给他俩吃吧,他们好可怜。"娇娇爽快地和父母站在一起。

"没有粮食,是地瓜面、地瓜叶和榆树皮做成的稀饭。你俩吃不吃?"丫丫柔声问。

宋小头和瘸腿小徐都拼命点头,能有的吃就谢天谢地了。

丫丫盛给他两人每人一碗,眼见这两个孩子不说话,狼吞虎咽一会儿就喝了下去。吃过以后也不说话,舔舔嘴唇,眨巴眼睛盯着她看。

宋继奎笑着问:"还要吃吗?"

两个孩子都眨了几下疲乏的眼睛,羞涩点头。

宋继奎原来想留一点给娇娇吃的,没想到这俩孩子太饿了,只好示意丫丫都盛给他们。

娇娇倒是不觉得饿,站在妈妈身边光看着,宋小头他们吃饭不嚼,一会又把一碗稀饭喝下去了,她心里暗暗吃惊:"怎么饿成这个样子呀? 没有爸爸妈妈真可怜。"

丫丫把锅里的稀饭都铲得干干净净,却也只有两浅碗,都端给两个孩子。宋小头他们很快又吃光了，并用舌头把碗里舔得干干净净。

两个孩子肚子饱了，身体暖了，慢慢说话也流利了。宋继奎和丫丫问清他俩的遭遇，十分同情，也觉得他们诚实可爱。

晚上睡觉，宋继奎便和丫丫偷偷商量。

宋继奎松了口气："八路军和日本鬼子到现在都没找过来，应该没人在意这两个养狗的孩子。"

"那就好，"丫丫欢喜地说，"我都三十多岁了，只有一个独女娇娇，很难说还能不能再生。既然没人管他们，我们把这两个孩子留下来做儿子，你看怎么样？"

宋继奎考虑了一会说："好是好，就怕养不活。我们家是佃农，租种地主家三亩地，一年忙到头只有半年粮的收成。突然增加两口人，是养不起的。"

"养不了两个养一个嘛，我看那个小的挺机灵的，把他留下来，那个大的瘸腿的再给他找条出路。"丫丫努力想办法。

"能有什么出路？把他们赶走，在外面没饭吃没衣穿，不是冻死也是饿死。这国难当头，哪里还有人能救他们？"宋继奎摇摇头，"没有吃的就算了，这两个孩子还没有棉衣，就怕连这个冬天也过不去。可如果留下来，不但他俩饿死了，我们一家三口也要跟着饿死。"

丫丫思索了半天，终究舍不得，咬牙道："明天早上你到邻家去借点粮，先对付几天，有旧衣服再讨一点来，车到山前必有路嘛！"

第二天早上，宋继奎饿着肚子，果然到邻家借粮去了。

这个小村庄是个穷庄子，全部是佃户，他十几户人家都去过了，既没有借到粮食也没有讨到旧衣服。回到家里，宋继奎深觉无力，流下男儿泪。娇娇懂事地替爸爸擦眼泪，自己也流着眼泪，扁起嘴说："爸爸我饿了！"

丫丫见丈夫和女儿都在流眼泪，低头又看到坐在身边草铺上的两个孩子，鼻子一酸，眼泪也流了出来。

找不到生路，怎么办？

还是娇娇机灵，对着爸爸耳朵悄悄地说："把他们送到地主家不就有饭吃了吗？"

对啊！宋继奎听到女儿娇娇这句话，如醍醐灌顶。庄子上的地主叫胡世荣，曾经雇宋继奎做过几年长工，因为宋继奎勤恳，对宋继奎的印象不错。宋继奎听说胡世荣正在组织民兵团抗日，急需人，把这两个孩子送到他那里去做童工不是正好？

他兴奋地站起来就往外走，本来想叫两个孩子跟他一块儿去，又怕胡世荣不收，天寒地冻的，这两个孩子还能送到哪里去？不行，就是死也不能死在他手里！

幸好胡世荣家离得不远，五里来路，宋继奎决定先去打听一下。

胡世荣家住胡家大湾，有一千多亩地，日本鬼子曾下乡"扫荡"，强奸了他最心爱的第五房小妾，奸过以后还要杀死！胡世荣因此对日本鬼子有国仇家恨，他组建民兵团，自任团长，现在已经有二百多人，二百多条枪，正缺炊事员和后勤人员。

宋继奎虽然在胡家做过几年长工，可时过境迁，胡家已经大变样：除了一片黑瓦房还是老样子，胡家门前增加了两个高高的炮楼，一边一个，上面架了两挺机关枪，几个兵在旁边荷枪走动；门口站着双岗，还有两条狗，用铁链拴在一个铁桩上；墙壁上的拴马环拴住三匹高头大马，马焦躁不安，不时扬起前腿嘶嘶鸣叫。

宋继奎有些胆怯，忍不住惊叹一声："好威风啊！"

他怕狗咬，离门卫还有三十多米远就高声招呼："我找胡老板，我叫宋继奎，曾经给他家当过长工，今天特地来介绍两个人当兵。"

民兵团缺人，两个门卫一听喜出望外，其中一个门卫便对宋继奎招招手说："来吧！"

宋继奎连忙走近，把情况作了简单介绍。这两个门卫也都是穷人出身，穷人对穷人自有同情心。一个门卫把枪靠在墙上，走进深宅大院，一会儿笑嘻嘻地出来说："胡团长要亲自接待你，跟我进去。"

宋继奎对这个深宅大院并不陌生，替胡老板打工期间，院子里角角落落都去过。可是这次进来又和过去不一样，处处戒备森严。他战战兢兢地跟着门卫，拐了十几个弯，穿过十几条巷道，最后才走进一间不起眼的小屋里。

胡世荣正在屋里，看到昔日的长工，笑笑欠身说："坐。"

宋继奎不敢坐，也不敢不坐，拿捏着坐到边沿，赶紧把两个流浪孩子的情况作了详尽的介绍，并提出了自己的希望。胡团长听完以后，爽利地道："那个大孩子我收下，放在炊事班里，我马上派人和你一块儿去你家把他带来。那个小一点的孩子就算了，既不能当兵也不能搞后勤。至于这两个孩子衣服的问题，我都可以解决。"

问题解决得如此完美，宋继奎激动得心突突直跳，眼泪也流了出来，当即趴在地上给胡世荣磕了三个头。

胡世荣不知道宋继奎有私心，见他为两个流浪孩子热心操持，也有所感动，叹道："现在这兵荒马乱的年代，乞丐到处都是，穷人我救不了那么多。你给我干了几年活，很勤快，今后还有用得着你的时候。"

他拿起笔写了一张便条："请给来人五十斤马料。"

所谓马料,就是用来喂马的下脚小麦、下脚豆类,因为是粮食,穷人自然也能吃。当宋继奎扛着五十斤马料,领着一个抗日民兵团的郑班长回到家里,这时中午已过,家里冷冰冰的,所有人都饿着肚子。丫丫看到丈夫扛着粮食,高兴地迎了出去:"谢天谢地,我们一家有救了!"

宋继奎请郑班长进屋,把一口袋马料放在地上,肚子饿得出虚汗,脸上的汗珠不停往下淌。娇娇连忙用衣袖替爸爸擦汗,端一个小木桩凳子给爸爸坐,又端了另一个小木桩凳子给郑班长坐。

宋继奎粗大的手抹了一把汗,轻松地舒了一口气,对女儿说:"爸爸没事,这是我小时候挨饿的后遗症,一饿就淌虚汗。"

他又笑着对丫丫说:"谢天谢地不如谢胡团长,这是胡团长给我们的马料,救了我们一家人的命。"

郑班长打量屋里两个孩子,指着瘸腿小徐问:"你说的就是这个孩子吗?"

瘸腿小徐看到这个穿黄衣服的人吓得全身发抖,他见多了日本鬼子的黄色制服,以为这个穿黄衣服的人是汉奸。他扑通跪在宋继奎的面前,磕头哀求:"我不去!叔叔,我才从日本人那里逃出来,你怎么又叫我去呢?!"

宋小头懵懵懂懂,看到瘸腿小徐跪下,便也跪在宋继奎面前,但他只哭无语,因为他还没有学会哀求。

宋继奎哭笑不得,急忙把瘸腿小徐拉起来:"他不是汉奸,他是打日本鬼子的民兵团。"

郑班长用手拍拍瘸腿小徐的拐杖,爽朗地笑道:"别怕,我是胡团长的兵,专打日本鬼子,保护老百姓。你跟我去到炊事班烧饭,风不打头,雨不打脸,有吃有穿,也不上战场,哪里也找不到这样的好事儿!"

瘸腿小徐听懂了,是到厨房里帮忙做饭,以后有的吃不挨饿了,破涕为笑:"我去!我去!"

宋小头也高兴地跟着叫:"我也去!我也去!"

郑班长被他逗笑了,摸摸宋小头的头:"你还小,还没有枪高,不能去。"

宋小头以为瘸腿小徐要离他而去,自己又被抛弃了,吓得他"哇"的一声哭了起来。

小孩子劝也劝不住,几个大人先不管他,郑班长把棉衣给瘸腿小徐穿上,再一端详,满意地说:"这孩子长得蛮好的,就是太瘦了。"

瘸腿小徐兴高采烈地跟郑班长走了,宋小头被留了下来,哭个不停。小徐比宋小头大几岁，宋小头平时有什么不懂的事都向他讨教，把他当哥哥。为了小徐，他连牛崽都丢下了。现在小徐突然离开自己，宋小头似乎失去主心骨，也失去了依靠。娇娇不时瞟瞟宋小头，想去宽慰几句，但又不好意思。

丫丫做梦都想有个儿子，可惜自从生了娇娇就不生了，现在终于有了一个儿子，她打心眼里高兴。她看到宋小头哭，母爱涌上心头，把宋小头搂在怀里抱着，用衣袖替宋小头擦眼泪，亲吻着说："好孩子，别哭了，你今后就是我的儿子，我就是你妈妈了，你喊我一声'妈妈'试试？"

宋小头失去妈妈几个月，他经常做梦看到妈妈的微笑，一睁眼妈妈却没有了。现在突然有个妈妈抱着自己亲吻，他立刻不哭了，双手抱住丫丫，脸贴在她的怀里，含着泪喊："妈妈！妈妈！"

丫丫大声答应，看到宋继奎站在身旁对她俩微笑，连忙指着丈夫问宋小头："他是谁呀？你知道吗？"

宋小头对宋继奎看看，摇摇头："不知道。"

"他就是你爸爸，你以后就喊他爸爸！"

宋小头虽然年纪小，可心眼挺灵活，他稍停顿一会儿，一双机灵的眼睛看着宋继奎，像是要牢牢记清他的脸，小声喊："爸爸！"

"欸！"宋继奎听到宋小头喊他"爸爸"，不禁眼眶发红，一把抱起宋小头转了一个圈，颤声道，"我有儿子了！"

娇娇半懂不懂，看到爸爸抱着宋小头转圈，心里既嫉妒又高兴，问道："那他喊我什么呀？"

丫丫把女儿也搂过来，笑眯眯地说："你比他大一岁，他喊你姐姐，你喊他弟弟！"

宋小头转头看着娇娇，心里即刻浮现姐姐的形象，他的眼泪又流了出来。然而他没有哭，反而笑着大声喊："姐姐！"

娇娇在村里见过别人家的姐弟，自己从来没有感受过有弟弟是个什么滋味，当姐姐是个什么滋味，这时听到有人喊她"姐姐"，她只觉新奇有趣，"咯咯"一笑："我也有弟弟了，以后你要一直叫我'姐姐'，我叫你'弟弟'！"

两个小孩子对着傻笑，大人们又开始商量正事。

丫丫提出："宋小头这个名字不好听，最好替他改一下。"

宋继奎点头："他和我一个姓，只改后面的字就行了，你看改个什么名字？"

"我看只把'头'字去掉，叫宋小，你看行不行？"

"怎么不行？你真聪明，今后就叫他宋小！"宋继奎把宋小头抱在身边，解释给他听，"'宋小头'这名字很难听，爸爸妈妈把'头'字去掉，你以后就叫'宋小'。"

宋小头自然没意见，高高兴兴地对娇娇说："姐姐，爸爸说我不再叫宋小头了，今后就喊我'宋小'。"

丫丫明确宋小是自己的儿子以后，对他比之前更细致。她用手抚摸着儿子，发现还穿着单衣，身上冰冷，很是心疼。她急忙把胡团长送的旧军棉衣给宋小穿上，宋小虽然十岁了，可是又矮又瘦，成人的棉裤穿在身上，裤腰把头都包住了。把棉裤脱掉，再把棉袄穿上，棉袄几乎包住了他的脚。

农村的家庭主妇一般都会自裁自缝，丫丫是个既贤惠又能干的穷人家主妇，她家三口人穿的衣服从来没有请过裁缝，都是她自己做的。她用裁尺量好宋小的身高腰围，一夜没有睡觉，把那套旧棉衣改成童服，又用剪下来的剩余碎布和棉花给娇娇和宋小每人做了一双棉鞋。

第二天，宋小穿上改过的旧棉袄、棉裤，不长不短很合身，他感觉身上从来没有这么暖和过，棉花棉布贴在身上软软的，真舒服。他高兴地抱住丫丫的腿，甜甜地说："妈妈你真好。"

丫丫激动得眼泪都出来了。宋继奎看她们母子感情好，也笑道："这孩子两眼挺有神，挺可爱的，就是有点瘦小。"

丫丫现在可听不得说儿子半句不好，马上反驳说："这孩子长期吃不饱，现在他还小，女大十八变，男大也会十八变，只要吃饱了，我儿子肯定能长成大小伙子！"

可惜这年头，想要吃饱饭哪有那么容易。凭借宋继奎从胡世荣家背回的那一口袋马料，煮了一锅有料的稀饭，配上地瓜藤面，一家人这才吃了顿饱饭。

宋小是饿惯了的人，一碗饭到手，狼吞虎咽，就像嗓子眼儿连接肚子一样，几口就吃完了。他还想吃，但又不敢说，偷摸地敲了敲碗。丫丫看宋小不讲话，两只眼睛眨巴眨巴，好像有什么话要讲，但又不敢讲。眼睛是心灵之窗，看他一双眼睛盯着饭锅，问道："儿子，你还要吃吗？"

宋小头狠狠点头，丫丫又盛了一碗给他。他"呼啦呼啦"吃完了，又敲敲碗。

丫丫心里琢磨："饭吃下肚过一会儿才知道饱，这孩子吃快了感觉不到饱，会胀坏的。"

她伸手摸摸宋小的肚子，故作惊讶地叫道："哎哟，不能再吃了，胀得简直像个西瓜！再吃小肚肚就撑炸了！"

娇娇听妈妈说弟弟"肚肚要撑炸了"，觉得有趣，"咯咯"笑着说："肚肚炸了别把我们炸死了!"

她们母女笑得开心,宋小看着她们笑,咧嘴跟着傻笑。他自从失去妈妈和姐姐,日思夜想,每天夜里都能梦到妈妈的怀抱,梦到姐姐跟他一块儿玩耍。自从丫丫和娇娇认了他当儿子和弟弟,他就一厢情愿认为丫丫很像他妈妈,娇娇也像他姐姐。特别是丫丫盛饭给他吃,帮他洗脸,帮他做衣服、穿衣服,现在又摸摸他的肚肚,那熟悉的触感让他立刻产生了幻觉,好像丫丫就是他亲生的妈妈。他的妈妈和姐姐又回来了。

宋继奎夫妇自从有了一个儿子,心情和往日截然不同,每天都快快活活的。可在那个人吃人的社会里,哪能容得下穷人的愉快。

转眼年关要到了。俗话说"大人爱种田,孩子爱过年",大人有田种才有饭吃,而过年孩子能吃肉,能放鞭炮,还可以成群结队地做游戏。可是,穷苦农民没有土地种,哪有粮食吃?连肚子都吃不饱,孩子哪里有肉吃?又怎么能成群结队地玩耍?

对于穷人,每年的年三十都是生死关头,所谓"年关",这一关要求整年的欠租、欠债必须还清。

临近年关,一家人围着一盆砻糠火取暖,宋继奎和丫丫坐在小板凳上讨论年关怎么过,两个孩子默不作声地听着。宋继奎虽然穷,但是个乐观主义者,笑呵呵地说:"丫丫,我打个字谜给你猜。"

丫丫朝他背上打一巴掌,嗔道:"快要穷死了,还有心情猜字谜?我连自己的名字都不会写,还能猜字谜吗?如果是一、二、三我能猜到。"

夫妻二人说笑了一阵,丫丫转头对两个孩子说:"你爸爸斗大的字不识一箩筐,还要打字谜,也不怕被人笑话。他非要打,你们来猜吧。"

宋继奎不笑了,挨个抚摸两个孩子的头,眼睛看着娇娇,缓缓说:"你妈妈说得对,你不识字,你弟弟也不识字,我斗大的字不识一箩筐。可是我知道一个很宝贵、很难写的字,我认为这个字对我们穷人家来说很实用,我好不容易才把它记住,是我爹教给我的,我爹说这个字是我爷爷教给他的。我爹还说,这个字是老祖宗留下来的传家宝,有了它就能发财。"

他转向宋小,又拍拍他的肩膀,道:"现在我把这个字传给你们,你俩有了它也能发财,你们要像我这样,把它世世代代传下去。"

宋继奎咳了两声,郑重地说:"'一人站,一人卧,小两口子对面坐,二人一商量,日子怎么过？'你们猜，是什么字？"

两个孩子四只眼睛看着他愉快而自信的脸，光笑不说话。因为他们没有上过学，根本听不懂爸爸讲的是什么意思。

宋小忽然想起亲生妈妈以前常说的话，小声说："日子怎么过？穷人就是要勤俭过日子。"

宋继奎兴奋地"噌"一下站了起来，讶然道："宋小真聪明，一下子就猜到了！对，就是'儉'（编者注：'俭'的繁体字）字！"

丫丫笑道："不是儿子猜对的，是我们穷对的。我们要不穷，就想不到'勤俭'两个字。"

宋继奎并不知道他此时的教育让宋小一生都受用无穷，他收敛了脸上的笑容，认真地说："我爷爷告诉我，在这个社会里就是要勤俭。好汉就怕'连身五'，连身五口人是累断脊梁骨也养不活的。现在我们家已经有了四口人，快没有粮食吃了，不但年关过不了，年前的这个把月也难挨。"

"马料快吃完了，借贷无门。"宋继奎看看两个孩子，叹了一口气，和丫丫商量，"不能坐在这里等着饿死，得再想个办法。"

丫丫从小跟着父母过穷日子，眼界所限，除了勤俭，想不到开源的办法。她苦笑道："娇娇她爸，没有什么可怕的，车到山前必有路。"

宋继奎叹道："路在哪里呀？"

"路在脚下。"丫丫笑着说。

两个孩子都往脚下看了一眼，娇娇不明所以地问："妈妈，我们脚下是我们住的房子，哪有路呀？"

"傻孩子，我说的路是我们活下去的路。"丫丫看着两个孩子黑亮的眼睛，不忍地说。

宋继奎也醒悟过来，笑着转移话题："看你妈一个大字不识，讲话还怪难听懂。"

夫妻二人相对苦笑，丫丫灵机一动，还真被她想出个主意，连忙道："我看现在有两条路可走：一条是以瓜菜代粮，我们家的地窖里还有十几个南瓜，二十多个地瓜，十几棵大白菜，一小筐胡萝卜，门口还有一小堆地瓜藤子，米缸里还有一点马料，这些东西可以吃到腊月底，可是年关过不去。第二条路，就要靠你到外面去做工了。"

"这天寒地冻，既不插秧又不割稻，财主们粮食都进仓了，哪里去做工呀？"宋继奎没有反应过来，为难地说。

丫丫提醒他："你忘了，你每年年关都要帮胡世荣家整米，赚点下脚粮食，还能得到一些米糠。现在年关到了，你去看看呀，去迟了这份活就给别人抢去了！"

"对啊！"宋继奎经她提醒也想起来，"胡世荣家不吃机器加工的米，只吃碓舂的米。他们嫌机器加工的米口味淡，觉得用碓舂的米口味浓香。他家每年吃的米都是我整的，他还说'我整的米好吃'。"他转忧为喜，略带骄傲地说，"胡家整米这活儿是我的专利，别人争不去。"

他对两个孩子道："整米这活儿看似容易，做起来难，既是重体力活也是技术活。首先那舂米的大石锤二十多斤重，举过头顶往碓里舂，一天上万次，三九严寒天穿着单衣都要出汗。"

宋小在农村似乎看过整米，可是记不住那些程序，听到这里马上就问："爸爸你教我，到时候我跟你去帮忙。"

"是啊，你现在是有儿子的人了。"丫丫欣慰地摸了摸宋小的头，"你讲给咱们儿子听吧，叫他跟着你做些下手活，学会整米，今后长大了也是个生计。"

宋继奎笑得合不拢嘴："好，我们宋小真是爸爸的好儿子，小小年纪就能为爸爸帮忙，我现在给你讲一遍，以后经过实际操作你就知道了。舂米这活儿是重体力劳动活儿，也是技术活儿，首先要把稻米用木夯夯出来，第二步用风簸吹走稻壳，第三步上大吊筛把稻头子筛掉……"

宋继奎像老师讲课一样问："你知道稻头子是什么吗？"

宋小摇摇头："不知道。"

"稻头子就是没有完全去掉壳的米。"

宋继奎又问："吊筛是什么样的？你看过吗？"

娇娇抢着说："我看过！"

"好，娇娇也是我的好女儿，你说吧！"宋继奎更高兴了。

娇娇毫不犹豫地说："我在姥姥家看过我舅舅用吊筛筛米，有一个很大很大的筛子，一个人端不起来，中间有一根木梁，用一根绳子将吊筛吊在屋梁上筛，一次能筛几十斤米。"

"说得对。"宋继奎夸她，"还是我娇娇聪明，等我发财了，送你去上学！你可知道筛过以后下一道工序是什么？"

娇娇高兴了没几秒，摇摇头："不知道。"

"下一道工序就是上碓舂，一碓米二十五斤，要舂半个小时。舂过以后，再用风簸吹去夯糠和碎米，成品就出来了。这样的米晶莹剔透，听说做出饭来比玉还白，香味扑鼻,吃到嘴里油津津的,满口留香呢!"

他这个整米人并没有吃过整出来的米,因此口感也只能"听说",外人听来不免心酸,但这穷苦惯了的一家人却没有那么细腻的心情,反而都兴高采烈地想象起来。

丫丫说:"胡家一个年关要整几十石米,剩下来的碎米你要是能带回来,做出的饭不但香,还有点甜甜的。"

她以当家主妇的身份一锤定音:"你带着宋小现在就去,这活儿不能给别人抢走了!"

丫丫的担忧没有成真,整米这项活儿果然是宋继奎的"专利",宋家的温饱暂时解决了。

宋继奎带着宋小到胡家上工,宋小记忆力很强,很快将整米这套程序记熟了,帮着打扫砻糠,扒稻头子,把碓臼里舂好的米扒到稻箩里,既勤快又伶俐。唯一的缺憾是年龄太小,拿不动对碓,筛不动大吊筛,向风簸里上米也上不动。除此之外他都能干,甚至比别的青壮年干得更好。

宋继奎和宋小父子每天把吹出来的稻糠装好麻袋,一袋袋整整齐齐地码在库房里,地面也打扫得干干净净,干了将近一个月,到了年根父子俩才辞工回家。

这次的劳动收获不少,宋继奎高高兴兴地挑着糙米,宋小也背了一麻袋砻糠,丫丫和娇娇远远就看到二人满载而归,高兴地迎到村口。

娇娇接过宋小扛的砻糠麻袋,想为弟弟代劳几步,可是试了几次没能扛动。她敬佩地拍了拍宋小的肩膀,惊叹道:"我小弟真有劲!"

宋小傻乎乎地咧嘴笑了,生平头一次感到骄傲和满足,还有一种他形容不出的复杂感受。

他不知道,那就是一个男人支撑起全家的顶天立地的责任感。

打工合同引起的灾患

靠着整米得来的粮食，宋继奎一家人熬过了寒风料峭的正月，每天就是围着砻糠火，暖暖和和地谈天。

无忧无虑的正月快过去了，丫丫对宋继奎说："年好过，月好过，日子难过，家里米、南瓜、地瓜、玉米……连地瓜藤子也都快要吃光了。你要到外面找点活干，要不然就要挨饿了。"

宋继奎负担着连自己一家四口人的生活，在那个年代谈何容易，他听了丫丫的告急，正月还没有过就出去找活干。可是有钱人家一般都要过了正月，甚至二月二才开始雇工干农活。穷人多富人少，富人雇一个工，十几个穷劳力去争。他接连跑了三天，仍然没能找到活。

这天下雨，他坐在家里闷闷不乐，苦恼这个春荒怎么度，总不能一家人等着饿死吧？

思来想去，无路可走，他决定还是去找胡世荣。已经租了胡家三亩地，能不能再租种三亩地，再借几十斤碎米，下半年交租一块儿还。

宋继奎冒雨赶到胡家门口，日已偏西，两个穿军衣背着枪的门卫却换了，一个都不认识。他身上分文没有，没有说话的本钱，只好硬着头皮对两个门卫赔笑："两位班长，我找胡大掌柜的有点事。"

两个门卫板着脸说："大管家正在陪一个华侨，是他大学的同学，还有两个好友一起打麻将呢，他关照任何人也不接见。你走吧！"

"我有急事要找他，两位班长行行好放我进去吧。"宋继奎苦苦哀求。

"看你这个穷酸劲儿,能有什么要事找胡大掌柜的? 等着吧!"左边的高个子门卫不耐烦地把宋继奎推离门口。

宋继奎被推得往后退了几步,他早上只吃了一碗地瓜藤胡萝卜粥,饿得站不住,顺势坐在门口上马石上耐心等待。春寒料峭,他仅穿一条单裤,很快屁股、腿都冻得麻木了。

一直等到太阳下山,胡世荣八圈麻将终于结束了。宋继奎看到胡世荣送几个朋友出门,他大喜,高声喊:"胡大掌柜! 我有事要找您!"

胡世荣听到喊声,抬头看去是宋继奎,随口道:"我有客人在家,没有时间见你。"

宋继奎刚要感到绝望,胡世荣旁边那个穿黑色燕尾服、打紫色领带、戴金丝边眼镜、梳着西装头的阔佬模样男人忽然开口:"等等,我和他谈谈。"

胡世荣便道:"你进来吧。"

宋继奎绝处逢生,跟着胡世荣和那个阔佬走进院子,来到一间别致的会客厅,除开中间一张紫色圆桌,四周都是白色沙发。那个阔佬手指着沙发微笑说:"先生请坐。"

宋继奎不敢坐,阔佬随手从英国香烟盒里抽出一支香烟递给他:"请抽烟。"又倒了一杯香喷喷的茶放在桌上,仍然微笑着说:"请喝茶。"

宋继奎从来没有受到如此高规格的"礼遇",特别是看到这个衣冠显赫的贵人给他指座、递烟、敬茶,他受宠若惊,惊惧得不知道手脚放哪里,连连弯腰鞠躬:"我不会! 我不会!"说完仍然站着,只是呆若木鸡地直视两人。

胡世荣看到他的客人对宋继奎很客气,他也改变了态度,放下了架子对宋继奎介绍:"这是我的客人丰纪华。"随后又指着宋继奎对丰纪华说:"这是我往日的长工,名叫宋继奎。"

丰纪华听了胡世荣的介绍,脱下黑色皮手套与宋纪奎握手。宋纪奎不知握手是什么意思,也从来没有与人握过手,抓住丰纪华白嫩的手轻轻地捏了几下。丰纪华痛得肩膀颤了颤,但没好意思说出口,即刻把手抽了回来,对宋纪奎又看了一眼,心想:"这么大的个儿,这么粗壮有力的手,是个壮劳动力。"

胡世荣看宋纪奎呆呆地站着,不太雅观,便指着沙发命令:"坐下与丰先生说话。"

宋纪奎猛地往下一坐,身雄体重,觉得屁股深深陷落,吓了一跳,一股热气冲上脸,顿时驱逐了身上的寒冽。

丰纪华要做好人,当着宋继奎对胡世荣说:"他找您有事,你们先谈,谈过了我有点小事与他商量。"

宋纪奎感激地瞧了他一眼,没等到胡世荣开口,看着胡世荣的脸色小心翼翼地开口:"您知道的,我家原来三口人,去年寒冬里又收留了一个流浪孩子,孩子您也看到过,就是去年寒冬里跟我到你家来整米的那个。上回您开恩给的粮食吃光了,我家现在揭不开锅,眼看就要饿死了……您借给我两斗碎米,米糠也行,只要能度过这个春荒,我这辈子也不会忘记您的大恩大德!还有,我家已经租种了您家的三亩地,人口多,不够种,能不能再租三亩地给我?下半年再把借粮与田租一起付给您。"

胡世荣皱眉说:"那时,你给我家干长工,你老婆孩子没粮食吃,我怕影响你干活的情绪,所以才租给你家三亩地。我们家有一千多亩地,不可能像你这样零星租种,我每年收租也收不过来,都是给几个大佃户承包了,现在一亩也不剩了。关于借粮的问题,我去年寒冬里跟你讲过了,你也知道我们家当前的处境,日本鬼子的农业税要缴上百担粮食,不给他们缴粮,他们不但要抢而且还要杀人。剩下的粮食要养活我们家的抗日民兵团,养活我这一大家子人,哪里还有富余?"

说到这里他对丰纪华瞟了一眼,叹了口气:"'小有小难,大也有大难',只盼我们互相理解,我是看你在给我家当了多年长工的面上,你为人忠厚老实,才同你讲了这么多废话。每天那么多人来找我,我一个也没有接待。"

胡世荣看看手表,下逐客令:"不早了,你走吧,我们要进晚餐了。"

"等等,"丰纪华又一次插嘴,"我有话跟他讲。"

宋纪奎也不知这位贵人能不能救他全家性命,眼巴巴地望着他。

丰纪华拍拍宋纪奎的肩膀,亲切地问:"宋老弟,你家有几口人?"

"四口人。"宋继奎老实回答。

"哪四口人?"

"老婆和两个孩子。"

"你老婆能劳动吗?"

"我一年到头在外面打工,胡老板家三亩地就是她一个人种的。"

"两个孩子多大啦?"

"女儿十二岁,儿子十一岁。"

"再有几年两个孩子也都能够着饭碗了,现在苦一点,将来会发财的。"丰纪华貌似真诚地鼓励他。

宋纪奎摇摇头,哭丧着脸说:"没田没地,到哪里去发财?"

丰纪华凝眸观察他,良久方道:"我给你个发财的机会,你跟我到马来亚去打工,怎么样?"

"'马'什么?"宋继奎傻乎乎地问,"您说的啥? 我没听懂。"

"国外有个国家叫马来亚,到那里去打工,可以发财。"丰纪华解释道。

丰纪华祖上是河南人,黄河泛滥年年灾荒,逃荒逃到马来亚。开始帮人种橡胶,后来自己种橡胶,经过几代人的辛苦劳动,终于成为有钱人家。这次丰纪华专程回来为橡胶园招华工,看到宋继奎一米八几的大个头,为人老实,是个壮劳动力,便一心想把他招去。

宋继奎越听越茫然,他战战兢兢地问:"马来亚离我们这里有几里路呀?"

丰纪华微微一笑,继续耐心解释:"马来亚是个国家,几千里路呢,要漂洋过海,几天几夜才能到。"

宋继奎吓得"哎哟"一声:"那不是到了天上! 我老婆孩子怎么办? 清明节能不能回来替父母上坟? 如果我死了尸体能不能运回来?"

宋继奎提出的三个问题却是丰纪华这次回国招工的最大障碍。他回国一个多月,找了几十个青壮年谈招工,这些人提出的几乎都是大同小异的问题。因为对答案不满,到目前只招了几个工人,还有的要打退堂鼓。

丰纪华暗暗地叹了一口气,不是没有埋怨过中国人保守,鼠目寸光,丰家也是逃荒去马来亚的,不冒险哪能发财。他思索到这里,耳边又响起他爷爷的声音:"中国是个文明古老的国家,中国人都吃惯了家乡的饭,喝惯了家乡的水,看惯了家乡的山山水水,连家乡的鸟鸣、蛙声也都听惯了。亲戚朋友在这里,称兄道弟;老祖宗的坟山在这里,抬头相见。中国这么大,哪方水土都养人,中国人凭什么要去万里之遥的异国他乡,客死在外国,连尸体都不能与老祖宗埋在一起? 你要中国人离开中国,就必须解决他们的后顾之忧。"

丰纪华的爷爷是丰家最早去马来亚的那一代人,他们处于战乱、灾荒之中,生活不下去才冒险逃荒,所以最能理解底层劳动人民的朴素想法。丰纪华本来不太相信爷爷的话,一个月下来,不信也得信。他如果不转变想法,眼见招不到合适的华工,而马来亚的当地人不愿意去偏僻的老林,被蚊子叮、虫子咬,感染疟疾,得瘟疫,也没有商店、医院、学校……这些令当地人望而生畏的艰难困苦,只有勤劳的华工能够克服。

丰纪华决定听爷爷的话,避开宋继奎的另外两个问题,大方道:"老婆孩子好办,你一家人都去,包吃包住。"

他原来没有打算让宋继奎老婆孩子都去,但转念一想,宋继奎是壮劳动力,他老婆也是壮劳动力,女儿和儿子四五年后也是劳动力,这笔买卖不亏。

宋继奎大喜,他虽然老实,在工资问题上却毫不含糊,追问道:"一个月给多少钱?"

丰纪华画大饼:"没有工资,三年以后给你一片幼橡胶林,作为三年的劳动报酬。幼橡胶林几年就长成,到那时你就像我现在这样,当老板了。"

宋继奎不知道橡胶树是什么样的,值不值钱,他想问就直接问:"橡胶值钱吗?我没有见过。"

丰纪华尚未开口,旁边胡世荣忍不住插嘴:"橡胶很贵,这年月没有什么比橡胶值钱的了,我家那辆大卡车轮胎就是橡胶做的,一个就卖几十块光洋。你运气太好了,今后会跟丰老板一样发财。"

宋继奎比较相信胡世荣,听他也说自己能发财,呆板的脸上绽开几丝笑纹,做梦一般道:"真的可以我们一家都去吗?"

"可以!可以!"丰纪华眼看事情要成,高兴地连说两遍,"宋先生高瞻远瞩,到那时你们一家人都是大老板!"

他怕宋继奎反悔打退堂鼓,紧接着说:"现在就订合同,怎么样?"

宋继奎常年在外打工,对合同不陌生,而且现在他家断炊,急需要钱买粮。他犹豫了一下,低声问:"订合同能给定金吗?"

"给!四十块光洋,搬家费、路费、膳宿费另付!"丰纪华怕宋继奎打退堂鼓,当场拿出白花花的四十块光洋垒在桌上。

宋继奎看到四十块光洋,眼都花了,涨红脸说:"行!把合同拿出来我签字!"

合同是印好的规范文本,上面写着:"阳历四月底生效起程。如有违反,双倍返还定金。"

胡世荣做中间人,把合同象征性地念了一遍,三方签字画押。

四十块光洋宋继奎没有地方装,胡世荣给他一块旧方巾包着,拿在手上沉甸甸的。他从来没见过这么多钱,脚下发飘地往家走,一路上七上八下地盘算。这么多钱,他们全家可以到镇上去好好玩几天,给丫丫、娇娇、宋小每人买一身新衣服,买一双新鞋,对了,几辈人没有穿过袜子,这次要给每人买一双袜子!再买四斤肥猪肉,一家人好好吃一顿。还要买些纸元宝烧给爸爸妈妈、爷爷奶奶、老祖宗,最好能请几个人用三天时间把祖坟改造得大大的,气派十足……

宋继奎想着想着,不知不觉已经到家门口,抬头发现丫丫站在门口,远远地朝他喊:"怎么深更半夜才回来? 外面兵荒马乱的,急死人了!"

宋继奎心里高兴,笑着说:"我们村太偏了,山上还有八路军,日本鬼子不敢来的。"

丫丫看到丈夫面带笑容走到家里,早已转忧为喜,接过丈夫手中的小包,用手一摸,发现是沉甸甸的光洋,不喜反惊:"这些东西从哪里来的? 不是偷来的吧?"

宋继奎得意地说:"大丈夫顶天立地,饿死不做贼。"

"你不可能做贼,我相信你。"丫丫更疑惑了,"那这么多光洋哪里来的?"

宋继奎回到家里,把经过细说一遍。没有等宋继奎说完,丫丫就哭闹起来:"男子汉大丈夫养不活老婆孩子,你也不能把老婆孩子卖了! 还不是卖给我们中国人,卖到外国去了!"

宋继奎不管怎么解释,丫丫也听不进去,她哭着夺门而出。

宋继奎急得大喊:"回来! 你也知道外面兵荒马乱的,往哪儿跑? 孩子不要啦?!"丫丫头也不回,仍然哭着往前跑。两个孩子也吵醒了,站在门口"哇哇"地哭。

丫丫的背影消失在夜幕中,宋继奎平素知道她性格刚强,怕她寻短见。一时也顾不得孩子,向丫丫追去。

好不容易追近一点,看到丫丫拐弯往西跑,宋继奎紧绷的心弦稍松了一点,因为丫丫的娘家就在他家西边,只离着十几里路。他心里暗想:"妇道人家跟丈夫闹别扭,就喜欢往娘家跑,向爸爸妈妈诉苦告状。"

他追了上去,一路上不断地把老婆往回拉,丫丫脾气十分倔强,就是不回头。丫丫有四个哥哥,她是老幺,家境虽然贫穷,但在父母面前她是个娇惯的"小公主"。

丫丫在前面哭得上气不接下气:"我跟你结婚十几年,你就没有体贴过我! 你在外边打工,我一天到晚都提心吊胆! 这是什么世道? 日本鬼子在抢、在烧、在奸、在杀,还抓青壮年去当劳工;土匪在抢、在杀,还抓人去当土匪;小偷到处偷;骗子到处骗;人贩子到处拐卖妇女、儿童;还有赌的,吸鸦片的,吸白粉的,遍地都是坏人。你这三更半夜不回家,我难道不急吗?! 你要有个三长两短,我一个人守寡,带两个孩子怎么活下去?! 我的性格本来就急躁,你也不是不知道! 你四十块大洋把我们一家人都给卖了,而且是卖到外国去……我们中国虽然穷,虽然乱,但是,我们世世代代在这里住惯了,老祖宗都埋在这里,我不能丢掉父亲、母亲到外国去死……"

就这样边哭边数落,她居然一下子走出七八里路,宋继奎发现丫丫累了,好像没那么生气了,于是绞尽脑汁地劝她:"没有吃的,春荒,我们一家人难道干等着饿死？我也不想背井离乡,这不是病急乱投医吗?! 车到山前必有路。路是人走出来的,我们一家眼看到了绝路,就看自己能不能走出路来。算了,丫丫你听我的话,你要实在不愿意,我们就不去外国了,把四十块光洋退给他! 国民政府跑了,现在是汪伪政府,招工的这个人是爱国华侨,我毁约他不可能到汪伪政府去告官的。如果他真要告官,我们就往山上跑,到八路军那里去! 我们回家吧。就是饿死、冻死,我一家人死在一块。俗话说'饿死鬼不找勤劳人',我这人高马大的,万一明天就找到工做,租到地种……如果实在找不到工做又租不到地种,我们这里都是大山,山上葛藤多,挖葛藤做粉吃……你看怎么样?"

丫丫听丈夫这段话,觉得很有道理,心里的火气渐渐熄灭,转怒为笑说:"这还像男子汉说的话。"

宋继奎见丫丫转变态度,高兴得一把将她搂在怀里,夫妻二人好好地亲热了一番。丫丫霎时破涕为笑:"我们回去吧,两个孩子在家,还不知道哭成什么样呢。"

说是这么说,丫丫两年没有回娘家了,十分想念父母。宋继奎察言观色,猜到她的心事,故意望着东方的天色说:"三星落,东方鱼肚白,大家该起来烧早饭了,再走里把路就到你娘家了,我们去看看爸妈。"

宋继奎这时感到丫丫特别温柔可爱,笑着说:"到了父母的身边,不去看父母不但内心有愧,别人也会指责。到了三十多岁还没有'回报',不但你心里有愧,我也过意不去。女婿应该像儿子一样孝敬岳父岳母。你父母把你养大成人,嫁给我是对我的看重,给了我一个家。可恨我太穷了,孝敬不了太多,到了身跟前再不去看看,那还是人吗?"

宋继奎夫妇到了丫丫娘家的村口,转过头再看,身后天空已被朝霞染红。村里一群狗比人先迎上来,对准二人狂吠,其中有条大花狗正是丫丫娘家的狗,名叫"花花"。女人不但亲娘家,对娘家的狗也亲,丫丫立即招招手,开心地喊了一声"花花"。虽然两年未见,这狗还认识丫丫,它吠了几声不吠了,摇着尾巴,用嘴亲吻着丫丫的脚。

其他的狗也都通人性,看花花认识也就不吠了,各自摇着尾巴回去守住自家。丫丫兴奋地呼唤:"花子,我们回家!"花花便告别小伙伴,领着丫丫和宋继奎回到家门口。

刚到门口,身后传来一声喊:"小姑、小姑夫,你俩回来啦!"

丫丫与宋继奎同时回头一看,是丫丫的三嫂林玲,连忙打招呼:"三嫂,你起这么早啊?"

"今天轮到我烧早饭。"林玲边说边往厨房走,没几步又回头冲二人笑,"小姑夫、小姑快进来,今天在我们家吃早饭。"

丫丫四个哥哥都没有分家,如今却只剩三个哥哥在家。小哥周恒钊高中毕业,父母给他说了门亲事,他不同意,跟父母置气,离家出走,至今两三年,半点消息也没有,杳如黄鹤。母亲经常在家哭,后来他托同学给父母捎了个口信,说是"去当八路军了"。

三嫂领路,丫丫在前,宋继奎在后,走到父母房间的门口。老人睡不着觉,早早就起床了,丫丫的爸爸坐在门口抽烟,妈妈还在穿衣服,二老都已经是古稀之龄,幸好身体还比较硬朗。丫丫满脸堆欢,笑着大声道:"爸爸,您早上好!"宋继奎跟着也叫:"爸爸,您早上好!"

老人年轻时候是读过书的,性格沉稳,对女儿女婿突然出现并不惊讶,慢慢抬起头来,朝丫丫和宋继奎两人脸上审视片刻,问道:"你们这一早过来,是有什么事吗?"

丫丫知道父亲心明眼亮,有点怵他,撒娇道:"我先到屋里去看看妈妈,等一会出来再跟您讲。"

宋继奎在旁边赔笑,想起自己今年春节又没有来拜年,没买东西孝敬二位老人,他低头看了看自己空空的两手,暗暗叹气:"人穷气短,马瘦毛长。"

他索性跪下来,先给岳父磕了三个头,又对屋里岳母磕了三个头。

妈妈看到女儿、女婿一早来,心里也存有疑虑,知道他们肯定有什么重要事情。但比起那些,母亲更关心女儿的胖瘦,她总觉得女儿比往年瘦了许多,脸上有些倦态,心疼地问:"你到底过的什么日子?"

妻子过得不好肯定是做丈夫的不是,宋继奎听到岳母的问题,脸上一阵火辣辣地疼,嘴唇翕动几下,没敢说话。丫丫在爸爸妈妈跟前从来不会扯谎,一五一十把情况说出来,从捡了个孩子到宋继奎签合同。妈妈听了马上指责:"好呀,宋继奎你小子,穷得不但把自己卖了,连老婆孩子也都卖了,还卖到一辈子回不来的那个什么'马烂牙'的外国去!你良心给狗吃了!"

丫丫弱弱地替丈夫说好话:"他知道错了,我们在来的路上商量好了,他也答应我不去了,回家就把四十块大洋退给人家。"

妈妈使劲拍大腿,怒道:"这才像话!我闺女哪儿也不去,就是穷死了,我们也要死在一块!"

丫丫的父亲却没有那么愤懑,他抽着烟枪,思索着不说话。

老人名叫周修权,原住小王庄,与宋继奎的父亲是同村,隔壁邻居有个叫王三爷的,是他从南到北闯江湖的伙伴。他十八九岁就到广州黄埔港当搬运工,二十多岁与王三爷一块儿闯关东,在一个私人金矿打工。金矿塌方。王三爷腿被砸断,坚持不下去被抬回家;周修权身强力壮,坚持干满七年,赚了一斤多黄金回家。他回家买下十几亩田地,盖了几间平瓦房,养育一家子儿女,也算是当时社会通过奋斗改变命运的成功人士。

老人识得几个字,很有些阅历,沉思一会儿说:"招华工到马来亚也不是什么稀罕事,我在黄埔港当码头工人的时候就听说过。听说马来亚是个小国,整年都是夏天,盛产橡胶。我们中国有好多走投无路的人去了那里种橡胶树,有些成功了,发了财;也有失败的,死在那里。就像我和王三爷,有什么下场都要看自己的运气。"

他"吧嗒吧嗒"地抽了两口烟,又说:"要真是马来亚,去还是可以去的,别说什么穷死在一起,一家人还能吊死在一根绳子上?'树挪死,人挪活',能活着谁愿意死? 据说那里天气很热,蚊子多,虫子多,容易患疟疾、痢疾、得瘟疫,山里还有什么瘴气之类的,你们要注意平时防治,准备好蚊帐……"

他越说越仔细,已经开始嘱咐宋继奎准备事项,竟是支持他们去马来亚。丫丫的母亲听着不对劲,手指老头子,唾沫飞溅地说:"你住嘴! 你也想把我的女儿卖到那个什么、什么'马烂牙'去呀?!"

丫丫的脾气就有些像她妈妈,经常会闹"天阴"。丫丫母亲老泪纵横地搂着女儿,哭得翻江倒海,丫丫爸爸立即不敢作声,"吧嗒吧嗒"地干抽一米多长的紫方竹竿烟袋。

老两口争论半天,确切地说是丫丫妈妈单方面哭闹半天,丫丫爸爸一声不吭,但也不改口,到底同不同意去马来亚,最后都没有结论。

三嫂林玲及时喊话:"小姑夫! 小姑! 吃早饭了!"

林玲小学毕业,是村里的"秀才",邻居都找她写信、写地契、看账。她今年三十一岁了,没生孩子,婆婆因此很有看法,但她个性十分爽朗,左邻右舍的关系都很好,和丫丫的姑嫂感情也特别好。她看到小姑和小姑夫一早过来,猜到他们没吃早饭,每人下了一碗面,里面塞了三个鸡蛋,这就是农村穷家对客人最高的礼待。

宋继奎和丫丫大喜,向三嫂投去感激的眼神。两人一夜没有睡觉,尤其宋继奎不仅没有睡觉,昨天饭也没怎么吃,又饿又渴,幸亏他多年练就了忍饥挨饿的本领,要不然连路也走不动。

农村的碗特别大,宋继奎三个鸡蛋、一碗面下肚,立刻觉得全身回暖,精神倍增,回家的路上也高高兴兴。两人还是决定不去马来亚,上山挖葛藤做粉吃度春荒,"一家人一条心,黄土变成金",不管穷富,一家人最怕的是家庭不团结。

人心愉悦日月短。宋继奎和丫丫边走边盘算,不知不觉到了家门口,怕两个孩子等急了,远远地就高喊孩子们的名字。

两个孩子却没有出来迎接爸妈,日上三竿了,总不可能还没有起床吧? 宋继奎有些狐疑,快步走入家中,屋里空荡荡的,吓得他心慌意乱。

"娇娇!"宋继奎见无人应答,急忙又喊,"宋小!"

"宋小! 娇娇!"丫丫也吓得团团乱转,不管他们怎么叫,两间草房、半间锅屋都是静悄悄的,没有一点回应。

丫丫性情急躁,连喊数声,不见两个孩子,立刻哭了起来:"都怪你! 他们到外面去找我们,肯定给老拐子拐去了! 他爸,你快去找呀!"

宋继奎比妻子更忍耐和沉着,他在屋里上上下下、左左右右地看,突然发现昨天夜里放在小饭桌上的四十块大洋没有了!

这一下急得他汗都出来了,颤声喊:"丫丫! 那四十块大洋呢?! 你放哪里去了?"

丫丫在小锅屋里喊"娇娇",一听四十块大洋没有了,也不喊了,也不哭了,只觉得心脏掉到深洞里,哆哆嗦嗦地说:"就放在小饭桌上的……"

"没有! 你再来看看!"宋继奎失声大吼。

丫丫反身走进屋内,看到桌上光溜溜的,吓得站都站不稳,情急之下灵机一动:"是不是两个孩子带走了?"

她说完,心里暗示自己肯定是这样,又补充道:"娇娇是个细心的孩子,可能娇娇拿了钱,带着宋小找我们去了。"

宋继奎却没她那么乐观,他虽然长得五大三粗,也没读过书,但在外打工多年,是个细心、有见识的人。就算钱是被两个孩子拿走,这个社会遍地匪盗,两个弱小的孩子单独在外行走,很容易出事。屋里光线暗,他想看看两个孩子有没有带防身的东西,伸手到床上一摸,床上空空的,破被子没有了;他又在米缸里摸摸,米缸里也空空的,一斗多碎米也没有了。

这些东西绝不可能是孩子们带走的,他不由呻吟出声:"丫丫,家里遭贼了……"

丫丫听到宋继奎绝望的声音,转头望向他,宋继奎指着用葵花秆子搭的床:"床上的破被子没有了,米缸里的米也没有了。"

丫丫不相信,也用手在床上摸了摸,空空的,只剩两个装着稻草的枕头。她又把手伸到米缸里，用手指在里面划拉，里面空空的，只摸到冰凉凉的缸壁。她不哭了，脸上蜡黄，紧咬嘴唇，含糊不清地骂："断子绝孙的小偷，不到有钱人家去偷，到我家偷这点救命的米，连破被子也不放过……孩儿他爸，你说，两个孩子是不是给人拐去了？四十块大洋也给人偷去啰？"

"我也是这样想的。"宋继奎喃喃道。

"那怎么办？!"丫丫歇斯底里地喊出来，"你男子汉大丈夫，快拿主意呀！"

宋继奎定了定神，走到门口大声呼叫："大爷！大哥！快来人啊，我家出事了！"

农村自古沿袭下来的习俗，一家有难全村帮忙。他们这个小山村只有十几户人家，都是佃户、穷家，春寒料峭，全都在家赋闲，一听到朱继奎的叫声，王二宝、小三友、刘栋国等十几个男子汉一拥而至。

村里人都聚集到宋继奎家门口，七嘴八舌、东问西问。这时丫丫伤心得说不出话来，大声哭骂过以后坐在地上抽泣，宋继奎虽然也没有经过这样惊天动地的家庭大事件，但他毕竟见识多些，还能沉住气把情况向邻居作了简要说明。

邻里们听了既吃惊又同情，一片骂声。小三友气愤地说："我二十多岁，还没有听说过有这样贪心的小偷，不但把大洋偷走，还把人家一点米也偷走，破被子偷走，连小孩子都拐走！我要逮到他，非揍他个鼻青脸肿！"

王二宝听说四十块大洋被盗，惊奇地说："哎呀！四十块大洋？我还没有看到过呢！一块大洋买一石米，这个小偷发了！我要是逮到他，扒他的皮，抽他的筋！"

刘栋国与宋继奎同年，两人相处最好，他看丫丫急得脸惨白，说不出话来；宋继奎急得空流眼泪，唉声叹气，他的眼泪也抑制不住地流了出来。刘栋国叹了一口气，劝道："真是'福无双至，祸不单行'，这人吃人的世道，四十块大洋是买你们一家人性命的钱。孩子倒不用急，一时半会儿他卖不掉，现在卖儿卖女的人那么多，哪个要呀？一个大姑娘才卖十几块钱，还卖不掉。我们先把钱找回来，赶快找，越快越好！"

不管是找钱还是找孩子，大家都很着急，可是都拿不出好主意。

刘栋国出了个主意："王三爷闯过东北，见的事多，请他老人家来出出主意怎么样？"

先前说过，王三爷就是曾经与丫丫的父亲周修权年轻时一块闯关东的伙伴，也是丫丫和宋继奎的媒人，两人自然没有二话。老人今年六十多岁了，和丫丫的父亲一样，很有些阅历。他听完宋继奎的讲述，安慰道："东西被盗了，骂也没有用；孩子被拐了，急也没用。如今这世道，我们中国人都是没娘的孩子，任人宰割。不能靠天,不能靠地,烧香拜佛和报官求人都没有用,汪伪政府到处敲诈勒索,还帮助日本鬼子杀中国人。我们乡亲只能一家有难众人相帮,靠我们自己团结起来。"

他深思片刻:"我们这附近既不通汽车,也不通火车,到县城五十多里地,小偷带着两个孩子,起码要走一天。"抬起头来看看太阳,"日上三竿了,抓紧时间分头去追,说不定还能追到。"

大家听了以后心都定下来,十几个中青年摩拳擦掌,纷纷说:"我们都听王三爷的吩咐!"

王三爷不慌不忙,首先点名他的孙子王二宝和宋继奎:"宋继奎、王二宝、小三友三人往县城方向追;孙文成、孙文礼两人往滨江市里追;刘栋国、刘栋诚两人往方山镇追;孙继奎、张三小往省城方向追……"

他有条不紊地分好四个小组,又关照众人:"外面到处都在打仗,山头多,你们眼睛要盯着点,避开日本鬼子,也要避开剪径的强盗,还要当心土匪抢人入伙。如果追到这个小偷老拐子,没地方可押送的,打他一顿出出气就是了,可不能把他打死了。去吧,太阳下山之前要赶回来。"

众人分头出去,丫丫和十几个外出的中青年的父母、妻子守在村头瞭望。从早到晚,寻人的村民一直到太阳下山才陆续回村,累得精疲力竭,一无所获。

丫丫无数次生出希望又感到绝望,慢慢地瘫倒在地,手脚冰凉,脑子空白之下只知道骂宋继奎:"男子汉大丈夫,一点本事都没有,养活不了一家人,把老婆孩子都给卖了,要不然哪来这样的晦气事……"

邻居几个妇女劝她:"娇娇、宋小都十来岁了,都能认得家,就是给老拐子卖了,今后也会回来的。四十块大洋丢了也就丢了,钱是身外之物,有失就会有得……"

丫丫哪里听得进劝,娇娇就是她的命啊!她哭得在地上打滚:"就怪他!好好的一家人,团团圆圆的,就是穷一点,饿死也能在一起!现在给他弄散了,我也活不下去了!"

丫丫性格倔强,几个青年妇女劝说也无效,硬把她抬到屋里,放在床上。她还是又哭又骂,宋继奎回来听到了,一声不吭地蹲在墙根下,抱着头流眼泪。

宋继奎和丫丫早上吃了三个鸡蛋一碗面,中午、晚上都没有吃饭,由于极度焦急,倒没感觉到饥饿。邻居看他们可怜,这家送碗饭,那家送碗汤,两人都吃不下。

两口子又饿又累,丫丫在床上撒泼打滚,宋继奎勉强打起精神盘算,明天、后天、以后的日子怎么过?要外出找娇娇、宋小,还要还人家四十块大洋。他也有气,一肚子苦水没处倒,要不是丫丫性格火暴离家出走,能引起这些事吗?! 他也想发火,可是,发火不但解决不了问题,再激怒丫丫,她走投无路还能出更多意外。

春荒,借贷无门,丫丫想念女儿娇娇,每日躺在床上,不吃不喝,以泪洗面,奄奄一息;宋继奎忍着气,惦念两个孩子,马来亚虽然不去了,可是四十块银洋按照合同还是要双倍返还,把骨头敲碎也不够还的!他从来没有失过眠,现在失眠了,又高又粗的彪形大汉,很快瘦削如柴,眼看不能支撑了。孩子已经走丢了,两个大人再相继倒下,这家人眼看就要烟消云散。

王三爷把宋家人的绝境看在眼里,急在心里,他每天都要去宋继奎家里好几趟,开导丫丫,帮宋继奎出谋划策,并动员邻居这家送碗汤,那家送碗粥给丫丫、宋继奎救命。

王三爷年轻时与丫丫爸爸是患难之交,对宋继奎和丫丫十分同情,他思来想去,两个孩子找不到,暂时放下,首先要救两个大人。留得青山在,不怕没柴烧。现在只有丫丫娘家人才能救他们,而丫丫性格偏强,要面子,宁愿饿死也不愿意找娘家人帮忙。他便派他的孙子王二宝去周修权家中,把丫丫这番遭遇说给他们听。

丫丫父亲听完,来不及开口说话,丫丫的母亲就指着他的脑门骂起来:"你这个木头脑袋,当初我就不同意把丫丫嫁给那个没用的东西,你非要嫁给他!说什么是老村邻,和他爸是闯关东的老朋友,患难之交,孩子老实,身体好劳动好,什么都好!好个屁!现在出事了吧?!还不赶快派人送点米去,我的丫丫要是饿死了,我跟你这个老东西没完!"

丫丫妈妈发了一通脾气,丫丫爸爸在老两口相处的这个问题上,有唾面自干的精神,他"吧嗒吧嗒"抽着一米多长的紫方竹竿烟袋,似乎没有听到老伴的责怪,专心考虑救丫丫这一家人的办法。

许久,丫丫爸爸从嘴上拿下紫方竹竿烟袋,不紧不慢地唤道:"恒发、林玲,听到都过来!"

丫丫的三哥周恒发和三嫂林玲应声而到,老人指着三儿子和三儿媳对王二宝说:"你把情况对他们俩再说一遍。"

王二宝便把情况又说了一遍,丫丫妈妈也哭闹够了,抹了一把脸,眼巴巴看着儿子、媳妇说:"你们妹妹快要死了,你俩读过书,快,快给你们妹妹出出主意,救她一命!"

周恒发小学没有毕业,识字不多,种田、插秧是个老把式,在这种重大问题上,他拿不出主意。他装模作样地思考一会,转脸瞧向老婆林玲。

林玲找王二宝追问几句,搞清楚王三爷想出的找人办法,点了点头,道:"王三爷安排得很好,我再加一条:到农集去问那些赶集的人。赶集的人本身来自四乡八镇的各个村庄,赶完集又要回去,他们熟门熟路,比我们自己一个村子一个村子地跑要快得多,也细致得多。"

丫丫的妈妈平时就爱三儿媳林玲,她嘴甜,孝敬老人,又读过书。这时听了林玲的意见,激动地一拍大腿,高兴地说:"还是你有办法,就这么着,快动起来啊!"

"慢。"周修权放下紫方竹竿烟袋,拦了一拦,"我再补充几点。

"第一点:时间要抓紧。这既是小偷又是人贩子,我们这个偏僻的地方不通汽车、火车,他带着两个孩子走不远,如果时间长卖不掉,孩子要吃要喝,他负担不起,容易对他们起歹心。世道乱,你们出去也要注意自己的安全。

"第二点:不但要访问四乡八镇赶集的人,那些大庄子里有钱人家多,买孩子的可能性比较大,也要去挨个询问。

"第三点:林玲会写字,多写些寻人启事,寻人启事上写点悬赏。这年头穷人多,提供线索、找到孩子者酬谢银洋一块,积极性也就调动起来了。"

老人说完,站起身来在内衣里摸索半天,抠出一块袁大头递给三儿子周恒发,满是沟壑的脸上皱纹如刀,毅然道:"这年头办事离不了钱。这块钱是我几十年来压腰的钱,一块袁大头能买一石米! 为了孩子,就是要我的老命也得给!"

不提宋继奎和丫丫一家子为了找回孩子尽心竭力,说回宋小这边,他和娇娇到底遭遇了什么?

宋小如今才十一岁,他小小年纪就受尽磨难。去年八月十五日,日本鬼子下乡"扫荡",把他妈妈和姐姐杀了,他与牛崽都被俘虏到驯狗基地喂养狼狗;去年冬天,八路军端掉日本鬼子的驯狗基地,瘸腿小徐胆小,害怕八路军将他们算作"伪军",搀掇着宋小连夜逃跑。宋小流落小王庄,因祸得福,好心的宋继奎和丫丫收留他当亲生儿子看待。一家人艰难地度过年关、熬到正月,却又遭逢劫难。

半个月前的那天夜里,宋继奎和丫丫争吵离家后,娇娇和宋小哭个不停,哭累了,便都趴在小桌上睡着了。宋小在狗舍里养成了习惯,睡得没那么死,蓦然听到门口有动静,他眯着眼睛斜瞟,正见到一个影子溜进屋内。

他受到惊吓,心脏蹿到嗓子眼儿,差一点叫出来。小孩子心里第一个闪过的念头是:"鬼啊!"

但他又听到脚步声,他记得亲妈说过:"鬼走路是没有声音,是飘飘忽忽的。"又发现这个黑影进屋以后东张西望,便知道这不是鬼,而是小偷。

鬼和人究竟谁更可怕,宋小在日本鬼子身上见识过了,屋里只有他和娇娇两个孩子,定然敌不过一个大人。他情急之下闭上眼,假装睡着,还打起呼噜。

那个人蹑手蹑脚,伸头在屋里到处看,看到两个孩子趴在一个小桌上睡觉,没有大人在家,胆子便大了。他先到外间转了一圈,然后朝宋继奎他们内屋瞧了瞧,看到屋里也没有人,他径直钻了进去。不一会儿,宋小就听到米缸方向发出"哗啦哗啦"的响声。

他心里想:"这肯定是小偷在偷我家米。"

又过了一会儿,那个黑影果然手提一个口袋,肩上扛一床被子出来了。宋小咬牙恨死,心想:"这个小偷贪心,不但偷我家的米,还把我爸爸妈妈的被子偷走。天气这么冷,没有被子,爸妈盖什么呀?"

他到底还是个孩子,一急之下,顾不得装睡,也忘了害怕,失声喊道:"你不能偷我家的被子,我爸爸妈妈要盖的!"

那个小偷听到是孩子的喊声,并没有惊跑,反而扭头看他,"嘿嘿"一笑说:"孩子,我不是小偷,我是你爸爸妈妈的朋友,他俩现在就在我家里等你俩。被子是他们叫我来拿的,还叫我把你俩都带去。"

娇娇被讲话声惊醒,惺忪着眼睛看了看这个不速之客,吓得"哇"一声哭了起来。

那个黑影走到娇娇的跟前,用一只手给娇娇揩眼泪,和蔼地说:"孩子别怕,我是你爸爸妈妈的朋友,是他们叫我来带你们去的。"他另一只手摸着桌上的一个小包包,往上提了提,感觉很沉,便拿起来夹在腋窝里。

娇娇听说是爸爸妈妈的朋友,立马不哭了,睁着一双迷惘的眼睛看着这个陌生的身影,又转头看弟弟,疑惑地问:"这人是不是从姥姥家来的呀?"

宋小摇摇头,没有说话,那个黑影连忙答应:"是啊,我是你姥姥的朋友,也和你爸爸妈妈是好朋友!你爸爸妈妈现在就在我家,他们的腿摔坏了,不能走路,在我家养伤,叫我来带你俩。"

宋小本来认定不速之客是小偷,也被他一番甜言蜜语弄糊涂了,上当受骗,与娇娇一起跟着这人走了。

走了很长很长时间,太阳老高了,娇娇、宋小两人又累又饿,终于走到一片烧焦的村庄。他们不知道,这是日本鬼子下乡"扫荡"烧过的地界,人都跑光死光了,只剩残垣断壁。破墙里不时蹿出流浪猫、流浪狗来,还有黄鼠狼和老鼠,大白天静悄悄的,鬼气森森。

娇娇吓哭了，双手抱住宋小的胳膊说："小弟我怕！"

宋小也有些怕，就是没有说出口，还抓住娇娇的手安慰："姐姐别怕，有叔叔在这里，这些野狗野猫不敢咬人。"

娇娇又抬头望着那个陌生人问："叔叔，我爸爸妈妈在哪里，怎么还没有到？我饿死啦！"

"大白天怕什么？没有鬼，还有我在这里保护你。"那人胡乱指了一下前方，"快到了，那里就是我家。"

他说着拉了一把娇娇的手，紧紧攥在掌心，紧得娇娇喊了一声："哎呀，我疼！"

宋小伸头朝前方望了望，只看到老远地方有一棵大榆树，树上有四个喜鹊窝。他突然认出来："这不是宋庄吗？我的家原先就在这棵大树下面！原来都给日本鬼子烧光了?!"

宋小心里顿觉酸楚，眼泪夺眶而出，强忍住才没有哭出声来。他心里又浮现妈妈、姐姐平时的形象，还有她们被日本鬼子残忍杀害的那一幕。

宋小与娇娇跟着这个人继续往前，走到一间小草屋跟前，看样子原来是某户人家的小厨房，墙壁上满是烧得焦黑的痕迹。小草屋还算完整，屋顶的稻草是新的，猜测是重新加盖不久。

这人拿出钥匙把门打开，抬头望向太阳，这时宋小朝他脸上看了一眼，倏地惊觉："这人不是那个'狗班长'吗?!"

他年纪小，不太记人长相，对那人看了一眼又一眼：太阳穴上有个疤，阳光照在上面会发亮——不会错，就是"狗班长"，那个日本鬼子驯狗基地里经常欺负他和牛崽的坏蛋！

宋小害怕得浑身发抖，因为这人每次打他和牛崽都往死里打，他见了"狗班长"就像老鼠遇到猫，根本不敢起反抗的念头。

"狗班长"把宋小与娇娇赶进屋子里，只见一间草房内空空荡荡的，铺了一张地铺，连被子也没有。

娇娇还在傻乎乎地问："叔叔，我爸爸妈妈呢？"

"狗班长"笑着说："是呀，你爸爸妈妈怎么走了呢？现在我们弄饭吃，吃过了带你们去找爸爸妈妈。"

"狗班长"把从宋小家背来的那床旧棉被放在稻草铺上，又把胳肢窝里夹的小口袋塞到稻草里面，最后放下米口袋，挖了两碗米，倒进一个盆里淘洗。

宋小认出这米就是"狗班长"昨天夜里在他家偷的米，棉被、稻草铺下的那个小布包都是他家里的东西,"狗班长"大摇大摆地占为己有。

他又气又恨,但不敢讲也不敢跑。

"狗班长"煮了一点饭,没有菜,他自己吃了两碗,给宋小半碗,娇娇半碗。吃过饭以后,他又对宋小和娇娇说:"我带你俩去找爸爸妈妈。"

两个孩子不听话也只好听话,跟着"狗班长"又走了一阵子,来到一个名叫小荡村的地界。"狗班长"找到某户人家门口,院子里养着几条狗,他命令两个孩子:"你俩在门口等着,我进去打听一下,问问你们的爸爸妈妈到哪里去了。"

他说完就走进屋内,宋小已经知道这人是个坏蛋,也知道他和娇娇逃不了,就躲在门口往里偷瞧。

一个女人迎着"狗班长"走出来,对他很客气,满脸媚笑着道:"哎呀,是'狗班长'来啦!怎么这么长时间没有送'货'来,又到哪里发财了?"

"我的荷花,这么长时间没有看到你,可想死我啦!我是养狗班长,也是通事,日军被八路军打垮了,以后别叫我'狗班长',不好听。""狗班长"笑眯着眼,张开双臂去拥抱她。

只见那个女人往后退了一步,"啪"一声响,"狗班长"的脸上即刻出现五道红印子。

那女人伸手给他一个耳光,"狗班长"捂着脸,看样子想发火,怒色已经浮在脸上,又缓缓消失,笑道:"还是荷花疼我,知道我肚里没油,赏我几根'五指肠'。"

"打是疼,骂是爱,不打不疼不自在!"荷花毫不客气,娇笑着骂道。

"狗班长"和荷花拉拉扯扯,打情骂俏,荷花就是不肯让"狗班长"进里屋,不得已,他从衣服口袋里摸出一块银圆递给她。

瞎子见钱眼开。荷花看到"狗班长"手掌心里的银圆,闪闪银光简直要刺痛她的眼珠,她脸上的笑容即刻变得又媚又甜:"我的郎,你哪里来的好东西?是跟着日本鬼子抢来的吧?我可一年多没有见到成色这么好的银圆了。"

荷花双手把这块闪亮的银圆接过去,放嘴里咬一咬,又用手指弹一弹,放在耳朵上听,她兴奋地道:"是真的!日本鬼子的驯狗基地被八路军打垮了,日本鬼子有的被打死了,有的被俘虏了,没有日本鬼子下乡'扫荡',你哪里来的这东西?"

"狗班长"脸色一变,不耐烦地道:"不必多问,收起来就是!我给了钱,你该付'货'了!"

荷花斜斜地飞了"狗班长"一眼,做了一个鬼脸,笑道:"看你馋的,还说不是'狗班长',你就像一条狗!"

两人凑得近了,荷花倚在"狗班长"胸前,用手指着门外又说:"看你这个馋样,起码要半个小时才能完事,你不怕这两个'货'跑了?记个账吧!下次双倍偿还。"

"行,'货'就放在你家里,我那里没有地方住。""狗班长"一口答应。

荷花却又改了主意:"张嘴货,要供吃供喝,弄不好还跑了。我这里放不下,你带走吧。"

"狗班长"拧着眉头:"要不你先看看'货'怎么样,好不好出手?"

荷花想了想,同意了,"狗班长"便出来把宋小和娇娇带进屋里,不怀好意地夸道:"你看看这两个孩子,长得多漂亮。"

荷花摸摸娇娇的头,笑眯眯地说:"这丫头长得确实很漂亮。"

她俯下身,柔声问:"你叫什么名字呀?"

"娇娇。"娇娇见多了村子里亲切的婶婶,大方回答。

"你这名字蛮好听的。"荷花又笑着问,"多大啦?"

"十二岁了。"

"十二了?"荷花对娇娇端详片刻,"个儿矮了一点,有的丫头十二岁都长成大姑娘了。"

她盘问过娇娇,又转过身摸摸宋小,也是柔声细气地问:"你多大啦?"

"十一岁。"宋小不敢不答。

荷花轻蔑地说:"太矮了,就是将来长成大人,也是个小矮鬼。"

她对宋小不再感兴趣,又转头问娇娇:"你家住哪里呀?"

"小王庄。"

"知道了。"荷花替她理了理散乱的发丝,"等我有时间带你俩去找爸爸、妈妈好吗?"

娇娇听说去找爸爸妈妈,泪水一涌而出,信任地扯着荷花的裙子说:"阿姨,我爸爸妈妈现在在哪里呀?现在就去行不行?"

"很远呢,再过两天就带你去。"荷花笑着打发了她,扭头对"狗班长"道:"你带回家,可不能乱搞。过几天再来,我带他俩到河南去找爸爸、妈妈。"

"哪能?!我能干这样的缺德事吗?还是你这个老套筒好用。""狗班长"打趣地说,又命令宋小和娇娇,"你俩出去,在门口等着,别乱走动,当心被狗咬死。"

宋小与娇娇两人又被赶出来,站在门口等,宋小四处张望,不熟悉的地方不敢带着娇娇逃跑,只好竖起耳朵偷听。

两个男女继续耍花腔,荷花调侃"狗班长":"你把你当年当皇军狗腿子的威风拿出来,老套筒可以不用,小口径的、没开包的,要什么样的就有什么样的。"

"狗班长"抱怨道:"你真会开玩笑,我如今哪来的威风,八路军那么凶狠,皇军的狗都被打死了,我差点就没命,好不容易才逃出来。就算是当初,也没有你在皇军跟前吃香,不但钱大大地有,还大大地满足。"

"放狗屁!"荷花嗔他,"我在日本鬼子那里哪来的好处,每次都是个把小时,这个完了,那个又来,一天多少次,哪能吃得消呀?! 他们发过兽性以后扬长而去,根本不给钱,你向他要钱,他就给你一个日本掼。我就给这群野兽掼过好几次,这个生意不能再做了,再做命就保不住了。"

荷花又娇笑着刮了一下"狗班长"的鼻子,话锋一转:"不过也幸亏日本鬼子引荐,我才认识你这个日本鬼子的狗腿子,像狗一样跟在后面捡便宜,吃巧嘴子。熟归熟,你赖我那么多账,准备什么时候还?"

"我现在不就给你送货来了吗,正好顶账。""狗班长"嬉皮笑脸,"你反正也不缺钱,妓女缺钱,黄河就没有水! 你做这个无本生意二十多年了吧? 国民政府那些官员都很有钱,一晚上十块八块大洋不成问题,不就凭你这一张荷花脸和俊俏的身架吗? 你当初应该嫁给一个有钱人家,现在不就享福了吗?"

"我享什么福?"荷花掩面佯哭起来,"我天生是个苦命人。听我妈妈说,我爸爸跟人去闯关东,被土匪抓去,强迫他当土匪,我爸不干偷跑,给土匪打死了。我妈妈靠做针线养活我,等我十三岁成人,因为长得漂亮,又被人贩子拐卖到青楼里。"

"狗班长"喘着粗气问:"你一进去就接客了吗?"

"没有,接待客人有一套礼节,要训练的。"荷花媚眼如丝地瞟他一眼,"青楼老鸨把我当成摇钱树培养,请专业老师教。政府官员要称'局座',军队的官员称'团座''旅座''师座',地方豪绅称'老爷''少爷'。还有穿着、化妆、言谈、举止,件件都要学。我就不习惯穿高跟鞋和旗袍,穿高跟鞋一走路就摔跤,穿旗袍跨不了大步子,为这挨老师和老鸨多少打。还要学化妆。我第一次化妆,抹得满脸脂粉,又挨老鸨打,说我笨,其实我一点也不笨,农村人进城,讨厌这些东西,自然是学不会的。"

"你长得这么漂亮,第一次接的客人肯定是高官富豪喽?""狗班长"听得津津有味。

"是个十八岁的少爷,高中毕业,没有考上大学,堕落了。"荷花半真半假地道,"可是他很重情义,亲口承诺要娶我,把我带回他家去,他父亲把他打了一顿,也把我打了一顿。由于他父亲不同意,这个少爷最后患精神病死了,是我害死了他,我害死了我的好丈夫,我的命真苦哟!"

她在那里自伤自怜,"狗班长"却色眯眯地问:"破处很疼的,你疼不疼呀?"

荷花怒极,又"啪"地赏了"狗班长"一个耳光:"你这狗汉奸,你问这个干什么?你跟在日本鬼子后面捡便宜,强奸那么多好人家的女儿,也不怕八路军砍你的头!"

"不是!我俩老交情了,现在又是股东,多日不见,不谈这些又谈什么?谈天文地理我不懂,你也不会,只有谈这个感兴趣。""狗班长"被她打疲了,也不生气,笑嘻嘻地狡辩,"我就是好奇,才多问你几句。"

"你有什么可好奇的,强奸民女你干得还少吗?"荷花气呼呼地骂他,"我告诉你,干这么多缺德事,要遭天打雷劈的!"

"狗班长"赌咒发誓他没有强奸民女:"日本鬼子不讲理,我还能不讲理吗?每次都是皇军干过了,我争取人同意我才干的。我没有破过处,破处是要钱的。"

这厮越说越兴奋,伸臂抱住荷花,笑道:"走,我们到床上去说。"

荷花朝那"狗班长"脸上唾了一口,接着又咬了一口,狠狠地说:"我不干了,你快滚!再不滚我就要喊了!我一喊,村子里的人都来了,打死你这个狗汉奸、人贩子!"

"狗班长"见荷花变脸了,分不清真假,只好松开手,哀求她:"别喊,我马上就走。"

他后退到门口,总觉得不甘心,从衣服口袋里又掏出一块亮闪闪的银圆,笑着递到荷花手里:"再给你一块,算是赔礼道歉!"

"这还差不多。"荷花接过那个闪光的圆东西,不推了,脸上的怒意也收了起来,笑得花枝乱颤,"还有没有,再给我几块,这东西我原来有一皮箱子,都给日本鬼子和汉奸抢去了,连老鸨子都被杀了。"

"那么多?我们荷花姐真有钱。""狗班长"依言掏出银圆给她,脚下偷偷移回屋内,"多长时间才能存满一皮箱子?"

荷花又抽抽搭搭地哭起来:"一皮箱,几百块,饮泪忍辱十几年的积蓄,如今竹篮打水一场空。男人三十小后生,女人三十半老娘,我已经三十出头了,还有什么指望?再也不会有一皮箱了!"

"几百块,起码几千次,太可恨了,日本鬼子杀人放火,连皮肉生意的辛苦钱都要抢,活该被八路军枪毙!""狗班长"假意逢迎,一把将荷花抱起,进到屋子里面。

"你放手!"荷花大呼小叫,"放我下来!除非再给我一块!"

"给你三块不少了,剩下的我要打点皇军,谋个差事干干。""狗班长"急不可耐地带着荷花倒在床上,嘴上还要胡乱许诺,"等我当上皇军大官,我娶你当第一夫人。"

两个狗男女在屋内你来我往,嘴里没有一句真话,宋小在门口偷听,基本听不懂。忽然看到"狗班长"把那女人抱到房里去了,他用手碰了碰娇娇,小声说:"他和那个姨到屋里去了,我们跑吧?"

娇娇是个没主意的,马上问:"往哪里跑?"

"往家跑!"宋小毫不犹豫地说,"我们家住在太阳升起的地方!"

宋小与娇娇拔腿向村子东边逃去,院子里那群狗看到他们跑了,迅速追出来,跟在后面狂吠。

狗吠声惊动了屋里两人,荷花推推"狗班长":"狗叫得这么凶,两个孩子别是跑啰!"

"狗班长"正在兴头上,难以停止,可又怕两个孩子真的跑了,他心里紧张,便加快动作。又赖了一会儿,荷花抬腿把他蹬下床:"快去看看!"

两个孩子打扰了他的性趣,"狗班长"真是气不打一处来。他一边系裤腰带一边骂:"这两个小杂种,如果真的跑了,我逮到就揍死他们!"

临出门,他又转头对荷花道:"你他妈的,三块大洋只这么一点时间,你要补给我!"

在荷花的骂声中,"狗班长"走出门一看,果真不见了两个孩子。这是一笔不小的收入,他寻了个最近的方向朝村南跑去。

几条狗在村东看到一个陌生人向村南跑,猛扑过来对着"狗班长"狂吠。"狗班长"从小就喜欢养狗,深通狗性,他往下一蹲,狗都吓得掉头又往回跑。他因此猜到,那两个小孩可能往东边跑了。

他掉转身往村东追去,不远处有一排护村林,他透过林木望到两个小孩子的身影,心头大喜,急忙高声呼喊:"别跑!回来!"

宋小他们听到身后的喊声,跑得更快了。娇娇吓得两腿发软,宋小毕竟是男孩儿,性子皮胆子大,经受过日本鬼子的严酷锻炼,拉着娇娇的手拼命加速:"姐姐快跑,要让'狗班长'追到我们,会打死我们的!"

偏僻农村只有羊肠小道,弯弯曲曲、崎岖不平,娇娇吓得一边哭一边跑,跑几步摔一跤,再跑几步又摔一跤。膝盖上都摔得没皮了,她也顾不得疼,咬牙爬起来往前跑。

"狗班长"又气又急,在床上累了一身汗还没干,这又累了一身汗。大约一支烟时间,他追上了两个孩子,上去一脚踹在宋小屁股上,把宋小踢得翻了个跟斗,又伸手打了娇娇两个耳光,把娇娇打翻在地。他还不解气,第二次抬起脚向宋小踢去,这一脚下去,宋小不死也会残废!

"狗班长"第二脚将要踢到宋小脑袋,他心里突然闪过一个念头:"这不是人,是钱,踢残废了没人买!"

"狗班长"连忙又把脚收了回来,由于使力过猛,收得太急,因为惯性摔倒在地。他一骨碌爬起来,骂骂咧咧:"你个小杂种,老子打不死你!"

打完了,骂完了,"狗班长"喘息已定,用脚踢踢宋小和娇娇说:"小杂种起来,跟我走。"

"我疼死啦,起不来!"宋小哭着爬了几次,都没能爬起来。

"狗班长"揪住宋小的耳朵往上一提,骂道:"看你这个小狗日的还跑不跑?!"

宋小疼得双手捂着耳朵:"不跑了……啊!"

娇娇听到弟弟的惨叫,被吓得不敢哭也不敢喊痛,从地上挣扎着爬起来,一双惊恐的眼睛望着"狗班长"凶恶的面孔。

晚上,"狗班长"把宋小和娇娇带回草屋,没有棉被,两个孩子都跟他睡在稻草上。

娇娇白天受到惊吓,夜里听到外面传来野狗厮打的哀鸣、夜猫子的嘶叫,令她感觉就像躺在荒郊野外一般,胆战心惊,哪能睡得着。

她一夜没睡,到了第二天黎明,迷糊中似乎有人解她的裤腰带,猛地惊醒过来。

娇娇在黑暗中睁开眼,裤子已经被扒掉,一个大人趴在她身上,什么硬东西戳着她的下半身,弄得她又热又疼。

"救命!"她本能地扭着屁股挣扎,伸手抓那人的脸,张嘴咬那人的膀子,"弟弟救我!"

宋小从梦中惊醒,蒙眬中看到一个黑影压在娇娇的身上,没有看到头和脚,只看到屁股在动。他扑上去,趴在那人屁股上张嘴就咬,吃粗粮练出来的嘴上功夫,一口下去,那人屁股上一块肉差点被咬下来!

"哎呀!"那人从娇娇身上滚了下来,宋小定睛一看,不是"狗班长"是谁?!

"狗班长"气急败坏地从地上爬起来,一手拎着裤子,握拳向宋小头上打去,把宋小打倒在地。宋小翻了一个滚,刚要爬起来,又被狠命地踢了一脚。"狗班长"一边踢还一边骂:"打死你这个婊子养的! 打死你这个婊子养的!"

宋小的屁股昨天被踢,青紫未退,这又挨了几脚,一口气上不来,捂着屁股昏过去了。

娇娇看到宋小倒下，以为人死了，扑到他身上痛哭："弟弟死了，弟弟你不要死！"

"狗班长"也以为宋小死了，火气下去，反而有些后悔，沮丧地想："女的不值钱，靠他卖钱呢，怎么就死了？"

他伸手在宋小的鼻下试了试，宋小刚好深吸了一口气，"狗班长"又高兴起来，大声道："活了！行了别号丧了！小杂种，明天就叫荷花把你送到河南去卖！"

宋小很快苏醒过来，眼睛睁开两条缝，看到娇娇趴在他身上哭，"狗班长"站在身边。他不敢动，假装还在昏迷，偷看"狗班长"要做什么。

"狗班长"甩了娇娇一巴掌，嘴里嘟囔着："我要把你卖得远远的去当婊子，我看你还坏不坏，今天晚上再这样凶恶，我就掐死你。"

他骂也骂了打也打了，见娇娇只是哭，宋小躺在地上半死不活，又觉得没意思。

"狗班长"弯腰在稻草床铺里掏出几块白花花的银圆，揣进口袋，把两扇木板门锁起来，自顾自找乐子去了。

路遇八路军

宋小看到"狗班长"锁门走了,顾不得身上疼痛,从地上爬起来去开门。他用劲把门往上提,提了几次也没有提动,焦急地求助:"娇娇姐,快来帮我把这门板卸下来,我俩好跑!你没听他说吗?他要把我们卖掉!"

娇娇却发出痛呼:"我腿疼爬不起来,弟弟你来替我看看。"

宋小过去看了一下,其实草屋内光线黑暗,啥也看不清,他安慰道:"皮破了,忍一忍!我们得快点把门弄开,等那个'狗班长'回来我们就没命了!"

娇娇忍着疼痛爬起来,与宋小一起拼命地把门板往上提。提了好几次也没能提动,她腿脚发软,又坐到地上哭起来:"弟弟,我饿了,一点劲都没有。"

宋小也坐下歇了歇,叹道:"姐姐,我和你一样昨天晚上只吃了半碗饭,我现在又饿又渴,身上、屁股上都很痛。可是没办法,我们得赶快把门弄开,不然那个'狗班长'回来,又要打我们,还要把我俩卖掉,就再也见不着爸爸妈妈了。"

娇娇越听越难过,抽抽搭搭地哭:"我不要见不到爸爸妈妈,爸爸妈妈快来救我们……"

宋小像大人一样叹口气,正要转身继续开门,忽然,他看到草铺里侧有一个长条形的黑影。他走近点摸了摸,竟然是一把铁锹!

有希望了!他高兴地把娇娇拉起来:"姐姐快来,我用铁锹往上撬,你把门往里拉!"

宋小把铁锹插进门板下端往上撬,娇娇用手把门往里扳,两人撬了好一会儿,门板一点也不动。娇娇渐渐地又开始哭,宋小也忍不住掉眼泪,两个孩子边哭边继续努力。

过了好一会儿，门仍然不动，宋小虽然不懂杠杆原理，也不懂惯性，可他在使力过程中下意识地做到了。他坐在铁锹柄最末端往下压，只听"哗"的一声响，两扇门同时倒了下来。

两个孩子被压在门板下面，幸亏两扇门板是平着倒下的，惯性不大，没有什么伤害。娇娇吓坏了，大声哭号："我死了吗？我死了！弟弟快来救我！"

宋小从门板下面爬出来，又把门板从侧面掀起，娇娇连滚带爬地逃出生天，破涕为笑："我没死！我们有救了！"

宋小也很激动，逃跑之前不忘分配任务："那口袋里的米是我们家的，你把它扛着；那被子是爸爸妈妈的，我扛着。我们快跑！"

门已经倒下，两个孩子饥渴全忘，"狗班长"随时可能回来，他们跑不掉就会被他打死。娇娇扛着几斤米在前面跑，宋小扛着被子跟在后边跑，哪知被子太长，两头拖在地上，跑不动。宋小走几步就被迫停一停，最后不得不说道："姐姐，我把被子撂掉行不行？"

娇娇回头一看，只看到棉被看不到人，不由得笑了："你都给被子包住了，撂下吧！"

宋小把棉被扔掉，顿觉浑身轻松，又有些不甘心。他回想起"狗班长"每次从铺下的稻草里拿出几个发亮的东西，小心地揣在衣服口袋里，昨天还给了那个女人，那一定是好东西。他机灵地转回草屋，把"狗班长"睡铺的稻草掀起来，果然下面有个眼熟的小包裹。

他打开包裹，看到一小堆白花花的发亮的东西，拿在手上沉甸甸的，还挺好玩。他认定这是好东西，便自己拿两块，给娇娇也拿了两块。

娇娇已经跑出一百多步，宋小追上去递出银圆："姐姐，这东西给你玩。"

娇娇接过两块银圆，太阳照在上面银光闪闪，她也没见过，好奇地问："这是什么东西呀？挺漂亮的。"

宋小得意："从'狗班长'那里摸的好东西，拿回家给爸爸妈妈看看，他们肯定知道是什么。"

娇娇听说是好东西，也不敢拿在手里玩了，她的衣服没有口袋，棉袄前襟破了个洞，就把那两块银圆塞进破洞的棉花里。

两个孩子说说笑笑地走了一段路，宋小看到娇娇扛着米很吃力，便道："姐姐，米给我背吧，我是男子汉。"

娇娇依言卸下米口袋，虽然不到十斤，但她年纪小，发育迟缓，又从小被宋继奎和丫丫宠爱，确实没干过这样的重活。

宋小在日本鬼子的驯狗基地搬重物搬习惯了，稳稳地把近十斤米扛了起来，被娇娇赞道："你真是男子汉。"

走着走着，太阳出来了，宋小发觉不对，问领路的娇娇："姐姐，你认不认识回家的路？"

"不认识。"娇娇茫然地说。

"我们走错方向了。"宋小叹气，抬头看了看太阳，"我们来是背着太阳走的，回去应该是迎着太阳走才对。"

"是的！"娇娇连连点头，"你说得对，我也记得是这样的。"

于是两人面向南走了一段路后又转而面朝东走。

两个孩子忍饥挨饿地走了大半天，临近中午，觉得危险已经过去，终于感觉到饥渴难耐。娇娇差点跌了一跤，就势坐倒，气喘吁吁地道："小弟，我两腿发飘，走不动了。"

宋小伸手拉她起来，还帮她擦了擦额头的汗："我和你一样又饿又渴，腿上没力气，再坚持一会儿。"

穿过小片树林，前面隐隐出现一个大村庄，宋小精神大振，鼓励娇娇："走到那里就可以歇了，我们找户人家讨点水喝，有米，我们再借个锅做饭吃。"

望山跑死马。姐弟俩看着近在眼前的村庄，却怎么都到不了。一直走到太阳当顶，两人终于接近村庄边沿，宋小双眼冒金花，一屁股坐在地上，有气无力地道："姐姐，我也饿得走不动了。"

娇娇看弟弟倒下，她也瘫了下来，流着眼泪说："我早就饿得走不动了，也没力气做饭，小弟，我们、我们去要饭吧？"

"对啊，我们可以要饭！"娇娇这个提议给了宋小希望，他抬起头来看看太阳，日头正当午，现在正是午饭的时间。

他告诉娇娇："你坐在这里等我，我先进村里去看看，能要到饭我就来喊你。"

宋小从地上支撑着站起来，一步一歇，摇摇晃晃地往村里走去。谁知，他刚进村，十几条大大小小的狗便向他扑来。

宋小是在宋庄长大的，宋庄是个大庄，村民养的狗很多。后来，他又在日本鬼子驯狗基地喂狗，什么样凶恶的大狼狗都见过，所以他早就锻炼出来了，非但不怕狗，还知道对付狗的一些办法。那办法之前"狗班长"也使过，就是遇狗千万别跑，等狗冲到跟前,你往地下一蹲,它以为你在地上捡砖头砸它,聪明点的狗马上被吓跑。

办法虽然有,可不适用所有情况,宋小此刻饿得走不动了,更没有力气蹲下来。他怕自己弯腰就会瘫倒在地,只好缓慢地转身,躲开狗往回走。

哪知"人敬有钱佬,狗咬破衣人",宋小是小孩子,个儿矮,又穿的是丫丫给他改过的一套不合身的臃肿大棉袄,走起路来笨脚笨手,狗不欺负他欺负谁?

咬人的狗不叫,叫的狗不咬人。一条大黑狗悄无声息,猛蹿上来一口咬在他的屁股上,棉裤破了一个大洞。这狗不但要咬他,咬住还不撒嘴,把宋小头拖倒在地。十几条狗像围捕猎物一样,齐刷刷把他围在中央,吓得宋小大声呼喊:"救命呀!狗咬死人了!"

正在危急之时,附近屋里的老汉听到声音,急忙跑出来,看到十几条狗围着一个孩子在狂吠。这老汉是个热心肠的好人,他冲上去把狗驱散,将宋小拉了起来。

"孩子别怕,狗都跑了!"老汉隔着厚棉袄厚棉裤摸了摸宋小,想看他有没有被咬伤。

这孩子太瘦了,又瘦又好看。大大的眼睛,灵动有神,刚受过惊吓却神色镇定,面无泪痕,只是鼻唇沟里有点黑灰。棉衣棉裤虽然不合身,但一个补丁也没有。

老汉看宋小的样子不像讨饭的,试探地问:"孩子,你来咱们村找谁?"

宋小仰头对老人看了看,迟疑了一会儿,决定说实话:"大爷,我和我姐又渴又饿,是来讨水喝、讨饭吃的,我姐就在村外等着我。"

老汉有些意外:"我看你打扮得挺干净,不像要饭的,你爸妈呢?"

"我爸妈不在家,小偷进来了……"宋小把被拐经过简单地说了一遍。

讲话之间,一个老妇人从屋里踱了出来,抚摸宋小的头,怜爱地看着宋小:"我在里面都听到了,这孩子两眼有神,五官长得也整齐,长大后一定有出息。偷人家孩子的老拐子就该杀,日本鬼子杀那么多人,为什么不把那个老拐子杀了呢?"

"日本鬼子专杀好人,八路军才杀坏蛋呢。"老头转过头对老妇人说,"你猜这个老拐子是谁?孩子说他叫'狗班长',就是宋庄那个狗汉奸徐日新!"

老妇人露出恍然的表情:"我知道他,他爸爸不就是宋庄那个地痞徐万金吗?年轻时吸白面,把万贯家财都吸没了,连着三房老婆都卖了。徐日新是大老婆生的,从小不读书不种地,就喜欢养狗。"

"你还记得吧?"她恨恨地道,"当初徐日新遛狗都遛到我们庄上来了,他的两条大狼狗把我们家小花狗给咬死了!他从小就不是好东西,王八生的坏蛋!"

"何止,这个坏蛋养狗还养出个道道,他的狗跟日本鬼子的狗打架,把日本鬼子的狗咬败了,日本鬼子不但没有杀他,还专门收留他养狗,封他做'狗班长'。他这些日子跟在日本鬼子后面抢劫强奸、杀人放火,无恶不作。"老汉咬牙切齿地唾了一口,"早晚被八路军枪毙了!"

老两口气愤地骂了"狗班长"一顿,老汉出村把娇娇也带进来,将姐弟俩领回家。

老妇人专门烧了热水给两个孩子洗脸,宋小和娇娇渴极了,都没有洗脸,不约而同喝起洗脸水。

"不能喝!"老妇人哭笑不得地制止他们,"温汤水,喝了会拉肚子的。你们等着,我去烧开水给你们喝。"

宋小与娇娇哪里忍得住,他们还是前天晚上在家里喝的水,"狗班长"一口水都没给他们喝过。再说两个孩子在家喝冷水喝惯了,自己觉得没有问题,继续喝洗脸水。

不得已,老汉走上去把他们瓦盆里的水给倒了,开导说:"喝温汤水真的是要生病的,我们穷人没钱看病,只能小病受罪,大病等死。你们要听话,啊?"

宋小和娇娇这才老实下来,眼巴巴地望着老汉,他摸了摸宋小的头,叹道:"我知道你们渴,渴比饿难受,我深有体会。对一般人来说,三天不喝水就会死,只喝水不吃饭能撑七八天。我和我们庄上几个人曾经给日本鬼子抓去,不做别的,就拿我们做缺水试验。让我们隔一天喝水、隔两天喝水……到了后面,足足二十五天,每天只给一小杯水。我嘴唇都干得开裂,嘴巴张不开,眼睛睁不开,人像傻了一样,闭着眼睛还能看到妖魔鬼怪……眼看就要死了,幸亏八路军把我们救下来。"

这么惊险的故事,宋小和娇娇听得出神,一时也忘了干渴。没多久,老妇人用水瓢端了满满一瓢温开水走进堂屋,笑着招呼:"孩子们,来喝水吧! 慢慢喝,别烫着了。"

宋小和娇娇四只手捧着瓢大口喝水,宋小耳朵竖着,听到老汉对老妇人说:"做点饭给两个孩子吃,煮两碗棒须子山芋粥。"

"做饭那有粮呀?!"老妇人发愁,"家里只剩一点山芋叶和南瓜,给他俩吃了,我们吃什么?"

宋小连忙把带来的米口袋提起来晃了晃:"不用煮你们的粮,奶奶,我们有米!"

老汉和老妇人围过来一看,果然是米,老妇人顿时高兴得两眼眯成一条缝:"好! 好! 好心有好报,煮给你俩吃,我们也沾光!"

米粥很快煮好,四人稀里哗啦一顿吃,宋小与娇娇吃饱喝足,急着要回家。

老汉另有主意:"先别走,咬你的那条狗我认识,它的主人是我们庄上的大地主,外号叫王老虎,是我的远房本家。我们这个庄叫王家屯,整个大庄子三千多户都是他家佃户,他家在前清挂过千顷牌,可有钱呢。我先带你去他家要他赔,狗咬一口,白米二斗。"

"不能去!"老妇人怕事,又出来阻止,"王老虎家有钱有势,儿子在城里当汪伪师长,凶着呢,你别打狗不成,被绳子带跑了。上次你还挨过他家家丁的打,脸都打肿了,你忘记啦?"

老汉觉得老妇人说的也有道理,但他今天尝到米粥的滋味,念念不忘,实在舍不得可能到手的大米。

他犹豫一会儿,下定决心道:"八路军就驻王家屯不远的地方,听说正在打土豪劣绅,搞'二五减租',王老虎应该不敢跟过去那样欺负老百姓。哼,我不怕他,有本事再让他家家丁打我一顿!"

老汉拉着宋小他们出门,虽然嘴上逞英雄,实则心里直打鼓。他走近王老虎在村中的大宅,忽然发现这位大地主的家门口变样了:拴马桩上拴的马没有了;用银链子拴的两条狼狗也没有了;两个穿黑衣服背着枪的家丁换成了两个穿灰衣服握着枪的人;门口进进出出的也都是穿灰衣服的人;围墙四角炮楼上也都是穿灰衣服的人,英姿笔挺,握住枪向四面瞭望。

这些是什么人?难道是八路军吗?从哪里来的这么多八路军呢?是天上降下来的吗?王老虎呢?被八路军枪毙了吗?老汉想法简单,一时不知是喜是怕还是忧。

他脚步未停,牵着宋小和娇娇走到门口,两个站岗的人同时看向他,左边那个未语先笑:"老乡,您找谁呀?"

老汉一听"老乡"两个字,心里乱滚的石头落地,惊喜地高声喊出来:"八路军!你们真的是八路军!"

"是的。"左边那个十八九岁的八路军微笑着回答。

"你们是从天上降下来的吗?我们庄上昨天还一个八路军没有!"老汉呆呆地问。

"我们八路军都是人,也不是神,怎么能从天上降下来呢?"那八路军笑得更开心了,"我们是夜里开来的。"

他随手一指:"老乡你看,现在大队人马还在往这里开呢!"

老汉扭头望去，果然看到一队队八路军穿屋过舍，迈着整齐的步伐，正往王老虎大宅这边行来。

"哎呀！八路军进庄啰！八路军进庄啰！老少爷们，乡亲们快出来看呀！"老汉愣了愣，像孩子一样狂欢起来。

宋小和娇娇看到八路军，也不由得激动。宋小早就忘了瘸腿小徐吓唬他的事，满脑子只剩"八路军是好人，八路军能把'狗班长'抓起来枪毙"。

他们不知道，八路军进庄，说来还有一段故事：王老虎的儿子王亚泽是汪伪部队师长，为了保护他家的财产，从城里带了一支部队来围剿八路军，不料被八路军发现，反过来打了一场伏击战，伪军全军覆没。王老虎受儿子连累，吓得连夜逃跑，把家里的金银财宝、粮食、财物等值钱的东西全部带走，只留下一大片瓦房。既然房子里没人了，空着也是空着，八路军就干脆把它变成师部。

老汉高兴得只知道乐，那站岗的八路军耐心挺好，连问几次他到底找谁，老汉结结巴巴的，话都说不清楚。

宋小在旁边怯生生插话："你们这里面，有没有一个叫牛崽的人呀？"

两个站岗的八路军同时对宋小投去惊奇的眼光，左边那青年上下打量他，问道："你认识他吗？"

宋小连连点头："我认识他！"

两个站岗的八路军互望一眼，左边那个似有疑惑，追问说："你怎么认识他的？"

宋小顿了顿，总算想起瘸腿小徐的警告，不敢提驯狗基地的事，小声说："我们是一起长大的，我俩都住在宋庄。"

"原来如此。"左边那年轻的八路军释然了，"他是小孩子，走得慢，在后边。"

这就是承认牛崽也在他们的队伍里面，宋小高兴得跳起来，自言自语地说："没想到他真的当上八路军了！太好了！我也想当！"

娇娇用手碰了宋小一下，轻声说："别胡说，弟弟，你还要跟我回家呢。"

宋小过流浪生活过怕了，自打有了新家庭，他生活得很幸福，处处珍爱这个家。他不但听父母的话，也听娇娇的话，既然娇娇不要他说，他就不说了。

老汉和娇娇陪他站在门口等牛崽，看八路军行军，三个人六双眼睛都看呆了。

八路军里有男有女，男多女少，也有十几岁的小八路。一个个精神饱满，两眼炯炯，生龙活虎。有的背着长枪，有的扛着机关枪，有的两个人抬着炮，还有的马拉着大炮。大炮进不了门，只能停放在外面的广场上，炮口斜对着天空。大炮停好后，两个身形彪悍的八路军笔直地守在炮两边，双目瞭望远方。

忽然，宋小望见行伍中有个十来岁的小孩，穿一身灰军装，没有背枪。他身材稍瘦，两只黑眼珠闪闪发光，显得神气十足。他腰间束了根黑皮带，背上背了一床四四方方的小被子，肩上挂了个小挂包，腰上还吊着一只搪瓷碗、一只搪瓷杯、一只军用水壶。这小孩子两条小腿连走带跑，眼看就要和宋小擦身而过。

宋小张了张口，从嗓子眼儿里喊出一声："牛崽！我在这里！"

那个队伍中的孩子应声转头，朝宋小看看，眼睛明显亮了，却没有吱声。

宋小不知道八路军有行军纪律，在行军中是不许与外人说话的，他又叫了几声"牛崽"，跳起来，使劲挥舞双臂。

走在牛崽身后的是一个背着盒子枪的中年人，听到喊声对宋小看看，随即用手戳了下牛崽的后背，低声说："行军时不许交头接耳，你去吧。"

牛崽就像一只出笼小鸟，张开双臂笑着向宋小跑来，宋小也张开臂膀笑着迎了上去，两人紧紧地拥抱在一块儿。他们大声欢笑，很快又乐极生悲，同时大哭起来。

笑，是两人因为再度重逢而高兴；哭，是因为两人都想起妈妈、姐姐的惨景。真是"一叶浮萍归大海，人生何处不相逢"，在战乱岁月里的缘分与友情，都是如此苦乐参半。

忽见村头进来一支腰鼓队，大约三十多人，有男有女，都是青年，头戴羊肚巾，腰间系着两条大红绸，边打边跳边往大院走来。腰鼓队后面还跟着一支花棍队，大约有四十人，有大姑娘也有小媳妇，一律大红琵琶领上衣，绿色灯笼裤，面带微笑，神采飞扬。

花棍队边打花棍边唱："说解放，道解放，你说八路军怎么样？保家卫国打鬼子，减租减息农民欢，人人平等享安康！说解放，道解放，你说解放区怎么样？你要吃饭该做工，谁人为你做牛马？说解放，道解放，你说解放区怎么样？妇女解放男女平等！社会安宁喜洋洋！说解放，道解放，你说解放区怎么样？文盲都上识字班，儿童免费进学堂……"

广场的东边又来了一支八路军歌咏队，十几个人，不分男女都穿灰色服装，戴灰色帽子。村民围成一个大圈子，大人牵着孩子，拖着长辫子的大姑娘……挤得满满当当看热闹，不时响起阵阵笑声和热烈的鼓掌声。

歌咏队里站出一个高挑身材、大眼睛、短头发的漂亮姑娘，她开口唱道："春季里来绿满窗，大姑娘窗下绣鸳鸯，忽然一阵无情棒，打得鸳鸯各一方。夏季里来柳丝长，大姑娘漂泊到长江。江南江北风光好，怎及青纱起高粱。秋季里来荷花香，大姑娘夜夜梦家乡。醒来不见爹娘面，只见床前明月光。"

村庄的墙壁上不知什么时候贴满标语："欢迎八路军进庄""打倒日本侵略者""保卫祖国""保卫人民"……

宋小他们眼见着八路军陆续往大院里开进，这大院能容纳七八千人，连四周一些附属建筑，能容纳万把人。不用多久，八路军师部驻扎在大院里，团、营大部驻扎在院外四周的附属建筑里，主要路口也都布置了岗哨。

八路军纪律严明，牛崽直属师部教导队领导，经请示上级同意后，把宋小和娇娇都带进大院内宿营处。那老汉没能进去，也不失望，看过热闹后高高兴兴地回家了。

宋小与牛崽小小年纪就多灾多难，如今难友重逢，各叙别后苦情。他们说说，哭哭，又笑笑，两颗幼小的心满是密密麻麻的伤痕，恐怕永远也不会消掉。

牛崽问："你怎么知道我当八路军了？"

"我猜的。"宋小眨了眨灵活的眼睛，"瘸腿小徐说八路军要把我们抓去枪毙，因为我们帮日本鬼子喂狗了，我们是伪军。可是我看八路军挺好的，我不信他们会枪毙你。"

"你真聪明。"牛崽夸他，"小徐到哪里去了？"

"我爸爸说，我们家养不起那么多人，把他送到我们村地主的抗日民兵团里去了。"

两个孩子嘀咕了半天，宋小拍拍牛崽肩膀，羡慕地说："早知道我当初就不跑了，你跟八路军说，我也当八路军好不好？"

娇娇听他第二次说要当八路军的话，急得差点又哭出来，攥着宋小的手，心想："我哪里都不去，我要回家，我一定会把弟弟带回家！"

三个孩子在八路军这里吃中饭，吃的小米干饭，大白菜烧牛肉。盛饭的碗就是牛崽腰上挂的那种搪瓷碗。

宋小虽然在老汉家吃过一顿，却忍不住又吃了一顿，肚子撑得鼓鼓的。娇娇也吃了两碗，撑得站不起来。其他八路军看着他们笑，有人边吃边唱："吃菜要吃白菜心，当兵要当八路军。打鬼子，爱百姓，我们都是人民子弟兵。白菜烧牛肉，喷喷香，吃不够！"

他们听得津津有味，却不知道这都是那些八路军自编的。到了吃晚饭时，八路军都是分班的，每个班围在一块儿吃。没有桌子，也没有凳子，全班围坐在地上。如果地上潮湿，就蹲着吃。

吃过晚饭，牛崽一只手拉着宋小，一只手拉着娇娇，带他们到处参观。八路军有的围成一圈跳舞,有的坐成一圈讲故事,还有的忙着擦枪……宋小和娇娇觉得什么都新鲜,什么都稀奇。军营里很少见到孩子,年长的八路军看到这三个孩子也很高兴,有的人想念起自己的孩子,拉着娇娇和宋小不放。

无论是谁,都觉得这两个孩子长得很漂亮。宋小短小精干,两眼清湛有神,脸上时时带着笑容。娇娇长得像她妈,两只水灵灵的大眼睛,在长睫毛底下悄悄地打量着每一个人。

逛了一圈后,铃响了,牛崽匆匆说:"我要去上课了,你俩在这里随便玩,我要接连上两堂课,上完课就吹就寝号了。"

看着牛崽跑走的背影,两个孩子若有所失,呆呆地站在院子里。天渐渐黑了,月儿照亮了大院,牛崽进入的课堂往外射出灯光,似乎比月色更明亮。

宋小听到老师讲课的断断续续的声音,他和娇娇互相望了望,他们都没有进过校门,不知上课是什么样,心里充满好奇。两个孩子悄悄走到课堂门口,歪着头偷看,想直接进屋里去看,但又不敢。

是一堂语文课,学生有男有女,有大人也有孩子。教室里没有课桌,学生们有的坐在高高的长板凳上,有的坐在小板凳上,还有的坐在垫起来的砖头上。唯一相同的是,所有人都穿着八路军的军装。

上课老师是一位十八九岁的姑娘,大家都喊她秦老师。姑娘短发,身材苗条,长得很美。看皮肤就知道是个富家出来的大小姐。

秦老师在黑板前转过身,瞥到门外有两个孩子,她与宋小的眼光对上,顿了顿,走出门去。

"小朋友,"她亲切地问,"你们找谁呀?"

"我不找谁,我认识牛崽,他在里面上课,我没有看过学堂,就想看看。"宋小胆怯地说。

"光看看怎么行?你们想上学吗?"秦老师觉得他们好玩,摸了摸宋小的头,又摸了摸娇娇的头。

宋小拼命点头:"我想上学!"

娇娇却哭了起来,抓住弟弟的膀子摇头说:"不上学,我们要回家!"

"不会耽误你们回家,先进来听听课吧。"秦老师掏出手帕,替娇娇擦掉眼泪,笑眯眯地安慰她。

在秦老师的鼓励下,宋小与娇娇鼓起勇气走进教室,忽然响起一阵掌声,全体学生边鼓掌边齐声喊:"欢迎!欢迎!欢迎我们的新同学!"

没有多余的凳子，宋小与娇娇分别坐在两块砖头上。秦老师给他俩每人一张纸，一个软笔头，嘱咐他们："先学习认单字，然后再学习写字。"

宋小高兴得都快飞起来，之前牛崽说他已经上二年级了，连信都会写，自己还一个大字都不识。做梦也没有想到，今天就能上学，和牛崽一样上学了！

娇娇也有几分高兴，更多的则是惊弓之鸟般的魂不守舍。她知道上学是好的，可是外公也上过学，还得靠种地才养大了妈妈。她一直不能集中精神，一会儿惦记着妈妈不知道跑哪儿去了，一会儿又觉得爸爸肯定能找到她。

夜校用的是小学课本。秦老师翻开课本读："小兔子乖乖，把门儿开开，快点儿开开，我要进来。不开不开不能开，妈妈没回来。回来也不开，你是老妖怪。"诸如此类寓教于乐的课程，两堂课上完了，宋小不但听懂了意思，而且还能背出来。他对着书本上的课文一个字一个字读，最后字也全部都认识了。

宋小对学认字特别感兴趣，一下课就拉着牛崽教他写字，吹过就寝号还要继续。可惜八路军军纪很严，睡觉不许说话。宋小便一直在自己肚皮上写"一二三四五"，写了不知道多少遍，终于睡着了。

娇娇与秦老师睡在一起，翻来覆去睡不着，一闭眼，"狗班长"就出现，吓得她尖叫起来。

秦老师把她抱在怀里，问明原因，怒道："放心，我们要是逮到那个狗汉奸一定枪毙他。他不敢来的，我保护你，快睡吧。"

娇娇这才在秦老师怀中安静睡去。

第二天清晨，起床号响了，牛崽喊宋小起床上操。宋小哪知道什么是上操，懵懵懂懂地爬起来，看到牛崽穿衣服，他也把衣服穿好；看到牛崽往外跑，便跟着牛崽跑到操场。

他们这个队是少年队，全是十二到十五岁的少年，也有人称他们为"小鬼队"。全队共计十八人，带队的是一个十八岁的青年，要求严格，迟到一分钟都要罚站。由于宋小的拖累，牛崽迟到了半分钟，罚站二十分钟。宋小也陪站在牛崽的旁边。

娇娇昨晚惊醒几次，临近天亮才睡着，秦老师便没有叫醒她，想让她多睡会儿。没想到，快到下操的时间，娇娇趁秦老师不在跑到操场上，拉着宋小要回家。

带操的青年被娇娇干扰，很生气，又罚牛崽和宋小两人多站了二十分钟。

牛崽气得流泪，宋小愧疚自己连累他，与牛崽一起流泪。娇娇看到他俩流泪，莫明其妙地也跟着流起眼泪来。她一边流泪一边念叨："我要回家，弟弟，跟我一起回家……"

八路军军营里没有钟表。下操、放哨、一日三餐，所有需要计算时间的时候，都点燃一支香，放在容器里的草木灰上，以香的长度计时。等到下操时间，太阳已升到两竿多高了。

早餐后，仍然是秦老师上课，宋小和娇娇跟着牛崽去听课。之后就是午饭，晚饭，准时上课，就寝。

几天下来，秦老师对宋小印象最好，因为他特别聪明。

宋小的记忆力特别强，理解能力也很好，第一天他就在牛崽的帮助下，学会了写自己的名字，写"八路军"，也会写"娇娇"和数字"1"到"10"，这几天就学会了一百多个字。相比之下，娇娇也很聪明，就是不认真学习，闹着要回家。因为她觉得在农村会种地就行了，识字没有用，所以她几天下来只学会了写自己的名字。

这几天里，宋小还干了件大事，他一心要当八路军，托秦老师在首长那里说情。首长很重视，分别找宋小和娇娇谈话。最后研究决定：宋小是孤儿，苦大仇深，可以收留；娇娇父母双全，没有征得其父母的意见，不得收留。

宋小听说他可以当八路军，可以打日本鬼子，可以替妈妈姐姐报仇，激动得当场流下泪来。可没高兴多久，娇娇听说要收弟弟当八路军，跑去哭闹："弟弟不回家，我一个人回不了家，就是回到家爸爸妈妈也会骂死我。"

首长没有办法，只好把宋小也退了回去。

第五天，上级决定将牛崽调到后方去上正规小学，宋小和娇娇这才离开八路军。

第六天上午，宋小拖无可拖，不得不离开牛崽。

两人小小年纪，患难之交，难舍难分，抱在一起痛哭。娇娇看着他俩哭，不知道是后悔还是同情，跟着也哭了。

秦老师与宋小和娇娇相处只有五天，却对这两个孩子产生深厚的感情，抚摸着他们的头发，潸然泪下。

宋小特别感激秦老师，在秦老师的用心辅导下，他收获很多——认识了一百多个字，不但会写自己的名字，还会写阿拉伯数字、英文字母，并且终于知道他从"狗班长"那里摸来的是银圆，懂得了银圆的价值。

宋小和娇娇向秦老师告别时，秦老师在厨房里拿了几个馒头，连同他俩带来的米，打成一个小背包让宋小背着。害怕他们两个孩子行路危险，她还找来两根长长的擀面杖，给他俩当作防身的打狗棒。

秦老师柔声问："你俩的家在哪里呀？"

"小王庄。"娇娇高兴地抢答。

"认不认识回家的路?"这个问题秦老师问了一百遍了。

宋小第一百遍回答:"认识! 朝着太阳一直走就到了。"

"太阳出的地方是东方,下午太阳就到西方了,下午不能朝着太阳走,下午要背着太阳走。"秦老师认真地解释,确定两个孩子记住了,才把他俩一直送到村口的路上,看着他们迎着太阳走去。

寻亲

姐弟俩朝着太阳一直走,走到太阳从身前移到身后,快下山了,仍然没有到家。

娇娇又渴又累,眼泪又挂在腮帮子上,宋小连忙指着前面不远的一个小村庄说:"我们到那个村里去问问,说不定有人知道我们的家在哪儿。爸爸妈妈几天找不到我们,肯定急死了。"

两人走到村庄的旁边,宋小说:"姐姐你在这里等等,我到庄里去问问路。"

他独自走进庄子,这庄子不大,狗也不少,一群狗扑上来狂吠。幸亏秦老师给了擀面杖,宋小嘴上吆喝,手上挥棒,几下便把狗打退了。

大约是听到狗吠声,旁边小草屋里走出来一个老妇人,问道:"孩子,你从哪儿来? 找谁的?"

"奶奶,"宋小赶紧问路,"我不是找人的,我想问小王庄离这里还有多远?"

"我们这里是小李庄,哪个小王庄呀? 我听说有好几个小王庄。"老奶奶的答案让宋小心头一沉。

两人说话之间,草屋里又走出一个白胡子老爷爷,可能以为宋小是乞丐,只瞥了一眼,感慨地对老妇人说:"这几年乞丐太多了,一天要来十几个。他们没饭吃是可怜,哪个都同情,可我们这里也很穷,自己都吃不饱,哪有饭给别人。十家有九家不给,就是给,最多小半碗菜粥,根本填不饱肚子。"

白胡子老爷爷说完,认真端详了宋小两眼,"咦"了一声:"我看你这孩子倒不像要饭的。"

"爷爷,"宋小无奈地道,"我不是要饭的,我就想问问小王庄在哪里。"

"你不是要饭的,一个小孩子怎么敢单独在外面跑? 也不怕被老拐子卖掉?"老爷爷教育起宋小。

"我跟我姐就是被老拐子拐走的,我们好不容易跑出来,现在想找路回家。"宋小更无奈了。

"可怜的孩子!"老奶奶震惊地插话,"你姐姐呢?"

"我姐在村外等着我。"宋小歪着头,对老奶奶骄傲地道,"奶奶,我们不可怜,我们是从八路军那里来的。等我送我姐姐回家,我要去当八路军! 就是一直找不到回家的路,我们又饿又渴。"

"快,快来我家喝口水,天都快黑了,你们不能再走了。"老奶奶指使老爷爷去村外接人,又把宋小迎进来,烧水给他喝。

等娇娇也来到老奶奶身边,她仔细看了看,夸赞道:"小丫头长得真漂亮,只比我家娟娟矮一点,我家娟娟要能像你这样多好。你们两个孩子真了不起,小小的年纪就要当八路军。"

"不要把八路军挂在嘴上,"白胡子老爷爷又教训他们,"尤其在那财主和汉奸跟前,可不能讲你们要当八路军,人家会打死你们。我听说前几天八路军打垮了一个伪军的师,打死两三百人,俘虏几百人,日本顾问也死了好几个。你们要是碰到这些人的亲戚朋友,你们的小命就没了!"

娇娇听得似懂非懂,她还挂着眼泪,带着哭腔问:"奶奶,我想回家,小王庄离这里还有多远?"

老奶奶替她擦了擦眼泪,看向白胡子老爷爷,后者便问娇娇:"你家住在哪个小王庄? 跟别的小王庄有什么不同?"

"我们家那个小王庄是太阳出来的地方。"娇娇不假思索地说。

白胡子老爷爷和老奶奶一听都蒙了,白胡子老爷爷吹胡子瞪眼:"我听人说太阳是从大海里出来的,你们家这个小王庄怎么可能在大海里? 肯定是你们弄错了。"

娇娇急得说不出话,用两只大眼睛看着弟弟,宋小坚定地说:"不是的! 不会有错! 我每天早上起来,都看到太阳从我家屋后的大山下边出来。"

白胡子老爷爷和老奶奶都笑了起来,老爷爷摇头晃脑地解释:"太阳离你家起码还有几千里,你要是不信,下回站在你家屋后的山顶上看日出,太阳又是从老远的另外一座山下面出来的。"

这些解释超越了宋小的知识范畴,他听了白胡子老爷爷的话,茫然地张着嘴,既不知道如何反驳，也没有办法证明。娇娇见聪明的弟弟都哑口无言，放声哭了出来。

"哎呀，怎么又哭了？"老奶奶把娇娇搂在怀里，"别哭了，先在奶奶家住一宿，明天再找，一定能找到你家。"

白胡子老爷爷也说："天快黑了，到处乱糟糟的，坏人专抓你们这样漂亮的小男孩、小女孩，在外面露宿不安全，你们住下来吧。"

"狗班长"的凶恶阴影又浮现在两个孩子眼前，宋小和娇娇不约而同地点了点头。

"李奶奶，"白胡子老爷爷和老奶奶打商量，"这个小丫头就在你家住吧，跟你孙女做伴，这个男孩子在我家住，正好跟我通腿儿。"

宋小心想：原来他们不是一家人啊。

老奶奶点头又摇头，愁眉苦脸地说："我管不起他们晚饭，我家老头子到亲戚家去借粮食，还没有回来，我和小娟还饿着肚子呢。"

"奶奶，我们有粮食。"宋小有底气，拍了拍肩上的小包裹，"就用我们带的米做饭吃，还有秦老师给的馒头。"

"那可太好了！走，我们这就去做饭吃！"李奶奶双掌一合，高高兴兴地把宋小和娇娇带回家里。

她家是路边的两间小草屋，又小又矮，外间仅够放一张小桌子和用葵花秆与土坯支成的小床。

床上瘫着一个瘦高个、脸像白菜苔般的小姑娘，李奶奶叹口气，对娇娇道："这就是我的孙女李小娟，你晚上两人通腿儿。"

宋小跟着李奶奶进了厨房，把小口袋放下："米在这袋里，你用碗来挖吧。"

李奶奶低落的情绪瞬间高涨，两只小脚"笃笃"地跑来跑去，找到一个黑碗，挖走尖尖的四大碗米，小口袋瘪了一半。

晚饭很快煮起来，两个小姑娘在外间，厨房里烟熏火燎，宋小背着米走了一天路，觉得很累，却找不到地方歇息。

他钻出厨房丢垃圾的小门，坐在一块干的土坯上，呆呆地看着几棵没有皮的榆树。树上还有一个喜鹊窝，可是没有看到喜鹊。他触景生情，又想起了老家，想起妈妈和姐姐的惨景，不知不觉流出眼泪。

外间，李小娟睡在床上，娇娇犹豫片刻，侧身坐到她的床边。

李小娟的脸干黄瘦削，一双大眼睛塌陷在眼窝里，肩膀薄薄一片，胳膊像是随时能折断。娇娇看得有些惊心,轻轻牵住她的手,小声问:"你怎么这样瘦呀?是什么病?"

"一半是病,一半是饿。"李小娟眨了几下淡漠的眼睛,反握住娇娇的手,平静地说,"我家穷,一年到头吃不饱,能不瘦吗?"

她看了娇娇几眼,又说:"你也瘦,你长得这么漂亮,如果再胖一点就更漂亮了。"

娇娇只觉她的手指冰冰凉地贴着自己的手腕,不敢挣扎,低低地"嗯"了一声。

李小娟叹道:"我一年到头睡在这里,看到别人在外面又跳又唱,我就在这里哭。我爷爷奶奶每天为了找口吃的忙得停不下来,家里没人理我,一年多来,你是第一个陪我说话的人。"

她说着还想起身,娇娇急忙扶住她的胳膊,帮她坐起来。

李小娟冰冷的手又抓住娇娇的手,动情地说:"你陪我说话我真高兴,你比我大吧?我叫你'姐姐'好吗?"

"我今年十二岁,"娇娇比画了一下两人的头顶,"好像你比我高半个头,你比我大吧?"

"我也十二岁。"李小娟更高兴了,"我俩同年,那就叫名字好了。"

娇娇答应了,低头摸摸她的脚,轻声问:"你的脚是怎么啦?"

"不是脚,是腿。"李小娟脸色冷冷的,好像说的是别人的事,"去年秋天上山砍柴摔了一跤,腿摔坏了,又发高烧,从那以后就不能走路了。"

"医不了吗?"

李小娟摇摇头:"我家没有劳动力,租不到地主的地,只租了庙里的二亩地。一年收的粮食不多,除了交租,只够吃几个月。饭都吃不饱,哪里有钱看病吃药?"

她摸了摸自己的脸,又说:"我不但瘦,还很黄,你猜是为什么?"

"饿的?"

"不,是打摆子打的。"李小娟苦笑,"我打了几年摆子了,没钱买药,我奶奶就背着我去野外躲'摆子鬼'。

"有一次,我奶奶背着我在乱草地里躲,把我藏在草窝里。谁知来了一群野狗,以为我是死人,扑到我跟前要吃我。我叫起来,幸亏有个拾粪的爷爷路过,帮我把狗打跑了。

"后来,我奶奶请仙姑来家里下坛,也没有看好。又到观音庙里烧香求观音菩萨保佑,不但'摆子鬼'没有被制住,病还加重了,连发十几天烧,身上起了一层红色斑点,嗓子疼得不能说话。我高烧昏迷,眼看就要死了,我们村上人跟我爷爷说,县里有个小医院,让他去求那医院老板,或许那老板能行善给一点药吃。我爷爷就请两个人把我抬到小医院里。好远喽,太阳还没出的时候走的,一直到中午才到。医院老板给我看了,说我的病叫什么猩什么红,很危险,要花很多钱打针吃药。我爷爷没有钱,又把我抬回来了。"

乡下人所谓的"打摆子"通指疟疾或者类似的高烧不断的病,娇娇没有得过,但小王庄上别的邻居得过,她亲眼看到病人受罪还活不成。听到李小娟说得凶险,眼下却活得好好的,她好奇地问:"后来是怎么治好的?"

李小娟露出一点真心的笑容:"老天爷保佑,我们这里有个土医生,抓草药煮了给我喝,十几天以后烧退了。"

原来李小娟竟是在老天爷面前挂过号的,娇娇不禁对新认识的小伙伴肃然起敬。她又问:"你爸爸妈妈去哪儿了,怎么没有看到?"

不料这个问题正戳中李小娟的伤心事,她哽咽着说:"我爸爸死了,妈妈改嫁了。

"我爸死的那年我才八岁,我爷爷告诉我他是得'瘪螺痧'病死的。这种病传人,是对面那个村上传来的,那个村上的人因为这病都死光了,连几个月大的小孩子都没逃过。我们村上一共得病三十多个人,死了十几个。得这个病的都是拉肚子死的,拉到后来全是水,眼睛塌陷了,手上的螺纹都瘪了,所以叫'瘪螺痧'。村里的人为了躲病跑光了,我爷爷奶奶妈妈带我跑到长满松柏的山里,躲了十几天才回来。我爷爷说:'柏树是辟邪的,瘟神不敢去。'也有人说:'柏树散发的香味可以祛邪。'

"我妈改嫁以后,嫁的那个村上也流行瘟病,比'瘪螺痧'更厉害,名字叫鼠疫,说是老鼠传染的。那个大村庄足足有两百多人,都死光了,我妈改嫁的那个人很结实的,上午他还帮人家抬死人,下午他自己就死了,夜里我妈也死了。一开始死的人没有棺材,用芦席卷;后来死的人就放在家里,不但没有芦席,连抬的人都没有了。那个村的人死得差不多了,没有死的逃走了,后来听说也死在外面。"

宋小这时从外面回到屋里,听到一个尾巴,安慰道:"那时候没有八路军,没人救我们穷苦人。以后就好了,八路军治病还发药,你们一家人生的病他们肯定都能治。"

李小娟诉苦以后精神好些,惊讶地问:"八路军还有医院? 在哪里? 我只听说八路军打鬼子,没有听说过八路军还有医院。"

宋小就爱跟人说八路军,绘声绘色地比画:"怎么没有?我亲眼见过,那个八路军医院很大呢!里面有很多医生,有男的,有女的,都穿着白大褂子,戴着白口罩,脖子上还挂个听筒,好神气的!村上人不但自己去看病,还带孩子去。对了,叫你爷爷请人把你抬到那里去给医生看看嘛,说不定能看好你的腿。"

"收钱不?要收钱我家是看不起的。"李小娟忧虑地问。

"八路军不要钱,村上那么多人去看病,看过病拿着药就走了,没有一个交钱的。"娇娇抢在宋小前面回答。

"不收钱好。"李小娟双眼像火一样烧了起来,"我的腿要能走,我就到八路军医院里去学做医生,给穷人治病也不收钱。"

宋小和娇娇都替她开心,可李小娟高兴了没多久,脸又垮了下来:"不行,我不能走,要请人抬,最少要两个人,还要管他们几顿饭。我们家自己吃的都是地瓜叶、榆树皮、萝卜缨子,最多掺一点棒子面……这些东西也吃不饱,不管饭哪个愿意抬啊!"

李小娟说着说着又哭了起来,宋小和娇娇面面相觑,都觉得李小娟很可怜,却不知道怎么帮忙。

宋小左思右想,突然想起来身上还有两块银圆。他现在已经知道那是银圆了,还记得秦老师说过,一块银圆能买一石米呢!只用一块银圆,请人抬的费用和吃饭钱就足够了!

他摸摸衣服口袋里的那两块银圆,光溜溜、沉甸甸的,又有点舍不得。秦老师说过,一块银圆拿回家买粮,全家人能吃个把月呢。

他沉默好大一会,心里又想:"娇娇那里还有两块,可以带回家给爸爸买粮。李小娟家太穷了,穷人不同情穷人,又有谁来同情穷人呢?八路军也同情穷人,我将来是要当八路军的,八路军离这里那么远,不知道这里有一个瘫痪的李小娟,我知道,我救了就是八路军救了。"

宋小下定决心,把身上的两块银圆掏出来交给李小娟:"不要哭了,这两块银圆给你。让你爷爷请人抬你到八路军那里去治病,吃饭钱、工钱都够了。"

李小娟也没有见过银圆,她看到宋小掏出来两块白花花、亮晶晶的东西,既惊又喜,不由得叫了起来:"奶奶、奶奶,快来看,这是什么东西?说是银圆呢!"

外面天已经完全黑了,李奶奶没有回应,一个高个儿老人却踏着夜色走进房间。

那是一个白发、白须、精瘦、腰板挺直、有一股军人气质的六十多岁老人。他走路腿有点瘸,穿着漏肩破棉袄、漏膝盖的破棉裤,手提一条空口袋,满脸沮丧地走进屋,看到宋小和娇娇,又看到宋小手里拿着两块银圆,眼神闪了闪,露出诧异的神色。

穷人四季断亲友,老人家中一年到头没有来过客人,这两个孩子是什么亲戚吗?他不记得有这种亲戚。

"小娟,"老人开口问道,"你奶奶呢?这两个孩子是哪里来的?"

三个孩子同时转头看向他,李小娟叫了一声"爷爷",答道:"奶奶在小锅屋里做饭呢,他们是外面来的客人,晚上在我们家吃晚饭。"

老人转身向小锅屋走去,扑面一阵饭香,他奇道:"做饭的粮食哪里来的?"

"没看到屋里那两个孩子?粮食是他俩带来的。"李奶奶兴高采烈地说,压低嗓音又问,"你这么晚才回家,借到粮食没有?"

李爷爷摇了摇头:"我跑了一天,借了十几家,一粒米也没有借到。这年头借贷无门,穷人活不下去,我要是还年轻,就去当八路军,救穷人!"

他顿了顿,问道:"那两个孩子是从哪里来的,怎么又有米又有银圆的?"

"这两个孩子迷路了,到庄上来问路,周大胡子看天快黑了就把他俩留下来住。"李奶奶笑着说,"幸亏有这俩孩子,要不然我们今晚要饿肚子。"

李奶奶把宋小他们的来历说了一遍,但不知道银圆的事,奇道:"真有银圆吗?我怎么没有听说?"

她进到堂屋,果然看到李小娟手里拿着两枚白花花的银圆,说:"怪不得娟儿刚才喊我看是什么东西,我也是很久没见过银圆了。娟儿,那是人家的钱,不是咱们的,玩玩就还给他俩,啊。"

李小娟很听话,依依不舍地摩挲了一阵子,又把两块银圆递还给宋小:"还你。"

宋小急了:"是给你治病的,还给我干吗?"

"太贵重了,我们不能收。"李爷爷接话,"你这东西是从哪里来的?"

宋小听出他话里的怀疑,便把银圆和米的来龙去脉说了一遍。

李爷爷听了十分感动,对小小年纪的宋小产生敬佩之心,叹道:"'人无横财不富,马无夜草不肥',这话有理。可是不义之财削福招祸,你说的这个汉奸'狗班长'不会有好下场。

"唉!这个年代,到处都是乱糟糟的。'家无主则散,国无君则乱',蒋介石跑了,国民政府躲到重庆防空洞里,把国家撂了,把百姓抛了,我们就像砧板上的肉,任人宰割。一九二七年我在北伐军里当兵,打垮了盘踞在南京的军阀浙、闽、苏、皖、赣五省联军总司令孙传芳。那时候士气多高呀,国家一片欣欣向荣。要不是腿负伤,我也不会退役。现在,政府腐败了,军心不服,胡乱上阵,一败涂地。日本鬼子肆无忌惮地到处杀人放火,汉奸为非作歹,土豪、劣绅榨取老百姓的血汗,土匪、小偷、骗子、拐子到处祸害百姓,再加上蝗灾、水灾、旱灾、瘟疫,每天都逼得人倾家荡产,卖儿卖女。尤其是一场接一场的瘟疫,一个庄子活生生的人,几天就都死光了……"

李爷爷讲到这里,想起儿子患瘟疫身亡,媳妇改嫁,孙女又瘫痪在床,种种不幸如同中国千万百姓的缩影,一股悲风从他心头冲起,他含着眼泪激愤地说:"偌大一个中国,没有一片净土!老百姓想要活下去,现在只有依靠八路军和共产党,他们是中国老百姓的意志,是中国的脊梁。我要是年轻三十岁,我一定要当八路军,杀光这些乌龟王八蛋,为老百姓出气!"

娇娇根本听不懂李爷爷的话,宋小也只能听懂一星半点,他说道:"你家小娟可以到八路军医院里去看看,说不定能看好。"

李爷爷询问医院的情况,宋小便把在八路军里看到的详细说了一遍。

李爷爷稍微思索一会,说:"王家屯我知道,是远近有名的大庄子,有几千户人家。王老虎是恶霸地主,也是乡长,家在村中间的一大片青瓦房。我还听说王老虎是国大代表,势力很强,他有十个老婆,九个儿子,五个女儿。大儿子王亚泽,留学日本陆军士官学校,毕业后回国当汉奸,帮助日本鬼子杀了不少中国人。"

他哼哼两声:"狗汉奸,就该全家枪毙,可惜没被八路军抓到。王家屯离这里不太远,我年轻时候一个人就能把小娟背过去,现在背不动了,只有请人抬。"

宋小坚持要把银圆给李小娟治病,娇娇也在一旁劝说,李小娟眼巴巴地看着,李爷爷左右看了看,最后还是收下了:"你们都是小善人,这两块银圆救了小娟一辈子。小小的年纪就积德行善,你们以后必有好报。"

几个人正说着,李奶奶两只手端着两大碗干饭从小锅房出来,小心翼翼地摆放在小桌上,乐呵呵地吆喝:"饭做好了,都来吃饭,没有菜,多喝点水!"

李爷爷笑道:"我今天饿了一天,连一口水都没有喝,幸亏你们姐弟俩,要不然今天晚上我们一家人都要饿着肚子睡觉了。"

他把裤脚卷上来给宋小和娇娇看:"一年多没有吃过干饭了,吃萝卜缨子、山芋藤子,腿都肿了,路都走不动。"

所有人都饿了,围在桌子旁狼吞虎咽。尤其是军人出身的李爷爷,急性子,饿急了端起饭碗就往嘴里刨。他吃完一碗又盛一碗,一会儿就吃完了,连吃三碗,因为吃得太快,噎得直伸脖子。

他起身捶后背,被李奶奶把饭碗夺了下来,李奶奶嗔道:"不能再吃了！老人别像孩子一样贪吃,吃多了会把肚子胀坏的。"

晚上很冷,李爷爷和李奶奶家都没有被子盖,宋小蜷缩成一团,梦见回到日本鬼子的狼狗基地里。

第二天一早,太阳还没有出来,宋小就起床了。一是因为噩梦,二是因为他也急着回家。李小娟的爸爸妈妈死得那么惨,宋小亲生的爸爸妈妈也短命,他很担心现在的爸爸妈妈。

他和娇娇的早饭是秦老师塞在包袱里的馒头,两人连碎渣都珍惜地吃完,身上有了力气,准备继续赶路。

李爷爷、李奶奶很感激他俩,将宋小他们一直送到村外边的路上,李爷爷指着通往东边的一条小路说:"如果我没猜错,你家在的那个小王庄在那个方向,离这里很远,下午才能走到。路在嘴边,你们记得边走边问人。"

宋小和娇娇告别了李奶奶一家,迎着太阳接着前行,一路上经过两三个小村庄,他俩也不敢进村,抓紧时间埋头走。

一直走到太阳又落到背后,他们还是没有到家,迎面却碰到一个货郎。

那货郎挑着货郎担,拿着货郎鼓,一边走一边摇,小鼓"嘭嘭"地响着,在僻静的原野中老远就能听到。

宋小远远便问:"叔叔,小王庄还有多远?"

"我就从那里来的,还有七八里路。"货郎指着一条小路说,"沿着这条小路一直往前走就到了。"

两个孩子都高兴起来,宋小笑着对娇娇说:"好歹快到了,我们能看到爸爸妈妈了。你身上还有两块大洋,给爸爸妈妈买粮食,我们一家人能吃个把月呢！"

"爸爸妈妈急死了,肯定天天找我们,妈妈又要和爸爸吵架了。"娇娇边说边加快脚步。

太阳落到地平线时,两个孩子走到一个村庄附近,娇娇东张西望,有些怀疑地指着路边的小土地庙:"这个村子不像我们庄,我们庄旁边没有这个小庙。"

"我也记得没有。"宋小同意她,疑惑地道,"上午迎着太阳走,下午背着太阳走,我们没有走错吧?"

两人刚到村边,一群狗就扑了上来,吓得他们连连后退,挥舞擀面杖打狗。这时,一个三十来岁的青年抱着个婴儿跑出来,神情紧张,面青唇白。宋小还没来得及发问,这个青年急急地说:"你们找谁?"

"叔叔!"宋小大声问,"这里是不是小王庄?"

"这是小王村,不是小王庄!"青年抱着孩子狂奔,头也不回地喊着,"你们别进去了,快跑,快跑! 日本鬼子快来了,谁也活不了!"

宋小与娇娇没有跑,他们抱着一丝侥幸,走进村里看了看。这个小村共计有七八户人家,都是小草房,家家户户"铁将军"把门,确实不是自家的那个小王庄。

娇娇忍不住又哭了起来:"天快黑了,我们到哪里去住呀? 千万不能再碰到那个'狗班长'!"

"那里不是有个小土地庙吗?"宋小也很失望,勉强振作精神,"我们夜里就住在那里。"

"我害怕! 那个'狗班长'夜里又会来的!"娇娇哭着说。

"不可能,他不知道我们在这里。"宋小安慰他。

两人饿着肚子走进小土地庙,大概经常有乞丐住在这里面,烧稻草取暖,或者把偷来的鸡烧着吃,墙面被烟熏得漆黑,地上还有些稻草。

宋小松了口气:"姐姐,乞丐能住我们也能住。"

"小弟,我害怕!"娇娇把自己缩成小小的一团。

"别怕,姐姐,我搂着你睡。"宋小给她壮胆。

两个孩子又饿又渴又累,娇娇翻了翻口袋,还有点米,就想做饭吃。

宋小四下里找了找,摇头道:"这里没有灶也没有锅,只有一点草,连柴火都没有,拿什么做饭? 等到明天早上,我们到村里去,看有没有人回来。如果有人回来,我们借个锅就能做饭吃了,就像在小李庄李爷爷家那样。"

姐弟俩强忍饥渴和恐惧,不敢睡着,宋小搂着娇娇靠着墙壁,两人闭眼休息。这漆黑的小庙,伸手不见五指,娇娇依偎在宋小怀里不断打哆嗦。

进入深夜,外面又刮起大风,像野兽的嘶吼,远远近近传来狼嚎和猫头鹰的喊叫,娇娇心惊胆战,紧紧地抱着宋小,流着眼泪说:"我怕……"

宋小也很害怕,但他年纪虽小,经过几次生死磨难,心智和胆量都远超同龄人。他为了让姐姐减少害怕,一只手紧紧地搂着娇娇,另一只手举起秦老师给的那根打狗棒:"姐姐,别怕,我手上拿着棒子呢! 狗和狼都怕棒子,它们不敢来。"

后半夜很冷,娇娇已经进入梦乡,宋小似睡非睡,模模糊糊地听到脚步声。一个黑影进入庙内,弯腰用两只手在地上搂草,发出沙沙的声响。

这熟悉的一幕让宋小悚然一惊,转念又想:不可能是"狗班长",应该是个乞丐,在地上搂草垫着睡觉,不能让他发现我们。

宋小憋着气不敢动，娇娇却正在做梦，梦里"狗班长"又压在她的身上，她大声呼叫："救命呀！弟弟，爸爸，妈妈，救我！'狗班长'来啦！"

黑暗中突然听到娇娇的惊叫声，那个黑影吓了一大跳，转过头来，看到宋小两人又吓了一大跳。

"我的妈耶！"他倏地站起身来对四周看看，贴在墙根上，颤巍巍地问，"你们是干什么的？为什么不出声？"

娇娇这时也从梦中惊醒，听到黑暗中的人声，吓得一把抱住宋小。

宋小拍了拍姐姐，镇定地回答："天黑了，我们没有地方住，在这里过夜。"

"你们也是讨饭的？"黑影问。

宋小没有回答。

"你俩也是讨饭的吗？"黑影又问。

"我们不是，"宋小实在说不了谎话，"我们是过路的，天亮就走。"

黑影人弯腰凑近宋小与娇娇，细细地看他们的轮廓，发现是一男一女俩孩子，立刻大胆起来，骂道："你们这两个孩子不是好人，一男一女，搞破鞋，给我滚出去！"

"我们是姐弟，你别胡说！"宋小不懂什么是'搞破鞋'，但也知道不是好话，生气地怼回去。

"你们是小偷，偷了我的稻草，快滚出去！"黑影人又给他们随便安了个罪名。

宋小睁大眼睛，模模糊糊地看清这人蓬头破衣，确实是个乞丐，胆气壮了一点，反驳道："我们不是小偷，你才是小偷呢！我说了，我们是因为没有找到家在这里借住，明天天亮就走。"

这个乞丐有点恼羞成怒，恶从胆边生，他一个箭步蹿到宋小身边，按住宋小："你俩就是小偷，把我的钱偷去了！"

他用手在宋小的衣服口袋里摸，又在宋小身上搜，摸来搜去，浑身上下都找遍了，没有找到任何东西。他往后退去，脚后跟绊在什么东西上，身体往后仰倒，狠狠摔了一跤。

乞丐迅速翻身爬起来，他很恼火，伸手想打宋小几下，可是他的手又立刻缩了回来，摸了摸脚下的东西。

这一摸，他不由笑了起来："我说你俩是小偷吧，一点也不假，把人家的米都偷来了！"

宋小被他按住不敢反抗，以他的经验，和大人打架是打不赢的，反抗只会被打得更惨。他嘴上回道："不是偷的，是那个'狗班长'偷我家的米，我又拿回来的！"

乞丐甩手打了宋小一耳光,得意地道:"你们就是偷了我的米,人赃俱获,还敢狡辩?!"

他说完提着一小口袋米往外走,没走几步却又回来了,自言自语地说:"臭丫头身上还没搜!"

娇娇急忙想躲,小小的庙里又能躲到哪里去,乞丐单手就把她拎起来,在她身上猥琐地摸来摸去。

"狗班长"的凶恶形象又出现在娇娇的眼前,吓得她大哭大叫:"弟弟救我!"

宋小也顾不得会不会挨打了,抱住那个乞丐就咬,刚一张嘴,那个乞丐及时发觉,反手把他推倒在地。

乞丐另一只手继续在娇娇身上乱摸,她棉袄上没有口袋,他发现一个洞,用手指在里面抠出两块圆而硬的东西。

乞丐用指尖掂了掂,高兴得声音都变调了:"嘿,是两块洋钱!我就说我家的洋钱怎么没有了呢?就是被你们偷了!"

这无赖的乞丐今天晚上连发了两笔横财,也没有再为难两个孩子,拎着米,揣好两块光洋,快步走出庙门,在黑暗中消失了。

宋小和娇娇姐弟俩平白受到一场惊吓,两个孩子像两只小猫崽般无助地依偎在一起,在黑暗的角落相互取暖,无声哭泣。他们不知道自己还会遭遇什么样的惊险,两颗幼小的心一直悬着,七上八下,不得安生。小庙外的北风歇斯底里地狂吼,野兽的厮打嚎叫声依然回荡,严寒在无差别地袭击人和动物。深沉的长夜煎熬着他俩,饥寒交迫折磨着他俩,恐惧像一根魔绳,时时紧勒他俩的心弦,死神似乎紧紧跟随在他俩身后。天快亮吧,快亮吧,两双惊恐的眼睛期盼地望着东方,可天就算亮了,家又在哪里?什么时候能看到爸爸妈妈呢?

太阳升起时,宋小和娇娇疲惫地走出庙门,宋小咬紧牙关,指着东方的朝霞,执着地道:"我们的家就在太阳出来的那个山根下,姐姐你说对不对?"

娇娇望向那方绚丽的红霞,女孩子稚嫩的面孔上添上了几分不属于她的沧桑,她轻轻地叹了一口气,茫然道:"是啊,就在太阳出来的那个山根下。"

她眼泪流了出来,喃喃道:"爸爸妈妈肯定急死了,在到处找我们。"

宋小也叹了一口气,低声道:"是啊,我也是这样想的,可又有什么办法呢?我们已经出来十几天了,我们回家的路上经过王家屯,经过小李庄,都是朝着太阳走的,怎么就迷失了方向呢?"

没有人能够回答他的问题,两个孩子找不到答案,渴得嘴里一点泡沫都没有,两条腿也抬不动,决定去旁边村里讨口水喝。

他俩向村里走去,刚走到村边,那几条狗又扑上来狂吠。宋小很熟练地用秦老师给的打狗棒把狗赶走了。再往前走,发现小王村里逃跑的人都没回来,家家户户还是"铁将军"把门。

两人正发愁,娇娇忽然拉了宋小一把:"小弟,你听,有呻吟的声音。"

宋小侧耳听了听,果然听到细微的呻吟声。他没有讲话,对娇娇点点头,两人蹑手蹑脚地循着声音找去。

声音是从半间草屋里传出来的,门半掩着。娇娇不敢进去,宋小比她胆大,走进去一看,地铺上躺着一个脸朝里的白发老人,四壁空空,墙上连根钉子都没有。

宋小轻轻咳嗽一声,那老人便慢慢转过脸来,却是个长相文静、肤色苍白的老年妇女。

这老年妇女发现是个孩子,露出一点高兴的神色。她稍稍抬起头来,昏花老眼里射出希望的微光,气若游丝地道:"小哥哥,你能不能行行好,舀瓢水给我喝,我又饿又渴。"

宋小苦笑道:"奶奶,我也又饿又渴,从昨天到现在连一粒米都没有吃,一口水都没有喝,本来还想到你家来讨口水喝。"

老奶奶从床里边摸出一个葫芦瓢,颤巍巍地说:"村子后面有个小水塘,我们都喝里面的水,谢谢小哥哥,替我舀一瓢就足够了。"

宋小同情她,主动道:"你家有没有水桶? 我姐姐在外面,我俩可以抬一桶过来,我俩喝一点,剩下够你用好几天。"

"我连碗都没有,吃饭喝水都用瓢,哪里来的水桶?"老奶奶太久没有喝水,口齿粘连,断断续续地解释了半天,宋小才勉强听懂她的经历。

原来这半间草屋子也不是她的家,她原来住在小李庄,她侄子住在小王村,她家里人都死光了,只能搬到小王村让侄子照顾。日本鬼子要来小王村打八路军,村里能跑的连夜跑了,老奶奶的腿被日本鬼子飞机炸断,她侄子一个人也没有办法抬她走,只好为她搭了一个临时小草屋,留她在这里等死。

宋小越听越不忍,看到老人干裂的嘴皮,几撮白发在风中颤抖,他暗下决心,一定要抬一桶水给她。

他想出个主意:"奶奶,你侄子家应该住在旁边吧? 他家肯定有水桶,你把钥匙给我,我到他家去拿。"

老奶奶还是摇头:"他家也没有,我们村上大部分人家吃饭都用瓢,种几株葫芦苗能结好几个葫芦,不用花钱买。"

老人告诉宋小,日本鬼子没有来的时候,这个村上家家户户都养几只羊、十几或二十几只鸡鸭,富裕人家养牛耕地,普通农家也能自给自足。可惜这里距离日本鬼子的营房很近,他们经常下乡"扫荡",说是打八路军,其实根本打不过。"扫荡"是假,抢老百姓东西是真。

日本鬼子、汉奸队每次下乡"扫荡"只为"老三样":一是找"花姑娘";二是抢牛、羊、鸡等畜禽;三是到百姓家里翻箱倒柜搜走所有值钱的东西。搜不到值钱的东西,他们就砸锅砸碗,过分的还要在人家饭锅里拉屎!所以村里人都把碗埋在地下,过年、过节、来客时才拿出来用。

听说有的村子比小王村更惨,不但被抢东西,全村男女老少还被杀光,房子烧成白地。宋小在秦老师课上学过,应该是比"扫荡"更毒辣的"清野"。所谓"清野",就是日本鬼子发明的"杀光、抢光、烧光""三光"政策,为了叫八路军没处生根。

老奶奶艰难地说完,问道:"你和你姐是来走亲戚的?现在人都跑了,也没人管你们。孩子可怜啊,怎么流落到这个穷地方来了。"

宋小把被拐经过简单说了说,老奶奶听了以后露出一点笑容,连连点头:"干得好,你们真是小英雄,你们的爸爸妈妈肯定在等你们回家。快去弄水喝吧,喝过水就走,如果日本鬼子来了,你俩是活不了的。"

宋小接过老奶奶递过来的水瓢,出来叫上娇娇,急急忙忙往村后走。也没有多远,看到一片小树林,走进树林果然有一口小小的清冽水塘。

敌占区到处是硝烟,是恐惧,是血腥,只有这个小水塘是僻静的,碧水澄清,一眼看到底。塘中是从村后山丘的石头缝里渗出来的山泉水,里面还有小鱼儿,一群群自由自在地游动。

姐弟两人渴急了,娇娇先喝,她拿起瓢看看,瓢的里层沾了一层黑乎乎的东西,还依稀能分辨出是碎地瓜叶。她不管三七二十一,舀一瓢水,顾不得水凉,端起来"咕噜咕噜"地一口气喝下去。接着是宋小,也把肚子胀得鼓鼓的。喝完以后,两人身上都打了一个寒战,舒了一口气,又连打几个饱嗝。

两个孩子把自己灌了个水饱,松松裤腰带,舀了满满一瓢水带给老奶奶。

老奶奶慢慢地支撑着坐起来,接过水瓢,一口气喝下半瓢水。她伸伸脖子,也像宋小和娇娇刚才那样打了几个嗝,三人相互望望,不约而同地笑了出来。

"好孩子,谢谢你们救了我一命。"老奶奶笑得泪盈双眶,深情地说,"我看你们都很聪明,将来八路军一定能打败日本鬼子,到那时候,你俩就到我的学校里去上学。奶奶不收你们学费。"

"奶奶您还是老师呀?"宋小高兴地说,"老师真好! 我们在八路军里就碰到一个秦老师,教我们识字。"

他说着便举起手上拿的擀面杖,骄傲地炫耀:"这就是秦老师给我们的打狗棒。"

娇娇在旁边好奇地来回看两人,老奶奶微笑着拉了拉她的手:"你这小姑娘长得真漂亮,坐下来歇一会再走。"

娇娇坐下来,正靠着老奶奶干枯的腿,小声问:"奶奶,您是老师,在学校里,日本鬼子飞机怎么能炸到您的腿呢?"

老奶奶擦了擦眼泪,轻声道:"我叫程幽兰,原来是王集乡小学教导主任,老伴名叫彭松林,是王集乡小学校长。我儿子叫彭远程,在县立中学读高中,我的儿媳白薇与我儿子是同班同学。日本特务报告说,这个小学培养的都是小八路军。所以日本鬼子派飞机就把学校给炸了,我家老伴被炸死了。我的左腿被炸断了,右腿被炸伤不能走路。我的儿子一气之下投笔从戎,誓要为国家尽忠,为父母报仇。他现在在抗日联军佟麟阁旅长跟前当机要参谋。他来信告诉我:'不把日本鬼子赶出中国誓不罢休。我们中国人,宁做爱国鬼,不做亡国奴。'"

程老师说到这里似乎来了精神,提高声音又说:"我儿子走了,我儿媳妇为了保住我孙子,现在在王家屯王老虎家当奶妈,把我家孙子吃的奶让给王老虎家的孩子吃,我孙子吃米糊子。我儿媳很孝敬我,王老虎家离这里很远,她经常买点心,带着我的孙子偷偷来看我。我的孙子长得可好玩,会喊爸爸、妈妈、奶奶……我要能动多好,等打跑了日本鬼子,我就去帮儿媳带孙子。"

"那巧了,"宋小连忙告诉程老师,"我们就是从王家屯王老虎家来的,我有个同村的人与我同岁,在那里当小八路。我也想当来着,我姐要我跟她回家,八路军就把我退了。"

宋小将从秦老师和牛崽那里听到的八路军和王老虎那一仗的消息告诉程老师,比如王老虎的儿子是汉奸军队的师长,一千多人给八路军打垮了,基本等于全军覆灭;王老虎的儿子王亚泽的腿被八路军打伤了,骑的马也被打死了;靠山没了,王老虎连夜把家里财产都转移,只剩一大片空瓦房,变成八路军师部。

"该!"程老师听得解气极了,"恶有恶报! 怎么没有把王老虎这个汉奸打死呢? 不过就算他依靠日本人死灰复燃一百次,八路军得到人民的拥护,也会消灭他!"

程老师脸上浮现几分高兴,又藏着几分忧愁:"王老虎逃跑了,我儿媳和孙子现在不知在哪里?"

宋小想了想,没听八路军提起王老虎的奶奶:"他家里人都逃跑了,值钱的东西和下人也带走了,你儿媳肯定也在里面。"

战乱年代信息不畅,三人交流一番,都知道了很多以前不知道的事。程老师谈吐文雅,知识储备似乎比年轻的秦老师更深厚,所谓"听君一席话,胜读十年书"。

"奶奶,您以后真收我俩到您学校上学呀?"宋小患得患失地问。

"说话算话。"程老师爱怜地摸了摸他的头,"你俩经过这许多磨难,聪明又有阅历,懂得珍惜学习的机会,今后一定会有出息。'少年强则中国强',国民党是靠不了的,中国今后要看共产党的。"

"八路军真好! 可是共产党是什么样的呀? 我没有看过。"宋小只上过几天学,对八路军和共产党之间的关系还没有弄清楚。

程老师想了想,用孩子能听懂的方式风趣地说:"共产党是共产党员组成的,当八路军的人有的是共产党员,有的不是。共产党领导八路军。共产党员都是顶天立地的巨人,是大力士,日本鬼子打不过他们。"

即使这样,宋小和娇娇对程老师的话仍然不理解,相互望望,娇娇伸了伸舌头:"顶天立地,这么高的人,回家怎么进门啊?"

程老师失笑:"你们现在还小,长大了自然就懂了。你们快回去吧,家里人还在等你们,爸爸妈妈该急死了。"

宋小苦恼地道:"可是我们迷路了! 程老师,我们现在越走越糊涂,你说,小王庄到底在什么地方?"

程老师认真思索良久,道:"我们学校里曾经有个住校学生就是小王庄的,因为他离家太远才住校,后来被日本飞机炸死了。我依稀记得他说过,小王庄离小王村很远,从太阳升起到太阳落下,一天应该是走不到的。

"这样,你们出这个庄子,对准大山中间一直往东南走,几里外有个大集市,名叫张家墟,赶集的人很多,你们可以问路。世上还是好人多,你俩要是饿了,就要一点饭吃,好有劲继续走。"

程老师提高嗓音强调:"要注意,有条向右拐的岔路不能走,那边有日本鬼子的封锁线,只要接近日本鬼子的炮楼五百米,他们就会用机枪扫射。千万不能过去,记住了吗?"

宋小和娇娇点点头,表示牢牢记住了,依依不舍地离开程老师。他们按照程老师的指示,对准山坳一直走,到太阳快要当顶时,果然抵达张家墟。

张家墟是大集，赶集的人很多，熙熙攘攘，人头攒动，多是附近衣着破破烂烂的农民。集上卖的大部分是山货、炊具、菜篮子，还有卖鸡蛋的和几家烤排店，倒是很少见卖粮食的。乞讨的人很多，到处听到喊"爹爹""奶奶"的乞食声，行人纷纷避开乞丐，也不知道他们能不能讨到。

"弟弟，"娇娇双腿发软，伸手搭在宋小的肩上，"我饿得站都站不稳了，我们也讨点饭吃了再赶路，好吗？"

宋小也饿了，喝了半瓢水只能骗骗肚子，点头道："好，我们要到吃的，再走快点，争取天黑之前到家。"

他们正走到一个烤排店旁边，烤排的浓香扑鼻而来，馋得两人直流口水。烤排店师傅是个中年男人，店里有两个男孩子正在用小木碗吃饭，一个大约两岁，一个大约三四岁，不知是不是客人。

宋小硬着头皮向卖烤排的乞讨："叔叔，给点烤排吃吧，我俩饿得走不动了。"

"给点烤排？"卖烤排的震惊了，"连我自己都舍不得吃，你没看到我家这两个孩子吃的是什么吗？我全靠卖烤排赚点钱买山芋叶和山芋面过日子！这年头，烤排也不是人人都能吃得起的，除了有钱人和病人，谁舍得花这份钱？"

那卖烤排的说着卷起裤脚，用手指在腿上捺了一下，一个窝窝陷了下去，他挥挥手驱赶宋小他们："小要饭的，趁早去别处要饭吧，你看我都饿得浮肿了，没吃的分给你们。"

"我们不是要饭的，"娇娇不服气地回嘴，见那卖烤排的看她，又缩了缩头，声音越来越小，"我们是被老拐子拐去了，好不容易偷跑出来，现在认不得家……"

宋小却在仔细观察那两个孩子，发现他们都瘦得很，细细的脖子，大大的头，两只大眼睛都瘦得陷到眼眶里面去了。看来那卖烤排的没说谎，两个孩子明显营养不良，他们的木碗里装的也只是黑乎乎的稀粥。

"叔叔，"宋小拉了拉娇娇，"我们不要烤排了，小弟弟吃的饭给点行吗？"

那卖烤排的听到娇娇和宋小的话，定睛审视两人："原来是被拐了，这年头天灾人祸，到处都是拐卖妇女儿童的坏人。你们可怜啊，但是谁不可怜？乡下瘟病肆虐，日本鬼子杀人放火，日占区没有人敢在家种地，不少大财主都跟蒋委员长跑到重庆去了，留下来的田地给管家看着，宁可荒芜都不给人种。每天都有人饿死，我家小孩的妈妈舍不得吃，省给孩子吃，一个月前，早起说头晕，嘴里流清水，倒在地上就死了。留下我这两个没娘的孩子，我的日子怎么过哟？！"

他说着说着，热泪盈眶，扯起布满黑垢的袖子擦眼泪。

宋小和娇娇相互望望,看这个卖烤排的实在可怜,娇娇还陪着掉了两滴眼泪,默默地转身走了。

刚走出两步,听到那个卖烤排的在后面喊:"别走!小孩儿,回来!"

宋小一愣,停住脚步,以为出了什么问题。他和娇娇掉头一看,却见那个卖烤排的把自家孩子的木碗夺下来,追上来递给他们:"你俩吃吧,离乡背井的,没有爹妈,你们比我们可怜。"

他的两个孩子正吃着,忽然被爸爸把饭碗夺下送给别人,顿时"哇"地齐声哭起来。大点的孩子坐地大哭:"爹,那是我的饭,我要吃!"

"好孩子,让给哥哥姐姐吃吧。"卖烤排的努力安抚自家孩子,"他们没有爹爹妈妈在跟前,快饿死了。"

"我也没有妈妈,"小点的孩子说,"我饿了,我要吃!"

宋小与娇娇端碗欲食,耳边萦绕卖烤排的一家的哭声,实在吃不下去。宋小碰了碰娇娇的肩膀,他俩又把木碗还给孩子。

两个孩子接过木碗,立刻不哭了,害怕爹爹夺下碗再给别人吃,把脸埋进碗里拼命吞咽。

那个卖烤排的叹口气,一边往炉子里贴烤排一边道:"我现在盼月亮,盼太阳,就盼着八路军来。八路军消灭那么多日本鬼子,为什么不消灭我们这里的日本鬼子呢?"

宋小看看四下没人注意,凑过来小声道:"叔叔,我们是从八路军那里来的,八路军可好了,老百姓没有饭吃,他们把粮食送到老百姓家里,给老百姓看病还不收钱。"

光这样几句话,又把卖烤排的说哭了。他停止贴烤排,泪水涟涟地摸了摸自家大孩子的头,充满希望地道:"八路军要到我们这里来多好呀,我这两个孩子也不会失去妈妈了。要不是有这俩孩子拖后腿,我早去当八路军了,消灭日本鬼子,打土豪,分田地!"

那两个孩子看到爹爹哭,也跟着哭了起来,木碗掉到地上。大孩子碗里饭已经吃完,小孩子的碗里还剩一小口,稀糊糊地淌出来。卖烤排的便在小孩子头上轻轻地拍了一巴掌,教训他:"糟蹋粮食,会遭雷劈的!"

宋小和娇娇走出很远,回过头,还看到那卖烤排的弯下腰把稀糊糊从地上抹起来送进嘴里,舔完了,还嘬嘬手指头。

他们在张家墟乞讨了几十家,一口饭也没有讨到,又饿又累,不得不停下来歇会儿。

路边除了他们，还有一个中年人坐着发呆，宋小随口便向这人乞讨："大爷，给点钱买口吃的吧。"

"你眼瞎呢？"那中年人破口大骂，"再看看！"

看什么？宋小和娇娇莫明其妙地瞪大眼睛看他。

"这里站着个孩子你们看到没有？"那中年人不耐烦地大声道。

宋小和娇娇扭头看去，那中年人身旁确实站着一个比他俩小几岁的孩子。

"他脖子上插着一根稻草你们看到没有？"这人没好气地指了指，"这是卖孩子的标记。"

卖孩子？宋小和娇娇立刻警惕起来，退后两步，用看老拐子的眼光戒惧地看那个中年人。

"想什么呢？这是我家孩子！"那中年人也是半天没有开张，有空跟两个"小要饭的"多话，"今年黄河泛滥，颗粒无收，日本鬼子、汉奸队还要到处杀人放火、抢劫强奸。天灾和人祸都齐了，这个世道还叫人活吗?! 我家三个孩子，我这儿子要是卖不掉，不但我一家人饿死，连他自己也饿死了。你们别在这儿要饭了，谁也没多余的粮食给你们，到那财主家去要吧。"

那暴躁的中年人说着说着，两行泪水冲下脸颊，旁边被卖的孩子也跟着抽泣："爸爸，你别卖我，我可以跟小哥哥小姐姐一样去讨饭，不要你养活，我讨饭养活你。"

卖孩子的人泪如雨下，一把搂住儿子，把儿子脖子上的稻草拔掉，狠狠地撂在地上："好！我的好儿子！爸爸再也不卖你了，我们回家，一家人一起去讨饭，就是饿死也要死在一块儿！"

目送完那对父子，宋小和娇娇拖着疲惫的身躯继续要饭，"爷爷""奶奶""大爷""大叔"，好话说了一箩筐，喊得口干舌燥，仍然半口饭也没有讨到。

他俩遇到一个同是讨饭的中年妇女，她身上背着个小鼓，走近一个卖鸡蛋的大娘跟前，打着鼓歌唱："漫天乌云出太阳，腥风血雨夜茫茫。奴家无儿也无女，身背简鼓走四方。硝烟长更冷光寒，路见饿殍泪涟洒。镰刀铁锤铸世界，东升旭日九州煌。"

她在一排卖山货的旁边乞讨，对面还有个卖鸡蛋的大娘，小提箩里只有七八个鸡蛋，底下用稻草垫着，摆得整整齐齐。大娘对打花鼓的女人笑了笑，问道："你这大姐，是安徽凤阳人吗？"

"是呀。"那打花鼓的女人对她行了一个礼,"我家祖籍山东,宋朝时迁到凤阳去的。这个地方靠近淮河,是个好地方,土地肥沃,地广人稀。就是政府无能,水利失修,十年就有九年荒,不是旱灾就是水灾,不是蝗灾就是瘟疫。我丈夫因为瘟疫死了,我没有孩子,无田无地,生活无依,只有出来卖艺度日。"

卖鸡蛋的大娘对她招招手,等她走近了,悄声道:"大姐别灰心,你听没听说过遍地生'猪毛'?'猪毛'是暗指朱德、毛泽东。我听下乡的八路军说,今后的天下是毛泽东、朱德领导的共产党的天下,共产党打土豪分田地,老百姓会有好日子过的。"

"我能活着看到那一天吗?"那打花鼓的女人含着泪说。

"能!"卖鸡蛋的大娘坚定地竖起拇指,"下乡的八路军说了,现在毛泽东、朱德都在延安,指挥全国各地的八路军打日本鬼子。他说,一个几千万人口的小国家不可能灭掉四亿人口的大国,这不是蛇吞大象吗?!所以日本鬼子一定会败!前几天,我们这地方的八路军还消灭了汪伪军的一个师,把日本鬼子顾问都打死了!八路军说了,我们老百姓要等,黑夜过后就是黎明。"

那打花鼓的女人听得悠然神往,黯淡的脸颊渐渐亮了起来,卖鸡蛋大娘又鼓励道:"你再唱一曲我听听,我给你一个鸡蛋。"

打花鼓的女人沉思片刻,拍拍花鼓,熟悉地打了一个过门,唱道:"说凤阳,道凤阳,凤阳本是好地方。南京出了个委员长,打红军,抄共党,老百姓真失望。水旱灾他不管,吃喝玩乐还嫖娼。咚咚锵!咚咚锵!咚咚锵咚锵咚锵!"

"好听!好听!"卖鸡蛋大娘听得手舞足蹈,"大妹子唱得真好!我不但喜欢听家乡戏,连家乡话都喜欢听,音韵柔和,尾音绵软动听,我一听就想起小时候。家乡的臭鳜鱼、臭豆腐,我都爱吃。"

"原来大姐也是老乡。"打花鼓的女人高兴地笑了,"你这么爱家乡,为什么出来?"

"'狐死正丘首',何况人呢?"卖鸡蛋大娘说了一句宋小他们听不懂的话,长吁短叹,"我经常梦回故乡,可我的丈夫是我的同学,他家住在这里,我只能跟着他留在这里。"

她无奈地摇了摇头,从小小的提篓里拿出一个鸡蛋递给打花鼓的女人。对方乐得眉开眼笑,弯腰深深地鞠了一个躬:"'老乡见老乡,两眼泪汪汪',谢谢大姐救命,祝您长寿!发财!"

那打花鼓的女人去别处卖唱了,宋小和娇娇围观了半天,虽然也觉得她唱得很好听,可是肚子不会因为听到好听的歌就不叫了。

这位大娘既然能给她一个鸡蛋,也能给我们一个吧? 宋小嘀咕着,伸出干瘦的小手:"大妈,行行好,给我们一个鸡蛋吧,我们要饿死了!"

"给不了。"那卖鸡蛋的大娘头也不抬,"我家养了几十只鸡,都给乌龟王八蛋日本鬼子汉奸队抢去了,就剩最后一只,存了十几天才存够这几个蛋,卖点钱给孩子换学习用品。满大街的乞丐,我就是有一百个鸡蛋也不够给。"

她站起身,自言自语发牢骚:"这个鬼地方不好,光招乞丐,换个地方。"

宋小和娇娇讨了个没趣,红着脸,转过身走开。没走几步,忽听身后传来喊声:"等一下,前面的两个孩子,先别走,我有话要问你们!"

两人回过头,还是那卖鸡蛋的大娘,她刚刚走出几步,不知道想起什么,又转身朝他们奔过来。

宋小和娇娇一路上屡经坎坷,早已是惊弓之鸟,互相望了望,害怕又是什么祸事。

他们抖着腿傻呆呆地看看那卖鸡蛋的大娘,大娘的态度却与先前迥然不同,脸上出现了笑容,亲切地问:"你们是不是姓宋的呀?"

娇娇攥住弟弟的衣角,宋小迟疑片刻,战战兢兢地应道:"大妈,你怎么知道我们姓宋?"

卖鸡蛋的大妈双掌一拍,乐得"哈哈"笑出声:"哎哟,果然是你俩,好不容易,终于找到了!"

她从怀里掏出一张有字的纸递给宋小:"你看看,这上面写的是不是你俩的名字?"

秦老师教过宋小习字,他能认一百多个字了,当下双手接过,打眼望上去顿时忘了饥饿和疲惫:"是! 是是! 这是《寻人启事》,上面就是我和我姐的名字! 大妈,您能送我们回家吗?"

卖鸡蛋的大妈摇了摇头:"你俩的家离这里将近二十里路,走过去要半天,回来也要半天。我还有一大家子人,离不开,晚上必须赶回去。你看这样好不好,今天晚上你俩在我家住一夜,明天一早,我就送你们回家!"

当然好,有什么不好的,好得不能再好了! 宋小和娇娇喜出望外,手拉手恨不得跳起舞来。

宋小捏着那张《寻人启事》,努力平复激动的心情,问道:"这张字条也不知道贴在哪里,我们在这里转了两三圈都没有看到。大娘,您是怎么看到的?"

"你们没看到因为它被我揭了。"卖鸡蛋的大妈笑眯眯地解释,"这张《寻人启事》的字条还是三月十二日贴的,今天都三月十六日了,贴出来都五天了,每天好多人围着看,都不识字,根本不知道写的什么。我是王集乡小学老师,今天我看过以后,把它揭下来作为凭证。"

卖鸡蛋的大妈顿了顿,又道:"上面写着寻人是有条件的,我读给你俩听听。"

两个孩子听到家里人悬赏寻找自己,心里既高兴又着急。高兴的是终于找到家了,马上又能见到父母;着急的是那一块银圆从哪里来?!

穷人的孩子早当家,娇娇心里说不出来地愤恨,不由摸摸胸前的破棉花,似乎那两块银圆还没有被人抢去,还在胸口焐得热乎乎的。宋小也想起给李小娟治病的那两块银圆,虽然有些可惜,但并不觉得后悔。

卖鸡蛋的大妈读完《寻人启事》,也不卖鸡蛋了,挎起篮子打算带两人回家:"我的名字叫匡金凤,你俩叫我匡老师就是了。我家住小冯庄,离这里有二里多路,你们今晚在我家住,明天一早我就送你俩回家。"

宋小与娇娇自然没有异议,跟着匡老师离开集市,深一脚浅一脚地向她家走去。

小冯庄附近二里多路都是小路,弯来弯去,因为这里是黄河故道,十年有九年灾荒,现在又加上兵灾和瘟疫。阡陌纵横,田地荒芜,蓬蒿遍野,荆棘横生,狐狸、黄鼠狼、老鼠乱窜。沿路一些小村庄仅剩残垣断壁,活人有的逃瘟疫远走他乡,有的逃荒到外地求生存,偶尔能看到两三个人走动,也都是老人和孩子。村边大大小小的榆树皮也被剥得光秃秃的,有的连根挖起,根子上的皮也都被扒干净了,白花花地躺着。没有喜鹊,也没有好看点的鸟,只有一群群乌鸦在枯枝上呱呱乱叫,渲染出满目凄凉。

娇娇胆小,一路见到荒芜的惨景便紧紧抓住弟弟的手,轻声念叨:"好吓人,我怕!"

匡老师走在前面,回头安慰她:"走快点,到家就安全了。这里白天没什么可怕的,可是夜里听到狼嚎,是有些吓人的。"

"匡老师说得对,"宋小也有点怕,故意大声附和,"我们三个人,大白天的怕什么! 你看,这些老鼠、黄鼠狼见人就跑,只有它们怕人,没有人怕它们的。姐姐,勇敢起来,别怕,我们明天就能看到爸爸妈妈了!"

三人说着话,走路似乎也没那么费力,终于,匡老师指着前面一个破落的小村庄说:"快到家了。"

宋小顺着她手指的方向看去,那个村庄只有五六户人家,全部是矮小的草房,没有一块砖,也没有一片瓦。村边稀稀疏疏几棵榆树,树皮和之前见过的榆树一样,也被剥得光溜溜。

娇娇最怕狗,早早地躲在宋小背后,进村却没有听到狗吠。

"匡老师,你们村上没有狗吗?"宋小替娇娇问。

"人都养不活,还能养狗?"匡老师不经意地说,"原来有几条狗,人饿得浮肿,都打死吃狗肉了。"

匡老师带着他们走近村庄东头一个四合小院,刚走到门口,便有两个孩子迎了出来。

那两个孩子一男一女,左右架着匡老师的两只胳膊,争先恐后地喊"妈妈"。男孩子两只乌溜溜的眼睛看着妈妈身后与自己年龄相仿的宋小和娇娇,高兴地问:"妈妈,哥哥姐姐是我们家亲戚吗?"

匡老师捏了捏他的鼻子:"是我捡来做儿子女儿的。"

"妈妈骗人,我们肚子都吃不饱,爸爸都饿得不能动,你把他俩捡回来,给他们吃什么?"儿子机灵地说。

匡老师哈哈大笑:"我的好儿子,年纪小小的就知道这些,真了不起。果然,穷人的孩子早当家。"

她摸了摸儿子的头,转回身介绍:"他们是姐弟俩,姐姐的名字叫娇娇,弟弟的名字叫宋小。是来做客的,明天就走。"

"娇娇这个名字好听,"匡老师的儿子朝他俩露出一个笑容,"长得也好看。"

其实娇娇和宋小都太瘦了,饿得脸色枯黄,说不上特别好看。但这年头大家都吃不饱,互相看习惯了,也就不觉得难看。

匡老师又指着儿子和女儿介绍给宋小他们:"这是我的小儿子,名叫冯维田,今年十二岁,比宋小大一岁。我大女儿冯英比娇娇大两岁,今年十四岁。"

"妈妈,你怎么把鸡蛋又提回来了?"冯英懂事,轻声问。

"这个年头连饭都吃不饱,卖儿卖女,哪个还有钱买鸡蛋吃?"匡老师阴沉着脸摇了摇头。

"可是,你说卖鸡蛋给我和姐姐买练习簿的呢!"冯维田小脸皱了起来,"练习簿都用完了,铅笔只剩个铅笔头,套在笔管上也写不出字来。"

"那个呀,不着急,我们家很快就有一块银圆了,买书、买练习本、买笔,包你几年都用不完。"匡老师转怒为喜,从口袋里掏出那张《寻人启事》递给冯维田看。

论文化程度，这姐弟俩已经初中毕业，读一篇《寻人启事》当然不在话下。冯维田惊叹一声，拉着宋小问："你家是大财主，还有洋钱呢！"

"我家穷得饭都吃不上，哪里来的洋钱？"宋小苦笑着回答。

"这《寻人启事》上讲的，要给一块银圆的。"冯英认真地盯着他，"你们自己看看，你爸爸妈妈不会骗人吧？"

冯英把《寻人启事》递给娇娇，她犹豫地接过来，对弟弟小声说："我识字很少，看不懂。你在八路军里认识那么多字，你看吧。"

"不用了，"宋小把《寻人启事》还给冯英，"我在集市上已经看过了，这上面的字，我也只认识一部分，但是匡老师读给我俩听了，我能背得出来。上面最后一句确实是写了'酬谢费一块银圆'。"

"你能背出来？那你背给我听。"冯维田以为他在吹牛，"你还能过目不忘？"

宋小没有回答，闭眼想了想，朗声背了起来：

寻人启事

我家两个孩子于三日九日夜走失。大孩子，名宋娇娇，女，十二虚岁。讲话本地口音，头上打两个小辫子，身高约四尺。上身穿蓝色旧棉袄，棉袄前襟破一块，棉花露出。下身穿灰色旧棉裤，脚穿黑布面单鞋，右脚鞋前有个破洞，露脚趾。

二孩子，名宋小，男，十一虚岁。讲话本地口音，约四个月未剃头，头发蓬乱。身高三尺多。穿一身旧黄军装改的棉袄，脚穿一双大人的黑布旧棉鞋。

以上两个孩子有见者，请送到金山乡小王庄，其父宋继奎家。酬谢费一块银圆。

此致敬礼！

宋继奎。三月九日。

冯维田、冯英边听边看，见宋小果然背得一字不差，不禁惊叹又羡慕。

冯维田拍拍宋小肩膀，笑道："海水不可斗量，人不可貌相。我以前只在书上看到过过目不忘的人，今天才看到真有其人。"

趁着几个孩子说话的光景，匡老师进屋找了一回，出来问冯英："你爸呢？"

"我爸扛铁锹出去挖老鼠了。"

匡老师皱眉："他饿得下肢无力，走路都困难，还去抓什么老鼠呀！"

话音刚落,面向大门的冯维田兴奋地叫起来:"哇,爸爸回来了! 挖了这么多老鼠,今天有肉吃了!"

宋小和娇娇回头看去,冯英和冯维田他们的爸爸是一名中年大汉,微笑着从门口走进来,左手提着一串老鼠,右手拿着铁锨。

匡老师和冯英他们快步迎上去,冯叔叔在家人簇拥之下迈进堂屋,迎面看到两个陌生的孩子,问道:"这两位小客人哪里来的?"

"妈妈带回来的,他们给老拐子拐去,又跑出来了。"冯维田抢着回答。

"老拐子拐去还能跑出来? 我们庄上吴三家的儿子给老拐子拐去三年多了,到现在也没有找到,他奶奶的眼睛都哭瞎了。"冯叔叔气愤地把铁锨往墙根一撂,发出"哐当"一声响。

匡老师已经做好饭,从厨房端着一大盆热烘烘香喷喷的菜往小桌上放,招呼道:"田田、英英,你们跟爸爸一起吃饭吧,叫两个小客人也坐上来吃。"

宋小和娇娇确实饿急了,闻到肉香就不断往肚里咽口水,只是不好意思说。饭是榆树皮面、地瓜叶面再加少许地瓜面做成的三合面窝窝头,深紫色,还蛮好看的。两个孩子坐下开吃,宋小猛咬了一大口,还没有嚼碎就往肚里吞。哪知道这三合面窝窝头既粗糙又结实,噎在喉咙口吞不下肚,他伸着脖子直翻白眼,筷子也从手上掉到地上。

冯维田饿了,只管低头吃饭,没空搭理别人;娇娇也饿得心慌,咬了一块窝窝头,觉得涩巴巴的难以下咽,又用筷子夹了一块鼠肉放在嘴里一起吃,这才觉得香喷喷的和顺好吞。她心无旁骛,细嚼慢咽。

同桌几个孩子,只有冯英是个心细的女孩,她一边吃一边观察两个小客人,发现宋小伸着脖子翻白眼,吓得尖叫起来:"爸爸,救命!"

冯叔叔转头,看到宋小在翻白眼,知道是窝窝头噎的,急忙道:"站起来!"

宋小两腿打软,意识已经模糊,晃晃荡荡地想站起来,站了两次不但没有成功,还倒了下去。

"快拿水来!"冯叔叔冲过来把宋小抱在胸前,一只胳膊搂紧宋小身体往下勒,另一只手拍打他的胸口。匡老师舀来一碗水,冯叔叔接过,喂宋小喝了几口。

不过顷刻之间,宋小转危为安,长长舒了一口气,张口就叫:"哎呀我的妈呀!"

所有人都被他逗笑了,宋小差一点噎死,笑不出来。他推开冯叔叔,回到原位坐下,低着头边流眼泪边吃饭。

冯叔叔笑道:"慢慢吃,孩子,这种三合面虽然是我们穷人的'恩人',但它堵喉喽,我们天天吃都噎得慌。不过,它比观音土好多了。多的是人吃不上三合面窝窝头,吃观音土,拉不出屎来,活活被憋死!"

娇娇几口窝窝头下肚,觉得饥饿稍有缓解,她夹了一块肉放在嘴里,越嚼越觉得鲜美,又连吃了两块。宋小刚才那一幕她瞧在眼里,太寒碜了,有些不好意思。她偷偷看匡老师,又看看冯英她爸爸,没发现他们脸上有讨厌的表情,相反,他们的脸上都带着宽容的笑容。于是,她就放心大胆地吃起来。不知吃了几块肉,她还有余暇品味:"这是什么肉呀?不像猪肉那样肥美,也不像牛肉那样筋道,有一种特别的鲜味。"她想起冯英她爸回来时提了一串老鼠,冯英当时说:"有肉吃了。"于是她肯定这是老鼠肉。老鼠肉啊,娇娇心里不是不别扭,可是没有尝到异味。她又对冯英、冯维田看了看,每个人都吃得高高兴兴的,身边的弟弟也在有滋有味地大口吃着。于是她消除了内心的那点小别扭,也大口地吃起来,而且越吃越香。

匡老师在学校里非常爱学生,把学生当成自己的儿女呵护,她看娇娇、宋小吃得很高兴,喜悦地问:"孩子们,知不知道吃的是什么肉呀?"

宋小茫然地摇摇头,娇娇故作大方地说:"我知道,是鼠肉吧?"

匡老师满意地点头:"是的,是鼠肉。我们这个地方是黄河故道,一马平川,河道很少,下雨水灾,不下雨旱灾。特产就是老鼠、黄鼠狼、獾子。这个世道,我们穷人吃不起猪肉、牛肉,我们家就靠山吃山,靠水吃水。这里产老鼠,我们家就靠吃鼠肉补充蛋白质。冬天,老鼠冬眠,钻在洞里不出来,天寒地冻挖不动,捕不到老鼠,我们吃的都是些树皮草根,冯英他爸还要把地瓜面省给孩子吃,自己饿得走不动道。这开春以来,化冻了,他捕到老鼠,我们一家人才能吃两口肉。"

匡老师发现娇娇和宋小看向自己,似乎还想听她多说几句,便拿出上课的精神,继续道:"我们村上家家都有浮肿病人,宁愿饿死不吃鼠肉,已经饿死好几个了。浮肿病主要是缺蛋白质,人饿久了,吃得太差,慢慢全身浮肿,四肢无力,一天躺到晚,嘴里流清水,流着流着就死了。鼠肉含高蛋白质,不但能治浮肿,还能补肾,防治儿童尿床呢。我们这里还有狗獾子、猪獾子,肉味鲜美,洞虽然很深,但有时也能捕到。"

冯叔叔被妻子勾起谈兴,也对娇娇和宋小道:"我和孩子们的妈都是老师,有点知识,知道鼠肉含高蛋白质,可以治疗浮肿。不像我们庄上那些人,他们宁愿饿死也不吃鼠肉,连狗都饿跑了。俗话说'儿不嫌母丑,狗不嫌主贫',我们村吴三友家有条大花狗,不肯吃榆树皮窝窝头,有一天失踪了,他以为给人打死偷吃了,我前天到草湖里挖老鼠,亲眼看到那条大花狗在那里用爪子扒老鼠洞,见到我还会摇尾巴呢。我回来告诉吴三友,他跑去找,怎么也找不到。"

冯叔叔笑着摇了摇头,又说:"我们这里是平原,土地肥沃,就是地势稍洼,大雨大涝,小雨小涝,无雨就旱。历史上挖了一条几十里长的河道通黄河,才能做到年年丰收。近几十年来,国民政府那些当官的根本不管我们,没有一个人来这里调查研究,治理黄泛。水利是国家的命根子,是老百姓的衣食饭碗,只要有作为的帝王没有不重视的。秦国在巴蜀地区修建的都江堰,在关中地区修建的郑国渠,千载以来是这个地区老百姓赖以生存的根基,是国富民强的基础。就连最腐败的隋炀帝,为了到扬州观琼花开筑的运河,还成为今日农田灌溉、水路运输的航道呢! 我给学生上课,经常讲古代大禹治水的故事,他一心扑在治水上,三过家门而不入。第一次经过家门时听到妻子生孩子的呻吟声,孩子出生落地时'哇哇'的哭声,身边人劝他回家看看,他怕耽误治水没有进去;第二次经过家门时,他的儿子正在他的妻子怀中向他招手,这时正是工程紧张的时候,他也向儿子招招手,没有进门;第三次经过家门时,儿子已经十多岁了,跑到他的身边哭,使劲把他往家里拉,大禹疼爱地摸摸儿子的头,郑重地对儿子说:'水不治好,绝不归家。'正是因为有这种先国后家的精神,大禹治水方能传为千古佳话。反观国民政府的官员,不但当官的腐败,连勤杂人员都腐败,老百姓进政府里找个人还要钱,小腿扭不过大腿哟,不给钱就进不去。他们现在甩掉亿万老百姓,跑到重庆大后方,躲在防空洞里,天天只知道捞钱、喝咖啡、打麻将、逛妓院。而汪伪这边呢,明知日本鬼子手里拿着东洋刀,刀尖正在流血,嘴里还要喊着:'王道乐土、东亚共荣。'说些连自己都不信的蠢话、毒话、瞎话! 当今的世道,除了共产党,哪个还管老百姓的死活?"

"对!"匡老师赞同丈夫,"共产党以共产主义为宗旨,毛泽东是雄才大略的伟人,他们的力量正在壮大,毛泽东领导下的八路军早晚能打败日本鬼子,总有一天,国民政府和汪伪政府也能被他们推翻!"

冯叔叔瞥了匡老师一眼,笑道:"我想到解放区去当八路军,你支不支持?"

"我当然是支持的,我也想去当八路军。"匡老师话锋一转,"可我俩都去当八路军了,两个孩子谁养活? 我看,我们还是回到王集乡小学当教师是最理想的。"

宋小听到王集乡小学和八路军,就来精神了。他嘴里还嚼着鼠肉,含含糊糊地说:"匡老师、冯叔叔,王集乡小学有位程老师你们认识吗? 她可好了,给我们水喝,还给我们指路,我们就是从她家那里找到集市来的。"

"程幽兰?"匡老师叹了口气,"我和她是多年的老同事了,学校还是她丈夫当年筹钱办起来的。她的腿被日本飞机炸断了,现在不知怎么样呢? 我老想去看看她,一则没有钱买礼品,二则一家人要吃饭,脱不开身。"

宋小的情绪也低落下来,喃喃道:"她说她儿子参军打鬼子去了,要为爸爸妈妈报仇。她的儿媳带着正在吃奶的孙子,在王老虎家当奶妈。她现在跟侄子过,侄子躲日本鬼子走了,我们没有遇到。我们只看到她一个人躺在草棚的地铺上,瘫痪了,很可怜的,不能起床,要口水喝都没有……"

冯叔叔和匡老师对视一眼,同时放下筷子,匡老师低头擦了擦眼睛。

"爸爸,妈妈,"冯英前面安静地听着,这时候忍不住出声发问:"王集乡小学为什么被日本鬼子轰炸? 你们一直不肯告诉我和小弟原因,跟彭校长、程老师有关吗?"

冯叔叔摇摇头,摸了摸女儿的头发,转眸看向宋小和娇娇:"我和冯英她妈都是王集乡小学教师,这件事的始末很清楚,跟彭校长、程老师他们无关,是日本鬼子和汉奸里应外合造孽。彭校长耗费家产办学校,为的是穷人的孩子能上学,帮国家培养人才。可一些地痞流氓和特务经常去敲诈他,彭校长不给他们钱,就有人在院墙上贴了一张'打倒日本帝国主义'的标语。狗汉奸报告给日本鬼子,说这个学校培养的都是共产党、八路军,日本鬼子就派飞机把学校炸了。"

匡老师擦着眼泪补充说:"是夜里炸的,我们幸亏没有住校,路远住校的几十个学生大部分被炸死了,有的被炸伤了,大好年华就要残疾终生。"

说到这个话题,大家食不下咽,有多惋惜王集乡小学的悲剧,就有多憎恨作恶多端的日本鬼子和汉奸。宋小已经吃了半饱,放下筷子,用跟大人一样的口气说:"日本鬼子和汉奸都有报应的,现在八路军的一个师驻扎在王家屯王老虎家里,我邻居牛崽也在那里当八路军。他告诉我,王老虎的伪军师长儿子去打八路军,被八路军伏击,一千多人全被打垮了,他的腿负伤,他骑的马也被打死了。"

宋小振奋地道:"等我姐姐回家了,我也要去当八路军! 八路军里有识字班,是秦老师教的,让我认识不少字呢! 那里每天都有打腰鼓的、扭秧歌的、唱歌的,每个人都欢欢喜喜、热热闹闹。八路军还有医院,那里的医生都穿着白大褂,戴白帽子和白口罩,胸前还挂着一个闪亮的听筒,比银圆还亮哩,他们给老百姓看病不要钱!"

冯维田听得两眼亮晶晶,一把抓住冯叔叔的手,大声道:"爸爸,我也要去当八路军! 我要去打日本鬼子和汉奸队,为你们学校死伤的那么多学生报仇! 为彭校长、程老师报仇!"

"好孩子,有理想!"冯叔叔反手握住儿子的手,被这两个少年激起了昂扬的意气,"你在学校里唱没唱过一首叫《二月里来》的歌?"

"唱过,这首歌是塞克填词,冼星海谱曲的,很好听。"

"你背一段歌词给我听听。"冯叔叔望着儿子笑道。

冯英抢先说:"不用小弟背,我唱给您听!"

少女在饭桌前站起身,所有人的目光凝聚在她身上,看着她苗条的身姿像一根抽条的翠竹,挺拔苗壮,引吭高歌:

二月里来好春光,家家户户种田忙。指望着今年的收成好,多捐些五谷充军粮。二月里来好春光,家家户户种田忙。种瓜的得瓜,种豆的得豆,谁种下仇恨,他自己遭殃!

宋小与娇娇曾听过一些民间小曲,在王家屯也听过许多抗战歌曲,但从来没有听到过这样清脆的歌喉!娇娇听呆了,回过神来拼命鼓掌:"姐姐你唱得真好听,也教教我!"

冯维田在姐姐的歌声中握拳道:"我们家没有田也没有地,没有办法支援生产,我还是要去当八路军!"

匡老师戳了一下儿子的头,嗔道:"你这小身板,哪来的本事上战场打仗?和你姐姐好好读书,等八路军消灭日本鬼子,你们成为国家的栋梁之材,比现在打日本鬼子贡献更大。"

吃过晚饭,宋小和冯维田睡在一张地铺上,宋小爱识字,又请冯维田教他几个新字。

房间里也没有灯,冯维田在他手上写个"穷"字,悄悄地说:"'窮'('穷'的繁体字)字上面是洞穴的'穴'字,意思是穷人没有房屋住在洞穴里。下方左边是身体的'身'字,右边是'弓'字,意思是穷人身家卑微,见到有财势的人都要鞠躬行礼。"

宋小在自己的肚皮上反复写这个"窮"(穷)字,最后不服气地哼了声:"我相信八路军,等赶跑了日本鬼子和狗汉奸,我们穷人不会永远是这样!"

隔天,匡老师想拿到一块银圆的酬谢费,兴奋得天没有亮就起床了。

到小王庄路远,她一口气做了十几个榆树皮、山芋叶、地瓜面的三合面窝窝头,打成包裹,作为她和宋小、娇娇的午餐。又煮了一锅三合面粥当早餐,喊孩子们来吃。

用过早饭,天才蒙蒙亮,宋小和娇娇告别小伙伴和冯叔叔,终于踏上回家的最后一段路途。

娇娇每走一步都兴奋得蹦蹦跳跳，一会儿对宋小说："小弟快点儿走，我们很快就能看到爸爸妈妈了！"一会儿又抬起头来对匡老师露齿微笑："谢谢匡老师！"

宋小也很想念爸爸妈妈，他和娇娇被拐走，爸爸妈妈肯定急死了，还不知得哭成什么样子呢！他想起爸爸高大的个子和蒲扇一样的手掌，等到他们回家，一定会高兴得把他们抱起来转圈圈！

两个孩子吃饱喝足，心情激动，精力充沛得像两条撒欢的小狗，匡老师差点都跟不上。路本来已经很远，要绕过日本鬼子的封锁哨卡就更远了，匡老师时不时停下来歇息，走到太阳当顶，远处总算出现村庄的轮廓。

匡老师长出一口气，笑道："快到了，前面就是小王庄。"

宋小人小眼睛却尖，跑到附近的小土包顶上遥望，突然道："不对，不像我们村，看不到房子，怎么都是黑乎乎一片？"

娇娇爬上来和他并肩站，眯起眼看了半天，点头道："我看也是黑地。"

"黑地？听起来像被火烧过。"匡老师心头一凛，疑虑地道："日本鬼子到处杀人放火，千万别是你们村出了问题。"

三人心急如焚，不惜体力地拼命赶路，离村庄越近，看得越清楚。

娇娇紧紧攥住宋小的手指，掌心冷汗涔涔："小弟，这是我们村吗？房子都被烧了，我们家房子是不是也被烧了？"

宋小自己也是个孩子，眼前熟悉的景象变成一片焦黑，他骤临大变，哪里还答得出话来？

娇娇停下脚步，浑身哆嗦，突然蹲在地上放声痛哭："我们家房子肯定也给日本鬼子烧了，爸爸妈妈也被烧死了！我们没有爸爸妈妈，没有家了！"

匡老师也跟着停下来，原地转了几圈，神经质地自言自语："房子烧了，人跑了，一块银圆要不到是小事，这两个孩子往哪里送呢？"

宋小是三个人里最先恢复理智的，因他亲身经历过日本鬼子的残酷。他抬眼望去，这山坳里的小村庄死寂无声，本来树多、鸟多，远远就能看到喜鹊飞，听到喜鹊叫，斑鸠、白头翁、山麻雀、相思鸟一年四季鸣唱不休……如今它们都去了哪里？就像这些失去了家园的鸟儿，爸爸妈妈凶多吉少，他以后能依靠谁？娇娇，他脆弱的姐姐，要如何接受残酷的现实？

娇娇哭得昏了过去，匡老师与宋小每人架着她一只胳膊，艰难地继续走。三人离小村庄不到半里路，烧焦了的黑墙看得清清楚楚，迎风一股焦煳味扑鼻而来。

在正常的情况下,现在他们应该能望见绿荫丛中的一间间小草房,能看到草房圆润的屋顶,会有几条狗迎上来对他们摇尾巴,竖起两条腿,往熟悉的人身上爬,表达亲昵。现在,狗没有了,村边的树也被烧焦了,到处都是空荡荡的,死气沉沉,刺鼻的焦味弥漫在每一处令人揪心的废墟中。

宋小找到了宋家,没有意外,也只剩下残垣破壁。山头尖倒了下来,他睡的葵花秸秆小床烧毁殆尽,连点渣都找不到。

娇娇徐徐睁眼,她产生了短暂的幻觉,仿佛自己刚从姥姥家回来。以前这种时候她睡在爸爸肩上,睁开眼,迎接她的是爸爸妈妈的笑脸。而这一次,她满目凄凉,不管她怎么喊,响应的也只有烧得光秃秃的树枝上惨烈的风声。

她瘫软地坐在地上流眼泪,宋小年纪虽小,但经历过几次生死关头,面上扶着姐姐一起流泪,心里已经开始琢磨下一步该怎么办。

匡老师这时也忘记了那一块银圆,六神无主地考虑怎么帮助这两个可怜的孩子找到爸爸妈妈。三人心思各异,正在走投无路的时候,后方传来响动,废墟中慢慢出来一个老人。

娇娇扭头一看,认出是邻居王三爷,她猛地站起来,脚步趔趄地冲上去抱住对方,尖着嗓子问:"爷爷,我爸爸妈妈呢?"

王三爷低下头,见到娇娇泪水糊满面孔,黑灰竖一道横一道,这孩子千辛万苦赶回家,也不知受了多少苦。

他眼泪不由夺眶而出,抚摸着娇娇的头,低沉地道:"你爸爸妈妈……被日本鬼子杀了。"

娇娇两腿一软,脸朝地倒下,第二次昏迷了过去。她从小娇生惯养,短短几天却遭遇这样惊天动地的大劫难,石头人也会碎裂。

匡老师心痛得没有力气去扶她,宋小先是号哭,见姐姐倒在地上没有呼吸,以为她也死了,吓得抱住她的肩膀使劲摇:"姐姐,姐姐!你不能死!"

"我来。"王三爷拨开宋小,蹲下来查看娇娇的情况。

他青年时为了养家糊口,走南闯北,还与娇娇的爷爷一起当过煤矿工人,积累了不少急救小常识,知道娇娇昏迷倒地,明显是由于大悲大痛,大脑一时缺血缺氧引起的短暂性意识丧失。他小心地把娇娇翻过身,脸朝天,平躺在地上,颈部垫一块砖头,脑袋稍稍后仰,掐了几下人中。没过多久,娇娇便缓慢地恢复了呼吸。

她睁开眼睛,发出了微弱的声音:"爸爸,妈妈,你们别死……"

宋小听得潸然泪下,他虽然不是宋继奎夫妇亲生,但他们是他的衣食父母,有养育之情和救命之恩。他与娇娇不是亲姐弟,却同受磨难,建立了深厚的姐弟亲情。娇娇失去父母的锥心疼痛,他感同身受。

他蹲下身子,坐在娇娇身边,握住娇娇的手,嘴唇颤抖着,轻声道:"我的亲生妈妈、亲姐姐都给日本鬼子杀了,现在的父母又给日本鬼子杀了,狗日的日本鬼子……"

"狗日的日本鬼子!"娇娇从牙缝里也挤出同样的话,她一瞬间坚强起来,睁大泪眼,狠狠地瞪视王三爷,"爷爷,日本鬼子为什么要杀我爸我妈?"

"不只是你爸爸妈妈被杀,日本鬼子企图侵吞我们的国家,想要我们做他们的奴隶,杀人只不过是他们立威的手段。我们村上十五个青壮年,被他们杀了六个,小三友、孙文成、孙文礼、刘栋国、刘栋诚,还有、还有我的孙子王二宝,都被他们杀了……天理何在!"王三爷讲到这里老泪满面,泣不成声,仰头朝天,悲愤地嘶吼了一声。

他喘了半天,稍微平息了一下内心,继续道:"前些日子八路军消灭了王老虎儿子王亚泽的一个师,王老虎为了报复,向日本鬼子告状,说我们这地方是山区,有八路军活动。日本鬼子就对我们用了'杀光,烧光,抢光'的'三光'政策。他们见人就杀,见房就烧,见财就抢,见到青年妇女就强奸。不只我们村,我们附近几个村的房子都被烧光了,青壮年一部分被杀,一部分被抓到日本去做劳工,还有一部分外逃了。"

娇娇锲而不舍地追问:"我爸爸妈妈是怎么死的?"

王三爷看着娇娇,又看看旁边也睁大了眼睛的宋小,有些话不想讲,但不讲对两个孩子又交代不过去。

他沉默片刻,想尽量减少孩子们的悲痛,简略地说:"日本鬼子的一个长官想强奸你妈,你妈喊'救命',你爸个子大有劲,冲上去挥拳打在日本鬼子脑门上,把那个日本鬼子打晕了过去。别的日本鬼子听到了,抽出东洋刀砍你爸爸,转过身来又对你妈连捅几刀……"

王三爷说得再简单,惨烈的一幕也具现在众人眼前,娇娇双目一翻,又昏了过去。

匡老师马上掐住娇娇的人中,宋小在娇娇耳边使劲地喊,娇娇再次慢慢睁开了眼睛,嘴唇嚅动,气若游丝地道:"我要去看我爸爸妈妈。"

王三爷叹气:"死去的人都埋在后山,起来,我带你俩去看看吧,给你们爸爸妈妈磕几个头。"

王三爷走在前面，宋小和匡老师两人扶着娇娇，一行爬上屋后的山坡，打眼便看到六座齐齐整整的新坟隐藏在荒草之中。

王三爷指着从东往西数第三座最大的坟，沉声道："记住了，这就是你们爸爸妈妈安息的地方。埋的时候没有钱，他们连一张芦席都没有，穿着平时的旧衣服，满身都是血地埋下去了。你俩长大了，混得好了，记得给你们爸妈买个大棺材，找个好风水地重新埋。既表了孝心，你们的后人也会发旺的。"

娇娇和宋小只听得前面半句话，泪如雨下，同时跪下去连连磕头，又趴在坟山上哭得震天动地。就连匡老师也鞠了一躬，低声抽泣起来。

王三爷移至旁边的另一座新坟，蹲下身把脸贴在土上，轻声说："这是我孙子的坟，是我这做爷爷的无能，没能保护他，害他死得好惨。爷爷也没有钱给他娶媳妇，没留后代，等我今后老死了，他就变成孤魂野鬼。我后悔啊，当初没有让他去当八路军打日本鬼子，现在只有让他在地下看着。'恶有恶报，善有善报，不是不报，时辰没到'，朱毛带领的八路军迟早是要来的，他总能看到报仇的那一天！"

等宋小和娇娇哭够了，王三爷在地上抓了一把土，均匀地撒在几座坟山上："你们好好安息吧，这是我们自己的国家，自己的土地，阳间有日本鬼子到处杀人放火，阴间总不会有。"

之前说过，人生悲痛之事莫过三件：幼年丧父母，老来丧子女，中年丧夫妻。王三爷丧孙，宋小和娇娇丧父丧母，三人痛不欲生，匡老师陪着心碎。

悲痛使匡老师忘记了自己的事情，直到发现自己的身影在地上晃动，她抬头一看，太阳已经过了晌午。

那时候的人缺食少油，肚子饿得特别快，匡老师注意到时间，立即觉得头昏，急着要赶回家。乱世危机四伏，走夜路是很凶险的，特别是妇女。她几步走到王三爷身旁，轻声道："时间不早了，两个孩子交给您，我这就赶回家去。"

她把带在身上的三合面窝窝头分给王三爷、娇娇、宋小，每人一个填填肚子，自己也吃一个恢复力气好走路。

"你不能走。"王三爷却推开了她的窝窝头，"我老了，两天没有吃饭，走不动路，你帮我把这两个孩子送到他们周姥爷家去。"

匡老师心中一动，想起那一块银圆，既诧异又兴奋地问："他们还有姥爷姥姥在？住哪里呀？"

王三爷把娇娇揽过来，替她拍掉衣服上的泥灰，道："娇娇她姥爷名叫周修权，原来就住在这里，跟我是邻居，从东北打工回来后搬走了。他和我一起闯过关东，在同一个金矿上打工,金矿塌方,我断了腿,他把我送回来,我们也算是过命的交情。他在外打工存了些钱,回来盖了几间瓦房,还买了十几亩田地,现在家里有四个儿子,三个都是壮劳动力。"

王三爷说着叹了口气,有些羡慕地继续道:"天有不测风云,人有旦夕祸福。他比我好,是个有后福的。"

王三爷想到自家遭遇,嗓子哽了,话说不下去。娇娇和宋小听到这些,悲痛的心情稍微缓和,从坟上爬起来,两双天真的大眼睛从王三爷脸上又转到匡老师的脸上。

匡老师考虑片刻:"他家住在哪里?远不远?"

"就在金山乡大黄庄,不远,十几里地吧。"王三爷估算了一下。

匡老师仰头又看了一下太阳,毅然道:"大黄庄我去过,我有个姓林的学生就住在那里,我去过她家家访。行,我把这两个孩子送去,今晚还来得及回家。"

三人告别了王三爷,离开小王庄往大黄庄走,走出很远,宋小回头,在一片焦黑的废墟中仍然能看到那个小小的人影,似乎凝固一般。

宋小和娇娇每人吃了匡老师给的一个窝窝头,渴得舌头都弯不起来,拖着极度疲惫的腿,不声不响地赶路。匡老师是成人,一个窝窝头更不抵事,只靠一股心力埋着头迈开腿。幸亏是春天,太阳落山晚,直到人影被夕阳拉得很长很长,他们终于走到了大黄庄。

一进庄,几条大狗迎面扑来,狗吠声顿时惊动全庄的人。

这个年头,兵荒马乱的,庄上人听到狗吠,各自都有些说不出来的滋味。有的心慌意乱,怕日本鬼子下乡"扫荡",有的猜测可能是乞讨的,还有的猜测是货郎。家家都有人从门里探出头,偷摸着想看个凶吉。

周修权家自然也不例外,三儿媳林玲跟着人群接近村口,看到一名斯斯文文的妇女带两个孩子走进村来。

林玲眼尖,先认出了匡老师和娇娇,又回忆起小姑子丫丫说过,宋家收留了一个小男孩做儿子,名叫宋小,应该就是这个小男孩了。可匡老师怎么与她的外甥女、外甥走到一块儿呢?

她想不出所以然,干脆迎了上去,把几条狂吠的狗驱散了,抓住匡老师的手,欢迎道:"什么风把匡老师刮来的呀?真是稀客……"

话音未落,娇娇哭了起来,宋小也流着眼泪,匡老师对她使了个眼色,又朝娇娇看了一眼。

林玲脸上的欢容徐徐收了起来，颤声问："发生什么事了？"

"舅妈，我爸爸妈妈给日本鬼子杀了！"娇娇扑进她怀里，双手抱住舅妈号啕大哭，"舅妈，我没有爸爸妈妈了！"

林玲身体晃了晃，听到小姑子一家的噩耗，她的眼泪一下就涌了出来。又听到娇娇连叫两声"舅妈"，她三十一岁了，十八岁就嫁到周家，没生出一儿半女，想儿女都快想疯了，从来都最疼这个外甥女，以后娇娇岂不是变成她的女儿？！

她心里又一阵激动，把娇娇抱了起来紧紧搂住，两人的泪水流在一起，衣服前襟都湿了。她又俯身抱了抱宋小，悲喜交集之下，泪如泉涌。

不多时，林玲一手牵着娇娇一手牵着宋小，匡老师跟在后面，四人回到周家，径直走进公婆屋里。

公公周修权拿着长烟袋正在"吧嗒吧嗒"地吸烟，婆婆坐在小桌旁喝茶，两个老人过着最平常的小日子。突然见到三儿媳牵着外孙女和一个小男孩走进来，后面还跟着个陌生女人，他们先是微笑，然后不明所以地皱起眉。

周修权举起的烟袋停在空中，丫丫妈妈扶着桌子站起身，都以为自己眼花，耳中却听到哭声。两个老人再定睛一看，娇娇和那个男孩满脸泪水，林玲和那个陌生的女人脸上也都挂着泪。

周修权是走南闯北闯出一番事业的厉害人物，眼光何等毒辣，这一下就知道发生了大事。

他刚要张口问，娇娇和宋小两个孩子齐刷刷地跪在他的脚前，娇娇放声痛哭："周爷爷，我爸爸妈妈给日本鬼子杀了！"

周修权手一抖，大烟杆"啪"地掉在地上；丫丫妈妈两腿发软，手从小桌子上滑开，当场瘫倒在地。

林玲连忙把婆婆扶到床上躺着，又扶着公公在椅子上坐好，捡起大烟杆递给他。她去拿一个小杌子给匡老师坐，没有别的凳子了，在墙根上取下两块烧香拜佛的蒲团垫在外甥女、外甥的膝盖底下。

一阵忙乱过后，两个老人也从骤闻噩耗的震惊中醒过来，丫丫妈妈开始在床上哭自己的女儿，周修权握紧烟袋，目光炯炯地望向林玲。她摇了摇头，指着匡老师向公公婆婆介绍："这是我的老师匡金凤，丫丫他们的情况她知道，请匡老师说说吧。"

匡老师先从怀里掏出那张《寻人启事》，问林玲："这是不是你写的？"

林玲接过来，看过以后点点头，又把这张《寻人启事》递给公公。

老人接过一看，上面标明了"酬谢费一块银圆"的地方留有指甲印，心里马上明白过来，吩咐林玲："把银圆给匡老师吧。"

匡老师从林玲手里接过银圆，欣慰地笑了笑，整理了一下乱麻般的心绪，缓缓说道："详细情况我也不知道，我送这两个孩子去小王庄，那时候已经是事发三天后了。整个小王庄都烧没了，我们遇到王三爷，据他说，是汉奸密告小王庄上有人通八路军，日本鬼子是从滨江过去的马队……现在小王庄被烧成白地，死的死，活着的人也跑光了。王三爷的孙子也被杀了，他自个儿留下来守着几座孤坟。"

她说得清楚明白，周修权和林玲都黯然神伤，宋小和娇娇低声抽泣，屋子里静谧而悲伤的气氛，被丫丫妈妈尖厉的咒骂声打破："都怪宋小！你的命真凶恶！自从你来，娇娇家就没有安宁过！你的亲爸爸、亲妈妈都给你克死了，你现在又把我的女儿、女婿克死了！哪个还敢收留你?！我不能收留你，你现在就走！"

丫丫的妈妈在床上打滚，泪水横飞，唾沫四溅。谁也没料到她悲至极处生出无明火，冲宋小发起脾气。宋小低着头咬紧嘴巴，无声地哽咽。匡老师和林玲屏住呼吸，直愣愣地盯着娇娇的爷爷。屋里更是一片肃静，没有人敢说话。

周修权拿起那根一米长的紫方竹竿烟袋，欲要抽烟，林玲马上从烟包里取了一撮烟丝，熟练地捻进烟锅里，用火镰打着纸媒点燃。

老人慢悠悠地吸了两口烟，叹了一口气，岔开话题："日本鬼子害死了那么多人，国难家仇，一笔笔都记着。八路军越来越势大，有毛泽东和共产党的领导，丫丫一家的仇，我们早晚能报。"

他语气镇定，语速不缓不急，包括丫丫妈妈在内，几个情绪激动的女人都平静下来。他抬起耷拉的老眼皮，对宋小凝视片刻，又道："日本鬼子造的孽跟我们中国的孩子能有什么关系？人死不能复生，我们活着的人更要好好活着。我看宋小是个好孩子，天庭饱满，眼藏智慧，这么小的年纪受到如此多磨难，还能咬牙挺过来，这样坚毅的性情，将来一定会发迹。就是个儿不高，太瘦，吃不饱穿不暖，哪能比得了富家孩子油光水滑呢？头有点小，不注意看不出来，发育成人也就匀称了。生活好一点，几年就能出落成个大小伙子，瘦、矮，自然也就消失了。"

床上的丫丫妈妈听出了什么，抬起头望向老伴，周修权与她眼神对上，点了点头。两个老人在顷刻间心意相通：宋小长大了如果与娇娇感情相投，可作赘婿。

周修权磕了磕烟锅，又对林玲瞄了一眼，道："你与恒发都三十开外了，一直没有孩子，就把娇娇和宋小留下做儿女吧。好好把他们养大成人，也能给你们做个依靠。"

老人脸朝老伴,用商量的口气说:"你说呢?"

丫丫妈妈听到老伴给宋小的评价以后,她对宋小原有的看法松动了。她皱了一下稀稀拉拉的老眉,停顿片刻,露出几丝笑纹:"这孩子命够硬,够凶恶,但也够苦。不生孩子的人也都是命硬的人,恒发、林玲是能克住他的,就收留下来吧。"

至于娇娇,那是她亲生女儿的宝贝女儿,平时她就很疼爱,这又失去了父母,只会倍加怜爱。收留外孙女做孙女,去掉了一个"外"字,她更高兴。

宋小跪在地上默默流泪,等待大人决定他的命运,终于听到娇娇的姥姥说出"收留"二字,重压在他心头的一块石头轰然粉碎。

他淌满泪水的脸上绽开微笑,跪下给爷爷、奶奶磕头,诚心诚意地说:"谢谢爷爷,谢谢奶奶,我一定会孝敬你们。"

这么小的孩子没人教还能把话说得漂亮,两位老人心中满意,觉得他懂礼貌,识礼节,丫丫妈妈的迁怒也释然了许多,主动道:"快起来,从今以后你就姓周了。"

宋小又转过身来给林玲磕头:"妈妈,我长大了也会孝敬你和爸爸的。"

旁边娇娇哭得头脑发昏,看到弟弟给姥爷、姥姥磕头,她也跟着跪下磕头,宋小说什么她就照着说什么。

"傻孩子。"林玲三十多岁,第一次听到孩子喊她妈妈,她激动得双手发抖,把宋小和娇娇都拉起来,抱进怀里一左一右亲吻,"我有儿子了!我有女儿了!"

她平时做梦也想有个孩子,却没有想到这一下就有了两个孩子,而且是一男一女。她高兴得想笑,但面临丧事,又不敢笑,心里苦乐参半。她把两个孩子搂在胸前,一条腿上坐一个,叹道:"我的好儿子、好女儿,你俩放心,从今以后,我会把你们当成亲生的,好好爱你们。"

"娇娇不用改姓,给女婿留个继嗣。宋小以后姓周,还要改个名字。"周修权当上爷爷,悲痛也被喜悦冲淡了一丝,他"吧嗒吧嗒"抽了几口烟,闭眼思索了许久,"宋小这个名字没有气势,要改一个有能耐的雄杰之名,叫周鸿鹄吧。鹄就是天鹅,有雄心壮志,翱翔乾坤,将来长大了能为我周家出人头地。"

老人说到兴头上,随口道:"我走南闯北多少年,总结了一条经验,要出人头地不但要有高深文化,还要有雄伟志向,在绝境中付出逆转命运的努力。我们周家恒钊出去几年了,今后可能会崭露头角。"

宋小的新奶奶听到老伴提到小儿子"周恒钊"的名字,老泪马上涌出来,躺在床上念叨:"外面兵荒马乱的,到处都在打仗,你还把儿子放出去,老老实实待在家里多好!"

"你不懂，"周修权放下烟袋，认真地对老伴道，"鼠目寸光是培养不出人才的，男子汉志在四方，家门口是出不了人才的。娇娇她爸爸妈妈不就在家里老老实实地待着，结果怎么样？还不是被日本鬼子杀了？周鸿鹄他的亲生妈妈和姐姐，躲鬼子躲到山里，也被日本鬼子害死。国民政府和老蒋躲到重庆山洞里，日本鬼子飞机也没放过他，每天蝗群一样飞过去丢炸弹。我们中华大地，现在到处狼烟，没有一块地方是安全的。外面枪响不断，枪一响就死人，只有不怕死才能消灭日本鬼子，恒钊的路走对了。"

老人说到这里，觉得多嘴了，不该说的话也说了。他抬起眼皮对匡老师瞟了一眼，看匡老师没有顿悟的表情，老伴也不像是听懂了他的弦外之音，他的神情又安逸下来。

匡老师误会了那一眼的意思，斟酌着表态："这两个孩子都很聪明，又都在学龄期，等打败了日本鬼子，我一定收他俩到我们学校去上学。"

周修权听了匡老师的话，点头赞同："学是该上，再穷也要让这两个孩子上学。我们这附近有个初小，春季招生已经过去了，等秋季开学再送他俩过去。现在正是春耕季节，他们可以帮忙放牛赚学费，农忙时候天天要用牛耕田，牛吃不饱肚子怎么能拉犁？"

老人停下来抽两口烟，道："家里现在有两头牛没有人放，不是什么难事，我八岁就给地主家放牛，两条腿短，牛背宽，夹不住牛背，上下不知道摔了多少跤，最后还不是学会骑牛了？骑牛和骑马不一样，马走路是上下颠，比较平稳；牛走路是左右歪，把不住重心就会摔下来。学会了骑马和骑牛的技术能受用一辈子，放牛不骑牛，牵着牛一站几个小时累得很。现在我年迈无用了，骑牛骑不上去，牛跑得快我也跟不上，每次放牛累得我喘不过气来。明天开始，鸿鹄替我放牛。或者娇娇放一头，鸿鹄放一头。女孩子胆子小可能怕牛，可以先试试，村里放牛的女孩也很多——"

周奶奶打断周爷爷的话："周鸿鹄是男孩子，十几岁了，两头牛怎么不能放？小丫头放牛像什么样？我不同意娇娇放牛。"

周修权也不跟老伴吵，听到老伴激动地反对，他便缄默下来。

匡老师走到外面看了看天色，西天的晚霞快要红遍，她急着赶回家，匆匆告辞了。

第二天上午，周修权趁老伴不注意，把周鸿鹄和娇娇叫出门，教授两人放牛的技巧。

他指着身边的两头水牛说:"牛,是农家种田种地的大帮手。没有牛耕田,田是没有办法种的。"

"这是牯牛。"他拍了拍其中一条高大、雄壮的牛,"牯牛强壮有力,耕板田就要这样的牛。可是这样的牛力气大,脾气也大。现在正是春天,母牛起窝的时候到了。它嗅到起窝的母牛的味道,就会疯狂地往母牛身边跑。你不能让它随便打窝,牛打窝是有代价的,主家起码要出一斗黄豆给牛补补身子。但你这时是牵不住它的,只能用鞭子抽它,把它的激情打下去。同时要离开母牛至少半里路,让它嗅不到母牛的气味,它就会老实听话了。有时被蚊子、蠓虫、牛虻叮急了,它也会来脾气狂奔,你如果骑在牛背上,首先要保护自己别摔下来,不然能把你摔得鼻青脸肿。"

老人又走到旁边另一头矮而肥胖的牛身边,用较轻的力气拍拍牛背:"这是母牛,那条牯牛就是它的儿子。相比牯牛,母牛的性格比较温顺,很听话。"

两个孩子站着跟牛差不多高,周鸿鹄左右看了看,心想:"我亲妈在世的时候,种田没有牛,与有牛的人家换工,两个人工才换一个牛工。周爷爷家有两头牛,也算是富家了。"

他正想着,被老人叫到身边,老人慈祥地问:"我把你抱到牛背上骑骑看,你怕不怕?"

"不怕!"周鸿鹄清脆地应声。

周爷爷便把他抱到牛背上,周鸿鹄接过牵牛绳,赶着牛围着周爷爷走了一圈,高兴地笑:"我会骑了。"

"别高兴得太早,我小时候骑牛不知摔了多少跤。"周爷爷指点他,"有一次,蚊虫叮得牛突然发狂,尥蹶子跑,把我从牛背上抛下来。我的颅骨当场摔破一个洞,几十年来都没完全好,遇到天阴、下雨、大风就头痛。你要吸取我的教训,小心再小心,新生的牛犊儿不怕虎是要吃亏的。"

见周鸿鹄还不够重视,周爷爷问他:"你能自己下来吗?"

"能!"周鸿鹄说着就从牛背上往下跳。

"不能跳!"周爷爷话音未落,周鸿鹄已经"咚"一声跳了下来,两脚落地打滑,狠狠地跌了一个屁股蹲儿。

周修权刚要去拉他,那孩子飞快地站了起来,一边拍屁股一边龇牙咧嘴地说:"周爷爷我不怕,我不疼!"

周爷爷一愣,暗暗赞叹:"小小的年纪,已经懂得勇敢无畏,具有坚韧不拔的意志,或许将来真的会成大才。"

周鸿鹄转身又往牛背上爬，嘴里还念念有词："我要放牛赚钱，赚学费，这一点小困难都怕还能上学吗？等我像秦老师那样了不起，将来也要做一名老师，教学生也不收钱！"

"好！"周爷爷看到他很勇敢，既心疼又高兴。看他独自往牛身上爬，也没有阻挠，而是朗声道："少时不努力，老大徒伤悲！少年苦不算苦，中年辛苦老来补！我小时候也很苦，才有今天的好辰光，你记住这一刻的决心，好好努力吧！"

周鸿鹄大话放出去了，可惜牛背高度超过他的头顶，他爬了几次爬不上去，头上的汗都急出来了。娇娇在旁边看得捂着嘴笑，想帮也帮不上忙。

折腾了半天，周鸿鹄用尽全力也没有爬上去，不得不求助于周爷爷。他双脚踩住牛角，身体趴在牛脖子上，回过头来看着周爷爷，露出求助的笑容。

"上不去了吧？"周爷爷被他逗笑了，"世界万物都有巧，不管做什么事不能蛮干，拳术上还有个'一巧胜百力'呢。这牛是驯导出来的，它虽然不会说话，但它通人性，懂人语，你一抬脚它的头就会低下来，让你踩着牛角往上爬。记住了，等它低头，你要及时抬起右脚踏在牛的右角上，用手抓住牛肩上的毛，这时牛就会把头抬起来，你再把左脚快速地跨过牛背，转身脸朝前，调整自己的坐姿，这样才能骑得牢靠。"

周爷爷边说边拉着周鸿鹄走到牛头旁边，把他的右手送到牛肩上抓住牛毛，左手按住牛肩，牛头果然真的低了下来。而当周鸿鹄的右脚刚一踏上牛角，牛头又慢慢地抬了起来。

"两只手按住牛，"周爷爷命令他，"肩，快把左腿抬起来往牛背上跨！"

等周鸿鹄顺势骑上牛背，他的脸就随身体朝前，周爷爷再把牵牛绳递给他，算是大功告成。

他满头是汗，对周爷爷和娇娇露出骄傲的笑容，爷爷却拍拍牛背，喊了一声："哈！"

牛抬起脚往前走，周鸿鹄吓了一跳，害怕摔下来，弯着腰把两手撑在牛背上。

"别弯腰，你这样会摔跤的，身体挺起来，头抬起来！向前看！这样你的身体随着牛的走动会自然恢复平衡。现在你只是摸到一点点窍门，离熟能生巧还有一段距离。"

周鸿鹄依言在牛背上挺直了腰，周爷爷满意地点点头："你自己练习吧，今后我这老骨头不用再受累了。"

周鸿鹄憋着气不敢说话，也不敢分神，按照周爷爷教的方法反复练习，从牛背下去又上来,也不知道练习了多少遍。后来实在太累了,一个不小心,他的右脚从牛角上滑了下来,"咕咚"一声脸朝天摔得大闭气。

周爷爷和娇娇都被他吓到了,急忙围过去,周鸿鹄的眼睛却很快睁开,见到周爷爷弯腰看他的惊恐神态,不但没有哭,反而微笑着说:"我没事。"

他利落地从地上爬了起来,又去练习骑牛,严格按照周爷爷教的方法,反反复复地训练自己。

"好孩子,世上无难事,就怕有心人。"周爷爷越看越喜欢,拿出烟袋抽起来,"你今天先学骑牛,明天我再教你放牛娃如何与牛对话。当你骑上牛背的时候,牛要听你发号施令它才敢走。你叫一声'哈',它往前走;你要叫它停下来,就喊一声'哇'。有时候不小心把牵牛绳弄到牛腿裆里了,你牵住绳子抖一抖,同时喊'脚',牛脚就会抬起来,你再把绳子放长一些,往外抖一抖,绳子就能从牛腿裆里抖出来,省得你下去掏牛绳。"

周爷爷悠悠地说:"劳动有劳动的学问,放牛有放牛的学问,书本有书本的知识。放牛还要学会放牧的知识,所有牵牛绳都在左边,因为耕田的时候左手牵牛绳、拿鞭子,右手扶犁。如果叫它往右拐弯,你就把绳子往右撇撇,同时喊'撇';如果你要叫它向左拐弯,你把牵牛绳往左扯扯,同时喊'扯'。如果牛走得慢,你想叫牛走快一些,你就连喊两声'哈',再像骑马一样用两条腿快速夹打牛的两边肚皮,这样,牛不但走得快,而且还能慢跑。行了,你自己继续练吧,我要教娇娇骑牛了。"

周爷爷说着扭头看向娇娇,他最疼爱这个外孙女,他有四个儿子、一个女儿,三儿媳不育,大儿媳、二儿媳各替他生了一个孙子,一家三代竟只有这么一个小女孩儿。娇娇从小就是周家的掌中明珠,她也确实有可爱之处,不但长得漂亮,嘴也甜,每次到姥姥、姥爷家都替他们捶背捶腿,替姥爷取烟丝、上烟袋、用打火石燃纸媒点烟。天天围在二位老人身边转,自然成了姥爷和姥姥的心肝宝贝。

不过民间有句话"惯子必娇",娇娇被姥爷看了一眼,又听到姥爷要教她学骑牛,马上要赖说:"姥爷,我怕,我不学行不行?"

"不行,"周爷爷故意板起脸,"我把你抱上去,你骑着试试看。"

"那你要扶着我哟。"娇娇央求道。

"好。"周爷爷答应了,抬手就把娇娇抱上牛背。

娇娇一下子到了这么高的地方,吓得不敢抬头,弯着腰两手撑住牛背,直打哆嗦,又哭又喊:"姥爷,我怕! 放我下来,我不学了!"

周爷爷听到娇娇声音里的哭腔,到底是心疼她,只好把她抱了下来,用衣袖替她擦了擦眼泪。

过了一会儿,等娇娇平静下来,周爷爷又想把她抱到牛背上。可他刚伸手,娇娇便往地上躺,撕心裂肺地哭起来。

来回几次,周爷爷拿她没办法,失望地叹口气:"真是穷家惯子!"

周鸿鹄在旁边练习得不亦乐乎,看到娇娇躺在地上哭,不由得同情起来,插嘴说:"爷爷,姐姐怕牛,你不要再教她骑了,这两头牛我一人放吧。"

他对娇娇友爱,周爷爷自然高兴,担心地道:"你放这头母牛不会有什么问题,这头牯子可不容易放,它的脾气大,弄不好是要摔跤的。"

"爷爷我不怕!"周鸿鹄说着便从牯牛身上滑下来,迅速又爬了上去,动作流畅自如。他转头朝周爷爷笑,很有把握地道:"我骑这一头,带着那一头,一定没问题。"

周爷爷还在犹豫,娇娇听弟弟说他能放两头牛,也不装哭了,欢快地从地上爬起来,蹦跶鼓掌:"好弟弟,你真好,我一看到牛就吓死了,你一个人能放两头牛,你是大英雄!"

"你啊,就是个娇宝贝。"老人对娇娇摇了摇头,转眼看向周鸿鹄,满脸赞赏,深有感触地道,"好孩子,吃得苦中苦,方有甜中甜。你不要学你姐姐,三岁看大,七岁知老,你以后会有出息的。"

四月底正是农忙季节,每天都要用牛,也就每天都要放牛。大黄庄这里是平原地区,不像山区长那么多青草,牛要吃几个小时才能吃得饱,所以放牛的时间很长。为了放牛,周鸿鹄每天鸡叫头遍就要起来,晚上放到二更天,牛才能吃饱回家。

在这以前,他虽然家穷、缺吃少穿,但睡眠还是充足的。现在起早赶晚,严重睡眠不足,又是一种新的磨难。因为睡不够,他骑在牛身上经常打瞌睡,时不时滑下来摔跤,头上、身上、腿上都摔得伤痕累累。他毕竟不是周家的亲骨肉,没有人关心他,他也从不叫苦。

这天早晨,下着小雨,五更头,周爷爷就把周鸿鹄喊醒放牛。他站在门口听着牛蹄踏地的响声远去,是每天都有的步骤,可是今天牛蹄走路的声音不太响,走着走着,居然消失了。

周爷爷小时候给人放牛,对牛的习性了如指掌,牛走路的声音深一分浅一分他都能发觉不对。当下叫了周鸿鹄两声,没有得到回应,便走出门口察看。

外面伸手不见五指,雨越下越大,周爷爷退回屋子穿上蓑衣,快步追出去,没多久便找到两头牛。那两头牛站在那里,牛尾巴摆动发出"唰唰"声,牛背上却没有人。

周爷爷再对地上看看,黑暗中有一小团东西蜷在那里一动不动,他弯腰仔细看了看,惊讶得"哎呀"喊了出来。

是周鸿鹄?这孩子怎么突然死了呢?

周爷爷抖着手,伸手去摸周鸿鹄的嘴,天色太黑了,他没摸到嘴,摸到周鸿鹄身上穿的蓑衣,隐约还在一下一下地起伏。

还有动静,那就是没死。周爷爷定了定神,手又伸到周鸿鹄的嘴边,确定他有呼吸,这才放下心来。

既然不是死了,那就是睡着了。周爷爷便连推带喊几下,周鸿鹄倏然惊醒,一骨碌从地上爬了起来。

这孩子醒来第一句话就是问:"我的牛呢?"

"牛没事,"周爷爷心疼地说,"牛绳子在你手里呢!孩子,你把爷爷吓坏了,下这么大的雨,怎么睡着了呢?太困了吧?"

周鸿鹄慌张起来,不好意思地垂下头:"对不起,爷爷。我骑牛的时候,脚踩在牛角上踩滑了,摔下来我知道,可是怎么睡着了,我真的不知道。"

"你不记得是对的,因为你太困了,你这年纪正是睡眠最香的时候。"周爷爷动情地拍了拍他,"孩子,辛苦你了,我老了,实在无能为力,要不然我不会让你吃这个苦的。"

除了那次意外,周鸿鹄放牛非常勤恳,每天都把牛喂得饱饱的。他的表现不但赢得了爷爷的疼爱,也让顽固相信他克亲的奶奶转变了看法。奶奶暗地里对老伴说:"你眼光不错,是个好孩子,以后做三房的继承人或是娇娇的赘婿,我都没意见。"

又有一天,周鸿鹄放牛到很晚,把牯牛的牵引绳绕在手腕上,打着瞌睡赶牛回家。路上经过一个小树桩,不巧牯牛的牵引绳绷在了小树桩上,母牛又绊到那根绳,一下子就让他从牛背上摔在地上。

周鸿鹄屁股坐在那小树桩大拇指粗的横杈上,不但裤子被戳穿了,还戳进肉里一寸多深。他好不容易爬起来,用手捂着屁股,痛得眼泪鼻涕横流。

牛是不能骑了,周鸿鹄赶着母牛、牵着牯牛,哭哭啼啼地回到家门口。家里人都已经入睡,老人睡眠浅,周爷爷听到外面孙子的哭声,急忙爬起来看。

黑乎乎的,他看不到孙子的表情,只听到哭声,焦急地问:"你怎么了? 又摔了?"

"我屁股跌在柴桩上了,裤子被戳通了,屁股被戳破了,流了好多血。"周鸿鹄到底还是个孩子,带着哭腔说。

周爷爷赶忙走到孙子身边,摸孙子的伤口,一摸就是满手是血,慌得大喊:"恒发! 林玲! 快起来,鸿鹄摔伤了!"

周恒发和林玲从梦中惊醒,听说儿子摔伤了,鞋子都没有来得及穿,起来就往外跑。孩子虽然不是亲生,可他贴心啊! 周鸿鹄不但爱劳动,情商也高,在家里经常主动帮助爸爸妈妈做一些力所能及的家务事,人的感情都是相处出来的,这样的孩子没有人会不爱。

周恒发抱着儿子回到卧室,点亮油灯,看到裤子都染红了,心头就是一惊。再看周鸿鹄,脸色苍白,身体打着哆嗦,似乎是伤口引发的高烧。在这个战乱的年代,人命如草芥,穷人重病只有等死,就算是富人生病,寻医问药也很困难。周恒发两口子毫无主张,不知道怎么能救周鸿鹄,眼巴巴地望着周修权。

老人思索片刻,转身走进堂屋,在香案的香炉里抓了一把香灰,用细筛子筛了筛,拿纱布仔细地包起来。

他回到卧室,吩咐道:"快烧开水,先用淡盐水把伤口清理干净,再用纱布包着香炉灰压住伤口,最后再用带子捆扎。"

等林玲把周鸿鹄伤口清洗干净,周爷爷刚把香灰纱布压在他的伤口上,还没有包扎好,周鸿鹄的烧已经退了,安然无恙地呼呼大睡。

连续两次受伤,周爷爷不准周鸿鹄再放牛,押着他在家里养伤。

可是农忙季节,牛吃不饱是不能干活的。往年,牛都是周修权老人放的,可周爷爷已经是古稀之龄,"七十不留宿,八十不留坐",风烛残年的老人,谁也不敢再让他放牛。雇个放牛娃吧,不但要管吃,还要给工钱,他们家根本雇不起。

放牛这个担子最后落在了林玲身上,她起五更放牛,白天还要干农活、做家务,累得话都说不出来。但她为儿子担当,心里也很坦然。

周鸿鹄只休息了三天,走路还有点瘸,可是看到妈妈很辛苦,他实在不忍心。

这天,他五更头偷偷起来去放牛,因为伤口还没痊愈,不能骑牛,他就赶一头,牵一头。

而林玲也是一大早起来放牛,赶到牛栏,发现两头牛都没了,吓得她尖叫起来:

"不好了,牛没有了!"

在这兵荒马乱的年代,盗窃和抢劫随时可能发生,耕牛是农家的衣食饭碗,她这么一叫,全家人都惊醒了,齐齐拥到牛栏去看。

果然,牛栏里空空如也,大家都惊得不知所措。

还是周爷爷最先反应过来,对林玲说:"你去看看鸿鹄在不在床上睡觉?"

林玲半信半疑:"儿子的伤还没有痊愈,不会去放牛吧?"

她悬着心走进屋里,拉开周鸿鹄的床帐,果然没有人。

林玲情绪复杂,既松了口气,又有点恼怒,知道是儿子心疼自己,像三伏天吃了一根冰棍,心里熨帖无比。

林玲扬声道:"鸿鹄不在,肯定去放牛了。"

一家人听说,互相望了望,脸上露出笑容,虽然虚惊一场,但是心情都很愉快。

"是个好孩子。"周爷爷微笑地夸了一句,又不放心地说,"恒发、林玲,你俩到外面去找找,把他换回来。他屁股上那个伤口,差不多有一寸多深,没有七八天是长不好的。"

这时东边天刚露鱼肚白,漫野荒湖一片黑,周恒发与林玲围着村庄附近找了一大圈,终于看到荒草地里有黑影走动。两人走近一看,正是儿子一瘸一拐地牵着两头牛,牛还"呼哧呼哧"地埋头啃草。

周恒发怕他走了,大声喊:"鸿鹄!"

"欸!"周鸿鹄马上答应,"爸爸,我在这里呢!"

"哎呀,你这孩子,可把我找死了。"周恒发佯怒道,"你伤还没有好,怎么又出来放牛呀?"

周鸿鹄挠挠头,老老实实地说出自己的心路历程:"我看妈妈太辛苦了,她每天早起放牛,白天还要干一天活,累得话都不想说。我今天把牛放了,妈妈就能歇一歇。"

活了三十多岁,林玲从来没有听过这样温暖又体贴的话,她眼眶发热,走上去一把抱住儿子,亲了亲儿子的脸,柔声说:"我儿好乖,知道心疼妈妈,可是妈妈也心疼你啊。你伤口还没有好呢,要是再受伤怎么办?"

周恒发将他们娘俩揽进怀里抱了抱,说:"跟爸爸回家吧,牛让你妈放。"

说着也不管周鸿鹄反对,把儿子抱起来就往家走,斥道:"你放牛也跟我说一声,全家都被你吓得要命,以为牛给人偷去了。"

"我要告诉你,你不会让我出来的。你放我下来,我自己走!"周鸿鹄挣扎着想要下地。

"你伤口还没有好,不能走,再闹爸爸生气了。"

"你抱我走这么远,你不累吗?"

"我能挑二百多斤走几十里路,你这一点点重,抱不动那还像男子汉吗?"周恒发叹了一口气,往上掂了掂周鸿鹄的小身子,"你也太可怜了,营养不良,像个小青蛙。这么瘦,这么一点点高,以后,我叫你妈每天给你吃一个鸡蛋,长快一点,好不好?"

这话说得亲昵而又宠爱,真的像是亲生的爸爸。周鸿鹄听得眼泪夺眶而出,脸变得通红,感觉心中胀得满满的,有很多话想要说,却一个字也说不出口。

他只能搂着爸爸的肩膀,头枕着爸爸宽阔的脊背,在心里第一百零一次发誓:"等我长大挣钱,要好好孝敬你们!"

福无双至，祸不单行

光阴似箭，日月如梭。宋小改名周鸿鹄过上了新生活，另一边，新的阴影正在逼近。

四月底，华侨丰纪华与宋继奎签订去马来亚打工的合同行期已到，丰纪华骑着一匹红鬃大马，他的保镖雷迅骑着一头青骡，两人径直找到了小王庄。

进村庄一看，丰纪华傻眼了，村里空荡荡的，原有的房屋都被日本鬼子烧光了，只剩黑乎乎的墙垣。一阵阵干风刮进墙垣里，又从里面撞转出来，呼呼作响，带着一股烟臭味；不时从墙垣里蹿出几只老鼠；村边光秃秃的树上几只乌鸦引颈向天，"呱呱"地叫个没完……

这满目凄凉让丰纪华打了个寒战，转头吩咐保镖："房子烧了不要紧，到国外再盖，人可千万别没了。你去找找，看宋继奎到哪里去了？"

保镖雷迅答应一声，宽慰道："东家别着急，他把四十块大洋拿去了，合同在你手里捏着，还怕他跑了吗？"

丰纪华却没他那么乐观，犯愁地道："这里渺无人烟，到哪里去打听这家人的下落呢？"

保镖雷迅刚要回答，忽然侧了侧头，竖起一根手指贴在嘴边："东家，你听！那道墙垣里好像有什么声音。"

由于保镖工作的需要，雷迅的五感都是练过的，听觉尤其敏锐。丰纪华侧耳听去，却只听到凄厉如鬼吼的风声。他一个养尊处优的人，看到这遍地惨景本来就毛骨悚然，又听保镖说有异声，不禁胆怯起来。

"算了，"丰纪华掉转马头，"我们走吧，下次请专人来打听。"

雷迅却一把攥住红鬃大马的缰绳，指着二十多步远的半堵破墙，道："等等，声音就是从那墙后面传出来的，我去看看。"

他丢下丰纪华，慢慢走到破墙侧方，伸头往里看，发现里面有个小草棚子，比农民看瓜的棚子还小，底下传出呻吟的声音。

雷迅既惊又喜，反身对丰老板招招手。丰纪华犹豫了一下，他不敢下马，勒转马头，马靴轻打一下马肚，又抖抖马缰。马缓缓地走到破墙前，他也学着保镖歪斜身体，伸着脖子往破墙里侧看去。

那小草棚明显是新搭起来的，隐约能看到人影，不像有什么威胁。丰纪华直起身子来，壮起胆子，从腰间取下左轮手枪，命令雷迅道："你先进去看看里面是怎么回事，我掩护你。"

雷迅虽然年轻，但他在少林寺学武五年，练出一身好武功，不会害怕这等小场面。他对丰纪华点了点头，迈过断瓦残垣，两步走近小草棚门口，仔细一看，草棚内的稻草地铺上躺着个老人，闭着眼睛，正有气无力地呻吟。

雷迅左右观察，除了这个老人没有其他人的痕迹，便推了推老人的肩膀，关心地问："老大爷，醒醒，您是哪里不舒服呀？"

"我伤风了，快要死了，你是谁？"老人没有睁开眼睛，半死不活地道。

"我们是来打听人的。"雷迅转脸又对丰老板招了招手，"这里有个老大爷，应该是本村人，生病了正在休息。"

本村人、生病了、老大爷，集齐这三样要素自然不可能对丰纪华的生命造成威胁。他松了口气，这才跳下马来，戴上口罩，那把左轮手枪仍然握在手上。走到离小草棚还有五六步远，闻到刺鼻的焦臭味，丰纪华又停了下来，从口袋里掏出几块英制巧克力递给雷迅："把这个给他吃，你帮我问他：'宋继奎到哪里去了？'"

雷迅接过巧克力，弯着腰走进草棚，把巧克力塞进老人手心，大声道："这是丰老板给你吃的，外国的糖，能补身子的！"

老人手掌一蜷，把巧克力包在掌心，睁开老花眼，怀疑地瞧了半天："巧克力我听说过，但没有吃过。我们中国糖是白的，这个东西怎么是黑的？能吃吗？"

"当然能吃！"雷迅轻蔑地斥道，"这是大英的巧克力糖，我们中国没有，特别高级，特别贵！一块糖的钱在我们中国能买一升米！我们丰老板心肠好，才会免费送给你补身子，你快吃吧！"

老人睁开眼，扒开巧克力糖的外包装，掰了一点放进嘴里尝了尝，半信半疑地道:"有点甜味,有点香味,也有点苦味,不像我们中国的糖那么甜。"

他絮絮叨叨地说:"'人无志家穷,君无志国穷。'日本鬼子用来杀人的不仅是洋枪、洋炮、东洋刀,还有中国市场的洋货,中国江河里航行的洋船,中国城市里跑的洋车,富人吃的洋面、吸的洋烟、穿的大英皮鞋,还有后面开衩的洋装,居家用的洋布、洋肥皂、洋火……中国地大物博,为什么啥都不如人家呢?"

丰纪华听不清他在说什么,等得不耐烦,从口袋里掏出一块银圆递给雷迅:"把这个给他。"

雷迅羡慕地掂了掂那块光洋,在丰纪华面前也不敢露出贪念,依依不舍地交给老人:"这块大洋是丰老板给你买食的。"

这个老人就是王三爷,年轻时也是走南闯北的机灵人,只因国仇家恨,日本鬼子杀死了他的孙子,烧毁了他的房子,他忧愤之下急病不起。他神志已经有点模糊,看到来人拿出一块白花花的银圆给他,仍然心生警惕,摆摆手说:"'无功不受禄。'钱我不要,你还给他吧。你们有什么事尽管说,我是快死的人了,不知道还有什么能耐帮你们。尽力而为吧。不能帮的也请你们原谅。"

丰纪华又从雷迅手里收回带着体温的银圆,对这位老人不由产生敬佩之心,心下暗暗赞叹:"难怪爷爷说中国是个有脊梁的国家,刚强正直的人能死不能屈。"

他也不嫌弃火场的焦臭味了,低头走进草棚里,看到这个骨瘦如柴的老人,联想到自家祖上也曾经如此,心中感慨万千。

丰纪华温言道:"您老人家尊姓大名?"

"我姓王,庄上人都称我王三爷。"老人喘息着说。

"你们庄上有个名叫宋继奎的人吗?"雷迅抢问道。

他们注视王三爷,却见老人听到宋继奎的名字,眼皮动了动,嗓子哽咽地说:"认识。他们两口子都被日本鬼子杀了,房子也被烧了。我把他们埋在后山上,就在我孙子的坟旁边。"

丰纪华和雷迅面面相觑,都觉得十分惊愕。封继华想起传说中日本鬼子即将入侵马来亚,他的家族也有可能遭此大劫,心里不由起了一层愁云。

但那毕竟是未来的灾患,他眼下的困境是招工。丰纪华反复思忖,到哪儿再去找人来补宋继奎的缺。四十块大洋丢在水里倒无甚可惜,马来亚是个地广人稀的宝地,种橡胶一本万利,只要有人力就能赚回来。

对了,他突然想起来,宋继奎家还有两个孩子,养几年就是强劳力。又问:"宋继奎的两个孩子呢?"

"两个孩子在他姥爷家。"王三爷不觉得有什么不能说的,唉声叹气地勉强起来坐着,泪汪汪地又道:"中华民族龙争虎斗,分分合合、兴兴衰衰几千年,每到乱世就英雄辈出,如今的英雄看来就是共产党领导的八路军。我和这两个孩子跟日本鬼子都有国仇家恨,我是看不到日本鬼子被八路军消灭了,但愿他们能享到我享不到的福!"

王三爷说得辛酸,但丰纪华一个外籍华人,难以感同身受。他知道了宋继奎孩子的去处,便从口袋里把那块银圆又送给老人,劝道:"您好好养病吧,想得太多也没有用,这块银圆拿着,买点吃的补补身子。"

他态度谦逊,言语诚恳,王三爷这才接过来,连连道谢。

"钱不算什么。"丰纪华大度地道,"我和宋继奎是朋友,他遭遇不幸,他的两个孩子小小年纪就失去父母,怪可怜的。我想去看看他们,老人家,您知道他姥爷家住在哪里吗?"

王三爷吃过两块巧克力,精神好了点,头脑和讲话也清楚了:"他原来就住在这里,后来搬到金山乡大黄庄去了,离这边十来里路吧。我听到你们的马蹄声,骑马很快就到了。"

"他姥爷叫什么名字?"

"叫周修权。十里八乡都知道他的名字。"

于是丰纪华骑着他的红鬃大马,雷迅骑大青骡,两人循着王三爷的指点又向大黄庄赶去。

两人的坐骑在这穷乡僻壤十分显眼,每过一个村庄,都惊起一群狗吠,还有一群孩子跟在后面连喊带叫地看稀奇。刚到大黄庄村口,又是一群狗围上来,它们似乎从来没有看过马和骡子这样的庞然怪物,有的吓得远远吠叫;有的却十分凶猛,蹿上去撕咬马的后脚。

马与狗一样是很敏捷的动物,一条凶猛的黑狗扑了上去,嘴刚咬到马脚,马蹄向后一踢,就把那狗踢得翻了几个跟头,嗷嗷痛叫,爬起来夹着尾巴飞快跑走。其他狗得了教训,也跟着远远躲开,只敢狂吠而不敢靠近。

村上的人听到群狗狂吠,这年头兵荒马乱的,人心惶惶,都探出头来看。周鸿鹄的妈妈林玲正在替儿子纳鞋底,也跟着边劳作边看热闹。

丰纪华坐在马上四下张望,这个庄上住着二十多户人家,只有一家是小平瓦房,其余都是矮草房。他稍作沉吟,双腿一夹,纵马直奔瓦房。

周家正是那唯一的平瓦房,林玲见这两个人一个骑着高头大马、一个骑着大青骡直奔他家门口而来,吃了一惊,停下手里的活计,主动问道:"两位先生是找谁的?"

"周修权先生住在哪里?"雷迅抢在东家前面出声。

"就是我爸爸。"林玲站起身,心头更惊了。

"老先生在家吗?"丰纪华大喜,立即翻身下马。

"在家。"林玲惊疑不定地打量两人,扬声叫道,"爸爸,外面有客人找!"

周修权虽已年迈,但身体康健,还算耳聪目明。他听到林玲的喊声,便拿起长烟杆,一摇一摆地走出门来。

丰纪华第一个迎上去与他握手,东家都这么客气,雷迅连忙也跟着施礼。

周修权何等精明,看到丰纪华一身洋装,就知道来者不善,早上烟丝断了几茎,似有不祥之兆。他也不着急请人进门,问道:"二位先生找老朽有什么指教吗?"

"谈不上指教,走,到屋里谈。"丰纪华握着老人的手摇了摇,和雷迅大步跨进堂屋。周修权皱了皱眉,不得不反身跟了上去。

他临走时丢了个眼色,林玲收到,蹑手蹑脚地摸到门边。

丰纪华与雷迅走进屋内,看到陈设简陋,只有两条木凳,便没有坐下。丰纪华从口袋里掏出与宋继奎签订的合同,转过身,直接亮在周修权眼前:"您的女儿、女婿不幸遇难,我深表同情,但人离世了,这合同还是有效的。"

周修权尚未开口,门外的林玲浑身汗毛都奓开了,她听宋继奎夫妇说起过这个合同。

"这合同我听说过,"她脱口而出,同时不顾周修权的暗示,两步跨进堂屋,"但没有见过,能不能给我看看?"

丰纪华笑了笑,很有风度地把合同递给林玲,心里却不信这个农村的粗鄙女人能看懂。

林玲接过合同,逐字逐句读了两遍,尤其是涉及家人的部分。看到合同里有娇娇和宋小的名字,她的心提到嗓子眼,两手发颤。

"这是什么合同?不是卖身契吧?也不知道我小姑子他们怎么会跟你签的。"林玲强抑下内心激动,假装若无其事地道,"不过,人不死债不烂,人死了,这合同自然作废了。"

丰纪华又笑了笑,脸色一板,一字一顿地说:"合同没有作废,上面写的是四个人,死了两个,还有两个。"

"没有这样的道理。"周修权听他们言语交锋,已经明了丰纪华的来意,替林玲助阵道，"剩下的两个不是孩子吗？从来签合同孩子都是随着大人走的。父母双亡了，合同就应该终止了。"

"但我们的合同里没有这样的约定。"丰纪华心平气和地道，"我们中国是拥有古老文明的国家，既讲法又讲理，我从来没有听说过'父母双亡后合同即无效'的道理。"

周修权和林玲顿时语塞，丰纪华看了看他们，转身在堂屋内矜持地踱了半个圈子，又彬彬有礼地道："请诸位相信我，这两个孩子，宋小和娇娇，他们也是我的同胞。我会善待他们，两三年后，他们就是劳动力，我会帮他俩发财，再送他们衣锦还乡。"

"不行！"娇娇的姥姥刚从里屋出来，就听说有人要把娇娇带走，急得高声喊叫，"你是哪里来的骗子？你要把我娇娇带走，我就跟你拼了！你给我滚出去！"

老太太撒泼打滚，一口唾沫喷在丰纪华的脸上，吓得丰纪华往后连退了几步。

雷迅冲上去把两人隔开，对老人白了一眼，恨恨地骂："你们一家才是骗子！骗了四十块大洋不还，还骂人！丰老板是胡团长家的亲戚，是胡世荣的同学，得罪了他，你们吃不了兜着走！"

丰纪华有生以来还没有受过这样的侮辱，他掏出手帕擦了擦脸上的唾沫，有点想发火，想起爷爷临行前的嘱咐，硬生生地压了下来。亏得他家教甚好，虽然是腰缠万贯的华侨，又有胡团长撑腰，但友爱中国，友爱自己的同胞，在同胞面前从不耍威风。

他把雷迅拉开，保持微笑，继续开导周家众人："我说过，这两个孩子是我的同胞，我把他俩带到国外，就能保证他们的人身安全。有人帮助你们把孩子培养成人，难道不好吗？现在让我带走两个孩子，过几年，还给你们一个大小伙子、一个大小姐，他们再带回一大笔钱，赡养老人的后半生，难道不好吗？我甚至可以把这些保证增订在合同上。

"而且，日本鬼子目前还没有侵占马来亚，那里比国内安全。中国四处狼烟，连政府都逃亡了，青壮年要么去参军打日本鬼子，要么去国外发迹，你们硬把孩子留在身边，不是保护他们，是害了他们。一个不小心，他们就会像宋继奎那样枉死，到时候你们后悔都来不及。"

丰纪华讲完道理，决定软硬皆施，掉过头来对雷迅做了一个要走的手势："让周先生一家再考虑考虑，我们先走，回去跟胡世荣打个招呼，下次再来，带几个民团的弟兄来。"

听出这最后一句话里的威胁，周修权捏着烟袋的手紧了紧，踌躇片刻，还是没有追上去。丰纪华迈出门后，似乎想起什么，又回头补充道："对了，如果诸位一定要撕毁合同，四十块大洋请照数返还。"

四十块大洋?! 把周家老老少少榨干骨头缝也榨不出来!

周修权再不犹豫，几步追到门外，朗声道："先生请留步，万事好商量! 妇道人家头发长，见识短，冒犯了您，请您见谅!"

丰纪华一番话有软有硬，话中有话，周修权深知得罪不起，慌忙拉住丰纪华的手，强笑道："'人逢知己千杯少，话不投机半句多。'丰先生是爱国华侨，句句话都有理有据，我们怎么可能不相信你? 大家坐下来商量，什么事都好办。"

他又向林玲使个眼色："去沏茶，用君眉茶叶。"

娇娇姥姥先前撒泼，听到要还四十块银洋，心里"咯噔"一下，差点一口气上不来。再看到老头子把丰纪华两人请回屋里，她满肚子委屈，急得老脸通红，却也只是唉声叹气，再不敢造次。

周家人不约而同地围绕"四十块大洋"转着念头，一家人这些日子吃饭都紧紧巴巴的，绝对拿不出这笔钱，那就只有想别的办法。其中周修权老人心眼儿最灵活，他倒不觉得眼下是个难关，因为风险与机遇并存，丰纪华的话符合他一直以来的主张，让他觉得是个机会。

周修权请丰纪华和雷迅坐下，开门见山道："丰先生说得很有道理，大丈夫志在四方，守在家门口没有发展。你说的合同，我也认可。但这两个孩子的父母被日本鬼子杀了，现在过继在我三儿的名下，我需要再和他们夫妻商量。"

他话说得漂亮，丰纪华脸色顿时好看了许多，林玲恰在此时端着一个紫砂茶盘走进堂屋，茶盘里面有一个紫砂茶壶，四个小茶杯，君眉茶茶香四溢。

屋内只有一个小桌子，两条小板凳，林玲便把茶直接分给众人。雷迅没有坐下，站着接了;丰纪华勉强沾了沾屁股，接过小茶杯放嘴边抿了口。

"林玲，你把恒发喊来。"周修权在她出门时吩咐道。

片刻后，一个高个儿壮汉走了进来，正是周修权的三儿子，周恒发。

周恒发已经听林玲说过客人的来意，走进堂屋前，他专程去看了看门外那匹大红马和大青骡，此时又见到两个衣冠楚楚的陌生人，神色不由得有些紧张。

周恒发向父亲行了个礼，又对丰纪华点点头，小心地问道："这位先生，找我有什么事吗?"

殊不知丰纪华见到周恒发却是眼前一亮，暗暗赞叹这么壮的劳力少见，他的橡胶林有这么个带班的该多好,一个能顶三个马来人!

丰纪华冷淡的脸色立即变得热情洋溢,伸出手握住周恒发的手,摇了摇,感到自己的手像是陷在一个铁夹之中,更满意了。

"不是丰先生找你,是我找你。"周修权老人摸出他的烟袋,慢条斯理地点上烟,垂下眼皮思索许久,缓声道,"宋继奎在世时,与丰先生签订了到马来亚打工的合同。现在宋继奎和丫丫都没了,丰先生来执行合同,不得已,要把两个孩子带去,你看怎么样?"

"那不行!"周恒发不假思索地脱口而出,"宁愿我去,我也不能让两个孩子去!"

他这一句话简直说到丰纪华的心坎里,说得他眉开眼笑,马上表态:"行啊,要是你能去,除了原来的四十块银圆,我再加三十块!"

周恒发和周修权父子同时心动,没有讲话,两双眼睛互望了一眼,传达了同一个念头:"三十块银圆,能买几亩地,何乐而不为?!"

周修权权衡一番,吐出一口烟,道:"钱是人挣的,有人就有钱。可是现今的世道,中国的钱很难挣,树挪死人挪活,那就去赚外国的钱!丰先生的马来亚是英国势力,没有日本鬼子杀人放火,比国内安全。你又是强劳力,我看那么多爱国华侨都发财了,你未必没有机会。"

周恒发点点头,丰纪华露出笑容,双方讲到这里可以说是相谈甚欢。

"对了,丰先生,"周修权趁机多问几句,"马来亚是热带,蚊虫叮咬厉害,生病怎么办?可有防治的办法?"

"当然有。"丰纪华半真半假地介绍,"大英帝国在马来亚大搞建设,城里有很多医院,不像中国看病要跑几十里路。工人的吃饭、住宿、医疗、工伤我全都包下来,你们要是觉得不放心,一切都可以订在合同里。"

他这么大包大揽,别说周恒发,连躲在门外偷听的林玲都动心了。周修权老人连连点头,虽然知道这些资本家的话不能全信,但他也是这么闯过来的,若不是当初闯关东赚钱,哪能买得起十几亩地,盖得起几间瓦房。他只能凭经验帮儿子多争取:"写在合同上的话我们当然是放心的。工资怎么算?"

丰纪华斟酌道:"原合同上是两个成年劳动力,带两个孩子,算是两个半成年劳动力。三年以内,这些人我包吃、包住、包医疗、包工伤。三年以后,我给你们三百亩幼橡胶林,作为劳动补偿。这三百亩幼胶林超过三年薪水的数倍,到那时两个孩子也成为劳动力了,我再按月付工资给你们。"

条件不可谓不优渥,连娇娇姥姥都听进去了,脸上的怒色也不见了,看着三儿子和三儿媳妇欲言又止。

"我们去!"周恒发爽快地道,转头对林玲笑了笑,看到妻子点头回应,他续道,"等我们喝点洋水,见见世面,把土包子的帽子摘掉,挣到钱回来让二老享清福。娘,你说好不好?"

娇娇姥姥的眼泪一下子涌出来,埋下头含糊不清地道:"儿大不由母,你们自己的事,你们看着办吧。"

"那就这样定下来了!"丰纪华双掌一拍,皆大欢喜,"我马上把合同修改一下,将宋继奎、丫丫的名字改成你们,抓紧时间准备,五月五日起程!"

二代聚会看画展

让我们从过往岁月的硝烟、痛苦与少许温情中移开目光,回到现在,宋小九十寿诞现场。

散场前,宴会大厅里灯红酒绿,客人们推杯换盏,在音乐声中尽情享受,个个耳红脸热,气氛热闹非凡。

大厅内的寿宴结束以后,宋小的孙子、美国博士宋鹏,在小餐厅里又专设一桌宴请亲朋好友。特邀客人有大表弟杨杰,华东政法大学硕士毕业,现任省公安大学讲师;二表弟张超,南京大学哲学系硕士毕业,现任省文明办秘书;同学汪卫海,北京经贸大学硕士毕业,现任滨江市发改委秘书;高中同学李文彬,西安美术学院毕业,现任滨江美术学院讲师;高中同学戴子文,南京大学艺术系毕业,珠宝商,离异独居。剩下的还有郑天龙、詹地虎,他俩是宋鹏雇的保镖,虽然没有资格参加这样的私密小宴,但被宋鹏叫来陪客。本来还有一个陪客是宋鹏的秘书司徒骏,宋鹏无意间发现王园园和赵文锋约会,妒火中烧,临时派司徒骏去跟踪二人。

赴宴前,戴子文拍拍宋鹏的肩膀,挤眉弄眼地笑道:"早有耳闻,宋大博士的人体艺术作品闻名遐迩,何不带我们一饱眼福呀?"

"早有此想,唯恐劣作贻笑大方。"宋鹏一本正经地说。

"我是土生土长的土美术教师,您是在美国喝洋水的艺术家,谁敢说你的作品是劣作?都是兄弟,不必谦虚,让我们去开开眼界吧!"李文彬也凑趣道。

宋鹏的人体艺术展早就开过了,反响寥寥,他早就想再为亲朋好友办一场专门的画展,苦于没有机会,没想到今天机会送上门,正好借此机会在圈子里崭露头角。

他拉住李文彬的手,大方笑道:"好,我不怕贻笑大方,我们这就去!"

展厅就在白玉楼内,众年轻人在宋鹏带领下走进门,抬首一望,不约而同为之一振,只见正对门口的墙壁上悬挂着一幅巨大的裸体美女画,在灯光巧妙的处理下,妩媚微笑,仿佛扭着屁股向他们走来。

保镖郑天龙最先惊叹:"这女人真美! 真过瘾! 这是真的还是假的?"

戴子文嗤笑道:"这是人体艺术作品! 别大惊小怪的,回去娶个老婆,那是真家伙。"

"戴老板当然不缺女人。"郑天龙苦笑,"您是饱汉不知饿汉饥。像我和詹师傅这样的穷光蛋,都三十多岁了还娶不起老婆,只好'画饼充饥'。"

保镖詹地虎也看呆了,他虽然身强力壮,武艺过人,但也因为练武很少接近女人,从来没有见过这样销魂的场面。

李文彬听了郑天龙的话,扭头看詹地虎,脸上浮现恶作剧的笑容,伸出手指,对詹地虎肋下使劲地捅了一下:"嘿,醒醒,詹师傅,别被女妖精把魂魄都勾走了!"

詹地虎被他捅得一个哆嗦,回过神来,不好意思地自嘲:"让大家见笑了,我是真的没见过女人,一天到晚耍拳卖艺,累得汗流浃背,连一套房都买不起。这年头,没房娶什么老婆,那些美女眼里都是钱。"

詹地虎言语粗俗,旁边杨杰不禁白了他一眼,低声对张超吐槽:"什么人哪,我表哥堂堂的博士,亿万富翁,怎么交这样的朋友?"

"嗯嗯,你说得对。"张超根本没听清他说什么,胡乱回应。他最近正处热恋之中,忽见一个活灵活现的裸体美女向他飘然而来,美目盼兮,巧笑倩兮。他一阵心慌意乱,勉强镇定下来,又觉得有点对不起未婚妻,埋怨地自言自语:"画得这么真,这到底是艺术品,还是搞黄色?"

玩笑归玩笑,李文彬毕竟是美术学院的教师,他抛开同伴走过去,站在画前细细点评:"这幅裸体美女不管是从专业角度还是从观赏角度都太美了,看着还有点眼熟……对了,很像王园园。听说宋鹏你对王园园着迷,这不会是你根据王园园的外貌,再加以想象,特意勾勒出来的吧?"

他向宋鹏提问,宋鹏笑而不语。

一行人再往里进,第一间展室的门上写着"中国古代春宫图",宋鹏敲了敲玻璃门,走出来一名纤细高挑的美女讲解员。

顾名思义,展室内都是经过宋鹏艺术加工,或者说利用现代技术渲染过后的各种春宫图。郑天龙顿时像猫儿见鱼、苍蝇见血那样兴奋起来,瞪大眼睛凑上去,喷啧有声:"这些高难动作,只有我们练武术的人才能办到,可惜我们又没有这个条件。那些有这个条件的有钱人身体早被掏空了,又没有这个能耐。"

他说完,忽然想起现场还真有一个有条件又有钱的,转头对宋鹏笑笑:"宋经理,我可以教您这些高难动作,包您一百分钟不下'马',怎么样?"

"用不着。"宋鹏清了清嗓子,含蓄地说,"你是我的保镖,更是我志同道合的朋友,有别的事需要你帮忙。"

"什么事?"郑天龙好奇地问,宋鹏居然也有事要求到自己。

宋鹏左右望了望,见朋友们注意力都在展品上,他对郑天龙小声道:"当今社会上妒富、仇富的人越来越多,因为我有钱,连谈恋爱都有人作梗。"

"仇富的人是很多,连我偶尔也会恨那些瞧不起穷人的暴发户。至于作梗嘛……"郑天龙留意宋鹏的神色,突然领悟,"行,我心里有数了,只要宋经理你一句话,我与詹师傅肯定让他躺个三五天不能下床!"

两人相视而笑,默契地不再提此事,转回去继续看展。讲解员正指着一个高难度的画面说:"这招式难度极高,非常刺激,可惜只有青年并且健壮者才能做到。"

她手臂伸展,姿势优美地划过整个展厅,泛泛地道:"我们都觉得古代人保守,其实正好相反,对古代人来说,这些招式就像现代人做广播操、跳广场舞一样普遍而常见。古代达官贵人、公子王孙每日吃些高营养食品,却不劳作,难免躁动难耐,用这些方法既能锻炼身体,又可以取悦自己,一举两得,何乐而不为呢?"

李文彬一边听讲解员讲解,一边对戴子文轻声说:"还是你们做生意的老板好,没人管,我们这些人哪敢越线。几年前还可以,现在新一届'扫黄打黑',摧毁了不少黑黄组织,还逮了很多黑黄头子,随便找乐子是需要付出代价的。"

"好什么啊?"戴子文叹口气,侧过头,嘴贴在李文彬耳朵上,"我也不怕你笑话我,玩女人跟赌博一样,有瘾!野花比家花香吗?不见得。但心玩花了,对老婆就不感兴趣。我老婆非要跟我离婚,后来我又染上梅毒,好不容易才治好。"

他沮丧地摇了摇头:"我经营了多年珠宝生意,赚的钱也都花在这里面了。那些女人拼命要钱,你不给她,她就在你口袋里搜,要把你的血吸得干干的,才甜言蜜语地放你走。"

李文彬听得咋舌,安慰道:"那就别玩了,再娶个老婆,踏踏实实过日子。"

戴子文又摇了摇头,低落地道:"再娶那样老实巴交的老婆不容易,算了,我已经准备一辈子打光棍了。"

两人前方是张超与杨杰并肩而行,张超兴致盎然地对杨杰道:"中国古代王公贵族确实腐败，皇帝要设三宫六院七十二妃，宫女上千，贵族们也是妻妾一大群。可是孔子又说'非礼勿视，非礼勿听，非礼勿言，非礼勿动'，嘴上说一套，实际做一套。"

"正常，"杨杰笑道，"古代的王公贵族是特权阶级，是不受法律约束的。'礼不下庶人，刑不上大夫'，不也是孔子说的吗？孔子要向这个阶级兜售他的政治主张，当然要维护这个阶级的实际利益。不过孔子的礼教对中国的文化发展还是做出了很大的贡献，古代虽然高层糜烂，民风却淳朴。"

有一个对春宫图和讲解都不感兴趣的是汪卫海，他是滨江市汪副市长的儿子，市发改委秘书。汪卫海刚新婚，与妻子感情甚笃，他不以为然地想："人体都变形了，有什么好看的？而且类似的春宫图网上到处都有，实在不稀奇。"

他又轻叹一口气，有点为将来的孩子担忧，认真地思考要如何限制孩子的信息渠道，防止未成年人被网络糟粕污染。

总共没几个观众，却各有心事，窃窃私语，讲解员不满地假装咳嗽，朗声道："人体艺术展厅是有规矩的，宋博士的高规格展览一般人想看都看不到，机会难得，再来不易，请各位先生自重，不要喧哗嘈杂，保持肃静。"

女讲解员讲过以后，又回过头来对宋鹏瞥了一眼，含情脉脉的眼里露出几丝微笑。

第一展厅参观完毕，她打开一扇屏风拉门，请客人移步第二展厅。第一展厅都是宋鹏的亲手创作，第二展厅却是以舶来品为主，收集世界裸体之最，宋鹏整理成展。

只见第二展厅的屏风拉门后走出一名窈窕美女，艳光四射，满面堆笑，众人顿觉眼前一亮。

戴子文认出是熟人，心里更是惊喜，伸手拍了拍这位美女的肩膀，又轻轻地捏了一下，笑道："李小姐，没想到在这个桃花坞里碰到你，真幸运。"

"有缘千里来相会，我夜路走多了，难免会碰到鬼。"小李朝他飞了个眼风，打趣道。

等到客人们随着她进到第二展厅，她伸手按下投影按钮，"啪"一声轻响，墙上出现一张东洋国五百人交媾图。只见图上的女性线条丰润，男性突起的肌肉清晰可见，五百人千姿百态，有极美也有极丑，整个画面似伴随观者的心神而震颤。

杨杰眉头皱得更紧，没怎么看投影便不适地移开目光，眼角瞄到满脸得意的宋鹏，心想："这也算是艺术？堂堂的博士尽搞这些，到底有什么价值？"

人高马大的詹地虎没有遗忘自己保镖的职责,始终守在宋鹏的背后,他虽然是白玉楼的常客,却也是第一次踏进展厅。第一次目睹这幅巨大的交媾动态图,他身心如触电一般,从头酥麻到脚,不由得大声惊呼:"好家伙!刚才看中国古代贵族玩女人跟变戏法似的,再看古代日本人,玩女人跟比赛似的。古人都太会玩了,哪像我们现在,要敢像这样玩女人,马上说你犯法要把你抓起来!"

"那能一样吗?"张超也不喜欢这张图,沉着脸斥责詹地虎,"封建社会男女不平等,一夫多妻,男尊女卑,把女人当玩物。现在男女平等,一夫一妻制,哪个女人还愿意自甘下贱不当人去当玩物?"

詹地虎莫名其妙被教训,瞪大眼睛想反驳,宋鹏怕他得罪张超,用手肘顶了他一下,又白了他一眼。詹地虎看懂宋鹏的眼色,立刻闭嘴,满肚子污言秽语没得到释放,他觉得憋得慌,可眼睛又很快被另一张多种裸体的动态交媾图所吸引,不禁面红耳热,心醉神迷。

郑天龙比詹地虎更不堪,盯着投影粗喘了半天,身不由己地走到讲解员小李背后,贴紧她摩擦。小李是江湖上的老手,对这种情况早有准备,迅速掉过头来赏他一巴掌,微笑着说:"这里是宋博士的象牙塔,风雅之地,不得污染。"

她打得很轻,几乎没有发出声音,杨杰、张超他们都没有注意郑天龙的猥亵行为,还以为这个讲解员跟他开了一个小小的玩笑。

先前戴子文比詹地虎和郑天龙更激动,多亏小李这一巴掌,虽然没有打在他身上,却把他打醒了。他低头偷偷擦汗,听到杨杰气愤地对张超说:"这个国家有人权吗?把女人当性奴!这些女人不是为了生计,能愿意被人肆意蹂躏?这不是艺术,是异国的文化侵略!"

"什么人权、侵略,谁说这不是艺术?"宋鹏不满地道,"表弟,你不懂别瞎说。"

他是被人奉承惯了,杨杰却不捧他的臭脚,冷笑一声,当面顶回去:"是,你说是艺术就是艺术,是我们宋老板、宋大博士的艺术。谢谢宋老板帮我开眼界,让我恍然大悟东洋某国为什么会在军事上惨败。民族精神扭曲的国家,搞出来的艺术就像脏水上的浮油,不管漂流多远、多久,都只会发臭。虽然吧,有些人就愿意帮它们扬臭。"

"你!"宋鹏白里微黄的面皮泛起一阵红云,反击的话已到嘴边,又强咽了下去。杨杰的背景让他不敢得罪,何况,他想"追求"王园园,可能还需要杨杰父亲的帮助。

宋鹏也算是能屈能伸,脸色就变了那么一瞬,转口附和道:"表弟高见!果然是学法律、搞公安的,政治觉悟炉火纯青。不过人各有志,请表弟多加包涵。"

其他人也纷纷上来打圆场,杨杰没有得理不饶人的脾气,当下揭过不提。

小李又带着众人参观了一会儿,杨杰放眼大厅,都是千姿百态的交媾图。除了前面那张五百人的,也有二百人、一百人的。还有各种全裸进行日常活动的图片,什么裸体骑自行车的、男女裸体打篮球的……整个大厅竟找不到一幅穿裤头的画。

他落在人群后面,伸手碰了碰张超,低声道:"我们走吧,不管是真艺术还是假艺术,我看到这些东西就不舒服。"

张超点点头,叹道:"我也有这种感觉,我们这些凡人分不清艺术和色情淫秽。不知道滨江市文明办有没有发现这个角落,又是怎么定义的?"

两人上前向宋鹏要求休息,宋鹏已经知道杨杰对他追求的艺术有看法,强笑着同意了。

"这么快就不看了?"詹地虎却对两人的选择大为惊异,"这些千姿百态的,太过瘾了,我永远也看不够! 你俩居然不愿意看,太可惜了!"

李文彬笑道:"是不是觉得太油腻了,吃不下去呀?"

他见宋鹏神色不对,念头一转,猜到了原因,故意夸赞道:"高深的艺术难免曲高和寡,我们宋博士在美国学艺,他的作品可能与国内主流审美存在文化差异,非圈内人欣赏不来,那是正常的。但普通人欣赏不来的艺术作品多了去了,不能说是艺术本身的问题,或许,也就是没有缘分。"

他话说得巧妙,既捧了宋鹏又不得罪杨杰和张超,其他人也都觉得有道理。杨杰和张超要走,其他人也不便再继续参观,一致同意离开。

离开展厅,宋鹏把客人领进白玉楼的一个豪华私密小厅,门的左边闪着霓虹灯管拼写成的字体"怡红厅",门的右边则是同样字体的"逍遥阁"。两侧站着一对彬彬有礼的美女服务员,主动迎向客人,双双道了一个万福。众人愕然,尚未及反应,两个美女服务员已经把门拉开九十度,清脆婉转地道:"欢迎光临,先生们请进!"

身为主人的宋鹏笑容自得,双手半抬,示意客人先入。杨杰、张超、汪卫海三人是主客,便当先走进厅内,只觉一阵龙涎清香扑面而来。这香效果明显,三人对展厅内密密麻麻的裸体都不怎么感冒,看得烦闷压抑,被香气一冲,终于头脑清醒,浑身轻松。

三人不约而同地都做了一个深呼吸,杨杰还伸了一个懒腰,又惊觉自己行为有失斯文,捂住嘴干咳两声。

他们先踏入的还只是私密餐厅外间的休息厅,内部装饰已然十分华贵。地面铺的是灰白色羊绒提花牡丹纹地毯,客厅中间放一张欧式鸭蛋圆红花梨木桌,桌边镶嵌一条赤金线,闪闪发光。桌的两边摆设两排银粉色欧式半圆形天鹅绒沙发,桌子的对面,墙壁里有一座 Columna Temporis 无声水晶座钟,旁边是一台 LG 全新发布的 OLED 电视机,座钟和电视机边沿与墙壁融为一体,看不出丝毫缝隙。紫檀木墙裙闪着淡淡的微光,墙壁上绘的是西洋油画的裸体女人,天花板上是欧式水晶吊灯,温和的灯光轻柔挥洒,令人感觉心平气静。

杨杰、张超、汪卫海三人进了休息厅,刚刚落座,餐厅内便出来几名十八九岁的女服务员,个个花容月貌。一名美丽的女服务员越众而出,斟了一杯咖啡,用白嫩嫩的双手端着送到杨杰的嘴边。杨杰长到快三十岁,从来没有见过世界上还有喂饮的礼节,猝不及防,下意识地用手拨开。只听"啪"的一声响,咖啡杯掉在桌上,转了几圈裂成碎片,那名女服务员立时哭了起来。

杨杰的面皮"唰"地红了,抱歉地说:"对不起,你别哭,都是我的错。"

年轻纤弱的女服务员擦着眼泪说:"不,是我的错。对不起,先生,是我不够细心。"

杨杰抽出一张餐巾纸递给她擦泪,问她:"你哭得这么厉害,要被扣奖金吗?"

女服务员低声道:"我要被炒鱿鱼了,还要赔咖啡和咖啡杯钱。这咖啡是巴拿马产的,一杯就要十几美元,咖啡杯是水晶玻璃的,更贵。我一个月的工资还不够。"

杨杰奇道:"什么制度这么严?"

其余的女服务员垂着头不敢出声,私密餐厅内又出来一名二十出头的美女,看打扮像是领班,没好气地把正在擦眼泪的女服务员拉走,同时使个眼色,人群中另一名女服务员站出来,继续伺候杨杰喝咖啡。

杨杰阻止不及,转过头对宋鹏道:"表哥,不怪她,怪我。别炒她鱿鱼,咖啡杯我赔。"

宋鹏阴沉着脸,摇头道:"农村来的臭丫头,笨得像猪,培训几个月还这么粗手粗脚的。我们有规矩,要是放过她其他人就不好管了。"

杨杰还要再说,张超伸手在他腿上掐了一下,把他的话堵了回去。另一名服务员正巧过来把咖啡送到张超的嘴边,他飞快夺过咖啡杯,一饮而尽。喝过以后,张超还笑眯眯地对服务员说:"我渴了,能不能来点茶,咖啡我喝不惯。"

"有茶。"宋鹏果然被岔开思路,对着墙壁上的对讲机说,"叫李总管把顶级金骏眉拿来,我也要喝。"

杨杰脚踏羊绒地毯,倚坐在天鹅绒沙发上,一股温馨馥郁的浓香和暖意包裹着他,他感觉像是掉进一朵云里,不由得打了个哈欠,有进入梦乡的飘飘然。张超亦是如此,哈欠连天,不得不拿一张纸巾捂住嘴,强行抑制。

虽然汪卫海的父亲是副市长,他自己也在滨江市发改委这个重要机关工作,但市一级发改委毕竟是个处级单位,与杨杰、张超身处厅级机关的相比较差了一级,所以他无论做什么都自觉地排在那两人之后。包括这次入座,他也不敢造次先坐,看到杨杰、张超坐下来,喝完咖啡又要喝茶,他才敢选了另一处不远的沙发坐下。他甫一落座,感觉像是被母亲的子宫安全地包围住,不禁长出了一口气,暗叹柔可克刚,这才是顶级享受。再刚强的意志在一刻也会化为绕指柔,怪不得总说有了钱就有一切,人人都向钱看。

李文彬、戴子文、詹地虎、郑天龙动作比这三人又要更晚一步,他们陆续走进客厅,也是一番惊叹。詹地虎、郑天龙是宋鹏的保镖,平常也只在宋鹏的办公室进进出出,很少有机会进入这个销金窟。就连他们也不知道,宋鹏在白玉楼有三个专属的秘密小厅,一个是会见一般百姓、本大厦职工的客厅,比较粗俗简易;一个是会见一般同学、朋友的客厅,装饰内设稍有讲究;最后这间客厅就是会见有身份、有地位,或对他有重要意义之人的最高规格的接待地点。

詹地虎没骨头样倒进沙发里,长长叹了一口气,骂道:"妈的！也不知道掉到钱眼儿里还是掉到棉花堆里,真暖和,真痛快！"

一名女服务员循例端了杯咖啡向他嘴边送去,他一口吞下,顺便在她脸上捏了捏,不怀好意地笑道:"好嫩呀！"

"我他妈的好家伙,这里熏了什么香,这么好闻?"郑天龙跟他如出一辙,抬头看到墙壁上的西洋风裸体女人,哈哈大笑,"这玩意儿没有我们宋博士画得好。"

李文彬、戴子文选了宋鹏旁边的位置坐下,拉开话匣子,配合着讲一些吹捧宋鹏的话语。

众人休憩片刻,里面的餐厅已准备妥当,服务员推出小车,往休息厅内的桌子上摆放糕点。

只见桌上摆设四个白光闪闪的银碟,每个碟子上都标有糕点的名称:一碟是法国白松露油糕,一碟是龟胶藏红花糕,一碟是鹿茸九香糕,一碟是山参海龙马达加斯加香草糕。不说银碟的价值,就四碟糕点也价值十万八万。

杨杰倒不知道具体价格,隐约猜到不便宜,拿了一块龟胶藏红花糕放进嘴里,吮吸品味,随口问宋鹏:"你到哪里买的这么多不同种类、中西都有的贵重糕点?"

宋鹏微笑道:"市场上是买不到的,是我的营养师为你们专门做的,不嫌弃就多吃一点。"

张超拿了一块鹿茸九香糕,咬了个角,咂咂味儿,对杨杰笑着点了点头:"不错,这味道纯正。"

汪卫海看到杨杰、张超品尝过糕点,他这才动手,拿了块法国白松露油糕,掰了一半放进嘴里。他比杨杰和张超知道得多些,边品味边想:"这小小一块糕点就抵普通百姓几个月的工资。富人一顿饭,穷家几月粮。难怪我那些同学都想开公司当老板。"

郑天龙拿了一块龟胶藏红花糕大口干嚼,嫌弃道:"这个玩意儿尝不出什么味道,也不管饱,没意思。"

戴子文肚子里笑两人粗鄙,贴到郑天龙耳边道:"你吃的那东西是补肾的,你没有老婆,当心营养过剩,夜里吃不消。"

郑天龙虽然三十多岁了,却是个童男子,一时没有领会戴子文话里的含义,呆呆地笑了笑,又拿了一块山参海龙马达加斯加香草糕旁若无人地吃,连咖啡都不喝,吃完又拿,粗大的手不时地放在裤子上擦擦。

詹地虎和宋鹏小时候是要好的同学,现在又是宋鹏的保镖头头,自觉两人无话不说,宋鹏连谈恋爱遇到困难都要请他协助,他便在宋鹏面前放飞自我。詹地虎没有看糕点的名字,当然,他看了也不认识,随便拿起一块法国白松露油糕塞进嘴里,又吃一块山参海龙马达加斯加香草糕,没有嚼碎就吞下去。喝完一杯金骏眉茶,再吃一块鹿茸九香糕,嫌弃地点评道:"他奶奶的,宋老板真小气鬼,用这样小的盘子,装这样少的糕点,缺糖少油的,连鸡蛋糕都舍不得给我们吃。"

他的话粗俗但有趣,引发宋鹏等人的一阵笑声,连后方的女服务员都捂住嘴偷笑。

李文彬笑着往詹地虎肩膀上打了一拳:"你真是猪八戒吃人参果,你知道这一块糕点值多少钱吗?"

"你别认为我是大老粗,好坏不分,这些东西就是没有鸡蛋糕好吃。"詹地虎充满自信地说,"就是五仁月饼也比它们好吃,两块就能吃饱,这四小碟都给我吃,也吃不饱。"

众人又一阵哄笑,李文彬摇了摇头,戏谑道:"牛嚼牡丹,好东西给你吃都是浪费。这些糕点都是有价无市的,所以超级金贵。像这一块龟胶藏红花糕,你一个月工资都买不到。藏红花一克就上百元,鸡蛋糕多少钱一斤?"

詹地虎愣了愣,等到回过神来,急忙又拿两块糕点放进嘴里,一边吃一边还堂而皇之地往口袋里装,逗得众人笑声不断。

几个客人都是有身份的人物,除了詹地虎与郑天龙又吃又喝,其他人稍作品尝便不再碰糕点,斯斯文文地饮茶。看看时间差不多,主客杨杰对宋鹏道:"我们吃饭吧,吃完去看放烟火。"

宋鹏正想讨好他,当然没有二话,慷慨地道:"好,兄弟们,我们今日要一醉方休!"

詹地虎、郑天龙最爱喝酒,又是专门被宋鹏叫来炒气氛的陪客,齐声应和道:"好!宋老板爽快!今天一醉方休,不醉不归!"

服务员打开餐厅门,众人移至餐桌前,杨杰仍然是第一个进去,张超、汪卫海紧随其后。

一跨入门,杨杰便闻到金龟的清香。休息厅里喷洒的是龙涎香,香味使人舒心清爽,而金龟香味直透大脑中枢,使人兴奋激动。杨杰嗅到这种香味,果然被激起食欲,肚里的肠子也似乎加速蠕动起来。

餐厅与休息厅的装修风格截然不同,休息厅是一派欧风,餐厅却是纯正的华夏文化气息。以紫檀木作为基调,吸取日月之精华,收集山水之灵气,突出一派古色古香。地上铺的是红檀木地板,上面覆盖一层马尔代夫透明地板,把红檀木的精致百花纹提到表层,似乎是七月巧云在微风中涌动;一张紫檀木八仙桌,上面铺的是一尘不染的雪白云纹桌布;八把金丝楠木太师椅,上面是蓝色海浪波纹图案的海豚皮坐垫。餐厅顶部是珍珠岩卷浪压花吊顶,中间一盏华森吊灯。四壁绘的是他们刚参观过的中国古代春宫图,留白恰到好处,尽显主人的雅兴。

桌上摆放八只银质调羹,八双象牙筷,八只缅甸翡翠玉酒杯,还有四瓶酒:一瓶是中国产二十年酱香型茅台酒,一瓶是英国产艾雷岛威士忌酒,一瓶是法国产马爹利酒,一瓶是德国产人头马酒。

朋友来了有好酒,宋鹏这位亿万富翁,白玉楼的继承人,在顶级的餐厅为客人准备了顶级的款待,不但显出了他的真情,也显示他的身份。

服务员请杨杰、张超上首落座,杨杰和张超谦让一会儿,最后杨杰、张超、汪卫海依次落座,杨杰、张超坐上席,然后是汪卫海。其余众人对自己的地位各有数,谈笑间也按顺序落座。

餐前上了八个白纸碟,里面盛着薄如纸的鸡蛋锅贴。

宋鹏以主人的身份微笑着伸出双手,发表餐前讲话:"今天是我祖父九十大寿,我的两位表弟和各位好友的到来,是对我的赏光,大家随意,千万不要跟我客气。"

众人倒是想不客气，但桌上的珍稀美食、甘醇美酒都好说，八个纸碟里的鸡蛋锅贴，薄如蝉翅，芳香诱人，人人都不知道是做什么用的。

原来宋鹏厨房有四个厨师，一个淮扬系，一个浙系，一个川系，一个鲁系，这个鸡蛋锅贴正是鲁系厨师的作品。这是根据山东古代地方习俗制作的，古代没餐巾纸，这鸡蛋锅贴是当餐巾纸用的。杨杰、张超、汪卫海看着宋鹏用鸡蛋锅贴擦调羹和筷子，互相交换眼色，没有模仿，只是拿起银调羹尝了尝汤。詹地虎更直接，看到鸡蛋锅贴眼前一亮，拿起就吃，称赞道："这个厨师还真有本事，把鸡蛋饼烙得比煎饼还薄，好吃！有嚼头！"

郑天龙和李文彬把鸡蛋锅贴拿起来，卷成一个小筒，正要往嘴里送，都被身后的女服务员制止了。几名女服务员代客人动手，拿鸡蛋饼擦拭他们的筷子和调羹，再把用过的鸡蛋锅贴回收，送到门外。

詹地虎看她们要把这样好吃的东西丢掉，可惜地叫道："别丢啊！小姐姐，都给我！我带回家给我叔叔婶婶吃。还有外面剩下的糕点都给我留着，他们不但没有吃过，连听也没有听说过。"

端鸡蛋锅贴的女服务员脸上绽开几丝微笑，却连头也没有回，款款走出门去。

没人在意詹地虎的小插曲，宋鹏对杨杰身后的女服务员轻声吩咐："斟酒！"

能到这里的女服务员都是百里挑一，不但长相出众，而且八面玲珑，在宴席期间可谓眼观六路，耳听八方。站在杨杰后面的女服务员又是优中选优，听到宋鹏的指令，立刻熟练地将茅台酒瓶盖打开，上前为杨杰把盏。

其他服务员也利落地为众人斟上酒，宋鹏高举玉杯，沉吟了一下，朗声道："我们欢聚一堂是为了我爷爷的寿诞，因此这第一杯嘛，共祝我爷爷寿比南山，福如东海！干杯！"

他仰首一饮而尽，白而微黄的面皮渗出一层薄红，灯光下神采飞扬，显得气色好上许多，大家都跟着一饮而尽。

酒过三巡，看换数道，在酒精的作用下，大家都跃跃欲试，想要试试更多热闹花样。戴子文提议："这样喝不过瘾，也不热闹，我们行酒令怎么样？"

"好！他妈的，管它什么酒令，我行不来喝得来，反正今天一醉方休！"詹地虎头一个大声同意。

"行酒令我不会。"杨杰却推拒了。

"我也不会。"张超跟着他道。

宋鹏递个眼色，郑天龙立即站出来支持詹地虎和戴子文，挥着粗大的手说："两位别开玩笑了！他奶奶的，你们都是知识分子，一大本书都能背得滚瓜烂熟，行酒令都不会？哪个信？再说不会可以喝嘛，这么贵的酒，不一醉方休也对不起我们宋博士的真心诚意！"

汪卫海察言观色，站在杨杰一边，也道："不行，我喝醉了回不了家，家人着急。"

戴子文故意朝身后的女服务员瞄了一眼，打趣道："一夜不在家，你的小娇妻就急了？你们这样的身份，寻花问柳哪个没有？宋博士的红颜知己一大群，几个陪一个，还会不满意？"

"别胡说！"杨杰愠怒道，"新时代要的是返璞归真，我们是什么样的身份？谁也不能脱离社会主义的轨道！"

戴子文被他直接怼回来，有些拉不下脸，脱口而出："没想到你这么年轻官腔倒是一套一套，别听你老子的，什么扫黑除恶，滨江整顿几十年了，还是这样乱。吸毒的，赌博的，盗窃的，抢劫的，到处都是。再说了，我们宋博士家财万贯，亲戚里有的是大支柱，再整也整不到这个'金三角'里来。"

"别说了。"宋鹏怕他没轻没重触碰敏感话题，及时站了起来，高举玉杯亲自号召，"酒桌不谈政事，我们来行酒令，我自命司令官。"

可他话音刚落，杨杰、张超、汪卫海又是异口同声："我不会！我不参加！"

"行酒令有什么难的，"李文彬怕宋鹏丢面子，也起身劝说，"你们一个个大学研究生、本科生，满腹经纶，一学就会。来吧，时逢盛世，到处酒香，不会行酒令也太扫兴了！"

"就是，学个羊角风也能吓人呢！学会酒令就能闯通江湖！宋老板发令，我坚决响应！"詹地虎敲边鼓。

宋鹏怕那三人再反对，不给他们话缝，紧接着道："我们轮流做司令官，四令一换好不好？"

"好，就这样。"郑天龙迅速接口。

"我们先划拳，然后对诗。"宋鹏又道。

听说只是划拳和对诗，杨杰这才勉强应下："那行，就这样试试看吧，反正我既不会划拳，也不会喝酒。"

宋鹏松了口气，马上安排："我当第一轮司令官。杨杰与詹地虎一组，其余各自配对。现在开始！"。

杨杰与詹地虎两人齐喊："拳啦！拳啦！"

两人同时伸指，詹地虎出五个手指，是"六六大顺"。杨杰思维十分敏捷，改出两个手指:"七子团圆!"

"詹老兄输了,喝酒!"宋鹏偏向表弟。

詹地虎平时嗜酒,也从来没喝过这样的高档酒,所以巴不得输拳,举杯鲸吞而尽。

另一边,张超与郑天龙一组,郑天龙伸出五个手指喊:"五子登科!"张超眼疾手快,他出三个手指道:"八仙过海。"

郑天龙是个酒鬼,酒场老手,他已经酒至半酣,但头脑还很清醒,虽然一心想喝个尽性,但知道宋鹏是要他炒热气氛,看到张超出手稍迟,便假惺惺地抗拒:"不算啊,张老弟比我出拳晚! 请司令官裁判!"

宋鹏又故意偏向张超:"我没看到,你别赖皮,喝酒!"

郑天龙这才端起酒杯一饮而尽,还把酒杯底朝上晃了晃,亮给张超和宋鹏看。

第三组是汪卫海与李文彬。汪卫海对喝酒划拳不感兴趣,提议:"李老师,我俩对诗喝酒怎么样?"

"奉陪!"李文彬毫不犹豫地说。

"宽对、工对?"汪卫海问。

"宽对、工对、流水对,我都可以。"李文彬胸有成竹地说。

"看来李老师对诗颇有研究。"汪卫海被他激起好胜心,"划拳胜者先出句好不好?"

李文彬一笑,转头对宋鹏道:"请宋博士作个见证。"

"好!"宋鹏觉得气氛终于起来了,兴奋地说,"赢家先出一句,出句不得超过一分钟,对句不得超过一分半钟。"

"好!"汪卫海、李文彬同时应道,两人都站起来,握过手,开始划拳。

只见两人睁大眼睛看着对方的手,同时喊:"拳啦! 拳啦!"

汪卫海看到李文彬出了三根手指,他闪电般飞快地伸出五根手指。李文彬道:"六六大顺!"汪卫海几乎同时喊:"八仙过海!"

宋鹏裁判:"汪先生赢家,先出句。"

汪卫海眉毛一扬,高声道:"四海翻腾云水怒。"

"五洲震荡风雷激。"李文彬顺利对道。

"待月西厢下。"汪卫海出句。

"迎风户半开。"李文彬接句。

"白头宫女在。"汪卫海顿也不打,一句接一句。

这句似乎是李文彬记忆的瓶颈，他前额沁出几颗汗珠，抓抓头皮，迟疑了。

"还有十秒钟。"宋鹏看着无声水晶钟提醒。

"闲坐说玄宗。"李文彬对完松了一口气。

汪卫海笑道："李老师酒还没到位，肚里货多。"

"桃花已开三层浪。"

"桃蕾后绽五色云。"

"错！"汪卫海抢在宋鹏前面宣布，"桃对桃合掌对！喝一杯。"

宋鹏不懂诗的格律，附和汪卫海说："我这个老同学要喝一杯了。"

女服务员便上前斟酒，把酒杯端送到李文彬手里，李文彬作势要喝，又放了下来，似乎不服气地道："桃蕾是未绽的桃花，蕾和花不是一回事，怎么是合掌呢？"

"桃对桃就是合掌。"汪卫海觉得光自己一个人说不能让李文彬服气，要找同盟帮忙，吆喝道，"请杨杰大师指点！"

杨杰被迫给他撑腰，思索道："我对诗也没有研究，我看这两联都很美。要讲究起来，桃花对桃蕾不太妥当。如果改成'樱蕾后绽五色云'是不是更好？"

"李老师请！"汪卫海笑嘻嘻指着酒杯说。

女服务员再次端起酒杯送到李文彬手中，他势单力孤，只好举杯饮尽，放下杯子立即催促："再来！汪弟出句！"

众人勉强玩过几轮，詹地虎与郑天龙两人根本不会行酒令，二人逢人便输，喝得飞快，四瓶酒他俩就喝了两瓶半。酒后不能自控，他们盯上了漂亮的女服务员，不时言语骚扰，甚至开始动手动脚。

杨杰和张超忍无可忍，准备找借口离席而去。

害人终害己

行令饮酒,正值高峰,宋鹏的手机响了。

那是只有少数人知道的私人手机号,宋鹏迅速离开餐厅,到休息室接起电话。

"是哪位?"

"我是司徒骏,宋老板,我被人打了,快派人来救我!"那边司徒骏边哭边嚷嚷。

"你在哪里?"宋鹏皱眉问。

"我在情侣湖南畔,曲桥桥头。"

"詹地虎和郑天龙马上到。"宋鹏挂断电话,心想,"好机会,只要用这两人把那个眼中钉拔掉,园园就是我的了。"

宋鹏打定主意,转身拉开餐厅门,对詹地虎与郑天龙两人招招手。

两人酒量甚好,虽然都有些醉了,仍然放下酒杯走到宋鹏身边,问:"宋老板,有什么事吩咐?"

"司徒骏不知被谁打了,你俩马上赶到情侣湖南畔曲桥桥头去捞他。园园也在那里,你们保护好她,顺便,给那小子一个让他永远也忘不了的教训!"宋鹏挨个直视两人的双眼,语气加重,"不要怕事,天塌了有我来顶。"

詹地虎与郑天龙酒气弥漫地离开白玉楼,骑着宋老板发给他俩的本田400CC摩托跑车,风驰电掣,飞快赶到情侣湖南畔曲桥桥头。

两人展目遥望,只见皓月当空,清辉洒满湖面,馨风飘逸夜鸟的歌声,众人扶老携幼,尽情享受美好的生活。那些亭台、水榭中成双成对的情侣也成了风景的一部分,湖畔宣传牌上"扫黑除恶"的白底红字熠熠生辉。

詹地虎瞄了一眼宣传牌上的大字,或许是心理作用,像被烫到一般缩了缩,迅速移开目光。

"他他……他妈的,狗日的赵文锋,跑哪去了?"詹天虎对曲桥桥头环顾一圈,找不到他们想找的人影,结结巴巴地骂道。

"狗狗娘……养的,司司司……徒骏骗人的,他知道宋老板让我俩陪……陪……客喝喝喝酒,捣我俩蛋的!那那那……那么好的酒,那那那……那么好……的菜,我俩……一辈子也也也……也难吃到。给给给……他小子操掉了。回回回……去!找他算算算……账!"郑天龙也醉得口齿不清,跟詹地虎比赛结巴。

"不不不……怪司司……司徒骏,怪怪怪……那那个……教书匠和那那那个臭……丫头!"詹地虎酒醉三分醒,到底不敢骂王园园。

两人话说不清,路走不稳,还要歪歪扭扭地沿着湖畔往前找。

詹地虎走不动了,喘着气说:"宋宋……老板讲……讲在这这里的,怎怎怎么……没没没没有……人?我我我我吃不消了,这酒性太太太太大了,我我我我……这这个玩玩玩……意儿不不……愿意,硬得像像像……铁铁……棍。"

"我我我……跟跟……你……一样,这这这酒又……好喝,性性性又……大,难怪逮逮……起来来的,那那……些贪贪……官包包包……养养……情情……妇呢!要……不不不会发……生这事,宋宋宋……老板一……定会会……赏我们小小小……姐姐……"郑天龙也停下来抱怨。

"宋老板……那那么多多……模……模特,天天……晚……晚……上……做……新郎。赏赏赏一个给……给给我们,我我我们会……为为他他……卖……命的。"詹地虎做梦做得流口水。

郑天龙刚要附和,忽然眼前一亮。

"你你你……看!那那那不不不是……王园园吗,那那那……么好……看!正正搂……搂……着那个狗狗……男人,咬咬……嘴唇呢!"他指着不远处八角凉亭里的一对情侣叫起来。

"是是是……的。就就……是她,那那那……个男男的,就就……是那那……个教教……书匠。"詹地虎晃了晃脑袋,努力想清醒一点。

郑天龙发狠道:"宋宋……老老老板,关关关……照我……俩,把把把……那那那……个狗……狗男人教训一顿。我我俩把把……他逮到……到湖湖湖里去,给给给……她开开开……包,好好好……不好?我我我……硬硬得吃吃吃……不不不消了!"

"你你……放放放……狗屁! 园园是是……宋宋宋……老板的心心心……上上人。你你……动了她,你你……不不不想……活啦?! 我我俩……把……那那那……小子揍揍一顿,把把把……他……的根割掉,女……女……人爱爱爱……男人不不……就……就是爱这个东……东西吗? 叫园园没……没有……想……想……想头,园园不不不……就就死死……心踏踏踏……地地跟……宋宋……老板了吗? 我我……俩还还……能得得……到一一一大把奖金。"詹地虎没他醉得那么厉害。

"你你你……真真真……有……有有点子,就就按……按按照……你的办。"郑天龙倒也没坚持。

"我我我……打打……电电……话,请请……示一下宋宋……老老板。"

詹地虎事到临头又有点犯怵,掏出手机,乱七八糟按了半天也找不到宋鹏的电话号码,急得乱骂。

郑天龙也掏出手机,两人醉的程度差不多,所以詹地虎不行,他也不行,按了半天连屏幕锁都打不开。

"算算了!"詹地虎丢掉手机,红着眼睛命令郑天虎,"将将……在在……外,君君……命命……有有……所所……不不受。你……你……他妈的比……比我有……有本事,你你……先上! 把把他……他他……打倒,裤裤……裤子……扒掉,再……割割……割了。"

"我我……没没有……带带刀,你你带……带没带?"郑天龙正要上,摸了摸自己的腰间,又退了回来。

"给给……给你!"詹地虎从腰间抽出一把寒光闪闪的弹簧刀递给他。

酒醉人胆大,郑天龙接过弹簧刀,觉得割根不解决问题,提议道:"干干脆把把把……那……那小子宰……宰……宰掉! 把把把……园……园……抢抢抢……给给……宋宋老……板,宋宋……老老板……会会高……高……兴的!"

詹地虎正想点头,刚瞄到的"扫黑除恶"四个白底红字又在眼前闪了闪,他改口道:"宋宋……老……老板说要要……教教……训他……他……一顿,没没有……讲要……要……宰宰……掉。杀……杀……杀人不不……就就……犯……犯罪了吗? 还……还是割……割根吧,没听说割割……根犯罪!"

湖心喷泉一次次升起,霓虹改换颜色,照得宁静的湖面彩波漾漾。《春江花月夜》的音乐声如同水声汩汩滋润夜色,新时代的百姓沉醉在安谧幸福的日常生活之中，并没有多少人关注湖畔宣传栏上"扫黑除恶""创建平安海滨城"等专题文章。

两个醉得神志不清的法盲就此达成一致，也不掩饰，大摇大摆，跟跟跄跄向八角凉亭走去。

郑天龙捏着弹簧刀，把刀在裤子上擦了擦，扶着亭柱钻了进去。凉亭里一男一女正拥抱在一起，忽然见陌生人，闻到扑鼻的酒气，顿时分开站了起来。

两人警觉心很强，男的皱眉道："小心，是个酒鬼。"

他把女朋友护在身后，女朋友抓住他的手臂探头望了望，没看清郑天龙长什么样，倒是顺风刮来一股酒臭味，熏得她拉着恋人就跑。

郑天龙想抓住他们，不小心绊了一跤，等爬起来，人早就不见了踪影。他还没有发觉自己认错了人，不干不净地骂道："婊子养的，等我逮到你，非宰掉你不可！"

郑天龙骂骂咧咧，握着弹簧刀，又走进附近十几层台阶的听雨轩里，湖光水色映照之下，他见到一男一女耳鬓厮磨，立刻就认定是王园园和赵文锋。

他过于兴奋，肾上腺素短暂战胜酒精，都不结巴了，嘴里念念有词："可找到你俩狗男女了，躲到这里面来了！"

郑天龙左手紧握拳头，右手握着弹簧刀，像野猪那样闷头撞向那两人，准备一拳把男的打倒，扒开裤子割根。

那个男子先听到脚步声，继而看到一个人带着满身酒气跌跌撞撞冲过来，急忙起身拉着伴侣要走。说时迟，那时快，只见那个醉汉伸拳向他头顶打来，而他反手一个掣肘，便将郑天龙拧倒在地。

"妈呀！"郑天龙发出痛呼，不远处的詹地虎以为他醉酒后连赵文锋都打不赢，边骂边冲进轩内，对那人胸口使一个"黑虎掏心"。

那青年不慌不忙，身体往旁边疾闪，伸出双手抱着詹地虎的头一搓，詹地虎也大叫一声，摔倒在地，骨碌碌一直滚落到听雨轩下方。

那对情侣径直走出听雨轩，往月色深处行去。姑娘颇觉扫兴地道："你们公安局正在扫黄打黑，逮了那么多坏蛋，怎么就让这两个漏网了？"

她男朋友也很无奈："你没闻到酒气熏人吗？这只是个精神病，喝醉酒发酒疯的。我幸亏是特警，要不然就要吃这两个酒鬼的亏。算了，这种人送到局子里最多也就拘留几天，我今天休假，懒得惹麻烦。"

詹地虎从地上挣扎好一会儿才战战兢兢地站了起来，想去拉郑天龙，一弯腰又跌了下去。他支撑着爬起来，弯腰跌倒，重复三次，终于拉到了郑天龙。

郑天龙四仰八叉地躺在那里，头歪到一边，就像落枕似的。詹地虎怎么摇他也没反应,骂道:"你……你……你……真……真……孬种,不……不……不……堪……堪……一击,还赖……赖……赖……在地地……上不……不……不……起来! 你你……他……他……他妈的,喝……喝……醉了,把那……那……个小……小……小子给……给……放……跑了,那……那……那……个小……小……小……臭……丫头也……也……给……给……跑了! 宋……宋……宋老……老……板知知……道了……开开除你!"

詹地虎实在拖不动郑天龙,只好自己从地上爬起来,忍不住呕了一口,含在嘴里又吞了下去。

他喝醉了,不觉得恶心,就记得舍不得吃下去的高档酒菜,比他一年的工资还多。他吞完又要呕,强忍住了,东倒西歪地去寻他的摩托车,找了好大一会才找到。

这是本田400CC摩托跑车,启动十分迅速,詹地虎身体还没有骑正,习惯性地脚往上蹬,一拧油门,车像离弦的箭,一个惯性向前冲去,只听"扑通"一声,连人带车都冲进了湖水里。

詹地虎被冷水一激,因祸得福地清醒了些,费尽全力把车子捞上岸,骑回家,衣服没来得及脱就倒在床上呼呼大睡。

詹地虎跑了,被他抛弃的郑天龙仍然倒在地上,鼾声大作,来来往往的行人都绕着他走。

就这么一夜过去,天还没亮,情侣湖畔又聚集了许多年轻男女,还有附近的老年人过来锻炼身体。

一位老人身背一把龙泉剑穿花拂柳行来,接近情侣湖南畔的听雨轩,他深吸一口清晨的新鲜空气,却闻到晨风中吹来的一股酒臭味。

老人有些好奇,顺着酒气迎风找去,刚走十几步,在晨晖之下,竟看到一个人模样的东西和一头猪模样的东西躺在一起。

"那是什么?"他惊异无比,以为自己看错了,鼓足勇气继续接近,人与猪的轮廓却越来越清晰。

终于走到近前,老人失声惊呼起来:"快来人啦,猪吃人了!"

晨练的其他人一齐拥过来,只见一个大汉脸朝天躺在地上,嘴边呕了一堆菜肴与血的混合物,头颅被猪啃吃了半边。他浑身散发一股酒臭和血腥混合的味道,已凝固的血闪着殷红的光,身边躺着一头粗毛、长鬃、长嘴、前额高突的大野猪。

众人发出此起彼伏的叫声,一个穿白色运动服的中年男人挤进人群里,大胆地察看过后,镇定说道:"我认识这头野猪,昨天滨江新闻里说过,它是从动物园里逃出来的,耳朵上还带着白色的标签。野猪本来就是杂食动物,这头野猪大概先吃了醉汉的呕吐物,自己也醉了,又啃了醉汉的头。"

几个跳广场舞的中年妇女吓得捂住眼睛和鼻子,扭头就跑,边跑边呕,带手机的人连忙拨打110。

时隔十几分钟,只见三辆闪着红灯的警车呼啸而至。从车上跳下十几个左肩扛着摄像机,身佩警棍和短枪的刑警,后面跟着几个穿白大褂、戴白口罩、白手套的法医。如果赵文锋或者王园园在场,会发现他们的熟人中队长李峰,刑警王刚、何玉发都在其中。

带队的是中队长李峰,他熟悉地指挥警察疏散群众,用红警绳把现场围了一圈。

圈内,负责勘查现场的十几个人有条不紊地忙了起来:有摄像的,有丈量的,有取血污标本的,有在现场观众中采访的,还有两个法医分别检验人和猪的躯体……

只见一个法医在野猪屁股上扎了针,应该是麻醉药,防止野猪苏醒后伤人。过了几分钟,又开来一辆刷着动物园标记的铁笼车,把野猪运走了。

另一个法医把死者翻身脸朝下,观察后背的尸斑,判定死者的死亡时间;撬开死者的嘴,观察死者的牙齿,判断死者年龄,测量其头围、身高、脚掌大小,等等。

在人群远远的旁观下,现场勘查很快结束,最后是一辆殡葬车把尸体拉走。

谁之责? 自有结论。

宋小意外丧命

宋小的九十寿诞热闹非凡。儿子、媳妇、女儿、女婿、孙子、孙女、外孙、外孙女……全体亲戚会聚一堂。

这样全家大团圆的机会很难得,尤其他的三个女婿都是高级干部,工作繁忙,老伴娇娇仙逝,大女婿杨汝普适逢到美国参观学习,都未能参加丧礼,这次却在百忙之中抽空来庆祝他的九十寿诞。

寿诞之夜,宋老寿星激动得一夜没睡好觉,有高兴,也有遗憾。高兴自然是阖家团圆、子孙孝顺;遗憾的是老伴娇娇已仙逝两年了,相濡以沫七十载,携手拼搏一生,如今却不能与他共享温馨。他兴奋之中不由夹杂几丝酸楚,笑脸上残留少许泪痕。

想起少时坎坷,青壮拼搏,老来发迹,宋小这一夜心潮起伏,决定利用第二天周日的时间,再开一个家庭会议,回顾昔日苦,畅谈今日甜。

八点刚过,他就起床到了小会议室里,吩咐服务员整理好座位,摆设好茶水、点心,再一一打电话通知全家。

和他的孙子宋鹏不同,偌大一个白玉楼大厦,他只占用了三间小屋:一间十几平方米的卧室,一间三十来平方米的会客室,还有一间十几平方米的书房。难怪古人说:"大厦千间,夜眠八尺。"

外人也曾经嘲笑他:"宋小连学校门都没有进过,怎么还装模作样搞了一间书房?"

却不知人各有志,他终生勤奋好学,即使在国外种橡胶树,繁重的劳动之余也要看书学习。那时候,他经常把不认识的字汇总起来,徒步几十里地,一次性请教老师。他还有个天生的优势,就是记忆力非凡。小时候一张寻人启事只读一遍就能背下来,人到中年,连《三国演义》《水浒传》这样的大部头也能读得通、背得下来。如今九十高龄,他还在书房内自学计算机、智能手机,一个字一个字地敲打回忆录文稿。他珍惜这和平盛世,计划撰写一本《盛世春秋》,堪称"老骥伏枥,志在千里"。

九点,宋家人按时到达,一个个亲热地向他问早安。特别是外孙、外孙女,主动抱着老人亲吻。孙辈们热乎乎的脸,热乎乎的手,热乎乎的呼吸,仿佛自带一股亲情的温暖,直透老人的肺腑。眼看儿孙们个个都成了才,此刻,老人觉得自己是世界上最幸福的人。

小辈们寒暄一阵,各自落座。老人整理一下激动纷繁的思绪,刚要开始讲话,一只小狗跑到老人的脚旁,望望他的脸,嗅嗅他的脚,摇摇尾巴。

"这小狗真漂亮,长得像个白绒球,是哪家的?"老人问。

"爸爸,是我的狗,它既漂亮又懂事,还会翻跟头呢! 我叫它翻给您看呀!"大女儿宋凤高兴地说。

"孩子,玩物丧志,狗有十二种传染病,狂犬病会让人致命。用宝贵的生命陪伴狗,太不值得了。"老人语重心长地说。

"我知道了爸爸,已经养了没办法,我就只养这一回,以后再也不养了。"宋凤连忙答应。

"这才是我的好女儿!"老人满意地说,他也不是真的要干涉女儿养狗,但是一日做父母一生都爱操心,孩子再大也忍不住要教育。

老人准备讲话之前清了清喉咙,以绝句开篇:"弱柳春来今繁茂,劲风雨至更精神。改革开放百花绽,宋氏家族登霄云。"

众小辈纷纷鼓掌,外孙杨杰偷笑,被妈妈瞪了一眼,他无辜地道:"我是佩服我姥爷能出口成诗。"

接下来老人就开始讲他一生身世:"不知过去苦,哪知今日甜。旧社会,我从小生活困苦,父亲不得不闯东北,被日本鬼子抓去开煤矿,矿难而死。我十岁那年,八月十五,日本鬼子下乡'扫荡'……"

宋小将自己的身世娓娓道来,从日本鬼子杀害了他的母亲和姐姐,到他和牛崽被抓去养狗;从娇娇父母收养了他,到宋继奎和丫丫夫妇被日本鬼子杀害,他又变成周鸿鹄,与周恒发夫妻到马来亚去种橡胶。

他虽然年迈,但耳聪目明,在讲述的过程中注意到屋内僻静,连呼吸声都能听到。他以为这是儿孙们听得认真，心里还高兴了一下，可抬眼再看，意外地发现个个都在玩手机，根本没人听他的讲话。

宋小一股闷气直冲心头，有意咳嗽一声，问道："我讲的你们感不感兴趣?!"

"感兴趣! 当然感兴趣! 后面呢，外公你快讲啊!"就像小学生应付老师提问一样，小辈们争先恐后地回答。

老人心里的闷气稍稍消了一些，继续往下讲，讲的时候眼睛不时瞥视大家。很快，他又发现大家都在玩手机，特别是孙子宋鹏，脸上的表情随着手机屏幕的微光不断变化。

他又是一股怒气直冲天灵盖，暗想："这些孩子都不尊重我，大概认为我老朽，没有知识，啰唆!"

他气得胸口闷痛，用手连连拍出几声咳嗽，有些失去信心，不愿再往下讲。

正好宋鹏看到公园里野猪跑到情侣湖畔咬死郑天龙的新闻，他心惊胆战，猛地抬头，问道："爷爷，您小时候山里的野猪比较多，见过被野猪咬伤的人吗? 是怎么处理的?"

他问得突兀，宋小还没反应过来，宋鹏的大姑母宋凤不假思索地说："当然是送医院啊! 我以前看过新闻，动物园里养的野猪咬伤了小孩子，工作人员马上叫救护车把孩子送到医院去了。"

这个话题把大家的注意力都从手机上拉了出来，争相讨论："怎么不把孩子看好? 这个事件动物园和孩子的母亲都有责任。"

"动物园里老虎、豹子、野猪、猴子伤人的事经常发生，我记得还有个闹得很大的新闻，有人为了省掉动物园的门票钱，从外面翻墙进来，刚好落到养老虎的地方，就被老虎吃了。"

"那这样动物园有责任吗?"

"我不记得了，你可以搜那个新闻看。"

老人的二女儿宋爱爱也道："今天早上，我听有人打电话给张超他爸，说昨天夜里动物园里逃出来一头野猪，没有及时抓住，咬死了一个人!"

"对对，滨江新闻也说了!"老人的二女婿张民远扬起手机，"那头野猪跑到情侣湖畔，把一个醉汉的头吃了半边!"

"可怕!"老人小女儿宋姗姗咋舌，"活人怎么能被野猪把头吃了呢? 真不可思议。"

张民远翻出新闻给她看，进一步解释说："那是个醉汉，倒在地上呕吐以后睡着了。野猪吃了他的呕吐物,也醉了,不知怎么就把那个醉汉的头啃来吃了,还和尸体并头睡在一起。"

"人命关天,动物园怎么搞的?"大女婿杨汝普是省委常委、省公安厅厅长,职业病发作,评论新闻的口吻也带着指示性,"这是个渎职案,要查清,要严肃处理!"

"是的,我已经派人去查了,查清楚向您汇报。"张民远听到杨汝普的话就发怵,连忙恭敬地回答。

他们这一唱一和,其他亲戚也不好再轻松闲聊,顿了片刻,小女婿关峰发话:"题外话不说了,让爸爸继续往下讲吧。"

宋鹏已经被众人的交谈吓出一身冷汗,听小姑父关峰说是"题外话",他打个激灵,暗暗地舒了一口气:对啊,我有什么好怕的,别人又不知道郑天龙是我派去的,除了詹地虎……

"我讲到哪里了?我忘了。"老人的气缓过来,向四周环顾一眼,略带狡黠地说。

"您和外婆要去马来亚了。"外孙杨杰说。因为杨杰的手机正在充电,全家只有他在专心地听姥爷"讲古",而且越听越有滋味。

宋小备感欣慰,朝他点了点头,就接着往下讲。

老人所经历的,是历史上中国社会最黑暗、最复杂的阶段,人们能够活下来就是胜利,何况他坎坷的一生堪称传奇。也难怪,他总有数不清的故事和人生经验要传给后辈。

可惜,并不是所有后辈都懂得珍惜他的好意。大儿媳妇刘秀琴带着孙子宋继发听老人"讲古",这孩子天生有缺陷,体内有两套生殖系统,要长大了才能动手术,因此家里人对他百依百顺。他动不动就躺在地上打滚,大哭大闹。刘秀琴嫌他打扰自己,随手塞给他一只手机。老人开始讲话,她与孙子就开始玩手机。

老人讲着讲着,忽然听到重孙子的哭声,他一惊,讲话稿子掉落在地上。

大儿媳刘秀琴急忙抱起孙子,看他为什么哭,却见孩子紧紧攥着手机,屏幕上一群老虎张嘴向他扑来。

宋小最是疼爱重孙,孙子宋鹏四年离了六次婚,再娶还不知道能不能生,两代单传就得了宋继发一个,他怎么能不爱?本来他就气小辈们不听他讲话玩手机,现在这手机居然连几岁的重孙都祸害了!

他气得老脸青紫,两手颤抖,细细想来,他一辈子受过很多侮辱,却始终没有生过这样大的气。

宋小捂着胸口颤巍巍地说:"手机里有颜如玉?有黄金屋?谁教你们为了手机

不敬长，不爱幼?!"

他声音越提越高，蓦然往前一趴，不动了。

"爸爸，您怎么啦?!"

"快打120!"

这下小辈们都惊慌起来，三个女儿腿都吓软了，儿子宋龙和三个女婿往老人身边跑，孙儿、外孙、外孙女也拥上来，不知多少人同时打电话叫救护车。

宋龙有些救护知识，他把老人仰面平放在地面上，捏住他的鼻子，一下一下地做人工呼吸。

少顷，三辆救护车齐到，三伙白衣人先后拥进屋里。听心脏的，测血压的，做人工呼吸的，人多而不乱。

再过十几分钟，这伙穿白大褂的人都站在一起，简短讨论以后，推一个人出来宣布："血压不升，心脏停搏，没有生命迹象了，家属准备后事吧。"

宋小可能做梦都没想到，他这一生没有被日本鬼子杀死，没有被饿死，没有被冻死，没有被累死，没有被病死……反而被自己的儿女们玩手机气死了!

宋家人毫无心理准备，听到医生宣布宋小死亡，没有一个人能接受，明明老寿星刚才还在讲话，怎么说走就走了呢?!

小女儿宋姗姗"哇"的一声，第一个哭出来，爸爸生前是最疼爱她的，她趴到爸爸身上，脸贴着爸爸的脸，哭得歇斯底里，声嘶力竭。

重孙宋继发看到大家都在哭，他也受到感染，满地打滚地哭了起来，可此时没人有心情关注他，甚至没人记得他是气死老人的导火索。

另一边，詹地虎从情侣湖回家，在大醉中酣睡了一觉，到隔天十一点才醒来。

他忍着头痛洗漱完毕，终于想起昨晚的事还没有向宋鹏汇报，顾不得联系郑天龙，骑着摩托车直奔白玉楼。

还没赶到白玉楼前，他远远望去，不禁大吃一惊。

楼门前摆满花圈，花圈上随风飘着写有"宋老爷子千古"几个大字的挽联，进进出出的人都身穿孝服，腰扎挽带。只不过一夜之间，宋家昨天办喜事，今天竟办起了丧事!

詹地虎满腹惊疑地走上台阶，一个女人也在他的臂膀上扎一块孝布，他刚走到灵堂门口，宋鹏便迎了出来。

两人没有说话，詹地虎跟着宋龙进到一间封闭的密室，刚要吹嘘自己与郑天龙昨夜干的好事，哪知宋鹏一句话堵住了他的嘴："你告诉我，郑天龙是怎么给野猪咬死的?"

郑天龙死了? 还是被野猪咬死的?!

詹地虎平生就没听过如此荒诞的故事,一时张口结舌,但这粗豪汉子也有急智,现场编出几句谎言:"是那小子干的! 郑天龙昨晚多喝了一点,被那小子一拳打昏了,后来才被野猪咬死的。"

宋鹏信以为真,毕竟赵文锋见义勇为的事迹是上过电视的,能跟歹徒搏斗,想来也该有几分真本领。

他又恨又怕,气得涨红脸:"你们两个蠢货,天天吹自己会武术,结果连个教书的都打不过! 现在外面传得满城风雨,你要将功赎罪,要不然我就开除你!"

詹地虎也是不要脸,"扑通"一下跪在宋鹏脚前,哀求说:"请宋经理看在我平时忠于你的分上,给我一碗饭吃,你说什么我做什么!"

宋鹏咬牙切齿地道:"只有人死了才能一了百了,你帮我把那小子干掉,我一定要得到园园,今生今世,誓不罢休!"

"杀人? 被抓到要枪毙的!"詹地虎再蠢也不敢干。

宋鹏怒瞪他:"没什么可怕的,背后有我!"

"不行! 不行!"詹地虎吓得连连磕头,涕泗横流:"要枪毙的,宋经理,你饶了我!"

宋鹏看他实在不敢,思索片刻,又道:"那你再去物色一个帮手,让他来干。事成之后,我给你二百万元的奖金,现在就能付你一百万!"

爱富弃母终被弃

宋小九十大寿,六个离异的孙媳举着"六钗闹寿"的横幅大闹,结果闹出命案。因为目击者甚多,性质恶劣,宋龙报警以后,六个前妻当场被拘留审查。

负责该案的也是熟人,正是处理王园园被抢案的滨江市公安局刑警支队第一大队二中队队长李峰,以及他的同事何玉发、王刚。

宋鹏离异的六个前妻分别是洪素芳、江春蕾、邱思思、诗祎、丰云、余韵。

她们已经被羁押了三天,市检察院给驻所检察室发出"羁压逾期"的违法通知书,市公安局分管副局长姜军便派人提审。

李峰、何玉发、王刚准备就绪,李峰主审,王刚担任记录员,何玉发任看押员。

何玉发看过名单后,按顺序第一个从女号里提出洪素芳。

宋鹏人品如何不说,眼光确实一流,六个前妻都是出众的美女。洪素芳被羁押了三天,略显憔悴地低垂着颈项,款款走来,颇有些楚楚动人的风致。

李峰指着一个固定的木凳说:"请坐。"

他语气还算和善,洪素芳没进过警察局,三天里没有一刻不悬着心,闻言瞧了李峰一眼,不那么害怕了。

"您叫什么名字?"李峰摊开纸,拿起笔,开始例行询问。

"我被你们逮来三天了,你还不知道我叫什么名字?"洪素芳忍不住刺了一句。

"这是讯问的程序。"李峰已经习惯了类似的怨怼,心平气和地解释,"您按照我问的回答就行了,要实事求是,按事情的来龙去脉谈。明白了吗?"

洪素芳点头,她本来胆子就不大,刚才那句已经是积攒了三天怨气才敢露出一点锋芒,被李峰这样的老警察客客气气挡住,马上又缩了回来。

"我名叫洪素芳。"

"性别?"

"女。"

"多大年龄?"

"今年二十五岁。"

"什么文化程度?"

"高中毕业。"

"家庭住址?"

"滨江市文山区,三里河街道,文山小区,皇嘉花园,23幢3-2号。"

"家里几口人?"

"就我孤身一人。"洪素芳心里一酸,泪盈于睫。

"什么工作?"李峰不为所动地继续问。

"无业。"洪素芳凄然号啕起来。

"靠什么生活?"李峰等她哭了一会儿,又问。

洪素芳泣不成声,半晌才回答:"靠离婚赔偿金生活。"

"是什么原因被捕?"

洪素芳考虑片刻说:"我不知道。"

"你不知道?你自己听听像话吗?"李峰严肃地说,"我们为什么推迟三天才来讯问,因为我们对你的问题做了调查。有证据表明,'六钗闹寿'的大横幅标语是你请人写的,你承认吗?"

"是我,"洪素芳坦白承认,"做横幅也算犯罪吗?"

"集会是你召开的吗?"李峰没有理会她的反问。

"在诗袆帮助下召开的。"

李峰下结论:"你是这个事件的策划人,要负主要责任。"

"不就是狗咬伤人吗?也不是我叫它咬的。"洪素芳还没有认识到问题的严重性。

"不是狗咬伤人,而是宋龙的保镖陈风打死了狗主人林国志。然后,林国志的狗再咬死了陈风。"李峰简明扼要地介绍案情,"以上死因经过法医鉴定。你说说,你应不应该对此案负责?"

"人死了?"洪素芳张口结舌,"怎么可能,好好的两个人,就这样死了?"

洪素芳当然认识前公公宋龙的保镖陈风,知道他是个耍拳弄棒的江湖人,经常吹牛说他知道人体的所有要害部位。陈风能够打死狗主人她是相信的,可是狗能咬死陈风,她实在难以置信。

李峰翻了翻案卷,解释道:"本案中有两名死者,死者陈风造成死者林国志的死亡,死者陈风随后也被狗咬死,没有办法承担刑事责任。那么,你作为整个事件的策划人,难道不应该承担责任?"

"屁的责任!"洪素芳恼怒地叫起来,"人不是我打死的,狗也不是我养的,我没有叫这些人来,更没有牵狗来!"

"洪小姐别怒,有话慢慢说。"李峰把笔倒过来敲了敲,"你知不知道上千人为什么会集聚在礼宾小广场上?"

"都是多管闲事,看热闹的。"

"这上千人看什么热闹?"

"看我们六个'寡妇'可怜。"洪素芳又怕又气,故意诅咒宋鹏。

"没有你们六个人拉横幅喊话,就不可能惹出命案来。"李峰叹了一口气,"你们该不该负聚众闹事的刑事责任?"

"我、我、我们……"洪素芳哆嗦着,艰难地说,"我们事先没有考虑到会闹出人命关天的大事,只想出出气,让宋鹏出丑,弄几个钱花。"

"不管你们主观认识到不到位,客观上是聚众闹事。因为你们趁宋家做寿之机,打着横幅标语,招摇过市,煽动舆论,阻碍交通,聚集不明真相的人群,引发了严重后果。"李峰略微顿了顿,留给洪素芳思考的时间,"你们都是成年人,具有完全的行为能力,做了违法犯罪的事,就必然会受到惩罚。"

洪素芳不懂法,对李峰这一套一套的说辞,她无言可对,但她有女性的狡黠,立即转移话题:"刑法规定这么细、这么严,咬文嚼字的,我也不懂。我就想问,为什么婚姻法规定就这么松?"

连李峰都被她唬得一怔,奇道:"你触犯的是刑法,怎么扯到民法上来了?"

"法官先生,你们审理案子还应该弄清案件的前因后果吧? 要不然我就冤死了!"洪素芳捂脸大哭。

"我不是法官,我是公安局的人民警察,你可以叫我警察同志。你是中华人民共和国的公民,受法律保护,没人会故意冤枉你,有什么案件的前因后果,你想说就说吧。"

"中华人民共和国婚姻法规定,我们的婚姻制度是一夫一妻制,宋鹏四年娶了六个老婆,难道不是犯罪?"洪素芳脱口而出。

要说几年内离婚两三次是正常的,四年离了六次,实属奇闻。李峰对滨江市著名的亿万富豪宋家自然也有所了解,甚至不少人向公安局投递举报信。可是,无论宋鹏的个人私生活再不堪,他也没有触犯法律。

李峰沉吟片刻,问道:"你与宋鹏结婚前是怎么认识的?"

"……四年前在滨江情缘舞厅跳舞认识的。"

"你当时是什么职业?"

"情缘舞厅职业伴舞。"

李峰对洪素芳瞄了一眼,侦查员的眼力入木三分,看出洪素芳话里有不尽不实的地方,她肯定有所隐瞒,"职业伴舞",身份暧昧。

"你主动,他主动?"李峰问。

"他有心我也有意。他皮肤白,身体魁梧,气质像绅士,难得的帅哥,又是博士,又有亿万家产,哪个女人不动心?"洪素芳掀起号服的衣角放嘴里咬着,强忍住眼泪,"何况我穷怕了,就想嫁一个有钱的丈夫。"

"当时,你询问父母的意见没有?"李峰闲聊一般地问着。

洪素芳听到"父母"二字,却泣不成声,几分钟不回答。

"怎么了?难道你父母有什么隐情?"李峰温言开导她,"这是讯问室,你家的隐私会受到保护,尽管说。"

"我父亲早就离开人世了,我母亲什么都不懂,我没有人可问。"洪素芳终于忍不住,眼泪夺眶而出。

李峰放下笔,默默地等待她平复心情。他是高素质侦查员,懂得多种方言,凝神思索,便发现洪素芳说的虽然是普通话,但带有吴语的尾音。等洪素芳哭得告一段落,他另起了个话头:"你籍贯哪里?"

"我是苏州人。"洪素芳带着哭腔说。

"上有天堂下有苏杭,天堂的人,怎么来我们滨江这个穷地方?"李峰半开玩笑地问。

洪素芳张了张口,又哭起来,干流泪不出声。

李峰耐心地道:"不管是什么伤心事、私密事都可以说。这里是公安局的看守所,我们有替你保密的法律规定。"

洪素芳吸了吸鼻子,摇头道:"没什么不能说的,只是很少有人问我,我也不愿意想起来。警察同志,你想知道,我就说给你听。

"我家原来住在苏州南郊,我父母都是社办工厂工人。我爸爸在铝厂工作,我妈在刺绣厂工作。我上小学时,我妈妈又生了个弟弟。我们家里生活不能讲很富裕,但温饱是没有问题的。我曾听我爸说过,当时报纸宣传苏州社办工业占半壁江山,一年能向市里交亿万元利润。后来,这些社办企业都被西风刮倒了,都卖给了个人。我爸那段时间气愤难耐,不知在哪里抄了一首打油诗给我,我至今还记得:'辛辛苦苦几十年,一夜西风下岗难。工厂砸倒一大片,三餐无依当小贩。巷头叫卖肚内饥,疾病缠身心内寒。儿女上学没学费,日月无辉北斗盼。'

"再后来,我爸爸一直心情不好,被坏人引诱,开始吸白粉,为了以毒养毒又贩白粉,终于被你们公安局逮起来,被法院判处死刑。"

洪素芳说到这里放声大哭,她人美,哭起来更使人同情,眼泪珍珠般地从眼角一串串地滚下,有的滚到嘴里,有的滚到胸前。她深深吸了一口气,抽泣着又说:"我妈妈为了我爸的事劳心劳力,没空照顾我小弟,他患麻疹并发白喉死了。我妈看到爸爸和小弟的遗物就伤心,为了摆脱惨痛的过去,虽然故土难离,她还是带我逃离了那个生我养我的'天堂'。"

李峰问道:"为什么来滨江?"

"我小叔转业在滨江市化纤厂当车间主任,我们投奔他来的。"

"你们住在哪里?"

"我小叔帮我们在龙河边搭了一个草棚,后来他又帮助我们盖了三间草房。那时候只买得起土坯墙。"

李峰同情地道:"你们孤儿寡母,那年月工作不好找,你妈妈以什么为生?"

"我和母亲拾废品为生。"洪素芳带着哭腔说,"我就想上学,可是没有钱。"

"我看你的学历,后来也上学了。"

"是我叔叔拿钱资助我上学的,我的学习成绩全校第一名,后来想上大学,没有钱上。"洪素芳用衣袖擦了擦眼泪,低声说,"也怪我命苦,生不逢时。我要是生在现在,有政府资助穷困学生,硕士生、博士生我都能考取。前几年市里对棚户区改造,就地分给我家两室一厅的楼房。祖辈没有住过楼房,现在能够免费住,我和我母亲都很感激政府,可惜我母亲……我母亲她没有享福的命,她死得好惨!"

眼看洪素芳的情绪又一下子激动起来,李峰转过头对何玉发道:"倒杯水给她喝。"

何玉发起身,用一次性纸杯倒了一杯热水,冷却一会儿再端给洪素芳,礼貌地说:"请用。"

看守所在提审时一般不给疑犯吃东西,给洪素芳喝水,是为了转移她的注意力,也是鼓励她配合审讯。

李峰和何玉发交换了个眼色,何玉发坐回原位,李峰温言道:"喝口水,慢慢说。"

洪素芳双手颤抖地接过水杯,水泼了一半在地上,只剩半杯,被她仰起脖子一饮而尽。

李峰把话题扯回正轨:"你和宋鹏是怎么认识的?"

"我说过了,一见钟情。"洪素芳喝了水,情绪急转直下,由激动变得低落,"我现在知道了,一见钟情是最不靠谱的,谈恋爱期间应该相互了解、相互考查,千万不能感情用事,在不了解对方的情况下私订终身。"

洪素芳痛苦地道:"我对宋鹏了解的时间太短了,只知道他有高学历,有亿万家产,是个人见人爱的帅哥。而我呢?我就只是个高中毕业的、穷怕了的贫家女。谁不想一步登天?他可能是我这辈子唯一一次改变命运的机会,我迫不及待地抓住不放。"

"我把情况对我母亲讲,我母亲向来很信任我,听我说宋鹏的种种优点,她一口就答应了这门亲事。"

"在我们婚前,还发生了一件事……"

洪素芳咬住嘴唇,似乎有点难以启齿,这次李峰没有再催她,而是低下头,给她一点调节情绪的时间。

"算了,"洪素芳吸了口气,"都这么久了,也没什么不能说的。

"宋鹏自从认识我,就每天来我们舞厅找我学跳舞,为此还和人打了一架,赔给人家不少医药费。后来,他找舞厅老板商量,每天用一万包场,星期六、星期日加倍。他一次性交了四万的包场费,邀请我去白玉楼他家中教他。

"他根本不会舞蹈,我开始教他跳的是探戈,后来又教他跳情侣舞。情侣舞不仅旋律快,屈膝度也要大,极富激情诱惑。可是他个儿高大,动作迟缓,怎么跳都不如意。所以他提出来要到白玉楼他家里去,说那里有练功房,有私人舞池,教学条件比舞厅要好。"

"你同意去吗?"李峰问。

洪素芳轻咬住上唇,稍停片刻说:"同意,我想不出有不同意的理由。

"情侣舞有好多种,但都是快节奏,我们在白玉楼的私人舞池跳了一会儿,他就说他累了,叫我陪他到休息室里休息。可我把他扶进去,根本就不是休息室,而是他的卧室。

"我没有见过那样的卧室,壁灯是暗红色的,很昏暗,卧室中间有张花梨木大床,铺设十分讲究,却又是自动化的,可高可矮、可东可西、可斜可正。他操纵给我看,我只觉得很有趣,根本想不到它是什么样的用途。我看他用手轻点了一下座位旁边的开关,就有两个小姐送来两杯茶,清香直透肺腑。很奇怪,我喝了茶,反而骨酥体软,昏昏然地光打哈欠。"

洪素芳闭了闭眼,轻声说:"不知什么原因,我的意识逐渐模糊,四肢瘫软,像砧板上的鱼肉,只能任人宰割。我最后的意识,是他把我抱到床上,然后我觉得刺痛,很痛,像刀割一样!等到痛得麻木,我就睡着了。"

李峰安静了许久,他看着洪素芳低垂的头,温和地道:"你知不知道,违背女性意愿的性交是强奸?"

洪素芳头埋得更低,一声不吭。

李峰又问:"你们是什么时候结婚的?"

"第二天,我在白玉楼醒来,他带我去见家长。第三天,我俩就拿结婚证书了。"洪素芳抬起头来,声音听着多了底气。

"他爸妈同意吗?"

"他家人性子很好,一点也不嫌贫爱富,我先见到他奶奶和妈妈,随着他喊奶奶、妈妈,两位老人都夸我漂亮懂事。"那大约是洪素芳在这段婚姻里最美好的时光,如今回想起来还有些兴奋,脸孔晶莹发亮。

李峰看得心情复杂,公事公办地问:"婚前你对他提出过什么条件吗?"

"大财主,我巴结都巴结不上,还有什么条件可谈……他倒对我提出了条件。"洪素芳稍停片刻又说,"不是专门提的,而是随便说的。

"他说,他不喜欢老年人,外面有几十个美女在追他,因她们家有父母,都被他拒绝了。他是家里单传,奶奶和妈妈非常啰唆,像管劳改犯那样管他,他这辈子被管够了,很厌烦喜欢管闲事的老年人。他问我有没有父母,我害怕他不要我,就说父母早死了,我跟保姆长大的。

"我把自己的亲妈假称'保姆',宋鹏没有再为难我,他同意我带着'保姆'嫁进门,只要'保姆'不管他的事情。他说,老年人喜欢孩子,我们将来有了孩子,还可以让'保姆'带。

"就这样,我们结婚了,很快生下一个男孩儿。虽然孩子有先天疾病,但是长大以后可以通过手术治疗,所以宋家人都很高兴,半点也不嫌弃他。

"我在宋家只在生孩子之前过了几个月的优越生活,生孩子以后,我与我妈领着两个小保姆一起带孩子,我妈有点空闲,就到外面捡废塑料瓶卖。"

"等等,"李峰不由自主地打断她,"宋家亿万富翁,你们在宋家还缺钱?捡废品卖?"

洪素芳连连冷哼,终于从过往的幸福回忆中抽身而出,恢复了如今的切齿恨意:"警察同志,你不知道宋鹏那个坏种有多坏,他为了预防我有外遇,一分钱也不给我,也不许我出门,连手机都不准我玩!我母亲没办法才去捡破烂,她只想攒钱给外孙买一副银镯子。"

二十一世纪居然还能听到这样的荒诞故事,见多识广如李峰,也不禁愕然。

洪素芳越说越气:"宋鹏有洁癖,我妈把捡来的废品到处藏,他看到两个废塑料瓶从饭厅的门背后滚出来,气得把厨房负责人王师傅喊出来问责。王师傅说是'保姆'放的,他立即把我母亲叫去,震怒地要把她赶走。我妈那天重感冒,发着高烧,看他发怒,马上跪在地上求他。

"宋鹏这王八蛋,一脚把我妈踢倒在地上。我哭着把我妈扶起来,宋鹏连我一起骂,他说:'这个穷酸老婆子捡破烂,污染我的餐厅,丢我的脸!你把她撵出去,不许她再进我的门!'当时正值三九天,天寒地冻,老人又发高烧,她是我的亲妈啊,我怎么能忍心?!宋鹏再有钱,他也是我丈夫,这个家是我们两个人的!我虽然怕他,但我也有权利说话!我说:'天这么冷,能往哪里送?她在发高烧,到外面要是出了事怎么办?'那是我第一次违逆宋鹏,他气得发疯,对我拳打脚踢,厨师、保镖,还有几个服务员都来劝架,王师傅也挨了他几下……"

洪素芳讲到这里,泣不成声,用那藕尖般的十指抓自己胸口,扯胸前的衣服,把下嘴唇都咬得流血。

李峰见洪素芳激动得不能自控,讯问无法继续,只好叫王刚再倒杯水给她,他自己从提包里抽出几张面巾纸。

他把面巾纸递向洪素芳,她震颤的双手却根本接不住,水杯也坠落在地,热水溅到李峰的脚上。

李峰被烫得"哎"一声站起身,坐的椅子重重倒地,把洪素芳吓得直哆嗦,倒是止住了哭。

"我没事。"李峰抓住机会,"接着说,你把你母亲送到哪里去了?"

"送到、送到我叔叔家。"洪素芳回过神来,又哭得直打嗝,"我叔叔家住在城北区的化纤路玉龙花园,平时家里没有人。我叔叔外出打工了,我婶婶是下岗工人,每天到市场去卖馒头，我弟弟也在广州上大学。因为婶婶的电话打不通，我们在他家门口一直等到天黑。

"天黑以后，宋鹏打电话给我，叫我马上回家，说孩子哭着要妈妈。我没有理他，我怎么能自己回去，如果我婶婶不回来，我怕我妈在外面冻死。可是宋鹏每隔几分钟就打来一个，他不停地骂我，说孩子哭得休克了，说我是个不称职的妈妈，说我要是再不回去，他就要跟我离婚！

"我妈熟知宋鹏的少爷脾气，听说他要离婚，也劝我走。我心存侥幸，就把我妈放在墙根下背风的地方，自己离开了。"

"我妈……我妈……"洪素芳号啕大哭，"我妈那天夜里就冻死了！她的兜里还揣着给我儿子买的银手镯！天啊，我为什么要听她的，我为什么要把她一个人留下?!"

李峰从心底叹出一口气，他翻了翻洪素芳的案卷，果然记录着她的前科。他沉声道："不管你有什么原因，把你生病的母亲单独留下，你已经触犯了遗弃罪。"

"我知道！"洪素芳伤心到极处，反而从中生出一股足以烧干眼泪的怒火，"我被判刑一年半，缓刑一年半！可是宋鹏的责任呢？为什么只判我的刑？滨江这个地方连太阳都是黑的！"

她倏地站起来，指着李峰的鼻子大声疾呼："你们公安局是为人民服务的吗？还是专门欺负我这个无权无势、无爹无娘的弱女子！宋鹏害死我母亲，离婚以后不准我见我儿子，我为什么不能拉横幅讨伐他?!老天爷！老天呀！你太不公平了！"

不等几个审讯人员做出反应，她"扑通"摔倒在地，口吐白沫，手脚抽搐。

李峰连忙招手，何玉发将她拉起，送出去医治。

浪荡公子与法国女郎

何玉发将洪素芳交给医护人员，没多久，又押着一个中等个儿、行为潇洒、面如桃花唇如丹的青年女子走进讯问室。

那女子在固定座位上坐定，与洪素芳刚开始的畏缩不同，她似乎半点没受到羁押的影响，神色仍然大方坦率，顾盼自如。

"你叫什么名字？"李峰问。

"我姓江，江春蕾。我已经坐你们的牢四天了，你还不知道我的名字？你们是怎么把我逮来的，我的手腕都给你们的手铐磨破了！"

听口音江春蕾是东北人，李峰默默记下，解释道："请你谅解，这是讯问的程序。下面的讯问都是按照程序进行的，请你不要再质疑。"

"多大年纪？"

"二十五岁。"

"什么文化程度？"

"兰克国际艺术学院广告模特班毕业。"

"籍贯哪里？"

"吉林省新丰市，新河二村。"

"家里有几口人？"

"光杆一个。"

"你犯的什么罪？"

"我没有犯罪。"江春蕾理直气壮地回答。

"你没有罪,怎么到这里来的?"李峰淡淡地问。

"'欲加之罪,何患无辞。'我不知道你们想给我安什么样的罪名,反正不管你们怎么说,我自己知道我是冤枉的。"江春蕾细密修长的双眉微微颤动,盯着李峰凛然道。

李峰不跟她争辩,问道:"宋家做寿当天,你有没有参与闹事?"

"参加了,别人叫我去的。"

"谁叫的你?"

"洪素芳。她打电话给我,她说:'宋家做寿,我们去出出气好不好?'我说:'好!'然后我就去了。"江春蕾挑衅地对李峰瞟了一眼,"怎么,这也是犯罪吗?"

"你们聚众扰乱公共场所秩序和交通秩序,当然是犯罪。"李峰平静回答。

"我们是去出气的,不是故意扰乱公共场所秩序和交通秩序啥的,这也是犯罪?"江春蕾稍微有点慌了,追问道。

"我们公安局只负责调查事实,人民法院才能为你定罪量刑,你有没有犯罪,可以等待人民法院的公正判决。"

李峰话锋一转:"东北千里迢迢,你怎么到我们滨江来的?"

这句问话却不知戳到了江春蕾的什么伤心之处,她突然大哭起来,还只哭不说话。

遇到伤心事就哭,这很符合弱女子如洪素芳的性格特征,但以李峰对江春蕾的观察,她绝不是洪素芳那样的类型。

"这里是讯问室,不要光哭,回答我的问题!"李峰严厉地喝问她。

江春蕾似乎没有听到李峰的话,仍是放声大哭,何玉发走过去想提醒她,李峰尚不及阻止,江春蕾忽然跳起来尖叫:"警察打人了!"

何玉发被她吓得不知所措,下意识说:"我没有打你……"

"你打了!"江春蕾横眉竖眼地骂,"你虐待犯人,我要举报你!"

驻所检察室里的检察官听到了尖叫声,隔着玻璃窗看进来,李峰朝他做个手势:欢迎监督。

"你先坐下,有事慢慢讲。"李峰示意何玉发退开,仍然心平气和地对江春蕾说。

"你叫我讲什么? 我被吓得忘记了。"江春蕾半张着嘴,露出两排可爱的白牙,两滴晶莹的泪珠从脸颊活泼地滚下来。她实在年轻得过分,让人很难对她生气。

"说说,吉林离滨江这么远,你是怎么来的? 为什么来的?"李峰和气地问,甚至带了一丝若有似无的微笑。

江春蕾明显是吃软不吃硬，低头想了想，老老实实地道："是我爷爷带我来的。滨江是我爷爷的老家，他小时候家里穷，跟人闯关东去了东北，后来年纪大了，就带我回来落叶归根。"

"你父母呢？"

"……我没见过我父母。听我爷爷说，我爸爸和妈妈都是钢铁厂的工人，双职工，我小时候家里生活很好。后来要改制，就把钢铁厂卖给私人，那个老总辞退了一千多名工人，剩下的工人每人工资减百分之二十，增加工时到每天十小时，还没有奖金！我爸爸妈妈就在那时候被逼下岗，我爸患了忧郁症自杀了，我妈改嫁，我被丢给我爷爷，连上大学都是靠助学金。"

没想到这个泼辣狡猾的女子却有这样的身世，李峰听了以后很受触动，她所经历的几乎是一代人的痛苦回忆。李峰劝道："在经济转型中，老百姓遭受了一些痛苦，是前进中的教训，是财富而不是仇恨。"

"财富？！"江春蕾倒竖起她那对漂亮的眉毛，冷笑，"说得真好听！下岗后没吃没穿，养不活全家，如果摊到那个讲'财富'的理论家头上，他是什么感觉？！《清官谣》里有这么一句歌词：'天地之间有杆秤，那秤砣是老百姓。秤杆子挑江山，你就是定盘的星。'那些年的那些人，他们配吗？！"

"你不要发牢骚，"李峰回避江春蕾话中的锋芒，"我们这里是看守所，不是政策研究室，你是被讯问人，你应该坦白你自己的违法行为，不要扯远了。"

江春蕾却得理不饶人，她伸了伸脖子，怒骂道："我偏要说！"

李峰苦笑，干脆不跟她争辩，闭上嘴随便她发泄。

等到江春蕾骂够了，李峰看一眼手表，转回正题："时间不多了，你如果想早点从这里走出去，就好好地回答我的问题，你是怎么认识宋鹏的？"

江春蕾爽快地回答："我在服装公司当模特，认识宋鹏他妈刘秀琴，她说我性格豪爽，长得漂亮，可以管住宋鹏，所以托人说媒。"

"你同意了？"

"亿万富翁找上门来，还能不同意？"

李峰摇了摇头："你对宋鹏其人了解吗？"

"外面风言风语多了，说宋鹏是流氓艺术家，专画裸体，作风不太正派。不过我没有多想，现代社会，男女那点事算什么大事？何况我有尚方宝剑，她妈亲口说会支持我。"

"宋鹏愿意吗？"

"呵呵,我见过的男人多了,宋鹏这样的,我还拿捏不住他? 见面的第一天晚上,他把我带进他的卧室,让服务员倒了杯茶给我,我闻到茶香觉得有问题,起身要离开。他不让我走,搂着我不放,我就假装打电话给他妈,吓得他不敢再纠缠。后来我说,只要结婚了想做什么都可以,他就同意了。"

"你们什么时候结婚的?"

江春蕾骄傲地道:"一个月以后,我要求明媒正娶,有介绍人,到政府结婚登记处去登记结婚,领取结婚证书,还要在白玉楼大厦办整整一百桌婚宴。"

"都按照你的意见办了?"

"当然!"

"那宋鹏一家对你还不错,怎么离婚的?"

"还不是因为宋鹏那王八蛋太花心!"江春蕾把后槽牙咬得"咯咯"响,"我和他没多少感情,本来也不想管他在外面怎么花心,可他没完没了,玩得越来越过分!

"我们在法国度蜜月,还在蜜月期呢,他就亲口跟我说:'过去玩的都是土货,既然到了法国,当然要去玩玩法国女郎。'这么无耻的话他都说得出来,我简直目瞪口呆,只好讽刺他不要把性病带回家。他也没听出我的讽刺,高高兴兴地出去,第二天九点多钟才回酒店。他还跟我分享心得体会,说:'法国女人比中国女人懂事,床上特技比中国的杂技演员水平还高,一夜三个小妞同床齐欢,根本就不需要男人费力。她们肌肤丰腴,紧致有弹性,就是吮力太大,把人骨髓都吸去了……'"

"你别扯那些!"李峰打断她,"你们到底怎么离婚的?"

"就为这个离婚的。"江春蕾面不改色,"从那以后宋鹏就对我很冷漠,一个月要去法国两三趟。我告诉他妈和他奶奶,两位老人十分生气,狠狠地骂了他一顿。特别是他奶奶,气得两三天吃不下饭。奶奶年纪很大了,患有高血压、冠心病,两个专职保健医生在身边看护,每天挂盐水吃药,被他气得生命垂危。他爸爸要把白玉楼大厦的经营权收回,吓得他写了保证书,发誓以后再也不去找法国女郎。他家里人都觉得我做得对,叫我看住他,再有动向继续打电话告诉他们。

"可是宋鹏受不了约束,他认为我不是他的妻子,是他爸妈的卧底特务,每天发脾气,完了又哀求我,要和我协议离婚。

"我对他也已经丧失信心,就说:'离婚可以,你要赔我五百万青春损失费。'

"宋鹏说他拿不出五百万现金,我也知道,白玉楼是他爸爸交给他代管的,他没有实权,没有办法动账目上的钱。我们讨价还价,宋鹏最后从他的私人存款里给了我三百万。"

"你们就这样离了?"李峰自己未婚,将婚姻看得比较神圣,听到江春蕾和宋鹏这对奇葩夫妇对婚姻的儿戏态度,颇觉不以为然。

"就这样离了。"江春蕾坦然道,"先交钱后离婚。他把钱转到我的支付宝上,然后我才跟他去办离婚手续。

"为了不跟他家里人纠缠,我拿到离婚证书就不辞而别了,回到东北去找我妈,又到我爸妈当年那个钢铁厂去看了看。那个厂可大了,现在是股份制公司,听说因为工人闹事,地方政府又把这个厂买了回来。

"等我从东北回滨江,又听到宋鹏的消息,说他妈被我们离婚的事气得生了一场病,他奶奶气得冠心病并发脑出血,死了。"

江春蕾叹了口气,流露出一丝真实的哀伤。

"我和宋鹏也算是和平分手,我恨他,更多是因为他妈和他奶奶。宋家的男人没一个好东西,明知道宋鹏淫邪成性,还要替他擦屁股!可宋家的女人对我真的很好,对宋鹏更是掏心掏肺,这没良心的王八蛋,早晚会遭报应的!"

一见钟情

　　送走江春蕾，何玉发又押来一个身材丰腴的短发女子。她虽然胖，但胖得匀称，有一双波光粼粼的大眼睛，眉目含情，让人想起京剧舞台上杨贵妃的模样。

　　李峰看到她却微微一惊，似乎面熟，但不知在哪里见过。

　　"请坐。"他心里想什么面上一点也看不出来，彬彬有礼地指了指桌对面被讯问人的座位。

　　这位美女也不动声色地瞟了李峰一眼，长长的睫毛垂了下来。

　　"你叫什么名字？"李峰例行询问。

　　"邱思思。"

　　"多大年纪？"

　　"二十五岁。"

　　"什么文化程度？"

　　"华师大美术学院硕士研究生。"

　　"被拘前在哪里工作？"

　　"……在滨江第一中学任美术教师。"邱思思回答，突然哭了起来。

　　"对不起，"她抽泣道，"我想起我爸妈含辛茹苦供我上学，借了那么多债，我大学毕业后好不容易考上教师编制，现在被你们公安局拘留，我不但丢了饭碗，不能养活自己，父母亲也要受我连累。"

　　美女落泪总是引人怜惜，李峰口气缓了缓："在情况没有完全甄别清楚之前，还不能认定你是罪犯，所以需要你好好配合我们的工作。你知道你的行为有什么不妥吗?"

邱思思擦掉眼泪,低声道:"可能违法了。"

"知道什么罪名?"

"是不是聚众扰乱公共场所秩序和交通秩序罪?"

"你还真知道?"李峰略觉奇怪。

"警察同志,你可能不记得了,你到我们学校为学生作过治安防范的报告。"

李峰这才想起来,怪不得他看邱思思眼熟。

邱思思一直低着头,她嗓音绵软:"我真不是有意违法的,就想出一口气。"

李峰惋惜地摇了摇头:"你也是懂法的人,在市中心的人群密集区域闹事,怎么就想不到后果?"

"不就伤了两个人吗? 到医院里抢救,医疗技术这么高,还抢救不过来?"邱思思听着不对,疑惑地问。

"不是伤了两个人,而是出了两条人命。一个一拳封喉,被打死;一个气管被狗咬断,窒息而死。"李峰严肃地板起脸,"现在你知道事情的严重性了?"

骤然听到这么恐怖的消息,邱思思如遭雷击,她终于抬起头,结结巴巴地摇手说:"我不知道! 活生生的人就这么容易死? 我真的不知道!"

"你们六个人一起闹事,是谁提出来的。"李峰问。

"是洪素芳。"邱思思被吓得六神无主,问什么答什么,"她说,宋鹏他爷爷做九十大寿,宾客满门,连省里和市里的大官都要来,我们打个大横幅标语去丢丢他家丑,再弄几个钱花花。我一肚子气还没有出完呢,能不同意吗?"

"横幅上的'六钗闹寿'是谁写的?"

邱思思紧咬下唇,泪水一滴一滴滚落。

"讲话留声,走路留迹,你不说,我也能从别人嘴里问出来。"

"是我想出来的。"邱思思不敢不说,"这也是罪行吗?"

李峰避开了她的问题:"你们商量过了?"

"我们六个人在手机上拉了个群,群名叫'六女同怨',每天都在群里联系,大致商量了一下。"

"跟你们一块儿起哄的那些青年,你都认识几个?"

"我认识三个。"

"你们去闹事,通知他们没有?"

"没有没有!"邱思思猛摇头,"这些人很讨厌,整天围着我们转,我还收到他们很多求爱信,甩都甩不掉!"

她流着眼泪轻声抱怨:"男人没有一个好东西。我后半辈子不会再嫁人了。"

这打击面就太大了,王刚放下记录的笔,不高兴地哼了两声,与何玉发互相交换了个眼色。

李峰倒是不为所动,就像没有听到一样,继续提问:"你与宋鹏怎么认识的?"

邱思思想到死了两个人就惊悸,配合地回忆道:"我们是在滨江市美术展览会上认识的。他主动与我搭讪,自我介绍说是留美的人体艺术博士,白玉楼大厦的老总。我能碰到这样有才、有貌、志趣相投的绅士,感觉很幸运。"

"你对他了解吗?"

"白玉楼大厦远近闻名,大家都知道老板姓宋,但不知其名,更不了解他的为人。"

这似曾相识的剧情,李峰立刻想起宋鹏与洪素芳的罗曼蒂克恋爱,叹道:"你对他一见钟情?"

"是,"邱思思又流下眼泪,"像鬼迷心窍一样,我自己也说不清怎么就被他迷住的。"

李峰想起洪素芳、江春蕾叙述中重叠的一段,问道:"宋鹏邀请你到白玉楼大厦去了吗?"

"你怎么知道?"邱思思有些诧异。

"喝酒没有?"李峰又问。

"我喝的是饮料,他喝的酒,我记不清了。"

"喝过饮料以后,你是不是失去意识?"

"啊!"邱思思终于又抬起头,睁大一双湿漉漉的眼睛,无助地道,"这你也知道?"

李峰看出她心理防线已经被攻破,没有详细说明,只沉稳地点了点头。

果然,邱思思以为他无所不知,嘴唇颤抖着,将藏在心底多年的秘密吐露出来:"……我喝了饮料,不知怎么就睡着了,迷迷糊糊地睡到晚上九点多钟才醒。我从床上坐起来,觉得头晕,还有些涨疼,突然发现肚子也在痛,低头一看,裙子被染红了。我听过治安宣传讲座,平时也经常教导女学生如何保护自己,马上意识到发生了什么。我很生气,拿起手机就拨110!

"宋鹏坐在床边的沙发上,看到我脸色很差,猜到我要报案,飞快地把我手机抢去了。我跳下床和他争抢,骂他是伪君子,笑面虎,披着人皮的色狼!"

"他说什么?"

"他是个无赖!不管我怎么骂,他都笑着说:'打是疼,骂是爱。'等我累了,他又跪下来向我求婚。"

"你同意了?"

"当然不可能同意!我听说他有老婆,就面对面地质问他。"

"他怎么回答的?"

"那个无赖,骗子!他跟我卖惨,说:'是,我结过一次婚,还生了一个孩子,但因为她做了对不起我的事,所以我们离婚了。你和她不一样,我们有共同语言,你能懂得我的艺术,我爱定你,也娶定你了。'"

时隔这么久,邱思思还把宋鹏这段话记得清清楚楚,李峰心里明白,她当初一定是被这段话打动了。

宋鹏这样阅尽千帆的花花公子,一旦骗起人来,又岂是生活环境单纯的女教师邱思思能够识破的?

邱思思停了一下,吞吞吐吐地道:"他还答应我,如果我跟他结婚,他就帮我还掉我父亲欠的债。"

"你父亲?"李峰翻了翻资料,没有相关记录,"他欠的什么债?"

邱思思的眼泪又狂流下来,她呜咽道:"我是农村人,我家里是养鸭大户,那年为养殖户提供政策优惠,我父亲就贷款买了上万只名鸭,雇用十几个养鸭师傅,想要大赚一笔。

"谁知天有不测风云,市场经济变幻莫测,养鸭户太多,到了秋天鸭价大跌。活鸭难卖,做卤鸭、烤鸭、盐水鸭卖,都卖不动……最后亏了几十万元。银行天天催还贷款,我爸爸患精神分裂症,掉河里淹死了。"

"我们家欠银行的贷款,还有我读大学的助学金,"邱思思讲到这里泣不成声,"我妈为了还债到街上做小贩、给人当保姆,实在是还不起。宋鹏说他帮我还,我就心动了,同意到他家去见家长。"

李峰暗自点头,他已经找到共同点:宋鹏的三个前妻都身世凄惨,无依无靠,急需钱财,因此才被宋鹏随意拿捏。

"你去他家有什么感受?"

邱思思却不哭了,沉默一会儿,苦笑道:"有钱人的家和我们老百姓的家完全不一样,我想起《红楼梦》里说的:'白玉为堂金作马,珍珠如土金如铁。'你敢相信吗?二十一世纪的新社会了,白玉楼里的人还像活在等级森严的旧社会。所有的工作人员都像是宋鹏的下人，任他呵斥、打骂。他一瓶矿泉水的钱超过几个工人一天的工资，我不敢喝，他就给我倒了杯葡萄酒。我尝着是普通葡萄酒的味道，而他告诉我，五百克这个酒值一万元。

"虽然他们家这么有钱，宋鹏他爸妈却很随和，我两手空空地上门拜访，他们也不介意。宋鹏妈妈夸我漂亮，说当老师的人品德好，有知识，今后有孩子能让孩子受到良好的教育。宋鹏送给我一只订婚钻戒，他爸爸给我十万元见面礼，他妈妈亲自打电话给我母亲，低姿态地向我家求亲。"

"你母亲同意了?"

"她和我一样，没有理由不同意。"

"宋家这么重视你，结婚肯定是大宴宾客了?"

"什么也没有! 一桌客人也没有请!"邱思思痛苦地摇晃脑袋，又哭了起来，"后来我才听说，宋鹏是三婚，我上贼船了! 我一个光荣的人民教师，'桃李满天下，春晖遍四方'，以往人家给我介绍那么多对象，除了钱少一点，哪个不比宋鹏强? 我先是稀里糊涂当了宋鹏的三婚小老婆，现在又被抓到看守所来，下半辈子差不多毁了，到底为什么?!"

邱思思哭着哭着，突然抬起头，露出一双通红的眼睛，血丝破坏了这双眼睛的美感，反而透出一股令人战栗的疯狂："我恨死宋鹏了，这个欺世盗名的伪君子，他害了我一辈子!"

"欺世盗名?"李峰敏感地抓住重点，"为什么这么说他? 据我所知，宋鹏先生是美国人体艺术学科的博士，虽然他涉足的领域与国内大众的审美相悖，却也是一个艺术家。"

"屁的艺术家!"邱思思脸上还挂着眼泪，面部肌肉微微抽搐，歇斯底里地大骂，"我是华师大美术学院硕士研究生，我的成绩名列前茅，作品水平的高低我一看就知道。宋鹏的画展我看过很多遍，粗俗得令人作呕，艺术? 他也配?! 我有个同学与宋鹏同时留美，他说在美国根本就没有宋鹏所说的那个学校和那个专业，他就是个假博士! 宋鹏只在美国大学旁听了一年美术专业，然后就跑到欧洲，英国、法国、德国什么的到处旅游，他的毕业证书、博士证书都是伪造的!"

李峰等了一会儿，直到邱思思的情绪平复后，才接着问道："你为什么和宋鹏离婚? 因为他的博士是假的?"

"不，"邱思思喘着粗气，眼泪已经干涸了，红色的眼睛茫然地望向前方，"是因为别的。"

李峰没有听到她的回答,扬了扬眉,和王刚、何玉发一起看向邱思思。

在审讯室内三名男性警察的注视下,邱思思又扯出一个扭曲的笑容:"因为他对我的爱不是夫妻相爱,而纯粹只是性爱。我们结婚了几天,他就折磨了我几天,每天夜里我都被他蹂躏得遍体鳞伤,我甚至到了看见床都会害怕的地步……

"终于有一天,我忍不住反抗,弄伤了他,再拨打120把他送到泌尿专科医院。

"医生说,他以后没有生育能力了。"

邱思思还是那个眉目含情的丰腴美人,她习惯低下头抬起长睫看人,给人的印象比洪素芳和江春蕾都软弱,但她目光扫过李峰、王刚、何玉发,此时此刻,三名男性警察不约而同地打了个寒噤。

飒爽女侠为姐妹雪恨

何玉发送走邱思思,李峰和王刚都松了口气。李峰清了清喉咙,王刚整理了一下记录,两人目光炯炯盯着何玉发押来的新人。

那是一个高挑个儿的女青年,黑发扎成丸子头,从颈项到脊梁挺得笔直,显得英姿飒爽,一路生风地走进讯问室。

"你叫什么名字?"李峰端正态度,例行询问。

"诗祎。"女青年表现得对警察毫不畏惧,侃侃而谈,"我原名诗艳,是我爸给我起的,这个名字是嫁给宋鹏以后,我自己改的。"

"多大年纪?"

"你也不替我做寿,问我年龄干吗?"诗祎两道清秀的眉毛扬起来,如剑横插。

"这是讯问的程序,这就像医院里护士给病人挂盐水一样,要'三查八对',避免挂错盐水出事故。"

"好吧,我二十四岁。"

"什么文化程度?"

"中国体育大学武术系毕业。"

"家住哪里?"

"滨江市滨江区龙河路3号排屋。"

"工作单位?"

"我没有工作,哪来单位?"

"你没有工作靠什么生活?"

"中华汽车公司是我家的,还需要工作吗?"诗祎平淡地道。

李峰翻了翻案卷,上面果然记录着诗祎的身世,正是中华汽车公司老总的独生女。诗老总向来低调,所以诗家在滨江并不像白玉楼宋家那样人尽皆知。

李峰随口道:"你家与宋鹏家的产业在滨江地区都赫赫有名,提供了大量就业机会,相互间也有商业往来,有什么矛盾不能私下谈,非要闹到公安局来?"

"宋鹏家算老几?!"诗祎却冷笑起来,"我爸是省政协委员,宋鹏他爸才是市政协副主席。他家发的是民难财,张张钞票上都有下岗工人的血泪;我家的财产是老祖宗传下来的,新中国成立的时候我爷爷也尽过一份力。"

这位是真正根深叶茂的富家子弟,比起来宋家算是暴发户,底气十足,谁也不怕。李峰苦笑着拉回正题:"不谈这些,无论你是什么人,法律面前人人平等。说说吧,知道你自己为什么被拘留吗?"

"我不知道。"诗祎一口否定,"是那个混蛋陷害我的! 你们公安局偏听偏信。"

"没有人陷害你,公安也绝不会偏听偏信。"李峰微愠,"是你们自己打着横幅标语闹事,闹出了大案!"

"什么大案? 不就伤了两人吗? 宋家给钱养伤不就解决了?"诗祎还在嘴硬,"宋鹏要是给不起,我给也行啊!"

李峰摇摇头,心想,必须打掉这位大小姐的嚣张气焰,不然没有办法问话。

"因为你们闹事,出了两条人命。"他一字一顿地道,"一个被打死,一个被狗咬死。这样严重的恶性案件,省公安厅、公安部都知道了,责令我们要严查主谋。"

诗祎抽了口气,睁大眼睛,惊愕地与李峰对视,似乎想在李峰脸上找到他说谎的证据。

李峰脸色铁青地与她互瞪了一会儿,诗祎眨了眨眼,先败下阵来。

大小姐低头避开李峰的目光,不过刹那间,她又倔强地昂起修长优美的颈项,不屑地道:"打死人的是宋家保镖,咬死人的狗不知道主人是谁,反正不是我,也不是我们叫它咬的。我们六姐妹是受害者,不但受宋家的欺负,还受你们公安局的欺负! 你们怎么不去抓宋龙和他的保镖,只会逮我们死老公的六个'寡妇'!"

诗祎越说越理直气壮,亏她气质大方,家世不凡,倒也能放下身段撒泼。

李峰忍了忍,忍了又忍,总算没有当面呵斥她,他不愿与她胡搅蛮缠,跳过先前的话题,按计划提问:"打横幅标语,是谁的主意?"

"洪素芳!"

"她征求你的意见了吗?"

"征求了!"诗祎挑衅地抬起下巴,"你能把我怎么样?"

"你怎么说的?"李峰忍耐地问。

"我同意,我叫她把字写大一点,更醒目一点。"

"这就是策划,你参与策划闹事,是要负法律责任的。"

"负责怎么样?不负责又怎么样?最多蹲两年牢。"诗祎满不在乎地嗤笑。

李峰按了按太阳穴,把怒火强压下去,继续问:"你怎么认识宋鹏的?"

诗祎双手抱胸,冷冷地道:"洪素芳是我高中同学,她既漂亮又老实,还给宋鹏生了一个孩子,莫名其妙就被离婚了。她妈妈被宋鹏赶出家门,遗弃罪反而加到洪素芳头上,判她的刑,宋鹏为什么不用负责?人善被人欺,马善被人骑。就因为宋鹏二姑父是滨江市公安局局长?宋鹏干的事天理难容,既然老天爷不罚他,那就我来罚他!宋鹏不信因果报应,我就是他的报应!"

李峰已经学会了不理睬她的答非所问,重复道:"你怎么认识宋鹏的?"

"……洪素芳与宋鹏结婚后认识的。宋鹏多次夸我漂亮,还说什么'相见恨晚',直接向我表达爱慕之情。那时候我就知道宋鹏对我不怀好意,或者说他对所有漂亮姑娘都不怀好意,看到漂亮姑娘就走不动道,要去撩一撩,有枣没枣打一竿子。"

"你既然知道他是这种人,为什么还要和他结婚?"

"我和宋鹏结婚是为了教训这个浪荡子,为洪素芳出口恶气!"

"洪素芳是你的好友,你和洪素芳的前夫结婚,你管这叫'为洪素芳出口恶气'?"李峰难以理解诗祎的逻辑。

诗祎很得意,看得出教训宋鹏这件事让她非常有成就感,她靠到椅背上,笑吟吟地道:"宋鹏与洪素芳离婚后,他多次发短信给我,一次比一次露骨,我全都严词拒绝。直到他和邱思思也离婚了,我实在看不下去,才下定决心教训这个猥琐男。

"这猥琐男最大的倚仗就是钱,钱乃万恶之源。人们经常嘲笑'穷人乍富',其实还有句话是:'富人乍穷,寸步难行。'我决定帮宋鹏败家,我倒要看看,他没钱还能不能逍遥法外?"

真是世界之大无奇不有,李峰叹为观止,问道:"他家亿万家产,你能败得了吗?"

"那是你没有做过有钱人,对我们有钱人来说,败家再容易不过了。"诗祎毫不客气地讽刺他。

"你是怎么做的?"李峰不动声色,继续提问。

"我和宋鹏结婚,因为不是真的想嫁给他,所以尽量缩小影响,提议旅行结婚。为了不和这个恶心的男人上床,我骗他说我有妇科病,他也信了,反正我不管他,随便他去外面玩女人。

"江春蕾曾经告诉我,她和宋鹏也是旅行结婚,在澳门输了一百多万。我就和宋鹏商量到澳门把那一百多万赢回来,他很高兴,马上同意了。"

李峰恍然大悟:"所以你想起来的败家方案……"

"对,"诗祎冷笑,"就是一个'赌'字。

"在这之前我没有去过澳门赌场,只听人讲那里是金钱的'百慕大群岛',在你根本没注意到的时候,钱就'失踪'了,再也寻不回来。我和宋鹏在有钱人的圈子里问了问,他们介绍了新亚酒店,进去以后才知道,酒店与赌场一体化,里面住的大部分都是内地来的大款,像我们这样的身家也不算什么。

"第一天,我们先去各个赌场作了调查研究。走进一个很大很大的赌场,进门就遇到一个赢家在庆祝,听说他用五十万赌本,一天一夜赢了一亿三千万,所以疯狂地抛撒筹码。筹码就是钱,有几十元、几百元、几千元的,也有几万元、几十万元、几百万元的。赌场不用现金,用筹码,你要赌必须先用现金在赌台换筹码,你赢了也要拿着筹码兑换现金。那人足足抛了价值一百万港元的筹码,引得许许多多人挤在后面捡。他还把大堆的筹码送给陪他赌博的女郎,她们大都外表靓丽,衣着清凉,也不知是酒店员工还是赌场里输光了钱赖着不肯走的客人。这群人把赌场的气氛炒得热热闹闹,兴奋得像狂欢节舞会,也让宋鹏充满自信。他说:'这人胖得像猪,笨得像驴,他能赢我也能赢!'

"第二天,我们一起来到赌场,宋鹏性急,一次就兑换了二百万元筹码,那个掌管筹码的女士特意对他笑了笑,说:'祝你好运。'我为了让他输得痛快,劝他选择玩骰宝,也就是赌骰子的点子多少。赌场里有专门的骰宝大赌台,赌台上面画着若干个大大小小的方格,赌客向庄家下注,庄家由赌场老板委托身穿黑马褂的工作人员担任,叫作'荷官'。宋鹏听了我的话,把筹码全押在某个格子里,少顷,只听骰盅里轻响几声,盅盖自动打开,宋鹏高兴得跳起来。一次就赢了三倍,就是六百万元。

"我跟宋鹏说,六百万元在这个赌场里什么都不算,丢块石头下去都听不到响。宋鹏于是次次都全押,那天他运气好得邪门,连续赢了十几次。荷官注意到宋鹏的好运气,也对宋鹏笑了笑,说:'祝你好运。'宋鹏立刻丢个筹码给他作为小费,价值一百万港币。

"那天我们在赌场玩了一整天,到晚上,宋鹏一直没输,相反,他赢的筹码超过一亿五千万,出乎我的意料。第二天早上,他学上次那个人,也拿了筹码在大厅里抛撒,引得几百人争抢,跌跌打滚,陪着我们的两位小姐每人都抢了价值十几万元的筹码。

"宋鹏十分兴奋,通宵以后只睡了三个多小时又醒了,我把那两个赌场的陪赌小姐也带回酒店,宋鹏却对她们一点兴趣都没有,睡梦里还在喊押单押双。或许,这就叫以毒攻毒,能够治疗宋鹏淫欲的只有更疯狂的赌性。

"虽然宋鹏没有如我所愿输钱,但我们搞体育的人有不放弃的精神,我知道自己终究会取得胜利。第二天晚上,我们休息够了,我又撺掇他去老地方赌'大小'。这回我的愿望实现了,宋鹏只赢了几次,后来就开始输,一直输。输到晚上,他不但把昨天赢的钱输光了,还倒贴进去一个亿。他有点怕,想回酒店休息,我劝他不要放弃,于是他红着眼睛又熬了一夜。这一夜他又输了两个亿,加起来输了三亿两千万元,把能动用的现金都输光了。

"这时候,已经不用我再劝他,宋鹏完全失去了理智,竟然想把白玉楼大厦作价六个亿抵押给赌场。可是白玉楼大厦何止六个亿,连内部装潢都价值几十亿!赌场派人去办抵押手续,查房产证,查到白玉楼大厦的产权在宋鹏他爸爸名下,宋鹏只有使用权。宋鹏他爸也因此得知宋鹏赌博输钱输疯了,他着急忙慌地包了一架飞机,和宋鹏他妈两人连夜赶到澳门。

"当时宋鹏和我还在赌台上,他爸派人把我们强行押走,从赌场里带到酒店。他爸见到宋鹏,脸气得发紫,张口就骂他'败家子''拖累全家''还不如死了',狠狠打了宋鹏一耳光。手还没有收回,他爸自己先昏厥倒地。"

李峰听到这里突然紧张起来,或许是有点同情宋龙,情不自禁地问:"宋先生没事吧?"

"你这位'宋先生'三天前报警把他的六个前儿媳妇抓进了公安局,你说他有没有事?"诗袆似笑非笑地道。

李峰讪讪地摸了摸鼻子,伸出手,示意诗袆继续。

"宋鹏他妈就在他爸跟前,见他爸倒下,拿起手机要打120,宋鹏叫了一声'妈',捂着脸说:'我爸居然打我!不就是输了一点钱吗?反正这些钱将来都是我的,你们拦得住我这一次,还能拦一辈子?'

"他这番话说出来,顿时把他妈也气倒了,宋鹏既不惊慌也不哭泣,还跟我说他没错,不就是想早一点得到宋家财产的支配权吗?最后是我打了120,才把两位老人都送进了医院。"

"老话说'富不过三代',就是因为有这样的败家子。"李峰叹了口气,问道,"后来宋鹏的赌债怎么解决? 是银行贷款吗?"

"有我在,怎么可能让他去银行贷款。"诗祎露出一个幸灾乐祸的笑容,"他在赌场拿的高利贷,驴打滚利息,一天的利息就是一个亿。三亿赌债,宋鹏他爸昏迷了一天,就变成四亿,哈哈哈哈!

"他爸在医院里苏醒以后,第一件事,就是在网上办了龙腾房地产公司的抵押手续,从滨江市建设银行贷款四个亿。龙腾房地产公司注册资本十几个亿,偿还了四个亿的高利贷也无所谓,反正垮不了。"

"宋鹏他爸妈责怪你没有?"

"他爸只对我皱皱眉头瞪瞪眼睛,倒没有骂我;他妈骂我是扫帚星,一进门就把他家财产都扫掉了。他们爱怎么骂怎么骂,我很大方,不记仇,再怎么骂钱也是宋鹏输的,不是我拿着他的手强迫他赌的。"

"是你教唆的,四个亿,你难道没有责任?"

"什么教唆? 你是警察,话可不能乱说。"诗祎斜睨了李峰一眼,"宋鹏是有完全行为能力的成年人,在澳门赌博也不犯法,你根据哪条法律判我教唆?"

李峰简直拿她没办法,赶紧把话题拉回案情:"宋鹏为什么要和你离婚? 是因为这次输钱的事吗?"

"不,宋鹏才舍不得跟我离婚。"诗祎双手抱胸,又露出那个得意的笑容,"我们在澳门闹了一场风波以后,他对我的感情更深了,可以说是志同道合。可惜他妈受不了我,认为我带坏了他儿子,硬逼宋鹏和我离婚。"

"在你前面离婚的几个都从宋家得到了补偿,你提的什么条件?"

"没有条件。"诗祎不屑地道,"宋鹏能给其他人的补偿就是钱呗,我缺那几个钱? 我家比他家钱多,我爸妈只生我一个女儿,我家继承人就我一个人。他家还有三个姑母要分财产,几十亿分成四等份就称不上巨富了。何况宋鹏四年离了六次婚,臭名远扬,我要了他的钱,圈子里就都知道我是他的前妻,我可不想沾染晦气。

"我替洪素芳出气的目的达到了,宋家赔掉四个亿,他妈逼他离婚正合我意,我干干净净地来,干干净净地走。"

"你和宋鹏婚姻一场,再低调也总有人知道,比如现在,你就以宋鹏前妻的身份进了公安局。如果你真的爱惜自己干干净净的名声,就该记住,婚姻不是儿戏。"李峰不赞同地批评她。

"谢谢警察叔叔的教育,但是我觉得,这话你应该对宋鹏说。"诗祎针锋相对地

飒爽女侠为姐妹雪恨

怼了回去，"婚姻确实不是儿戏，但是宋家人明显不这样认为。既然宋家人惯着宋鹏，让他没有把婚姻当回事，那就免不了有我这样的人出现，在复杂的社会里，陪他们演这一场闹剧。"

域外风情

　　第五个被讯问人也是个美女,肌肤如雪,打扮得颇具特色,低眉顺眼地走进讯问室。李峰示意后,她抬起右手理了理头发,双手往下抚了几下红色的号服,这才从容地坐了下来。

　　"你叫什么名字?"李峰打量被讯问人的表情,发现她如花似玉的脸上泪痕未干。

　　"丰云。"她抬头对李峰睃了一眼,又低下头去,声音低得仅仅能听到。

　　"多大年纪?"

　　"二十八岁。"

　　"什么文化程度?"

　　"南京农大观赏园艺硕士研究生。"

　　丰云回答的声音虽然低,但显得很有底气,李峰知道这个前妻又是才貌双全,心里也添了几分怜惜。

　　"家住哪里?"

　　"滨江市双湖区芙蓉小区,马塘村。"

　　"是个山清水秀农家乐的好地方。"李峰缓和了一句,"你的职业是什么?"

　　"马塘村的花卉技术员。"

　　"你父母是什么职业?"

　　丰云哽咽了两下,低声哭诉:"我爸妈在我很小的时候就离开人世了,我是我姥姥带大的。我姥姥是剪纸艺术家,靠着两只巧手供给我研究生毕业……我要有父母在世,或许也不会落到如此地步。"

李峰和记录员王刚交换了个眼色:又是一个身世凄惨、无依无靠的美女,除了诗祎,宋鹏挑选妻子的标准很稳定。

李峰继续问:"你知道为什么抓你吗?"

"我不知道。"丰云摇了摇头。

"你是不是参加了宋小九十寿诞当天的拉横幅闹事活动?"

"参加了,"丰云震惊地问,"就为那个要定我的罪吗?"

"还没有到那个程序,现在是弄清事实。"

"那我一定说实话。"丰云连忙保证。

李峰看出宋鹏的这个前妻确实是老实人,暗自点头,表面仍然不动声色地询问道:"这次闹事是谁最先提出来的?"

"不知道,我工作挺忙的,她们怎么筹备的我都没有关心。"

"是谁通知你参加的?"

"是诗祎。她说宋鹏的爷爷做九十大寿,宾客盈门,说她们决定去凑凑热闹,问我要不要去。她把时间地点告诉我,我就去了,谁知道会闹出这么大乱子……"

听起来很冤枉,李峰倒也不尽信,这世上老实人说谎多了去了,他只道:"你们闹出的乱子确实不小,两条人命,被打死一个,被狗咬死一个,交通要道也被阻塞几个小时。"

显然,丰云也是第一次听说当天出了人命,惊得张口结舌,无助地瞪着李峰,眼泪唰唰往下流。

李峰又道:"你和你的同伴对这两条人命到底有没有责任,有多大的责任,还需要我们详细调查才能知道。请相信,我们不会放过坏人,也不会冤枉好人。"

丰云呆了半晌,除了哭竟想不出还能做什么。

李峰察言观色,丰云的心理防线是几个前妻中最容易攻破的,至此,她必然是有问必答,不敢再耍任何花样。

他满意地问:"你家距离宋鹏的家百把里路,你是怎么认识宋鹏的?"

丰云巴不得李峰多提一些问题,查清自己的冤屈,当下眼泪也止住了,绞尽脑汁思索,慢慢答道:"去年春天,宋鹏的父亲宋龙、母亲刘秀琴带着孙子宋继发到芙蓉小区农家乐旅游。因为他们带了浩浩荡荡一群人,老板不敢怠慢,就委托我当导游,替他们介绍花卉名称和栽培技术。宋鹏他妈和我接触了几次,非常满意,夸我服务热情,花卉知识渊博。她主动询问我的学历和家庭情况,表达了同情,又赞我勤学、稳重、懂事，邀请我到她家去做客。他爸爸面相也很和善，这么大老板还客客气气的，时不时对我微笑，亲切得像邻家长辈，令我受宠若惊。

"她的孙子却是个不好相处的，别看他小小年纪，异常地调皮捣蛋，两个保姆都看不住他。我亲眼见过他打保姆、咬保姆，往保姆脸上吐痰，故意在保姆身上尿尿。两个保姆的手上、膀子上都有被他咬的疤痕。他只有玩手机的时候才是安静的，所以大人也不管他，随他一天到晚玩手机，玩得不顺心就摔，几天摔坏了几十个。临别那天，有个保姆偷偷跟我说，要不是宋家给的工资高，她才不受这种罪。

"宋家人头天回去，第二天一早，刘秀琴来电话请我到她家做客，并说要派车接我。我说我有车，她问我车的品牌，我说了，她嫌我的车坐得不舒适，要派玛莎拉蒂来接我！"

"玛莎拉蒂啊！"丰云现在说起来仍是双眼发亮，"几百万元一辆的豪车，我只在网上看到过，现实里根本见都没见过，何况是坐！挂断电话后，果然来了一辆玛莎拉蒂，我坐上去，比腾云驾雾更稀奇，车速流星一般，还没反应过来就到了。

"车在一个大院里停下，院里植满花草，弥漫淡淡的清香，绿荫掩映两幢两层别墅。我后来知道，这两幢别墅一幢是宋鹏他爸妈住，另一幢是他爷爷奶奶住，他奶奶离世后，爷爷就搬进白玉楼里，这幢别墅一直空着。别墅旁边拱卫着几间车库和平房，是给贴身照顾他们的保镖等工作人员住的。

"我被工作人员引进其中一幢别墅，大门是双开电子门，外层紫檀木，里层防弹玻璃。紫檀木门框雕刻的是龙腾凤翔图，左边门堂雕刻的是神荼、郁垒，右边雕刻的是秦叔宝和尉迟恭。门厅里两个保安守候在两边，见我们进去，立正向我们敬礼。门厅里铺着羊绒提花地毯，金丝楠木墙裙散发出幽幽的清雅香味，中间摆着一张鸭蛋圆的欧式紫檀木桌子，上面铺设乳白色蒂美悦台布，放置两件装饰品，一件是水晶雕刻的正在行雨的白龙，一件是紫玉雕刻的大鹏展翅，似乎象征宋龙、宋鹏父子的远大前程。

李峰问道："他们对你这样热情，用意你知道吗？"

"我又不是傻子，"丰云苦笑，"宋鹏母亲开始对我示好，我就很敏感。到后来邀请我做客，我非富非贵，他们却高规格接待，我还有什么不明白？"

她稍稍整理了一下思维，回忆道："我和宋鹏的母亲在别墅里坐了一会儿，聊了几句，她又把我带到白玉楼大厦，在一个豪华的会客厅里见到了宋鹏。那时我已经猜到这是一次相亲，他妈对我说，她有事要离开，我也默默同意了。

"我对宋鹏的第一印象很好，宋鹏单看外表是个文质彬彬的帅哥，女人很难抗拒。他亲自倒了一杯茶递到我的手上，又替自己也倒了一杯，全程目不斜视地盯着我看。我有些发窘，脸火辣辣地发烧，心里又紧张又甜蜜。他边喝茶边讲他的艺术成就，很快让我感觉此人有才、有貌、有钱，是难得的良配。我父母双亡，无依无靠，时时感到空虚苦闷，别人回家有父母的慈爱、有丈夫的体贴，而我出门一把锁，进门一盏灯，只有孤苦伶仃。宋家人和宋鹏的垂青像梦一般美好，我的生活好像从黑白两色变成万花筒，孤独和苦难都被驱散了，只剩下荣耀、安逸、踏实。"

"后来呢?"李峰看着眼前憔悴的女人，想象她当初满目憧憬、容光焕发的美貌，不忍地轻声问。

丰云闭了闭眼，凝脂般的两腮染上半透明的阴暗色泽，她低下头，用嫩藕般的双手神经质地搓揉红色号服的下襟:"……后来，我一杯茶刚喝完，觉得身上酥软发热，很快便连手指头都抬不起来。我觉得很不正常，用目光寻求宋鹏求助，看到宋鹏喝完茶也是脸上发红，露出焦躁不安的神色。我们四目相对，他拿了一块巧克力塞进我嘴里，这样我连声音都发不出来，只能任由他伸手把我搂进怀里……等我清醒时，只剩我一个人躺在沙发上，身下一块殷红的湿斑。"

果然又是这样，李峰心底叹息，宋鹏的几个前妻都有同样的悲惨遭遇，而她们全都没有选择报警。

或许是老实人比较认命，看丰云的脸色并不能看出她对往事的态度，她停顿了片刻，平静地续道:"我骂也骂过，打也打过，宋鹏都不当一回事，只是满口承诺要娶我。这时我已经意识到他不是我第一印象的正人君子，他能做出这样无耻的事，也绝不是第一次。后来，我又得知他有四个前妻，还有一百多个人体艺术模特，大部分都是他的情人。"

李峰肃然问道:"既然明知他是这样的人，你为什么还要和他结婚?"

丰云低首不语，眼泪扑簌簌地滚落在红色号服上，号服被染成斑斑驳驳的深色。半晌，她才道:"只怪我太想要一个家庭。

"我和宋鹏闹过以后，他怕我报警，收走了我的手机，不准我离开白玉楼，又叫他的母亲来劝我。宋鹏的母亲对我推心置腹地说了很多好话，她说别看宋家亿万家产，表面光鲜，其实家家有本难念的经。她唯一的孙子天生有两套生殖器官，内分泌紊乱，所以性格暴躁，不可能成长为合格的继承人，宋家的亿万家产他根本守不住。她说我聪明、漂亮，性格和德行都好，她从第一眼见到我就认定只有我才有资格为宋家生下合格的继承人。她劝说了我许久，还把她手上的一只价值几百万的粉红钻戒摘下来递给宋鹏，让宋鹏为我戴在左手的中指上，表明我们已经订婚。

当时，我上没有父母帮我定夺，下没有姊妹和我商量，也没有亲朋好友为我参谋，这未来的婆婆简直就是我梦想中的母亲，我实在舍不得拒绝她。就这样，我和宋鹏在认识的第三天就结婚了。"

"三天就结婚了？"王刚插嘴说，"连新房也来不及准备，何况还要请客、劳师动众的。"

"新娘房里应有尽有，婚宴只有他家近亲参加，后来我才知道，宋鹏的四个前妻用的都是同一间婚房。"丰云自嘲地一笑，"俗话说'男怕选错行，女怕选错郎'，这个'选'字用得好，我谁也不怨，怨我自己瞎了眼。"

李峰瞪了王刚一眼，示意他专心记录，继续问道："既然宋鹏的母亲那么器重你，为什么你和宋鹏后来会离婚呢？"

这个问题显然勾起了她不愉快的回忆，丰云这样的老实人都冷笑起来："当然是因为她的器重不值一钱，除了她的儿子，儿媳妇在她眼里根本就不算人！

"结婚以后，宋鹏对我说：'我们结婚没有大宴宾客，总要有个有纪念意义的仪式，听说法国是世界上最浪漫的国度，我们去法国蜜月旅行怎么样？'我那时并不知道他与江春蕾结婚已经去过法国，且在那里玩过法国小姐，所以对法国情有独钟。我对他的糜烂往事一无所知，傻乎乎地同意了他的提议。我第一次出国旅游，高兴极了，谁知他刚到法国就玩失踪，一个星期不见人影，有时给我一个电话，有时连电话都不打，我打电话他也不接。我被他丢在酒店里，由于语言不通，整整七天没敢出门，可以说度日如年。

"这还不算，回国以后，我们同时觉得下部不适，到医院泌尿科检查，发现是梅毒，必须立刻住院治疗。我们刚进医院，宋鹏他妈就冲到病房里把我大骂一顿，说她看错人了，没想到我是个狐狸精，把宋鹏勾引到法国去，不但我自己患了性病，还把宋鹏也害得患上性病。她妈说，得过性病的女人没资格生宋家的继承人，要求宋鹏跟我离婚。"

"你为什么不辩驳？"王刚又一次插嘴，替丰云不值，"梅毒是宋鹏传染给你的，而不是你传染给他的。"

"你以为宋鹏他妈真的不知道吗？"丰云冷笑道，"我虽然老实，但也受过高等教育，讲理我还是会讲的。只不过该讲的我都讲了，听不听是人家的事。我是上无父母、下无姊妹的人，单位的工作早在结婚时就被宋家强制要求辞掉了。他们是亿万富翁，在滨江权势遮天，我一个小老百姓还能怎么跟他们争？这黑锅我不背也得背，我和宋鹏还没有出医院就离婚了。"

"宋鹏赔了你精神损失费吗？"

"我提出赔偿我五百万元的精神损失费，宋鹏答应了，他妈不同意。他妈说，她在我婚前送我的那只十八克拉钻戒就值五百万。后来双方僵持，宋家的律师劝宋鹏他妈，说钻戒属于婚前赠送，建议他妈不要再为这些小事浪费时间。律师说，因为签过婚前协议，我分不到宋鹏的财产，只要我同意离婚，宋鹏可以补偿我精神损失费二百万元。"

"我就同意了。"丰云用这句话平淡地结束了她的婚姻和这次讯问。

为美人三用连环计

宋鹏的前妻都是美人,讯问室里几位警察看习惯了,万万没想到,最后一个前妻比前面的几个更美。

她穿着红色号服,中等个儿,披肩发染成微黄,飘然走进讯问室。李峰抬眼一看,不由吃惊,世上居然有人能美成这样?

他抬起右手示意,那女子坐在对面,一阵淡淡异香扑面袭来。李峰微微皱了皱眉头,又仔细扫了她一眼,发现她柳眉如黛,面白似玉,唇红若丹,阵阵异香正是从她身上传出。

李峰心生疑团,看守所不允许女犯浓妆艳抹,她这容貌是天生的吗?

他例行询问:"你叫什么名字?"

"余韵。"女子回答,嗓音轻柔婉转,有点脆生生的尾韵,不像滨江本地人。

"今年多大年纪?"

"二十六岁。"

"家庭住址?"

"滨江南区新北小区洪盛路6号楼19-2号。"

"你原籍哪里?"

余韵忽然直起腰来,骄傲地道:"我是西施故里浙江诸暨苎萝村人。"

西施故里? 李峰略觉茫然,浙江诸暨他知道,西施的故乡却是他以前没有了解过的,属于他的知识盲区。

"看守所里在押犯不允许化妆,你是不是以为我的脸上涂了脂粉?"余韵嘲讽地牵了牵嘴角，"其实我连雪花膏都没有涂，我从来不化妆，但我的皮肤生来就是这样。传说中的西施也是如此，不然一个贫穷的渔家女凭什么迷倒吴王，还留下'沉鱼'的传说？"

"还有我身上的香味，我一次性都说了，那是我的汗味，我也不知道为什么闻起来这么香。"余韵苦笑，"女人长得漂亮，从古至今日子都是不好过的，西施本身就是悲剧，我也是因此才遇到宋鹏……"

她毫无征兆地哭了起来，且哭得十分伤心，一边哭一边用手抓揉号服的前襟，泪珠滚滚，号服前襟很快变得湿润了。

李峰虽然已不惑之年，但每日忙于案件，没有娶妻也没有谈过女朋友，所以对女性缺乏了解。他听了余韵的这几句自述，内心惭愧，由怀疑她转变成怜悯和同情她。

他诚心检讨道："请余小姐谅解，余小姐天生丽质，我少见多怪。"

李峰认为自己失去了公正的立场，问不下去了，转过脸对记录员王刚道："我嗓子痛，你当主审我记录，怎么样？"

王刚犹豫了一下，道："可以，麻烦你监督我，有什么地方不对及时纠正。"

余韵没想到李峰承认错误，还要换人问她，震惊地瞪大眼。说实话，她长得太漂亮，从小到大已经习惯了他人的偏爱或者偏见，却是第一次有人因为偏见向她道歉。

她偷偷瞄了李峰一眼，觉得这位警察很有些人情味，忐忑不安的情绪不知不觉平静下来。

王刚接替了李峰的工作，清了清喉咙，有点生硬地问道："你为什么被刑拘，自己知道吗？"

余韵垂首思索，她本打算以"非暴力不合作"的态度对付警察，但李峰改变了她的想法，决定尽量配合。

她缓缓点了点头，表示知道自己为什么被抓，自嘲道："我从小学到大学都是优等生，从来没有犯过错误，没想到被宋鹏这个现代的纨绔子弟害得坐牢房、穿号服，身败名裂。"

"在哪里工作？"王刚问。

"滨江市委。"余韵答。

王刚："……"

他快速地翻阅余韵的案卷，上面果然写着她是政法大学研究生、市委干部。他心里有点发紧，低头又看了看自己身上的警服，重新挺起胸来。

王刚继续问道："你既然懂法，应该知道自己的行为有什么不妥。你们六个人之前开会研究了吗？"

余韵叹气，点了点头。

"回答我的问题。"

"知道。"

"是谁通知你开会的？"

"诗祎通知的。"

"是谁召集的？"

"洪素芳。"

"洪素芳在会上怎么说的？"

"她说，宋鹏的爷爷九十大寿，宾客盈门，很多省里、市里的领导都来了，我们可以趁机去凑凑热闹，出出气，还能弄点儿钱花花。"

"你们聚众闹事伤及两条人命，你知道吗？"

"不知道。"余韵下意识看了眼李峰，又转回来直视王刚，"我只看到宋家的保镖打伤了人，伤者的狗反咬保镖，这两个人……都死了？"

"都死了。"王刚敲了敲记录本，"你们六个人对此是有责任的。"

余韵心慌意乱，也顾不上反驳，喃喃自语："两条活生生的人命啊，怎么就这么死了？"

王刚旁观李峰对五个前妻的讯问，总结出经验，特意等待余韵情绪发酵了一会儿，再转变话题，像闲聊般问道："你是西施老家人，怎么到滨江来的？"

余韵果然被他牵着鼻子走，整理了一下纷乱的思维，答道："我爸过去是中学的教务主任，我妈是乡里的幼儿园园长，后来都下岗了，两个小知识分子既不会种田，又不会做生意，头脑像一张白纸，只能从头开始。我妈卖过菜、卖过水果、卖过熟食，摆过小香烟摊子、鞋摊子，还收过废品；我爸在窑场装窑、出窑、搬砖。两人为了生活，把我哥交给我姥姥带，谁知我姥姥没有防备心，害我哥被人拐去了。我姥姥哭得死去活来，眼睛都哭瞎了。我爸妈也不做生意了，每天含泪找孩子。

"在我出生前两个月，我爸听说四川山里有人卖很像我哥的孩子，他一个人带着两千多元现金去找，当天就失踪了。此案已经侦破，是谋财害命。"

余韵忽然放声大哭，低柔婉转的声音哭起来高昂激越，连驻所检察官都惊动了，伸头朝讯问室里望了望，以为她被刑讯逼供了。

王刚和李峰被她哭得面面相觑，手忙脚乱，幸好余韵只哭了一会儿便止住，抽泣着说："就为了两千多元，把一条命断送了！我从懂事起就发誓要报仇，要抓到那些拐卖我哥和害死我爸的坏蛋！所以我发愤读书，考取了华东政法大学。"

李峰和王刚又互相望了望，李峰无奈摇头，心里既同情余韵悲惨的过去，又为她被宋鹏糟蹋后的未来可惜。

余韵擦了擦眼泪，继续说："在我十八岁那年，我正在上海读书，两个户籍警到我家里，对我妈说：'河南省李宁县检测了一批寻亲青年的DNA，根据记录比对，找到了你的儿子。'

"那时我父亲已经不在人世，家里生活靠妈妈和舅舅做生意维持，我舅因此终身未娶。我妈和我舅看过亲子鉴定书，高兴得不得了，立即将好消息告诉我。又过了一个多月，民警把我哥送回来了，果然长得很像我爸，是个高大挺拔的小伙子。

"我哥回来了，可他既没有文化也没有专业技术，小区安排他当环卫工，月工资只有一千多元。时隔不久，我家突然来了两个黑脸大汉，说他们是讨债公司的，一个拿一把卖猪肉的砍刀，一个拿三节鞭，凶神恶煞地向我妈和我舅要钱。我舅以为他们认错人了，他们却出示了我哥的欠条，足足一万五千元。我妈和我舅没有办法，只好把家里所有现金都给了他们，还差三千块，他们连我爸留给我妈的金耳环都抢走了。"

"你舅和你妈怎么不报警呢？"王刚问。

"到派出所报警了，"余韵叹气，"可那只是开始。

"我哥从高利贷登门那天起就失踪了，可是依然有人来讨债，我舅和我妈天天挨骂，有时还会挨打。我舅到河南省李宁县去调查，原来我哥在那边赌、骗、吸毒，搅得当初收养他的那家人鸡犬不宁。我舅受到河南那家人的启发，正好我从华东政法大学毕业，考进了滨江市委，我们一家就都来了滨江。"

余韵说完，长长叹了一口气，低声道："本以为逃出生天，谁知从狼窝又掉入了虎穴。"

"你怎么认识宋鹏的？"王刚又问。

"我们外地人初到滨江来，一切都感到新鲜，虽然我在上海上大学，这个国际大都市应有尽有，我什么都看过了，但小城市也有小城市的特色。听说滨江的情侣湖景色秀美，我专程带我妈去散步，在湖边忘情地看着湖中的那些鸟儿。忽然，一对黑天鹅落在我附近的岸边，伸长脖子向我轻歌曼舞，似乎是要吃的。我走近那对黑天鹅，想和它们亲近亲近，却没注意有个醉汉从我身旁经过，一下子把我撞得倒栽进湖里。

"我呛了两口水，湖水漫过我的胸口，湖岸陡险，我怎么也爬不上去，急得只能喊'救命'。我妈不会游泳，她没有经验，不知道可以找在湖畔巡逻的保安人员，也跟着又哭又喊。眼看我们母女快绝望了，突然有个青年跳下湖把我抱上了岸，不仅我十分感动，我妈更恨不得给他磕头表示感谢。你们猜，这个青年是谁?"

王刚道:"是宋鹏?"

余韵又问:"你再猜，那个推我下湖的醉汉是什么人?"

王刚一怔:"那个醉汉按理应被行政拘留，并赔偿你的损失，逮到没有?"

"我被救上岸，那人早已经不见影子了。我当时真心感谢宋鹏，也没有多想，直到离婚以后，细细地回忆复盘，才发觉种种不对劲的地方。"

王刚看着余韵，他知道余韵怀疑所谓"英雄救美"是宋鹏找人施的连环计:"你有证据吗?"

"我要有证据还会等到现在?"余韵没好气地白了他一眼，"还会因为心里不忿去闹事，最后让你们把我抓进来?"

王刚讪讪地无话可说，李峰偷笑了下，又马上板起脸。

余韵没有继续为难他们，不等王刚再问，配合地继续道:"我端详过我的'救命恩人'，见他大约三十岁，白面皮、高个儿、身材匀称，相貌不凡，当时就对他生出好感。我给了他五百元以示酬谢，他却怎么都不收。围观的人越来越多，我询问他的名字，他也不说，只是看到我身上水淋淋的，从跟着他的一名中年妇女手上拿过一件风衣，很有风度地披到我身上。过了一会儿，附近开来一辆玛莎拉蒂，围观游客看到这辆豪车，吓得纷纷退开。我的'救命恩人'挥手示意，从车上下来两个青年女子，把我和我妈扶上车，他自己和那个中年妇女也坐了进来，离开情侣湖。

"我家没有私家车，我只有一辆电动车，我舅有一辆跑生意的旧三轮机动车。我第一次坐玛莎拉蒂这种档次的豪车，没想到我的'救命恩人'除了长得帅，心地善良，还家境富裕，我既惊又喜，当然喜悦更多一些。

"我们在路上聊了一下，我多次询问，终于得知'救命恩人'名叫宋鹏，是滨江那幢著名的白玉楼的老板，还是一名留学美国的博士、艺术家。司机把车开到我家门口，那天夜里我翻来覆去睡不着觉，宋鹏的影子一直萦绕在我的心头。"

"没过几天，我在超市里购物，钱包被人抢去了，宋鹏不知从哪里冒出来，追上去打了那人两耳光，把钱包夺回来还给我。"余韵冷笑，"当时我想:'他可太好了，不知道哪位女士烧高香才能嫁给他?'"

李峰默默听到这里,心想:"这应该就是宋鹏骗婚连环计的第二环。对之前五任前妻,宋鹏都是趁火打劫强娶,唯独这个设计智娶,可能因为余韵的工作单位是滨江市委,宋鹏也不敢太乱来。"

他听到王刚问道:"还有第三次邂逅吧?"

"是的,第三次很快就来了。

"那是一个星期日,我骑电瓶车带我妈妈到东郊薰衣草园去游玩。行到半路,突然从白桦林里蹿出个十几岁的少年,我来不及刹车,就把那个孩子带倒了。他说他的腿断了,抓住我不让走,要赔他一万块。我怀疑是碰瓷,刚想打电话报警,手机却没电了。正在为难时,后面开来两辆车,一辆宝马M5,一辆奔驰,宋鹏从宝马M5轿车里走下来。

"我很高兴,马上请宋鹏替我报警,这时奔驰车里也下来两个黑脸大汉,自称是宋鹏的保镖,听说是碰瓷的,伸手打了那孩子一耳光。那孩子'哇哇'大哭起来,从路边的树林里又走出一个中年人,抓住那黑脸大汉哭闹,要把赔偿增加到五万元。好说歹说,最后宋鹏拿出一万元了结了此事。我很不好意思,无论如何事情是因我而起,不可能自己肇事别人拿钱。我告诉宋鹏我会把钱还给他,宋鹏大方地表示不急,又邀请我和我妈妈上车,一起同游薰衣草园。

"那天,我和我妈妈都玩得很开心,宋鹏三次替我解围,本人风度翩翩,家庭背景殷实,我妈妈也很喜欢他。"

李峰想起宋鹏前五任妻子都遭遇过的惨事,插口问道:"他请你用餐或者喝酒了吗?"

"请了。"余韵不明所以地道,"在一家高档酒楼里,吃的小尾羊肉火锅,喝的是人头马酒。他亲自倒酒给我喝,我考虑到我是公职人员,要注意自己的形象,坚持拒绝了。他喝得脸红耳热,当着我妈的面,对我有些过分的举动,也被我推开了。他提出开房间午休,我和我妈都不同意,他又邀请我晚上到他家做客,我也没有同意。"

王刚和李峰对视一眼,不约而同地想:"余韵性格谨慎,家教严格,可惜道高一尺,魔高一丈。"

"宋鹏之前离了五次婚,滨江市内传得沸沸扬扬,你难道一点都没听说过?"王刚问。

余韵黯然道:"我到滨江不到两年,人生地不熟,连本单位工作的同志都还没有完全熟悉,哪里去找人了解这些八卦。"

"你对宋鹏不了解，又是怎么结婚的?"

"我接到宋鹏的求婚信，信中介绍了他的身份与家世，特别是倾吐了对我真诚的爱意，让我很受感动。当时我们家里开了一个家庭会议，我妈和我舅也很高兴，都同意这门亲事。我们都觉得，我们家是外来户，有了这门有钱有势的亲戚做支撑，才算是在滨江正式地扎下根来。"

余韵讲到这里低下头去，止住许久的眼泪又大滴大滴地滚落下来。

王刚不忍地注视她，等了片刻，又问:"宋鹏为你花了那么多心思，他怎么肯与你离婚的呢?"

"当然是因为他有了下一个猎物。"余韵擦了擦眼泪，抬起头看了看王刚，又看向李峰，"她叫王园园，希望两位警察同志能够保护她，不要让她落到我们这样的境地。"

她嘴里说着"两位警察同志"，眼睛却殷切地只盯着李峰，仿佛知道李峰认识王园园，或者，她认为李峰的心更软，也更有不畏权贵的正义感。

李峰胸中热血潮涌，他动了动嘴唇，差点开口承诺，幸好看到自己的警服，硬生生将不符合身份的言语又吞了回去。

虽然李峰一声不吭，余韵却似乎听到了他的心声，她对他点了点头，带着泪花释然而笑。

她语气平静地接着说下去，就像在说别人的故事:"结婚后第三天，我忽然接到一个女人的电话，她说她叫诗祎，是宋鹏的第四任妻子，说我是他的第六任老婆。她告诉我，宋鹏是假博士，伪装艺术家玩弄女性，身患严重的性病，甚至还可能是艾滋病病毒感染者。

"诗祎的话像是当头一记闷棍，把我彻底打蒙了，我这样的学历，这样的工作，怎么能允许自己沦落到污水缸里? 我眼前一黑，当场昏倒在地，等我醒来的时候，发现自己躺在卧室的床上，而宋鹏正在对失去意识的我上下其手⋯⋯就在那一刻，宋鹏身上因为他三次相救产生的光环褪色了，我相信诗祎没有骗我，我终于看清了枕边人的真面目。

"为了离婚时占到优势，我开始想办法抓他的证据。不久，我发现他在追求一个名叫王园园的姑娘，用高薪作诱饵，把她引进白玉楼舞蹈艺术学校当老师。可是'烧火棍子一头热'，王园园回避他，她父母也是市里的干部，宋鹏不敢强来，就给她写了一封和我当初收到的类似的求爱信。

"王园园是个比我聪明的姑娘，我收到求爱信以为看到了宋鹏的真心，王园园却看出宋鹏在威逼利诱,强硬地拒绝了他。宋鹏还不放弃,一边一个劲地紧追王园园,一边泡在他那群裸体模特里。某日,我发现他身上起鸡皮疙瘩,发烧不止,下部还微微红肿,想起诗祎的话,劝他到医院泌尿科检查。果然,医生检查出HIV呈阳性,他真的感染了艾滋病病毒。

"这个混蛋,他明知道自己有艾滋病病毒,却从来也不肯戴套!"余韵气得浑身发抖,"我趁机大闹了一场,向他提出离婚。他的美人梦还没有做醒,害怕王园园知道他是有妇之夫,非常痛快地同意了。就这样,我的婚姻只维持了不到一年,'花有重开日,人无再少年',我就算没有被传染艾滋病病毒,我的身体还活着,我的心却死了。

"再加上这次,我为了报复他做出的不理智行为,两条人命啊……我不但失去了爱情,也必然会终结我的政治生命,失去我曾经想要为之奋斗终生的理想。"

余韵抬起头来看着李峰,眼眶通红,但哀莫大于心死,李峰和王刚都有个错觉——

这个可怜的、美丽的女人,她可能再也流不出眼泪了。

八仙居茶社

日本鬼子华东驯狗基地被八路军打垮,牛崽被八路军地下工作者张茂松带到八路军里,当了一名小八路,并上了六年八路军学校。

秦老师给牛崽取了一个学名"赵伟民",他十三岁,还在上学的时候就参加了实战。几年下来,他参加大小战斗十五次,炸敌人碉堡立二等功一次,入了党,被提拔为副排长。在战斗中被敌人机枪击中了小腿,留下一个深深的伤痕,这是他的第一个"肉身勋章"。后来,他参加解放新安的战斗,消灭了日本鬼子一个三级师,在向敌人发动第三次冲锋时,他冲在最前面,被日本飞机丢的炸弹的弹皮击穿肺部。幸亏在这之前缴获日本鬼子一批药品,抢救及时,保住了他的性命,胸口留下一个茶杯口大的伤痕,得到第二个"肉身勋章"。因他这次勇敢地冲锋陷阵,被授予华东一级战斗英雄称号,被提拔为正排级。再后来,他参加过十几次战斗,在血与火的陶冶中灵活勇敢,又有初中文化,在政治上也早熟,说话精明,做事干练,师部把他调到侦察连当了排长。

一九四三年春,十六岁的赵伟民已经发育成大小伙子,一表人才,能言善辩。就是有点瘦,显得一双大眼睛挺灵活。赵伟民在侦察连学到不少本事,八路军要打日本鬼子驻滨江的据点,因情报不准,三次进攻皆败北而归,便格外重视这一块,把赵伟民调到滨江情报站专搞驻滨江日军情报。

滨江情报站设在滨江市滨江中路143号,属于城中心最繁华地段,开有八仙居茶社。赵伟民原就是滨江市宋庄人,虽然没有进过城,但也等于回老家了。因此,即便潜伏的任务严肃、危险而又繁重,他仍然高兴地接受了。

八仙居茶社内,赵伟民穿着蓝色大褂,头戴白丝帽,戴一副茶色眼镜,右手挂一根黑色木质"对手拔"文明棍,左手提一个暗紫色龙头挂钩画眉笼。画眉在农村深山老林里空气新鲜的僻静地方过惯了,没有见过这样的闹市和混浊的城市气味,惊得在笼子里扑棱棱地乱跳。赵伟民把鸟笼上黑面红里的笼罩放下来,画眉便安静了,他一摇二摆地继续踱步。他为什么要这样化装,其实也经过一番考量。旧社会有钱人所谓的世上"三样乐":打牌、放鹰、玩小雀,玩雀子的不是纨绔也是小开,都可以避开共产党、八路军嫌疑。

滨江市区只有一条半街,一条是滨江路,不太长,大约三百米,弯弯曲曲的,街两边尽是一些小商铺。除了一幢两层的八仙居茶社比较入眼,往远处看去,那些商铺都是土红色瓦房,有的还是笆子墙,给人一种破破烂烂的印象。另半条街则不同,街道更短,大约二百米,老百姓却称之为"富人街"。顾名思义,这半条街上大部分是别墅式的小洋楼,最高为三层楼,住的是地方士族、豪绅,原滨江市政府就在这条街上。

赵伟民走在滨江路的街头,耳边是"白菜!""萝卜!""豆角子!""大葱!"各种菜蔬的叫卖声,然后是"卖烧饼啦! 热的!"再走几步,还听到敲毛竹筒卖豆腐脑的声音。他正感念乡音入耳,突然,热闹的市集中传来不和谐的杂音,他似乎听见小孩子的惊啼和大人的哀哀求告。赵伟民急忙循声望去,瞳孔一缩——是日本鬼子!

只见五个鬼子骑着三匹枣红马、两匹杂毛马,腰挂东洋刀,身背马拐枪,在街上巡逻。说是巡逻,却抖着缰绳,不断张开两腿,用马刺来打马腹,使马如入无人之境般飞奔。有个八九岁的孩子被马踏伤,躺在地上滚着哭;又有个卖豆腐脑的小贩,摊子没来得及躲开,被马冲翻,豆腐脑洒了一地。小贩跪着用手把地上的豆腐脑往瓦罐里捧,号哭道:"我就这点本钱,没有钱买粮,一家人要饿死了!"

赵伟民恨得咬牙,却也不敢冲动,见日军马队冲来,闪身躲进了一个小巷口。等马队过去,他才从巷口走出来,穿过仅剩的稀稀拉拉的行人,施施然走回八仙居茶社大门口。

为了掩饰身份、吸引人流,八仙居茶社不但卖茶,还兼售糕点,生意红火。进进出出的都是一些穿长袍大褂,戴白丝帽,手拿文明棍的有钱人,挽着穿旗袍、高跟鞋,闪着口红亮光,浑身香风扑鼻的小姐。随着赵伟民跨过门槛,一股香水味、烟味,从屋内缓慢溢出。

他侧身向屋里看去,在南墙根最明亮处,看到四个豪门士族模样的人正在打麻将。最显眼的是一个四十来岁很有气质的男士,他左肩上趴着一个二十四五岁的美貌女子,烫的鬈发,戴两个红宝石金链耳坠,左手无名指戴一枚蓝宝石金戒,身穿翡翠旗袍,脚蹬英式高跟皮鞋,左手夹着香烟,右手对牌比画,不断地在说什么。这名男士右腿上还坐着一个二十来岁的俊俏少妇,大波浪黄发,身穿桃红色旗袍,脚蹬约三四寸高的红色尖头高跟皮鞋,两耳戴着瓜子形金链耳坠。她左手夹一支英国香烟,不时吐出烟圈,嘴里两颗闪着亮光的金牙若隐若隐。那少妇频繁朝窗外看,好像在等待什么人。

赵伟民是从农村走出来的孩子,在环境单纯的八路军中长大,乍然见到各式各样的"时髦人士",既新奇又兴奋。这时从屋里走出一个老年人,他一看,更觉惊喜交加——这不是驯狗基地的张大爷张茂松吗?!

张茂松虽然比以前老了许多,但赵伟民和他是过命的交情,一眼便认了出来。他猜测老人是潜伏的同志,没敢造次,依然按照规定程序办事。

赵伟民迎上去发问:"先生,你买画眉吗?"

"我不买画眉,只买茶叶。"张茂松回答。

"'君眉'要不要?"赵伟民继续问。

"不要,要'旗枪'。"张茂松说。

暗号对上了,张茂松把赵伟民引到僻静无人的角落,赵伟民激动地一把抓住他的手,喜道:"张大爷,几年未见,甚是想念。前人说'一叶浮萍归大海',没想到我们在这里又相见了。你猜我是谁?"

六七年过去了,赵伟民从一个瘦弱的孩子,长成高高大大的雄壮的小伙子,张茂松怎么可能还认识? 幸而他为人性格沉稳,记忆超群,对赵伟民上下打量一番,笑着说:"你是牛崽吧?"

"是! 疾风暴雨六七年,我们还能见面,真幸运!"赵伟民握着张大爷的手使劲摇晃。

离茶社五十来米远的地方有个皮匠摊子,皮匠是个瘸子,外人只知道他姓李。李瘸子不知何时摸进茶社,笑着凑近两人:"张大爷,我早上吃干的渴了,讨点茶喝。"

张茂松笑着说:"有!"

他指了指屋中间靠后墙根一张放茶具的桌子:"那里有,你去喝吧。"

等李皮匠喝完水回来,张茂松故意提高声音介绍:"这是我的内侄,姓赵名伟民,近来茶社客人太多,忙不过来,我请他来帮忙的。"然后又掉转脸对赵伟民说:"这是皮匠李师傅。"

赵伟民与张茂松熟稔,看他的表现就知道来人有问题,伸出手与李皮匠客气地握了握,大方地道:"敝人初来乍到,请多指教!"

皮匠喝完茶,朝赵伟民两人打个招呼走了。张茂松面不改色,对赵伟民耳语道:"这是汉奸,日本特务情报员,名叫李神仙,街的两边几百米大部分都是这些东西。"

赵伟有些奇怪地问:"瘸子,怎么叫神仙?"

张茂松笑着说:"八大神仙铁拐李不就是神仙?"

他带赵伟民走进茶社,对茶社内部细细介绍:这八仙居茶社分两层,上三间、下三间,是租赁的,原来是个有钱人家的住房。因家里有个漂亮的女儿,怕被日本鬼子强奸,所以把房子便宜出租,全家人逃到乡下去了。

茶社主营麻将,现在下层就有三桌麻将,两桌麻雀。每个牌桌座位旁边都有他先前见过的陪赌女,个个身穿旗袍,脚蹬英式高跟鞋,涂脂抹粉。有的夹着香烟吞云吐雾,有的趴在男人的背上,有的坐在男人的腿上,嗲声嗲气地对牌指手画脚。

也有两桌客人没有打牌,只是喝茶聊天,品尝糕点,偶尔随着留声机唱歌、唱戏。屋子开间比较大,虽然桌子多人也多,但下层仍然看上去井然有序,清清爽爽的,除了烟味有点呛人。赵伟民随张茂松走上了二楼,还能听到楼下留声机里飘出靡靡之音:天牌呀,地牌呀,我不要呀,单把人牌搂在怀……

与一楼的开阔不同,二楼上共有三套房、九个包间,张茂松悄悄告诉赵伟民,里面都是抽鸦片的瘾君子。其中一处包间的门半开着,赵伟民看到两个人面对面侧睡在床上,手握烟锤,对着床头中间的小矮机子上的鸦片盘抽。旁边还蹲着烟童,专做烟泡,往烟锤里装烟。屋里雾气腾腾,烟味呛人,烟童小小年纪恐怕已经有了烟瘾。屋里也有留声机,洋溢出过分甜美欢快的歌声:"卧在烟床上,烟芳而数里。烟味儿美,烟味儿香,神仙不如我……"

赵伟民不愿多看,张茂松便把他从楼上带下来,直接领进厨房,这里窗户和后门大开,空气顿时为之一清。赵伟民深呼吸两口气,目光转动,看到厨房里还有四个人——三个男青年和一个俊俏的年轻姑娘,她正忙着往茶盘里的茶杯沏茶,把糕点摆放在糕点盘里。

三个男青年也同时看向这个陌生的客人,他们训练有素,只瞟了一眼,仍然做着手中的活儿。俊俏的女青年抬起睫毛偷瞄他,迅速低头,脸颊浮起一抹淡淡的红晕。

张茂松对四人笑着问:"这位贵客你们认识吗?"

茶社的规矩是该知道的必须知道,不该知道的别打听,张茂松既然介绍了来人,肯定就是需要大家知道的"贵客"。因此四人都停下正在做的工作,一起围了上来,与赵伟民热情地握手:"贵客光临,欢迎！欢迎！"

"人从童年到青年变化最大,你们童年在一块儿受过罪、吃过苦,现在时过境迁,互不认识了,总还有点印象吧?"张茂松出人意料地道。

赵伟民和四人不约而同望向对方,凝视片刻,都摇了摇头。

"不知道。"

"认不出来。"

"他是谁?"

张茂松揭晓答案:"他是牛崽,现在的名字叫赵伟民！"

"是牛崽?!"三人中的金祖汉立刻抱住赵伟民,激动地说,"这些年你到哪去了?长得这么好,变成大人了！"

"你们是?"赵伟民丈二和尚摸不着头脑,"我怎么一个都不认识?"

金祖汉放开他,口气微酸:"怎么? 你发财了,就不肯认我们这样的穷人朋友?"

"我说,"徐士斌抬起胳膊搭在赵伟民肩上,怀疑地问,"你不会是给日本鬼子当翻译官了吧? 要不怎么能穿得这么阔气?"

听到"给日本鬼子当翻译官"几个字,不但赵伟民想起驯狗基地那个穷凶极恶的"狗班长"徐日新的形象,金祖汉和伍员也是脸色大变,两人把手从赵伟民的身上收了回去,皱着眉头打量他。

张茂松看到他们之间存在误会,又不能暴露牛崽的身份,含糊地打圆场:"这六七年来,牛崽替一家商行当采购员,是我请他来帮忙的。"

他拉着徐士斌、金祖汉、伍员三人对赵伟民道:"这是驯狗基地的小徐,现在名字叫徐士斌;这是驯狗基地的小金,现在名字叫金祖汉;这个是小伍,名叫伍员。那名姑娘叫李小娟,你应该不认识,是我新雇来的。"

经过张茂松详细说明,赵伟民终于在回忆中把人名和形象对上号:六七年前,在日本鬼子驯狗基地时,有个姓金的养狗孩子,腿有点瘸,大家都叫他小金;一个姓徐,腿也有点瘸,大家都喊他小徐;还有一个最小的名叫小伍,成天拖鼻涕流眼泪,如今也长成半个大人了。

"原来是你们！"赵伟民一把搂住三人,激动地流出眼泪,"真是'人生何处不相逢',万万没有想到,今生今世我们还能重逢！"

乱世朝不保夕,四个穷孩子能够顺利长大,还能在失散以后重逢,所有人都觉得万分幸运。寒暄过后，金祖汉羡慕地问："看你长得这么雄壮，这几年在哪里发财啊？"

"张大爷不说过了吗？我在一个商行里当采购员，他叫我到茶社来帮忙的。"赵伟民拍拍徐士斌的肩拐，转变话题，"你又是怎么过来的？"

徐士斌不疑有他，叹了一口气，道："说来话长，我已经死过一次，现在是两世人了。

"那年冬天夜里，八路军打掉日本鬼子驯狗基地，我跟宋小头趁机逃出来，差一点冻死。我们逃到小王庄，藏在一个柴草堆里避寒，被那家的婆娘早晨起来抱柴草烧早饭时发现。那时我们已经冻得意识模糊，不能说话，幸亏那人把我俩弄回家里，慢慢救醒。

"那家的当家人叫宋继奎，他婆娘叫丫丫，家里还有个女儿名叫娇娇。他们家穷，连我和宋小头五口人肯定是养不起，就单把宋小头留下，把我送到当地财主胡世荣的抗日民兵团炊事房里当勤杂工。也是那年冬天，滨江市里的日本鬼子出动部队把胡世荣的民团灭了，胡家整片绿油油的瓦房被日本鬼子放火烧掉，一家二十多口全部被杀……

"日本鬼子说中国厨师做菜好吃，没有杀我们炊事房里的十几个人，打算把我们带回滨江充实他们的炊事房。押着我们走到半路，天快亮时，遇到八路军伏击，日本鬼子大部被歼灭，少部分被俘，我们整个炊事房的人又都进了八路军。

"八路军太好了，他们有随军医院，免费给我们看病。医生讲我患的是坐骨神经炎，动完手术，很快就把我的腿治好了。我想当八路军，可八路军的军医说我一辈子不能急行军，不肯收留我。我只好到处给地主家做长工，后来被张大爷发现，跟他到这里来的。"

事实上，徐士斌已经参加了八路军，经过十几次战斗，入了党并提升为副排级。他和赵伟民互相不知道对方的身份，为了保密，半真半假地现场伪造出一段经历。

徐士斌比赵伟民大两岁，赵伟民看他长得高高大大的，面皮微黑，腰板挺直，通梢鼻子，乌眉大眼，简直是个美男子。相比在日本鬼子驯狗基地那个又黑又瘦的瘸腿小孩，可以说是鱼龙之变。

"徐大哥这些年受苦了……"他拉着徐士斌的手，一句话还没有讲完，忽听外面传来"乒乒乓乓"掀桌子、摔茶碗的声响，还有打牌、喝茶的客人们惊恐的尖叫声。

赵伟民动作敏捷，松开徐士斌第一个跑出去，其他几人也赶忙跟着追了出来，一个接一个，在厅门前挤成一团。

赵伟民在厅门前看到三个日本鬼子,当先的五十来岁,看肩章是个大佐,背着王八盒子,腰挂东洋刀,身后紧跟一名二十来岁的年轻美丽的和服少妇。那日本少妇鬈发头、重口红、高跟鞋,一副颐指气使的样子,第三个日本鬼子看样子是他们的警卫员。

这三个日本鬼子赵伟民都认识,臭名昭著的驻滨江日军首领池田大佐,他经常带着娇妻高山扬子、警卫员山口到街上扰民。

今天,大佐也是因为茶社没有人迎接他,怒气冲冲地掀翻了几张桌子,嘴里"叽哩哇啦"吼叫不停。赵伟民稍通日语,停下脚步飞快整理思绪,用日语高声喊道:"大佐光临,不胜荣幸! 请上座,我们马上献茶,献最高档茶! 献茶糕! 献最高级茶糕!"

眼见赵伟民安抚住日本人,伍员和金祖汉这才收拾起七歪八斜的桌椅板凳,将池田大佐和他带着的那个鬈发的美丽女人引至靠南窗的一张八仙桌旁。警卫员山口并不坐下,他站在池田大佐的身后,两只鼠眼不停地扫视茶社内部。

徐士斌忙着沏茶,张茂松端一盘茶糕走近,被池田大佐用东洋刀往上一挑,茶糕盘子便打翻在地,茶杯也摔得粉碎。

池田大佐嘴里"叽哩哇啦"不知骂了什么,赵伟民马上翻译:"这个老头不卫生,徐士斌上茶糕! 上最好的湖州茶糕!"

徐士斌小跑到食品库里,特意挑了一个最美丽的福建脱胎漆龙纹茶盘,端了一盘湖州五色茶糕,点头哈腰地接近池田大佐,笑脸奉上,再笑脸后退。池田大佐粗犷的脸上这才绽开几丝笑纹,却又抽出东洋刀拦在徐士斌面前,不让他走。

徐士斌刚退下一步,吓了一跳,以为池田大佐嫌自己没有向他敬礼,急忙毕恭毕敬地鞠了一躬。池田大佐摇摇头,往他胸口使劲打了一拳,徐士斌下意识地挺胸,动都没有动。

池田大佐笑着竖起大拇指,用似通非通的中国话说:"大大的好小伙子,跟我去当勤务员!"

原来他看徐士斌一表人才,行动灵活,竟起了惜才之心。徐士斌听得惊疑不定,一时不知说什么好。赵伟民反应快,替他对池田大佐鞠躬道谢:"好的! 感谢大佐重用!"

他们不知道,池田大佐的贴身勤务员山口是他的表侄,与他的娇妻高山扬子有些暧昧,最近被池田大佐发现了。池田大佐对他这个小娇妻宠爱有加,不免生出几分醋意。他早想把山口除掉,只因他是自己的表侄,不好明着下手,于是想找几个中国勤务员。池田大佐歧视中国人，他并不想真的用徐士斌做勤务员，只是想利用徐士斌除掉山口。

徐士斌这时也反应过来，跟着赵伟民说了声："好的！感谢大佐重用！"

他装出惊喜有加的样子，殷勤地往池田大佐和高山扬子的茶杯里斟茶，把一块小茶糕一切两半，一半送到池田大佐的嘴里，另一半送到高山扬子的嘴里。

看到山口没有茶糕，池田大佐高兴地竖着拇指说："大大的，好良民。"

池田大佐喝了两杯茶，吃了几块茶糕，起身在茶社里转悠一圈，又走进厨房和仓库里巡查。他会的中文有限，表示满意，只会反复说："大大的良民，茶社赚钱的有！"

在楼下巡视过，池田大佐又带着高山扬子和山口到了楼上，还在楼梯上就听到包间里传来那首烟片之歌："卧在烟床上，烟芳而数里。烟味儿美，烟味儿香，神仙不如我……"

徐士斌打开第一个鸦片包间的门，一股鸦片烟味直冲池田大佐而来，两个"鸦片鬼"骤然看到日本鬼子，吓得一骨碌爬起，拿着烟枪语无伦次地说："太君，来，尝尝味道，赛神仙！"

池田大佐摆了摆手，又抽查了两个包间，便皱紧眉头，捏着鼻子往楼下走，鄙夷地道："中国人，东亚病夫！"

他转脸看向徐士斌，露出一个笑容，拍了拍他的肩拐："走，跟我当勤务员。"

徐士斌本以为池田大佐是随便说说，没想到他真要带自己走，不禁有些不知所措。张茂松经验丰富，挤上来把徐士斌推开，假装贪婪地对池田大佐道："太君，他是我的儿子，我还要靠他生活。您看，您给他多少工资？"

大佐脸沉下来，怒气冲冲地道："大日本，钞票大大地有！"示意山口拉起徐士斌就走。

徐士斌心里浮起日本鬼子杀人放火的场面，此去不知凶吉，他跟着池田大佐一边往外走，一边做好了牺牲的打算。

赵伟民看出徐士斌的畏惧，但他也没有办法，只好拿话应付池田大佐："感谢池田大佐重用！兄弟，你放心去吧！以后吃香的喝辣的不要忘了我们！"

张茂松继续扮演老父亲的角色，把徐士斌仅有的两件换洗衣服收拾好，追上去交给徐士斌，抹泪道："照顾好自己，不要怕，春天快到了，不会再冷了。"

血火中的爱情

第二天早饭后,赵伟民提着画眉笼,打算到日军营房四周侦察日军的火力点和周围的地形。

他出门几十步,碰到昨天那个皮匠。这个日军特务伪装的皮匠主动找他搭话:"这不是昨天才来的那位先生吗? 到哪里去?"

"我初来乍到,有个朋友在这南边住,我到他家里去拜访拜访。"赵伟民打过招呼,用早就准备好的借口打发了他。

又往前走了一段路,他身穿蓝布大褂、头戴白丝帽、手提画眉笼的造型实在引人注目,一个打脆饼的男人鬼头鬼脑地凑上来:"先生买脆饼吗? 滨江特产,又脆又香又甜。"

赵伟民打量他一番,认为可以找他打听消息,笑道:"好,我还没有吃早饭,买一点滨江特产尝尝吧。"

打脆饼的男人上午还没有开张,这是第一单,闻言高兴得点头哈腰:"谢谢先生! 我在炉子里现掏给你,滚热的,又脆又香又甜,吃了还想吃。"

赵伟民尝了几口脆饼,夸奖说:"你这师傅真好手艺,确实好吃。"

打脆饼的人被夸得兴奋起来,果然打开了话匣子:"先生过奖了,打脆饼我是滨江第一家,无人不知,无人不晓! 先生不是本地人吧? 到哪里去?"

"我是宋庄人,宋庄前几年被日本人一把火烧了,我出来混日子的,现在八仙居茶社当堂倌。"赵伟民客气地拱了拱手,"不知道大哥贵姓大名?"

"我没有大名,我姓田,都叫我小五。"打脆饼的男人受宠若惊,学着他也怪模怪样地抱拳还礼。

"前面是什么街?"赵伟民往南指着问。

"滨江市名字好听,巴掌大,就是这一条滨江大街像点样子。街上最高的是顾家楼大布店,只有三层,你往前走,转弯就看见了。有首儿歌唱的就是这条街:'一条马路三盏灯,一步一个坑。几家小商铺,四季冷清清。'"田小五叹气道,"这鬼地方太穷了,听说这里几百年前是大海,海退了,留下盐碱地,一亩地只能收几十斤麦子。我家原来是附近的农民,我们村里还有首歌:'一去二三里,沿路四五家。楼台无一座,四季不开花。'"

"种田不行,可以产盐嘛。"赵伟民试探道,"一百多里以外有个大盐田,那里的盐商很有钱,如果我在这里赚不到钱,不能养家糊口,就到那里去当盐工。"

"千万别去!"田小五连连摆手,"那里做工的人更穷,富的只有盐商。盐商每家至少有十几份滩,最多几十份滩,管着几百名盐工,洋钱用箩筐装。我表哥一家人都在给盐商当盐工,生了三个儿子,连饿带病夭折了两个,穷得叮当响哟! 小孩唱:'盐工猴,盐工猴,苞米谷子地瓜头。生病没钱看,睡着望梁愁。'"

"老哥真是滨江通,不简单!"赵伟民伸出拇指夸他。

"好说。"田小五自得地说道。

赵伟民故意道:"你既如此通达,有没有门路认识日本人? 要是能把我介绍到日本人大营房里做薪水高一点的工作,我永不忘恩!"

那人愣了一下,嗫嚅道:"我做这穷手艺,一天忙到晚养不活一家人,哪有这个本事呀! 不像您这位年轻的小先生,没有家庭负担,还有心思玩鸟。"

他皱着眉头思索片刻,又说:"我替你介绍一人,他名叫徐日新,是我要好的朋友,在日军那里当通事,原来在日军驯狗基地当养狗班长。他为人很讲义气,肯帮人,帮过我不少忙。"

乍然听到"徐日新"这个名字,赵伟民心头一惊,真是冤家路窄,没想到"狗班长"几年以后还在当汉奸。

赵伟民笑道:"我现在手头没有钱,等我在八仙居茶社拿到工钱,买一点见面礼,再托你带我到徐先生家去拜访。"

"好的好的,他就喜欢人送礼。"田小五满口答应。

赵伟民又说:"徐日新这个名字我好像也听说过,是个大官吧?"

"官大官小我不知道。"田小五摇头,"我只知道他是日本人的通事,吃香的喝辣的,日本人的大官都听他的。"

"我若到他家拜访，会不会遇到日本人找麻烦？"

"不会的，日本人很有纪律，在这条街街头就能看到他们的营房。他们平日都在营房里，有任务才出来。"

"你对日本人很熟悉？"

"也不怎么熟悉，徐日新经常来买脆饼给他的日本上司吃，我不收他的钱，他就把日本人吃剩下的饭菜带给我，我一家人幸亏他帮忙。"

"这里的日军起码有一个中队呢，一百多人的剩饭你一家人吃不了，徐日新真是个大善人。"赵伟民捏着鼻子夸赞。

"何止一个中队？是一个联队，三千多人呢！"田小五果然透露了更多的消息，"你在这街头朝那边看，能看到大院墙，还有四角的四个炮楼。每个炮楼上有四挺轻机枪，一挺重机枪，几十箱手榴弹。院墙外一百多米的地方还有许多暗堡，里面都是机枪，如铜墙铁壁。八路军来打过几次，好像鸡蛋碰石头，都失败了。"

"原来如此。"赵伟民在他这里问到不少消息，决心好好维持这条情报线，笑道，"多谢田大哥今天教我，你家的脆饼太好吃了，我再买几块带给朋友家，图个人缘。"

"好！"田小五大喜，"你这位小老弟真够义气，八仙居茶社里几个人我都认识，都是吝啬鬼，特别是那个张老头，一毛不拔，从来没有来我这里买过脆饼吃！"

他唠叨半天，又说："唉，算了，张老头这人也还是可以的，我每次去喝茶他都不收钱。他也没啥钱，听说那个茶社也不是他的，是个盐商委托他打理的。"

赵伟民告别田小五，一直往南走，沿着三百来米长的南北大街拐了三个S形弯子，很快走到尽头。

放眼南眺，只见一片黑乎乎的树林掩蔽着一幢幢黑矮瓦房，正是田小五刚才提到的日军营房。日本是个多地震国家，矮房是这个国家的特点，因此日军的营房也修成他们习惯的形状。院子是正方形的，约三百米长，三百米宽。大门朝南，厨房都在北边，六个烟囱正冒着黑烟，可能是六个厨房。

赵伟民思忖，如果田小五说的是正确的，三千多日军六个厨房，每个厨房管五百多军人的伙食也是合理的。

一排排小黑瓦房都集中在院子的东西两边，可能是士兵的宿地；中间无树也无建筑物，可能是操场。院子的四角是四个相互呼应的炮楼，二十多米高，看不到人的走动，只能隐约看到机枪的射窗。这四个炮楼上的机枪可在三百米以外形成三百六十度火力覆盖网，麻雀也难飞过。外层是几个突出的土堆，下面是暗堡，再往南看是一条大河。

赵伟民知道,这条河叫南河,宽二百多米,西流北转,直通大海。而八路军一个师两千多人,就驻扎在南河五十多里地外的汪集。

他还知道,西边约一千米远的地方,是一道连绵起伏的丘陵地,高七十来米,名叫西大岭;向北绵延几十里,终点最高处名叫龙头山;东边也是一条河,七十多米宽,是滨江城里的排污河,北入大海。再往东看约二十里,就是七百多米高的老龙山,苍苍莽莽绵延一百余里,是一道难以逾越的天然屏障。

这样的地形地势,决定了日军南渡打八路军不容易,八路军北渡打日本鬼子也不容易。八路军曾在两年内三次出击,都败北而归;日军也多次南渡"扫荡",失败而还。这样僵持的状态其实对八路军是有利的,因为"得道者多助,失道者寡助",八路军深得人心,这是日军无法具有的优势。日军不怕国军的阵地战,就怕八路军的游击战,下乡"扫荡"经常会遭到八路军出其不意的打击。

赵伟民边思考边改变方向,往东走,一直走到东边的一条河边。黑色河水散发出一股刺鼻的臭味,正是滨江市里的排污河,名叫东城河。河对面一片红色盐蒿地,到秋天上面结的都是比油菜籽还小的黑色种子,当地都叫它海英菜籽,可以采回家磨成面熬过穷日子。

他想起田小五说的"一去二三里,沿路四五家。楼台无一座,四季不开花",真实情况应该把"四季不开花"修改成"秋季开红花"才对。

他又转身沿东城河往南走,走到该河尽头处,抬头往西看,见一条二百多米宽的长河,却是滨江的南河。

南河水流湍急,波光潋滟,西流北转,穿越丘陵地直通大海,是日军物资运输的重要枢纽。赵伟民驻足观望,水中不时泛起涟漪,抬起头,一群野鸭惊飞,蓝天白云间人字形的大雁向南飞去,一时排成一字形,一时排成弧形,随着不断变化的队形,发出互相关照的声音。他忽然回忆起儿时的一幕,也是看到大雁从家门口的空中飞过,妈妈就唱:"大雁大雁直,一枪打二十。大雁大雁弯,一枪打十三。大雁大雁叫,穷人吓一跳!"

那时小牛崽问妈妈:"大雁叫为什么穷人会吓一跳呀?"

妈妈说:"大雁南飞到暖和的地方生活,我们这里冰天雪地就要来临,穷人没饭吃,没衣穿,当然要吓一跳啰!"

姐姐还在旁边刮着脸颊笑话他:"弟弟笨,这都不知道!"

温馨的回忆令赵伟民浮起一丝微笑,但下一瞬,他又想到妈妈和姐姐被日本鬼子杀害的惨景。

妈妈的音容笑貌和姐姐的亲昵如碎片般崩裂,赵伟民不觉一阵悲痛涌上心头,仇恨的泪水簌簌滚下。

擦干眼泪,赵伟民镇定了一会儿,向河对面看去,那里也是一片红色盐蒿。

他想了解一下河的深度,以便战士们渡河时心中有数,便拿一块小石头往河中扔去,击得水花四溅。他战时扔手榴弹能扔七十多米,可这一扔,他却感觉胸口爆炸似的疼痛,一下摔倒在地。

是了,他后知后觉想起来,自己受过伤,日军飞机扔炸弹,弹片击穿他的肺部,留下了永不复原的伤痕。每逢天阴,肺部、腿上伤疤都痛得他咬牙切齿。

他躺在地上闭眼休息片刻,才爬起来,又拿了一块石头。这次不是从头顶使劲扔出,而是从下往前抛出,听水的回声。试验很快有了结果,河水大约三米深,不会水者难以渡过。

不能强渡,只好想别的办法。他往东看去,这条河弯弯曲曲一直延伸到地平线以下;再往西看去,这条河穿越西边的丘陵地向北拐弯;他又回顾来路,往北看去一片开阔地,日军营房在雾蒙蒙中隐约可见,距离火力封锁终点起码还有两千米。

赵伟民潜心研究攻打日军营房的方案,忽然听到航船马达的声响,心里一惊:"日军的船来了?"

他敏捷地掉转头往北跑,大约跑了七八十米,就见一艘橡皮冲锋舟从丘陵的夹谷河口蹿了出来,上头架着一挺轻机枪,还有两个日本鬼子手持步枪坐在船边上。后面有一艘小火轮拖着两艘驳船,船上堆满鼓鼓的麻袋,可能是粮食。

赵伟民心灵眼尖,看到其中一名日本鬼子抬手端枪,他立即卧倒滚进一处洼地,手托画眉笼高高举起,示意:"我是遛画眉的!"

只听"嗵嗵"两声枪响,画眉笼飞出几米远。等船舶远去,赵伟民从地上爬起,发现画眉笼顶盖被打飞了,画眉落在几米外的野菊花丛上,不飞不跳也不叫,缩着头,已经吓痴了。

画眉笼被打得散架了,画眉被吓痴了,他扮演"遛画眉小开"这一角色算是失败了。可下一步侦察任务还很繁重,怎么办?

赵伟民思索片刻,灵机一动,把头上白丝帽取下,压在一块石头下面。把蓝色大褂也脱掉,露出里面半旧的黑色棉袄。他抓一把干土在脸上抹了几下,特别是在鼻翼两边和耳朵凹陷的地方,还有鬓角,都使劲地抹了抹。再把文明棍着地的一头用石头砸碎,上面握手的地方也砸碎,中间不能动,因为里面藏着匕首。棍身再涂上一层烂泥,文明棍就变成了一条打狗棍。

须臾,赵伟民装扮好了,他在原地转着圈儿走了几趟,调整好步伐,一瘸一拐地走到河边。微风细浪把他的倒影吹得缓缓漂动,只能认出是人的影儿,看不出相貌特征。他相信自己已经成功伪装成了一个瘸腿乞丐。

刚才的事让他生出警觉,知道这条大河是日军的物资运输要道,船舶来往穿梭不断,不能久留。他迅速往西走,登上几十米高的丘陵高处,透过一片稀稀拉拉的小树林,瞭望西边的山坡以及西去的雾蒙蒙原野。日军的"三光"政策使大部分村庄被焚烧成白地,仅遗留残垣断壁,还有几处正在冒着浓烟。他看着看着,心中不由得涌出一阵悲凉和愤怒:大好河山,却被异邦蹂躏,分割得七零八落,百姓生活在水深火热之中。

他又俯瞰脚下,靠近河边有一个树林掩蔽的大院,两个炮楼,荷枪走动的日军清晰可见。

另一边,树林临大路的边沿来了一个砍柴的老人,用砍刀正在砍小树。

赵伟民弯腰退下高点,瘸着腿走到老人跟前,鞠了一个躬,哀求道:"老大爷,我饿了,有吃的吗? 行行好,菩萨保您多福多寿。"

老人突然听到身后有人说话,吓了一跳,抬头对来人打量两眼,看到是个行乞的残疾青年人,叹道:"我还以为是日本鬼子呢。孩子,这年头谈不上什么福寿,不挨日本鬼子刺刀,能填饱肚子就是福寿。"

他想想不对,又问:"你这孩子乞讨怎么讨到这山坡上来了?"

赵伟民早就编好说辞:"我看这西山脚下有个大院子,像是个大财主家,就想到那里面去讨点吃的。我腿疼不能走,好不容易走到这里,发现炮楼上有人拿着枪,怕是日军驻地,所以来求您老人家指点。"

"幸好你遇到我,可不能去!"砍柴老人倒抽一口气,"那是日本鬼子的粮食集运站,有重兵把守,不知道的行人误走到那里,还有三四百步就被日本鬼子开枪打死了。大岭西边那么多茂密的树,没有人敢过去砍,就因为这山岭上已经被日军打死了十几个人,都是砍柴误入的!"

"老大爷,我就要饿死了,我还是昨天晚上吃了一点饭,现在饿得头昏眼花走不动。"赵伟民假装哭泣,"我们中国人都吃不饱,日本鬼子哪里来的这么多粮食?"

"这里的粮食都是日本鬼子从各地抢来的,从一九三七年开始,这五六年以来,日本鬼子每个月都下乡'扫荡',抢粮食、强奸、杀人放火。"老人指了指山西边的那个被焚得只剩破墙垣的村庄,"那里是我以前的村子,我不在家的日子,日本鬼子把我们村粮食抢去,把村上的人杀光,把房子也都烧了,还冤枉我们村藏了八路军……呸,从那以后,我每天做梦都盼着八路军来给我们村报仇!"

赵伟民听得义愤填膺,掩饰地眨了眨眼,苦着脸问:"老大爷,哪里没有日本鬼子又能讨到饭吃?"

砍柴老人挺同情他,真心给他出了个主意:"你顺着这山岭往北走,几十里远有个王家屯,那里有个农贸市场,村庄也大,应该能要到饭。"

赵伟民听到"王家屯",头脑立刻兴奋起来,回想起旧事。

五六年前,他随军驻扎过王家屯,记得那地方有上千户人家,村中间还有一片绿油油的瓦房,是国民党国大代表王老虎的家。王老虎的儿子是伪军师长,被八路军打垮了,王老虎全家逃跑,八路军正好把他家改成驻地。在那里,他还遇到了失散的宋小头和娇娇,宋小头想当八路军,娇娇却哭着要他回家。现在不知道他俩在哪里,平安与否,过得好不好。

远处隐隐传来一阵枪声,打断了赵伟民的美好回忆,他抬头瞭望,看到地平线下面冲起一股浓烟。

"日本鬼子又在杀人放火了。"砍柴老人骂道,愤怒地砍伐眼前的树干,仿佛把它当成了与中国人民有着深仇大恨的日本鬼子。

赵伟民也很气愤,想到自己的侦察任务,又稍有安慰。日军滨江地区的粮食集运站和日军的水运要道、战区地形已经侦察清楚,下次八路军来一定能战胜日本鬼子,为像砍柴老人一样的百姓报仇雪恨。

美中不足的是,进攻路线已经清楚,可是火炮发射点还没有确定。

赵伟民告别了砍柴老人,越过高高低低挡住视线的连绵丘陵,继续顺着丘脊往北走。

丘陵越来越高,疏密有致的树林里,远远近近的鸟儿也越来越活跃。赵伟民是真的喜欢鸟,听到鸟鸣,他心中浮起"荒山出俊鸟,贫家出美人"的谚语,精神为之一振。

等他登上丘陵制高点的一块黑石峰,转身向日军营房看去,日军营房已经笼罩在黄昏的薄雾之中,房屋仅隐约可见。他朝山下营房看去,有一条小路蜿蜒而上,这里超出了步枪和轻、重机枪的有效射程,正适合作为炮的发射点。他心算距离,确定这个发射点可将炮击优势发挥到极致,平射炮、三八式改野炮、加农炮和榴弹炮等都能显出充分威力。

赵伟民即刻搬了几块石头垒在黑石峰上,又把打狗棍中的匕首抽出,砍断几十棵小树堆在黑石峰下作为标记,以免进攻时夜间找不到记号。

至此,赵伟民的侦察任务算是圆满完成,他准备原路返回,先要消除留下的痕迹。为安全起见,他出来侦察既没带纸也没有带笔,地图都绘在他的脑海里,全靠他超强的记忆力,所以收拾起来非常方便。

赵伟民三两下便处理完痕迹,转身向西北看去,一马平川中散落几处农舍,已见午饭炊烟。

他沿着崎岖的丘脊往回走,因为今天步行过久,渐渐地,胸口和腿上的伤疤开始作痛。他又饿又渴又痛,走起来很吃力。

他不得不坐在一块岩石上歇息,却见西边的天空冉冉涌出一层乌云,风向似乎也由西风转为北风。他的伤疤遇到天阴越发疼痛难忍,他不仅担心伤口,更担心伤口疼痛使他难以完成侦察任务。

赵伟民边歇息边思索,最后打定主意:不再原路返回,而是按那砍柴老人指的路线去王家屯。到了那里歇息一夜,他的伤口应该能止住疼痛,明日再回八仙居茶社。

他拿出两块脆饼吃了,又在岩石凹塘里捧点水喝完,沿着山岭继续往北走。一直走到太阳西沉,终于到了丘陵北端的尽头,看到山下有个农贸市场,赶集的人背着的、挑着的尽是一些农活和家具。

赵伟民混进赶集的人群中,在农贸市场转了两圈,与小时候有眼无心不同,他很快侦察出这个农贸市场的地形地貌:大约有两个足球场大,四周都是些做生意的小铺子,西面约一里路的地方有一个大村庄,中间是一片绿油油的瓦房,正是当年八路军驻扎过的王家屯。

他想在这农贸市场寻个地方住下,找了几个小旅店,门口却都挂着"满"字牌。

他踌躇片刻,见一个四十开外的男子坐在路边树桩上面"吧嗒吧嗒"地抽着旱烟袋,便走过去,先给那人鞠了一躬。

赵伟民搭话道:"大爷,这是什么集呀?"

抽旱烟袋的人从嘴上拿下烟袋,对着赵伟民端详了片刻,可能看他的外表像是乞丐,言语形态又不像乞丐,对他倒还客气:"小哥,你从哪里来,要到哪里去?"

赵伟民随口应答:"我是来我姐姐家走亲戚的,从早上走到现在,好像迷路了。"

抽旱烟袋的人又瞅了一眼赵伟民,狐疑道:"迷路了?你不呆不傻,自己姐姐住在哪个村庄你难道不知道?"

赵伟民编得活灵活现:"我姐住在离王家屯还有二里多路的一个村里,我在来的路上遇到日本鬼子'扫荡',绕了几个村庄到了这里,给绕糊涂了。"

"原来是这样。"抽旱烟袋的人露出恍然的神色，"这里是王家屯集市，天色已经晚了，外面乱糟糟的，你找个小旅店住一晚吧。小哥，我听你讲话的口音和我差不多，家应该不远。是哪里人呀？"

"我是宋庄人，宋庄被日军烧了，逃出来的。"

"你是宋庄人？那我们是老乡呀！宋庄很大，你住宋庄哪里？"抽旱烟袋的人骤然变得热情起来。

赵伟民暗叫惭愧，幸好他这句话是实话，当下答道："我家住在宋庄第二保第五甲十五号，真没有想到在这里也能遇到老乡，太幸运了。"

"我家也住在第二保第五甲，我名叫林三友，小哥贵姓呀？"

"我姓赵，小名牛崽。"

"啊呀，你是牛崽！"林三友猛拍大腿，"我记得你，你妈妈叫陈玉英，姐姐叫陈小妹，我们两家处得很好！"

林三友还没说完，三个十五六岁的女孩背着硬柴走下山来，其中一个女孩望向这边，冲他喊道："爸爸，是爸爸吗？你在这里干什么？"

"我的好女儿，爸来接你回家的！"林三友胡乱答应一声，指着赵伟民笑道，"你快看他是谁？"

三个女孩同时看向赵伟民，看得他发窘，三人都摇摇头。

赵伟民想，数年未见，儿童到青年又是人一生中变化最大的阶段，过去的邻居当然认不出他来。

林三友兴高采烈地揭晓答案："他是我们在宋庄的邻居牛崽！"

"是牛崽？长这么高这么大了?!"林三友的女儿惊喜地说，像小时候那样伸出手去抓牛崽的手，赵伟民被熟悉的感觉笼罩，脑子短路，也伸手去握她的手。少年男女的手刚碰到一块儿，触电似的又抽了回来，两人的脸同时红了起来。

另外两个女孩儿也高兴地叫起来："你是牛崽？我们小时候经常在一块儿玩的，日本鬼子没来的时候，我们玩得可好了！"

赵伟民并不记得她们，但他不会那么扫兴，也跟着开心地道："人家说'老乡见老乡，两眼泪汪汪'，我们不但是老乡而且是小时候的伙伴，过了这么多年还能遇见，一定是前生有缘！"

"是很有缘。"林三友的女儿红着脸说，"可你长这么高大，我们不能再叫你小名儿了，你现在叫什么呀？"

"我叫赵伟民，"赵伟民说，又反问，"你们三人的大名呢？"

三个年轻姑娘有些不好意思,林三友便指着女儿说:"这是我的女儿林彬。"又指了一下站在林彬左边的姑娘,"她名叫吴兰芳。"最后介绍站在林彬右边的姑娘,"她叫李小娟。"

"我们三人同年的,就结拜为同年姊妹了。"林彬笑嘻嘻地问,"我不记得你多大了,几月生的来着?"

"我十六岁了,我生日大,阳历四日五日,清明节,我妈以前说我是小鬼投胎的。"赵伟民开了个玩笑。

三个姑娘笑得前仰后合,林彬爽快地道:"我是阴历七月十五生,我才是小鬼出来抢钱投胎的。你比我大,是哥哥。"

"我是九月十九日生的,是观音的生日,最吉利。"李小娟说。

"我是八月初六。"吴兰芳"哈哈"一笑又说,"我们三人生日都比你小,叫你牛崽哥吧。"

众人寒暄之间,天彻底黑了下来,林三友不由分说地拉着赵伟民的手:"走,到我家去歇歇。"

赵伟民巴不得,道一声"打扰",摆脱林三友的手走到林彬身边:"柴我来背。"

林彬待要与赵伟民抢夺,哪里是赵伟民的对手,他很快把柴抢过来背到身后,还夸了她一句:"蛮重的,八九十斤,小妹真有劲!"

林彬的母亲名叫何小英,是个勤劳热情的农妇,这天,她像往常一般站在门口等待家人,却见丈夫和女儿带回来一个陌生的小伙子。

这小伙子身板高大,面目英俊,肩膀上还背着一捆林彬往常背的硬柴。林彬的母亲越看越欢喜,笑眯眯地迎了上去,问道:"这个小哥是谁呀?"

"妈,你猜!"林彬并不知道母亲的心思,还要母亲猜。

"没看到过,猜不到。"何小英看着女儿笑得更开心。

"他是我们家在宋庄的邻居!"林彬兴奋地揭晓答案。

何小英怔了一下,突然想起这个青年的脸像一位故人,问道:"是陈玉英的儿子吧,名字我想不起来了。"

"对,他的名字叫牛崽!"林彬说着,被母亲的目光注视,不知怎么又红了脸。

何小英热情地欢迎:"啊呀,牛崽长这么高了,都成大小伙子了! 快把柴卸下来,来家歇歇!"

林三友和林彬父女的家位于农贸市场和王家屯之间的一个小村庄,三间草屋门朝南,林三友夫妻住东间,林彬住西间,还有间小厨房在门东。赵伟民进屋一看,堂屋四壁空空,摆了一张三条腿的小饭桌,旁边是几个粗木桩凳子。

家里连脸盆都没有,林彬用一个小瓦盆端了盆热水给赵伟民洗脸,也没有毛巾,将就一块家纺粗布当毛巾。

赵伟民并不嫌弃,拿粗布痛痛快快地搓了一顿,洗去头发、脸、脖子上的污垢。林彬在旁边看着他微黑的面庞,深邃的眼眸,浓密的双眉,高挺的鼻梁……少女之心突突跳动,脸颊不知第几回红了起来。

晚饭是山芋和南瓜,赵伟民吃了两大碗,主客相宜,谈笑风生。

而他不知道的是,林三友一直在观察他,一顿饭吃完,林三友的心中已经有了结论。

林三友虽然没有文化,但是有社会经验,他曾与赵伟民的父亲赵小根闯过关东,赵小根死在他乡,林三友却能活着回来,他的机变、大胆、聪明都可见一斑。

在林三友看来,赵伟民的言谈举止不像一般人,很有些文化,而乱世的贫家孩子能在哪里学文化?联想到当年王家屯被八路军驻扎的历史,他轻而易举便猜到了赵伟民的真实身份。

所以,晚饭后,林三友主动道:"牛崽,你还记得我有个儿子比你大几岁,乳名叫林欢欢吗?"

赵伟民回忆片刻,点头道:"记得,他比我大几岁,另有一伙小朋友,我们没在一块儿玩。我和林彬,我们几个人在一起玩。"

林三友站起来,走到门外厨房里,在墙缝里抽出一个小纸片包着的东西,递给赵伟民:"这两个人你认识吗?"

赵伟民疑惑地接过,见是一个方方的旧黑纸包,打开来,里面包着一张二寸照片。

他定睛再看,不由得"咦"了一声。原来照片上有两个人,其中一个高个儿、年长的人是他们的师长,而师长旁边的那个腰间挂盒子炮的青年他不认识。

赵伟民震惊地看向林三友,满心疑问,但他受过严格的训练,硬是闭着嘴一声不吭。

"这是八路军的贺师长,你认识吧?"林三友主动道。

赵伟民仍然不说话。

林三友也不需要他回答,肃然道:"这个青年是我的儿子,小名林欢欢,本名林枫,是贺师长的警卫员。这事你可以到外面去打听,很多人都知道,因为汉奸特务告密,日本鬼子来抓过我们一家,幸亏我们跑得快,要不然就要在东洋刀下做鬼了。我叫林三友,是因为我排行老三,前面两个哥哥一个出天花夭折了,一个出麻疹并发白喉死了。我小时候患过麻疹,患过天花,还患过疟疾,次次都死里逃生,瘟神也对我无可奈何。我说这些,就是想告诉你,我信得过,而且我现在什么都不怕,你有什么任务尽管对我讲,丢掉老命我也要帮你!"

林三友这番话终于打动了赵伟民,他想起林枫这个名字依稀是听过的,照片上的青年与林三友面貌相似,看来,林三友与八路军确实是一家人了。

赵伟民当机立断,伸手握住林三友的手,低声快速地道:"您一片诚心要帮助我,我也不瞒您了。我确实是八路军,奉命来滨江侦察日军的火力布局和地形。有关这方面,您有什么可以教我的吗?"

"当然有。"林三友底气十足地道,"日本鬼子在滨江南河附近修了一条暗道,你知道吗?"

赵伟民没想到林三友一开口就透露了这么重要的消息,立刻紧张起来,郑重地说:"不知道,请林大爷指教。"

"这条暗道是一九三八年春天修的,为了保密,日本鬼子特意抓的山东民夫来挖的。当时我在青岛码头做工,他们把我当成山东人,一起抓了过去。这条暗道从日本鬼子的营房一直通到丘陵西边的粮食集运站,高两米,宽三米,三里多路,出口处安排了重兵把守。"

"我给日本鬼子修这暗道,越想越不对劲,在顶盖封土之前就逃跑了。"林三友道,"以前老人说过,古代给帝王墓封口的工匠都会被秘密处死,后来我再去打听,修暗道的一百多个劳工全部消失了。"

赵伟民得到这意料之外的日军绝密信息,激动地站了起来,连连对林三友鞠躬,喜悦地道:"我军三次出击,都是因西侧突然受敌而撤退,原来如此! 林大爷,您救了我们战士的命,我太感谢您了!"

他话音刚落,"砰砰砰",大门处轻轻地响了三声。

赵伟民本能地急转身,欲往房里躲藏,旋即又镇定下来,低声对林三友道:"敲门声很轻,不是日本鬼子,日本鬼子进百姓家都是用脚踹,用枪托捣。"

"不用紧张,我知道是谁。"林彬一直安静地旁听父亲和赵伟民的对话,这时起身去把门打开。

门外是李小娟和吴兰芳,两人并没有察觉屋内凝滞的气氛,笑着道:"我们来看看老乡牛崽。"

"快进来吧。"林彬她妈何小英也笑着开腔,向赵伟民解释,"她们仨既是老乡也是同学,经常在一起玩,相处像亲姐妹。"

赵伟民听懂了母女二人的暗示,她们是说,李小娟和吴兰芳也像林家三口一样,信得过。

他想了想,坐了下来,叹道:"真好,你们有爹有妈,还能上学,我爹我妈……"

林三友接着他的话便道:"我们这里没有学校,哪来的学上,她们上的是当初八路军驻王家屯时办的识字班。我还记得八路军里的女文化教员,姓秦,教学可认真了!不但她们三人去学习,连我也去了,眼看着坐满一大屋子人。她们三人是小孩,记性好,又用功,《百家姓》《三字经》《千字文》都背得滚瓜烂熟。秦老师还给我们考试,她们三人能识五六百字,我不行,只能认识二三百字,现在不少又还给秦老师了。识字班里除了教认字,还有音乐老师教唱歌、教跳舞、教打花棍、教打凤阳花鼓,还教苏联的两个人搂在一起的什么什么舞。"

"交谊舞!爸您不会讲别惹笑话。"林彬笑道。

"对,是叫交谊舞,可热闹呢!"林三友也笑着补充,"她们三个都是歌唱家、跳舞家,能唱几十首歌,跳十个舞!"

听说这几个女孩子都是秦老师教过的,赵伟民放下心来,笑道:"没想到我们都是同学,我也是秦老师教的,怎么没看见过你们?"

林彬直接道:"你是八路军,在王老虎家院子里,我们老百姓家,怎么碰得到呀?就是碰到也未必认识。"

"你是八路军?"李小娟看向赵伟民,笑着问,"我跟你去当八路军要不要?"

林三友指着李小娟和吴兰芳介绍道:"她俩的哥哥都是八路军。"

"当八路军不是那么容易的,一天行军百把里,有时还遇到天阴下雨、下雪,吃不上饭,你能吃得消吗?"赵伟民也对李小娟笑道。

"我不怕辛苦,"李小娟伸了伸舌头,俏皮地道,"日本鬼子把我们这里当成赤化地区,把我们当成赤化者,指使汉奸、特务监视我们,这些年,因为家里有人参加八路军,日本鬼子杀了好多人。可他们不懂,中国人是杀不绝的,他们越是这样,我们的心和八路军越近。"

她朝牛崽的脸偷看一眼,小声说:"你真了不起,我们小时候在一块儿玩,你那么顽皮,没想到现在却变成了大英雄。"

"是啊,"吴兰芳牵牵赵伟民的衣袖,笑着说,"你还记得我们小时候经常唱的儿歌吗?"

赵伟民摇摇头:"记不得了。"

林彬抢着说:"我记得,我唱给你们听!"

这姑娘说完真的唱起来:"红公鸡跳花台,一跳跳到婆家来。十八只鸡,十八只羊。十八个嫂子送姑娘。一送送到猪头山,打锣打鼓换衣裳。衣裳换了十八件,鞋子换了十八双。咚咚呛!咚咚呛!咚咚!呛咚!呛咚呛!"

林彬唱完,李小娟紧接着道:"我想起来一件事,以前我们一起玩过一个游戏:十几个人坐成一排,一个男孩子拿着一根棍边数边念:'脚里脚里搬搬,搬到南山,南山拐子,拐下割子,割下癞子,猪腿,羊腿,狗腿,伸一只,缩一只。'那个男孩子用小木棒点到谁,谁就要缩腿,我缩腿缩慢了,那个小男孩就用小木棒使劲敲我,把我打哭了。牛崽哥,你为了护着我,还跟他打架,你记得吗?"

"记得,我把他打哭了。"赵伟民不好意思地摸了摸后脑勺,向李小娟瞧一眼,心想,真是女大十八变,当初拖鼻涕淌眼泪的小毛丫头,没想到长大了这么俊俏。

大家聊了许久的往事,越聊越兴奋,最后还是林三友出面把年轻人都赶去睡觉:"我们早点休息,明天一早我带牛崽去实地察看日军地道。"

何小英也道:"林彬,把你的床让给牛崽睡,你在小厨房里用稻草打地铺。"

林彬劳动一天,往日搁头就睡着,今天晚上却翻来覆去睡不着。

她情不自禁地回想着儿时与牛崽那些青梅竹马的嬉戏场面,那时候她喜欢他吗?

她劳动一天毕竟累了,不觉进入梦乡,因为正值青春期,容易躁动,梦见与牛崽在河边玩耍。梦里她不慎掉到河中,牛崽将她救起,即使在睡梦中,她也觉得他的怀抱暖乎乎的,脸火辣辣地红了。

林三友心思重,一夜没有睡着,第二天天刚亮就起床做饭。赵伟民听到动静也起来了,两个男人在厨房里做完了早上吃的棒须粥和地瓜叶、榆树皮面窝窝头。

两人吃得饱饱的,给其他人留好饭便出了门。爬上龙头山顶,向南瞭望,雾气茫茫,根本看不见日本鬼子的营房。林三友指着天地交汇处一片深黑色的地方,说那就是日本鬼子营房。两人沿丘陵一直往南,走了个把小时,忽听山下隐约传来一阵枪响,接着就是冲天浓烟、火光。

"呸,日本鬼子一大早就下乡杀人。"林三友望着二里多路外的浓烟怒道。

"这些强盗最喜欢下乡'扫荡',把他们的老巢端掉,老百姓才能安宁。"赵伟民叹道。

"滨江东边地形你熟悉吗？"林三友问。

"熟悉。"赵伟民告诉他，"那边有个武器修理所，里面有几十条枪，没有重武器。端掉大本营，那里自然也就消亡了。"

直走到太阳偏西，两人来到离日军粮食集运站五百多米远的西大岭制高点，已经超过步枪有效射程，比较安全。林三友指着西大岭东边一片平地说："你看从这儿通到日军营房，有一条带形矮蒿草，下面就是暗道，穿过这西大岭，通到西边粮食集运站。你们三次出击，西侧突然受敌，日军都是从粮食集运站里的洞口出来的。战争最怕突然袭击，这就是你们三次退却的主因。"

林三友带着赵伟民从制高点下来继续往南走，想把暗道地面矮蒿草的走向看得更清楚些。赵伟民虽然年轻，毕竟经过多次战争洗礼，比林三友警惕性更高，边走边注视日军粮食集运站炮楼上日军岗哨的动向。离炮楼渐近，日军面目隐约可见，能看到他们戴着屁帘帽在岗楼上来回走动，手握钢枪，瞭望四方。赵伟民便提醒林三友："林大爷注意，这里已经快到步枪有效射程，我们往东坡下来一点，不要被日军发现了。"

林三友却并不在意："隔枝不打鸟，我们在树林里，没有问题。"

说时迟，那时快，赵伟民向日军岗哨瞥了一眼，正发现有个日本鬼子抬手端枪，他急喊："快卧倒！"

赵伟民自己迅疾卧倒，林三友虽然机灵，但没有受过军事训练，他竟然掉头往下坡跑去！刚一抬腿，随着枪声，就听到"哎呀"一声，林三友倒下了。

赵伟民知道不好，低声喊："林大爷，您没事吧?!"

没有听到回声，赵伟民匍匐前进，爬到林三友身边，又叫："林大爷！林大爷！"

只见一颗子弹从林三友的右侧穿过双肺，血染透了他的黑色破棉袄，他脸色苍白，微闭着眼睛，嘴唇颤抖。林三友听到赵伟民的呼唤，知道自己命不久矣，发出断断续续的声音："叫林枫忠于革命，消灭日军。"他又缓慢地抓住赵伟民的手，"林彬的终身托给你了，我九泉之下，保佑你们幸福。"

林三友说完，头往旁边一歪，停止了呼吸。

赵伟民流着眼泪，不敢收殓他的尸体，快速离开危险地域。他赶回王家屯时已经是二更天了，林三友的妻子何小英和女儿林彬骤闻噩耗，如同天塌，都哭倒在地。何小英哭得昏厥了几次，林彬也只会流泪，毫无主见。

好不容易何小英又醒来，赵伟民为了安慰她，只得道："妈妈，我今后就是您的儿子，林大爷临终嘱托，要我照顾您和妹子。"

何小英怔了一怔，从地上爬起来抱住赵伟民接着大哭。林彬呆了半晌，也抱着赵伟民的臂膀哭道："从今以后你就是我们家的支柱了！你要想办法把我爸弄回家！"

这确实是个难题，运尸至少得四五个人，赵伟民初来乍到，人生地不熟，找谁帮忙呢？他双眉紧锁，想不出个头绪。

倒是何小英情绪稳定了许多，含着眼泪道："林彬，你把我们村上李小娟、吴兰芳的爸爸请来，再到大村上去把你两个舅舅找来，连牛崽五个人，应该能把你爸抬回来。"

当下依言行事，林彬的两个舅舅何江龙、何江虎，吴兰芳的爸爸吴忠来，李小娟的爸爸李传玉，加上赵伟民，五人连夜商量决定了一套运尸方案：第一，因为赵伟民要在明日下午天黑之前赶回滨江市里，所以今天夜里就得行事；第二，为了避开日本鬼子耳目，不能集体行动，只能单人利用树林掩护，走到西边日军粮食集运站的密林处就地卧倒，听到赵伟民击掌声再集合；第三，不但河里有日军巡逻队，而且其营房四周四个炮楼都有探照灯，天黑后，探照灯每十分钟对四周扫射一次，扫到有闪动的黑影就要用机枪扫射，所以集合必须充分利用那十分钟，千万小心，不能再出问题。

五人按计划行事，还比较顺利，很快找到林三友的遗体。遗体已经僵化，衣上的血液凝固成板状，先由赵伟民把遗体背离日军火力的有效射程，后面再五人轮换着背。考虑从山下大路回去需要多绕几十里路，当夜赶不到家，五人又换走山路。

天亮之前，五人无声无息地返回村里，又悄悄地散了，如果汉奸知道有人为八路军侦察日军地形而死，报告给日军，是要全村遭殃的。赵伟民送走众人、清理完痕迹，回到家中，何小英、林彬母女已扑倒在林三友遗体上哭得死去活来。

无钱买棺材，林彬大舅何江龙给了他们一张农贸市场买的芦席，赵伟民独自在龙头山上挖了一个坑，将林三友平葬，但愿他能在山顶望见日军败退。

军情似火，一刻也不能延误，赵伟民整夜没有合眼，他不能确定林三友的死会不会引起日军的警惕，为了避免夜长梦多，他决定不回滨江城了，而是直接回部队报告侦察情况。

林彬含泪相送，两人走到龙头山下天已大亮，远远望见父亲平坟新土，她心如刀绞，哭倒在赵伟民怀里。赵伟民用衣袖擦了擦林彬的眼泪，劝道："你回去吧，妈妈还在家里等你。"

"不行,我要远远地送你一程。"林彬紧握赵伟民的手不放,兵荒马乱,这世道送人一程就有可能是最后一程。

"送君千里终有一别。遇到日本鬼子,我一人好躲避,两人危险大。"赵伟民既担心她也担心任务,"你还是回去吧!"

林彬紧紧抱着赵伟民的臂膀,冲动地说:"我要把你送到八路军那里,我也要去当八路军,打鬼子!"

"不行的。"赵伟民摇头,"你跟我走了,就留下妈妈一个人,孤独难熬,生活也无人照料。"

他好言劝说林彬,看到路边一片初绽的红色野菊花映照林彬挂满泪珠的脸,清纯、秀丽、妩媚,不由得想起"人面不知何处去,桃花依旧笑春风"的诗句。似乎直到此时此刻,他才明白他们这一别可能后会无期,也懂得了林彬为什么送完一程又送一程。

他一把抱住林彬,带着她原地转了一圈,低头亲吻,感觉到她脸上的热泪蹭到他的脸上,泪意交融,心心相印。

林彬似乎四肢无力,依在赵伟民怀里喃喃道:"牛崽哥,我心里很乱,看到你很高兴,想起爸爸又很悲伤。我想唱一首歌,用歌驱逐痛苦的阴影,与你共享这短暂的欢愉,你看好不好?"

"当然好!"赵伟民温柔地道,"我听你爸讲过,说你是歌唱家,在告别前,我很荣幸可以欣赏到你美丽的歌声。"

"我先唱一首,然后我俩合唱,好吗?"林彬擦着眼泪说。

"好,你先唱。"此时的赵伟民什么都愿意答应她。

出乎他的意料,林彬最先唱的不是什么情歌,而是《大刀进行曲》:

> 大刀向鬼子们的头上砍去!
> 全国爱国的同胞们,
> 抗战的一天来到了,抗战的一天来到了!
> 前面有东北的义勇军,
> 后面有全国的老百姓……

林彬的歌声音色纯正,铿锵有力,像战争中的呐喊,因为悲惨的遭遇,她歌声中的仇恨发自内心,能打动人心。

赵伟民真心实意地鼓掌叫好。

林彬唱完这首歌,长长地叹了一口气,像是通过这口气抒发出内心的抑郁与怒火,情绪好像舒爽了许多。她对赵伟民微微一笑,问道:"我唱得好不好?"

姑娘美丽的面庞微微泛红,歪着头显得纯真活泼,赵伟民发自内心地夸赞:"好!你唱得不亚于那些歌唱家,充满感情,唱得太好了!"

"那我再唱一首,我俩就合唱!"林彬开心地唱了第二首歌《王二小》:

> 牛儿还在山坡吃草,
> 放牛的却不知哪儿去了,
> 不是他贪玩耍丢了牛,
> 那放牛的孩子王二小。
> 九月十六那天早上,
> 敌人向一条山沟扫荡,
> 山沟里掩护着后方机关,
> 掩护着几千老乡……

赵伟民听着林彬抑扬顿挫的歌声,想起自己的童年,想起母亲、姐姐,童年玩伴宋小头的母亲和姐姐,还有更多他亲眼见到死在日本鬼子手下的中国人……他忍不住流泪,紧紧抓住林彬的手说:"英雄出少年,王二小虽然年纪小,但他是伟大的英雄,代表中国老百姓的民心所向,我们的抗日战争一定会取得胜利!"

"牛崽哥,"林彬反握住赵伟民刚劲有力的手,"我们对唱好吗?"

"好啊,唱什么?"

"自编自唱,我唱,你对,看到什么就唱什么,反正这路上没有人,想唱什么就唱什么!"

那个年代底层人民文化程度不高,很少有人会写字,为了方便记事和传达讯息,多有对歌的传统。赵伟民没有异议,两人当真就唱起来。

林彬:"送哥送到龙头山,父亲新坟妹心寒。"

伟民:"哥妹二人同伤感,哥到前线杀敌顽!"

林彬:"送哥送到西山腰,妹忆父亲泪滔滔。"

伟民:"我与妹妹齐流泪,抗日要把百姓保。"

林彬:"送哥送到柳树湾,哥抗日寇几时还?"

伟民:"消灭东洋胜利日,花轿抬妹把婚完。"

林彬:"送哥送到十字坡,两只喜鹊忙做窝。"

伟民:"来年春暖花开日,喜鹊宝宝会唱歌。"

林彬:"送哥送到双龙井,水中一对鸳鸯影。"

伟民:"鸳鸯影来鸳鸯影,碧水深情照丹心。"

林彬:"送哥送到枫树湾,一片枫叶红彤彤。"

伟民:"红枫晨霞两相映,海枯石烂永相伴。"

林彬:"海枯石烂天地老,愿做三姐守寒窑。"

"不要学王宝钏寒窑苦熬十八载,不好!"赵伟民摇了摇头,正要往下说,忽然看到前方尘土飞扬,浓烟滚滚,顿时知道日本鬼子又下乡"扫荡"了。

为了躲开"扫荡"的日军队伍,赵伟民必须从树林里绕道,林彬不能再送,两人依依分手,林彬独自回到家中。

晚上,林彬躺在床上又是辗转难眠。她回味着白天的情景,自己送了牛崽一程又一程,从她一人独唱到二人对唱,恩恩爱爱,最后洒泪而别。

离别时,她爬到高处,望着赵伟民的身影在日夜交界的地平线消失,就好像太阳也跟着赵伟民下山,她的世界只余下黑暗。

不知不觉林彬又流下眼泪,哭了大半宿,才模模糊糊进入梦乡。突然,几声枪响把她从梦中惊醒,她翻身滚下床,连棉衣都顾不得穿,单衣薄衫跑到家门口,却见到妈妈倒在血泊中!

何小英睁着双眼凝视女儿,嘴唇尚在翕动,似乎还有最后的话要对她讲。林彬震惊过度竟感觉不到悲痛或害怕,她一下扑倒在妈妈的身上,双手紧紧抱着妈妈热乎乎血淋淋的身体,高声呐喊:"妈妈! 你不要死! 你应我一声!"

何小英仍然睁着眼睛,呼吸却已断绝,再也不能回应女儿的呼唤。

原来林三友的儿子林欢欢参加八路军的消息早已被日军得知,赵伟民被汉奸错认是林三友的儿子,汉奸向日军举报,日军是来抓林三友儿子的。两个日本鬼子杀死何小英,看到林彬衣衫不整地扑在尸体上哭,眼前一亮,笑嘻嘻地把她拉起来:"花姑娘! 真美!"

日本鬼子下乡抢劫强奸杀人都是做惯了的,其中一个把带刺刀的枪放在地上,强制锁住林彬的腰,另一个便开始解她的裤子。林彬哭得头昏脑涨,蓦地看到身边的枪,拾起枪就朝面前的日军刺去。

正在脱裤子的日本鬼子躲闪不及,被她刺得"啊"一声痛呼,她身后的另一名日本鬼子劈手夺过枪,向林彬连刺两刀。

　　"打倒日本鬼子,牛崽一定会为我报仇!"林彬倒在血泊中,发出她自以为响亮实则气若游丝的呐喊,在呐喊声中,平静地闭上了眼睛。

激战滨江

赵伟民与林彬洒泪而别,回到部队,因为是穆参谋长派他去滨江侦察的,所以他直接向师部穆参谋长汇报侦察情况。

赵伟民在汇报之前首先说明了林三友协助侦察牺牲的情况,又道:"林三友的儿子林枫,小名叫林欢欢,现在是贺师长的警卫员。"

穆参谋长叹了口气,点头道:"我知道了,你先别透露,我来向贺师长汇报,由贺师长直接找小林谈话做安慰工作。"

赵伟民这才将敌后侦察情况做了详细报告,穆参谋长听到侦察有重大突破,高兴地拍了拍赵伟民的肩膀,赞赏说:"这个重大发现太好了! 我们进行了多次侦察,从来没有发现日军营地还有一条西山暗道。这条暗道高两米,宽三米,三里多路,能容纳一千多人,我们每次出击都是因西侧突然受敌而败退,原来问题的根源在这里! 好啊,你发现了日军的秘密,我们从日军的肋下捅一刀,他们能不死?!"

穆参谋长立刻带着情报去找贺师长,贺师长听完后,既兴奋,又悲伤。兴奋的是侦察终于有所突破,悲伤的是林三友的牺牲。

"英雄出少年,少年强则国家强,等到把驻滨江的日军平定以后,给小赵记功!"贺师长当场表态,"林大爷是为了革命事业牺牲的,要把他当成烈士,向其家属发放烈士证书。"

但眼下没有时间做这件事,贺师长看了一下怀表,时针指在"9"字上,立即决定连夜召开作战会议,研究作战计划。

参加会议的有参谋部的几个干事,一团、二团、三团、四团、炮团的团长,五个团的参谋长、侦察营长,共计十几个人。会议上展示了赵伟民绘制的滨江日军军营以及四周地形图,穆参谋长解说:"根据赵伟民侦察的资料,驻防滨江的日军是一个陆军联队,共三千多人,我们有两千多人。从人数来看,日军比我们多;从武器来看,日军也比我们强。但从战术来说,我们比日军强!我们用的是毛主席提出的游击战,能打则进,不能打则退!我们还有个日军没有的最强的优势,就是老百姓的民心!老百姓就是我们的后盾,现在我们又知道了日军的软肋,照着日军的软肋出击,稳打必胜。"

赵伟民也被叫来与会旁听,这时想讲述他的看法。可是左右一看,在座各位的职务都比他高,年龄也都比他大,弄得他很怕班门弄斧,惹出笑话。经过几番思想斗争,他才作了发言:"我根据二位首长的指示,讲几个具体问题:日军有四个炮楼,上面轻重武器都有,营房前不远处还有三个暗堡,暗堡往南是一片开阔地,还有一条二百多米宽的南河。日军以逸待劳,易守,我军难攻。我想,采取声南击北、引蛇出洞、乘虚而入的战术,或许可以全歼日军,占领其巢穴。"

赵伟民讲到这里停顿一下,不太自信地朝贺师长和穆参谋长望了望。

贺师长看出赵伟民有些胆怯,鼓励道:"你讲得很好,你有第一手资料,继续讲嘛。"

赵伟民心头一松,大胆地说:"八仙居茶社的徐士斌被日军池田大佐带走,如果能够联系上,可以作为内应。我们从南边佯攻,火力越猛越好,当日军炮火猛烈时,我们要边打边退,引起日军错觉。南边引蛇出洞,北面重兵乘虚占领其巢穴。发现暗道出口处有兵出动,立刻用机枪封锁,重炮袭击,把出口处轰塌。同时重炮齐发,打塌进口处,把日军困在暗道里。这个暗道,从进口到出口最少也能容纳六百至七百人,炸塌以后肯定能减少日军的实战兵力。然后再东西合击,从北面打击日军的后背,他们就是铜头铁臂也难挡我军的合围!这个计划唯一有个难题不好解决:日军营地的四面围墙每边都有一百多个射击孔,共计四百多个射击孔,要用火力封锁比较难……对了,他们还有四辆坦克,用穿甲炮或坦克雷才能摧毁。"

赵伟民说完已经涨红了脸,他感受到众多领导的目光,鬼使神差地,向大家敬了个礼,引发满堂欢笑。

贺师长笑完击了一下掌,高兴地说:"赵伟民小小年纪,还懂《孙子兵法》呢,我军又多了一个智囊!他的声南击北、闷死暗道之术我觉得不错,我很欣赏!我和日军较量了六七年,日军的官兵都是训练有素,枪法过硬,勇猛,且善于打硬仗、猛仗;而我军擅长游击战,从来以少胜多,这是日军最头痛的。这次我们给日军来个突然袭击,打他个措手不及,稳操胜券,这是我军战术上的信心。但要看到日军在武器装备方面比我军强,日军有坦克,我们没有,所以日军守势,我军攻势,是要付出代价的。日军的重炮也比我们多,我们虽然有从日军缴获的十几门重炮,榴弹炮有五门,掷弹筒几十门,有穿甲炮,有坦克雷,可以用他的矛戳他的盾,但炮弹不太多,只能靠我们的神炮手百发百中。他们的重机枪、轻机枪,都比我们多,他们有野山炮,我们没有。现实如此,对于日军军营四面围墙密集火力问题不必有顾虑,我们要引蛇出洞,引出而灭之。"贺师长沉默片刻,补充道,"拿掉日军在滨江的大本营,是上级的指示,也是人民群众的迫切需求。日军在滨江地区为非作歹,肆意烧杀,百姓处在水深火热之中,为了保护百姓,我们哪怕牺牲,也要端掉他这个大本营,他们就没有本事再为非作歹了。"

贺师长停顿一会儿,用烟叶卷了一支烟,点燃后深深吸了一口,又说:"我想起唐朝宪宗元和十二年十月初十,唐将李愬雪夜取蔡州的战例,我们也可以用。冬至过后就要进入小寒,日军作战虽然勇悍,但他们怕冷;我军是人民子弟兵,个个有理想,有信念,一不怕苦二不怕死,我们可以利用天寒地冻夜袭滨江。"

穆参谋长也道:"贺师长说得很好,我再补充三点:第一进攻时间,要选择大冻,我军好在冰上渡滨江南河。第二要利用徐士斌在日军大佐身边的有利条件,把池田大佐干掉,趁着日军群龙无首,我军再发动攻击。第三点,炮兵要首先端掉日军的指挥部和通信设备,同时打掉四个制高点、四个炮楼、三个暗堡,然后再发动总攻。南边佯攻,北边占领。"

与会的团长、团参谋长都作了热烈的发言,还有几场小小的争论。最后,贺师长从军大衣口袋里掏出怀表看了一眼,宣布:"差不多了,把作战计划报上级审批,临战时有可能还要派军事专家来,协助指挥。"

会后,贺师长把林枫叫到自己的办公室,倒了一杯茶给他,拍拍他的肩膀,指着身边的长木凳,和蔼可亲地说:"你坐下,我俩聊聊。"

林枫敏感,首长深更半夜找他谈话,他预感到有什么大事临头,战战兢兢地问:"首长,是有什么事需要我去办吗?"

"小林呀,"贺师长郑重地道:"我们已经是五六年的战友了,你入伍时还是少年,现在已经是青年了。经过革命熔炉的冶炼,你现在是个有理想、有信念的坚强革命者了。"

看到林枫越听越坐立不安,贺师叹了一口气,道:"烈士是我们中华民族的脊梁,是中华民族的灵魂,也是我军的榜样,应该受到四亿中华儿女的尊重。"

"首长,"贺师长的话还没有讲完,林枫觉得话中有话,心脏突突急跳,喉咙哽塞,沙哑地道,"在这个烽火年代,人命都是朝夕难保的,是不是我家里发生什么事了?"

贺师长眼眶湿润,稍停片刻,沉痛地道:"你爸爸为革命,壮烈地牺牲了。"

"我爸爸死了? 我没有爸爸了?"林枫张大嘴,怔了一瞬,反应过来立即掩面痛哭,"我爸爸是家里的主要劳力,我妈妈、我妹妹靠谁呀?! 爸爸,我的爸爸!"

贺师长已到知天命的年龄,因为南征北战,至今未娶,他和林枫相处多年,感情和父子也差不多,此时听着林枫一声声"爸爸",不觉也是泪水纵横……

作战计划很快就批了下来,眉批:"踏冰夜袭,速战速决。"

为了联络到徐士斌作为内应,赵伟民回到八仙居茶社,向情报站站长张茂松传达任务:发展徐士斌作为内应,打蛇先打头,临战时把日军的池田大佐干掉,使日军失去指挥,我军趁势进攻。

两人商量定了,赵伟民握拳道:"此术虽好,好讲不好做,要冒生命危险,但愿徐士斌有虎穴灭虎的本事。"

赵伟民还不知道徐士斌也是中共党员、八路军的地下工作者,只以为他是自己幼时旧识,又被张茂松信任,应该可以发展。等到张茂松向他告知徐士斌的真实身份,更有意外之喜,对徐士斌能够完成作战计划充满信心。

他又提出打脆饼的田小五勾连日军汉奸翻译徐日新,可以利用他与徐士斌联系,对此张茂松自然没有异议。

因为小时候的经历,赵伟民深知徐日新贪婪爱财,便通过田小五向徐日新送了两块大洋,只说池田大佐身边的勤务员是茶社张老头的儿子,天冷了,张老头托徐日新送件棉衣给他。

虽然日军门卫检查很严,但徐日新经常用小恩小惠贿赂,他们在棉衣口袋里没有检查出东西,也就准入了。

徐士斌收到棉衣,手在棉衣里捏个遍,终于在衣袖棉花里发现一个小字条。他先观察了一下,看左右无人,才小心翼翼地打开来,看字条上写着:子时贼首送归西,流星升空不落地。冰断江流乐游人,深山狐狼正安息。

这是一首绝句,想要传达的信息是什么呢?

徐士斌看过字条,急忙把它撕碎吞到肚里,边嚼边思索。

俗话说,"只有圈中人,才知圈中意",徐士斌是一个很有悟性的青年,深思了一会儿就解开谜底:"第一句'贼首',是指池田大佐。第二句'流星',是指信号弹。第三句是冰封南河,方便我军进攻。第四句是暗示我军进攻时日军正在熟睡中。

"这四句结合起来,意思是说我军要在南河冻起来以后,日军熟睡时进攻,到那天的子时,我军会发射信号弹通知,而我需要配合我军的进攻,杀死'贼首'池田大佐!"

解读完赵伟民送来的信息,徐士斌立刻精心策划,为了完成指令,甚至准备献出自己的生命。幸好他未雨绸缪,早就准备好一张底牌。

自从到日军营以后,徐士斌不但没有监视山口与高山扬子的私通,还对他们多加保护,因此得到山口的信任。山口与徐士斌住在一个房间,徐士斌算了算,这间居室距离池田大佐的居室只有五十米,池田大佐居室门口有两个警卫班日夜把守,他没有武器,闯入不了。他的底牌就是山口的配枪,到时把山口干掉,夺取手枪,刺杀池田!

徐士斌的床靠在南窗下,他紧绷神经,每天都要守过子时才睡觉。

冬至已过,寒潮不断,滨江南河逐渐封冻。十二月三十日,又是寒潮来袭,温度低至零下十六摄氏度。贺师长登上师部后山顶,对着北方瞭望,只见北风呼呼,大雪纷扬,寒气彻骨,能见度只有二百米。

贺师长的外号叫"夜猫子",尤其擅长夜战,他又想起历史上夜袭蔡州的战例,不觉有些兴奋。他看了一下怀表,时针指在下午三时上,机不可失,时不再来,兵之情主速,乘人之不及。

贺师长立即召开临战会议,这次会议只开了十分钟,团、营、连、排……都按照既定的作战部署,以每小时十八里的速度前进。所谓"宁可千日无战,不可一日无备",八路军擅长急行军,平时训练也有爬山比赛。练兵千日,就是为了这一时之战。命令下达后,官兵个个精神振奋,冒着大雪行走如飞。

贺师长和穆参谋长骑着马压阵指挥,夜里十二点不到,已经各自到达作战计划拟定的地点。赵伟民跟着炮兵行军,充当他们的参谋。人和炮都事先用冬青树枝做好掩护,把几十门炮拉到西山他侦察时设定的炮位,对准靶点。赵伟民对神炮手说:"日军四个炮楼上的探照灯每十分钟巡回一次,见信号弹发炮,先摧毁指挥部、电台和四个炮楼,封锁日军的喉舌,挖掉日军的四只眼睛,然后再轰击暗堡。"

贺师长看着怀表,数着"嘀嗒嘀嗒"的读秒,分针与时针在"12"上刚一重叠,即刻对身边的信号兵下令:"发射信号!"

随着三枚红色信号弹升空,日军营东西南三面枪声、炮声齐响,四个炮楼同时被摧毁,探照灯熄灭了。此时池田大佐正与高山扬子在床上翻滚,他是身经百战的高级军官,立即起身,从床头拿起王八盒子,鞋都不穿就往外跑。池田大佐边跑边喊,两个警卫也跟在他身后叫喊,在战场上狂叫是日军的特点。

徐士斌亲眼看到第一枚红色信号弹升空,他反应快速,抡圆了手中早就准备好的铁锤,对准熟睡的山口的头部就是一锤,随后拿起山口枕边的左轮手枪,往池田大佐的居室冲去。

池田大佐正在往外跑,两人距离大约有十几米,徐士斌在夜幕中先认出池田大佐的轮廓,举起左轮手枪连连开枪,子弹耗尽,池田大佐左胯部被击中。而徐士斌看不见,不知道自己击中了,紧张地继续射空枪,不防池田大佐忍痛举起王八盒子回击了一枪,击中他的胸部,徐士斌壮烈牺牲。

八路军东、南、西三面火力向日军营地覆盖,日军都是训练有素的部队,士兵听到枪炮声大作,不用命令就拥到大院里。有的只穿单衣,有的没来得及穿鞋,赤着脚跑出来列队。当下是零下十六摄氏度,多数人都冻得颤抖,两只臂膀紧紧抱住胸口。大院里人多起来,混乱中又传出惊恐的呼叫声,隐隐看到地上横七竖八躺着一片日军伤员和尸体。

池田大佐信奉武士道精神,忠于天皇,虽然负伤,仍然气势高昂。他身经百战,因为那条暗道,在这两三年内与八路军的较量中己方都稳操胜券,所以骤然遇袭也并不慌张。他拖着伤腿在夜幕中狂吼,命令哨兵吹响紧急集合号,黑暗中又一颗飞弹击中了他的右臂,王八盒子掉落地上,他捂着伤口,怒火填膺地大呼:"不消灭八路军,誓不回大日本!"

日军军号响了起来,不到两分钟,刚才还像没头苍蝇一样的日军都回到各自的战斗岗位。围墙上四百多个高高低低、大大小小的发射孔向外吐出火舌,既有机枪的疯狂扫射,又有几十门重炮、轻炮漫无目的地制造爆炸。

眼见四辆坦克横冲直撞地冲向八路军,顶上重机枪胡乱扫射,赵伟民对神炮手说:"先把这四个大'爬虫'干掉!"

神炮手答应一声,调整炮位,不到十分钟连发十几枚炮弹,四个庞然大物果然瘫痪了。赵伟民大喜,再令神炮手轰击四个暗堡。十几门重炮同时发射,暗堡虽然没有摧毁,但里面的人饱受震荡,休克的休克,死亡的死亡,八路军步兵乘隙占领了暗堡。

池田大佐坐在南墙根下指挥作战,他听到南边八路军的枪炮声密集,冲锋声震天,其次就是西岭上的炮声,北面却一片肃静。他不由得兴奋起来,以为八路军还是用老战术。

老战术要用老战术对付,池田大佐马上把北面的部队调入暗道,命令他们从西侧插入八路军肋部,然后加强南边的火力,逼八路军撤退,再从西边横插他一刀,把八路军一分为二,各个击破,叫他们片甲无归。

贺师长掏出怀表,看到时针指在"2"上,满意地对穆参谋长道:"战斗已经进行两小时了,没有脱离我们的计划,现在该引蛇出洞了。"

贺师长下令:"正面加强火力,西侧炮击暗道!"

命令发完,穆参谋长与传令员刚离开,只见一道闪光向贺师长飞来,周围人根本来不及反应,只有贺师长的警卫员林枫,一下把贺师长扑倒在地,用身体护住贺师长。一枚炮弹在几米外爆炸,林枫当场牺牲。

林枫的血溅了贺师长满脸,贺师长爬起来,没有时间流泪,也没时间掸掉身上的沙土,只来得及对烈士的遗体鞠了一躬,立即转身,冲到西大岭炮兵阵地亲自指挥炮击日军暗道。

池田大佐听到南边正面八路军的火力加强,又听到八路军的冲锋号响,便把东边的部队调到南边,击退八路军的冲锋。日军的炮火狂风暴雨般向八路军盖去,约二十分钟后,火力渐稀,池田大佐听到八路军撤退的号声。

他身经百战,没有打过败仗,常年被下属吹嘘为"战神",不免有些骄狂。此时心中得意,根本不去考虑别的可能性,下令"炮击南河",同时命令暗道出兵,直插八路军肋下。

这帮日军个个悍不畏死,一听冲锋号响,有的抬着机枪,有的手握"三八大盖",从两米多高的墙头直接跃下,利用炮火掩护向八路军杀去。

池田大佐这一招确实恶毒:击碎河冰,切断八路军的南撤后路;同时下令冲锋,北击、西插,让八路军陷入三面被包围的境地。可惜他的招数早在我军预料之中,南边的八路军并没有撤退,都趴在河坎下,等到冲锋的日军接近,就展开猛烈反击。另一边,八路军的重炮在贺师长指挥下,成功封死日军暗道,几百名日军被困在暗道中,池田大佐顿失一臂。不但如此,八路军西部冲锋号响,一支部队如天降神兵,向日军的肋下插去;埋伏在北边的八路军也是冲锋号响,向日本军营冲去,占据其巢穴,朝日军背后发起猛烈攻击。八路军断去日军的归路,可以说已经胜了大半!

此时池田大佐也知道中计了,可他仗着士兵勇猛,武器精良,不退反进,狂喊乱叫:"坚持! 不要怕! 空军就要来支援我们了!"

战斗一直持续到天麻麻亮,日军军部发现与滨江的电报中断,果然派出三架轰炸机支援。轰炸机先撂下照明弹，把整个阵地照得如同白昼，发现日军都陷在八路军的包围之中，双方距离很近，飞机很难轰炸。轰炸机在空中盘旋几圈，还是扔了炸弹下来，双方均有伤亡，随后其中一架被八路军用俘获的日军高炮击落，另外两架见势不妙，掉头逃了回去。

天亮了，日军四面楚歌，伤亡惨重，包围圈越缩越小。池田大佐身中数弹，无奈饮弹自尽，士兵缴械投降。

晨光初现的时分，八路军开始清点人数，打扫战场。发现了徐士斌烈士的遗体，在不远处日军警卫班的房间里又发现池田大佐警卫员山口的尸体，其前额被击碎，地上有一把铁锤。

奇怪的是，赵伟民失踪了。贺师长下令，一定要找到赵伟民，活要见人，死要见尸。

穆参谋长提议："小赵是在炮兵阵地协助指挥的，要到炮兵阵地去找。"

贺师长皱眉道："应该是之前失踪的，我在炮兵阵地就没有看到过小赵。"

最后，一干人在炮兵阵地掩盖炮身的树枝下找到了赵伟民，他躺在一块被日军炮弹击碎的石头下面，差点被树枝和石头活埋。

战士们扒开树枝，清理掉赵伟民身上的碎石，发现他头部受伤，似乎是因为流血过多而昏迷不醒。

送到医院后，经医生检查，赵伟民是被炮弹碎片从颈后射入，穿透口腔，还有半边卡在了颚壁上。

他的生命迹象微弱，医生替他清理伤口、输血，过了几天伤情稳定，又把他送到后方医院，通过鼻饲长期养护。他是有功的战斗英雄，虽然昏迷不醒，护士仍然每天放几次留声机给他听，试图唤醒他。

此仗日军伤亡过半，尸横遍野，荒原上到处都是日军丢弃的枪械、头盔。我军打扫完战场，把俘虏集中羁押在军营大院里。

四乡八镇的民众半夜都听到了枪炮声，猜到是八路军又来打日本鬼子了，兴奋得睡不着觉。天刚亮，枪炮声停歇，乡亲们悄悄摸出来打探消息，发现八路军胜利了，上万民众拥到日军营地，欢呼声震天动地。

老乡们自发地组织慰问八路军，有的用篮子提着鸡蛋，有的提着山芋面馒头，有的组织了秧歌队、花鼓队边走边唱，还有的用红被面做成大旗，上面绣着"共产党万岁""八路军万岁"的大字。

看到日军营房内的俘虏，老百姓们由喜转怒，拿起石块、土块落雨般击打过去，八路军不得不站满了日军营房墙头，一边劝退愤怒的群众，一边呵斥日军俘虏躲避。

滨江易攻难守，根据上级指示，八路军只攻不占。等到八路军退去，日军又恢复占领，但只有一个中队四十来人，任务是保护水上漕运，再也没有余力下乡"扫荡"。

国民政府接收大员彭远程

八路军撤走后,滨江正式从日军手里回归,要到一九四五年八月十五日。国民政府派出的接收大员名叫彭远程。

彭远程,此人在本书中曾提及,原是滨江市王集乡人,父亲彭松林是王集乡小学校长,母亲程幽兰是该校教导主任,妻子白微也是王集乡小学教师。因为汉奸的陷害,王集乡小学被日本飞机丢炸弹炸毁,彭松林殉难,程幽兰右腿被炸断,白微失业,为了养活婆婆和儿子,她被迫带着不满周岁的儿子给地主王老虎家当保姆。

彭远程当年高中毕业准备考大学,时逢日军战火烧过卢沟桥,他投笔从戎,在冯玉祥部下给佟旅长任文书。佟旅长有一爱女佟童,年方十八岁,也是高中毕业,不但美丽而且聪明伶俐,渐渐被彭远程迷住。不过他也不敢做什么,毕竟是顶头上司的爱女,自己身份卑微,麻雀怎敢栖凤桐?但少年人的恋爱难以隐藏,佟旅长很快觉察,并且认为彭远程年轻能干,聪颖伶俐,堪为乘龙佳婿,反正自己无子,以子婿对待,也是终身之靠。于是,佟旅长主动找彭远程了解其家庭情况。彭远程心有灵犀,猜到佟旅长找他谈话的真意,急忙向顶头上司双膝跪下,泪涌双泉,编造了一套真真假假的家史。他边讲边哭:"我是滨江王集乡人,爸爸是滨江王集乡小学校长,妈妈是这个小学的教导主任,日军飞机丢炸弹炸毁了学校,父母双亡。现在家无他人,您就是我的父亲。"

那佟旅长也是滨江人,"老乡遇老乡,两眼泪汪汪",不知道彭远程隐去了母亲、妻子和孩子的真实经历,听他说得苦大仇深,十分同情。加之彭远程平时在他周围处事得体,八面玲珑,他早已器重这个青年。翁婿关系达成后,可谓朝中有人好做官,尤其是战争年代,立功易,升迁也不难。几年间,佟晋升军长,彭远程也从文书一直晋升到师长。

一九四五年八月十五日,日本天皇裕仁宣布无条件投降,蒋介石作"抗战胜利讲话",中华大地沸腾起来!国民政府选派一大批接收大员到全国各地接收敌伪资产,组建地方政权。这是发财的好机会,人人争先。彭远程上下活动,终于被选为滨江市接收大员,他激动得夜不能寝。他的新家庭有了一个男孩,一家三口踌躇满志,日夜兼程地从重庆赶到滨江。三千多里路,飞机、轮船、汽车,种种辛苦自不待言。赶到滨江已经是八月二十五日,放眼望去,满街拉满大红标语:"热烈欢迎国民政府接收大员彭远程"。

或许是前半生积德存福,程幽兰在乱世中挣扎着活了下来,几天前,听说国民政府接收大员是彭远程,她几乎不敢相信自己的耳朵!中华四亿人口,重名很多,她怀疑此人与她儿子重名。

白微也听说国民政府接收大员是彭远程,她直觉认定是自己丈夫,激动得一夜没睡好觉,第二天一早向老板娘请假回家。白微跟婆婆报喜,程幽兰便把心中隐忧说给儿媳听:"我听说我儿子的名字,也很高兴,但我又一想,中国之大人口之多,就怕是同名。我现在日日夜夜都在思念远程,睡不着觉,可我知道的好几家出去抗日的孩子,家里都收到过信,远程为什么不来信呢?就怕他在战争中已经……"话没说完,她拉住儿媳白微的手哭了出来。这对婆媳在患难中早已亲如母女,白微听了婆婆的话,满腔欢喜如冰水浇过,也默默地掉下眼泪。聪儿今年八岁,处处懂事,他不知道爸爸是什么样的,但儿子与父亲的感情是天生的,他看到妈妈与奶奶提到爸爸的名字哭泣,趴在妈妈臂膀上也哭了起来。

隔壁邻居王大妈听到哭声,跑到程幽兰家里,看到三代人抱在一块哭,程幽兰还边哭边喊儿子的名字,不禁笑道:"哭什么呀?村上人都说你儿子当了大官,快要回来了!接收大员,那不就等于滨江市长?程奶奶就是太上皇,白微马上就是贵夫人,聪儿就要变成少爷、公子了!"

"王大妈,要像你讲的这样,我们还哭吗?中国四万万人,同名同姓的人多着呢!打仗死那多人,我也不指望儿子大富大贵,只求他平平安安。"程幽兰没有说完又哽咽起来。倒是白微听了王大妈的一番话不哭了,擦了擦脸上的泪水,怅惘地道:"其实我昨夜里做了一个梦,梦见聪儿他爸戴着大红花回家了,我上去想跟他说话,可转眼他又没了。我本来以为这个梦是吉兆,今天听婆婆说起来,才觉得吉凶难测。"

"啊!"聪儿忽然道,"妈妈,我想起来了,昨晚我也做了一个梦。"

三个女人都看向孩子,聪儿绞尽脑汁回想:"有个很高很大的巨人来到我们家,找我奶奶的,我问他:'你是谁呀?'他不讲话,一下子把我抱起来,转呀、转呀……后来我就忘记了。"

白微听儿子讲得绘声绘色的,一脸聪明相,心酸地搂住儿子道:"你爸要是真的回来了,肯定很喜欢你,我们这一家人该多幸福。"

王大妈劝道:"我儿子昨天从滨江回来,他说:'省里来电报通知了,国民政府接收大员彭远程明天就要到滨江了。'现在滨江到处都是欢迎彭远程的大红纸标语,市面上张灯结彩,像过节一样。"

"可不就是过节嘛!"王大妈憧憬地道,"自从日本鬼子来了,每天杀人放火,我们多久没有好好过节了?明天我陪你们进城去看看,程奶奶接儿子,白微接丈夫,聪儿接爸爸,不差我一个去看热闹的!我一辈子没有看过大官,这次去看看大官是个什么样子的!"

程幽兰和白微被她说得也高兴起来,程幽兰刚绽出点笑容,想到现实又变得沮丧:"城里离这里几十里地,我的腿被小日本的飞机炸断以后根本动不了,这要怎么进城?"

她眼角的泪水未干,聪儿是个懂事的孩子,忙用衣袖替奶奶擦眼泪。

"我们村上张兽医有条小毛驴,不如你们借来骑骑?"王大妈出主意。

程幽兰犹豫道:"张大伯很是着紧他的小毛驴,这个请那个带的,就怕他不同意。"

"我替你去说。"王大妈是热心人,自告奋勇道,"你儿子当了大官回来,你去看你的儿子,顺手人情的事谁都会行个方便。而且,张兽医今后指不定也需要你儿子帮忙,他会借的。"

程幽兰平生最不爱为难人,此时却也顾不得了,点点头又说:"如果真是我儿子,乡里乡亲帮忙都是应该的。可是,如果真是我儿子,我和白微都穿得这样破破烂烂的去见他,人看了岂不笑话?"

王大妈听了程幽兰的话,也觉得是个问题,叹道:"这个世道人巴有钱汉,狗咬破衣人,你们穿得太次,人家不但笑你们,还会笑你儿子。对了,隔壁村我侄儿今年才结婚,侄媳有几件新衣服,可以借来穿穿。我去帮你们借,我自己也要借。"

她说借就借,当天晚上,小毛驴借好了,衣服也借好了,王大妈兴冲冲地又到了程幽兰家里。她替程幽兰借的是一件海藻蓝的褂子,一条黑直贡呢的裤子;替白微借了一件粉红洋布褂子,一条土布印花裤子。婆媳二人感激涕零,相互帮忙着试了试衣服,虽然有些不合身,但也比没有好。

王大妈看这娘俩不靠谱,干脆帮她们把行程也安排了:"咱这里离滨江城有七八十里地,明天三更就要起来,你们可别睡死了,迟了就看不到你家儿子了。你儿子也是我看着长大的,小时候活泼可爱,嘴甜得哟,每次老远就跟我打招呼。明天我跟你们一起去,我也可以和他讲讲话。"

程幽兰被她说得不再怀疑,却又开始患得患失:"滨江离省城几百里,每天只有一班长途汽车,土路弯弯曲曲颠颠簸簸,要开一天才能到,如果是骑马则要两三天。明天要是长途汽车误点,他来不了怎么办?"

"这还用得着你烦心?这么大的官,省里还不用小包车送呀?"王大妈快人快语。

"可他坐在小包车里,我们看不见他怎么办呀?"白微着急地插话。

"妈妈,小包车是什么?"聪儿睁着两只大眼睛望向妈妈,绕着童言稚语。

"像乌龟!"白微随口道。

"像乌龟?"聪儿歪着头想了想,怎么也想不明白,"乌龟那么一点大,怎么能驮动一个人呀?"

几个人都笑起来,所有的疑虑和焦急似乎都消弭在这一笑之中。

程幽兰与儿媳白微又是一夜没有睡着觉,特别是白微,辗转反侧,目不交睫。

那个时代在外做大官的人没有不是三妻四妾的,凭借女性直觉,白微隐约猜到丈夫有了新的家庭,有了更符合他大官身份的老婆孩子,否则,为什么这些年一封信也没捎回来?

她翻了几个身,又想:"幸好我有聪儿,如果他不认我们母子,我们就死心了,回来自己过。"

不但程幽兰、白微睡不着,连王大妈也兴奋得睡不着。她也不是白做好事帮人的。她儿子与彭远程小时候是同学,盘算着,如果彭远程真的当了大官,或许她儿子可以在彭远程手下谋个一官半职。

月亮刚偏西,程幽兰、白微、王大妈都起来了,各怀私心地认真打扮。

白微是一个旧式的贤妻良母,生得如仕女图般典雅,玉润的面皮,弯弯两道细眉,一双烟笼雾罩的眼睛,笑起来还有两个甜甜的酒窝。她中等个儿,身形窈窕,可惜生活艰苦,瘦得过分了些。她小心翼翼地穿上借来的一身新衣,头发擦上刨花液和花生油,梳了又梳,梳得溜光,苍蝇爬上都要滑断腿。没有口红,用一小块红纸沾点红水抹在嘴唇上，就算打扮好了。

三人临走时用一块布包几个熟地瓜，带上孩子，高兴又忐忑地出了门。

紧赶慢赶，她们抵达滨江市时太阳已经偏西，街上却仍然热闹非凡，到处都是欢庆的人群。

彼时日本鬼子才投降没几天，百姓感恩的情绪高涨，四乡八镇的老百姓都雀跃着进城，迎接国民政府接收大员的到来。放眼看去，群众自发组织了各项庆祝活动，人群中一排人拿着长长的竹竿，挑着一丈多长的鞭炮；另一排人每人手拿一捆高升，等待燃放；学生们拉着红色横幅走上街头，到处都贴满写着庆祝标语的大红纸。

程幽兰、白微、王大妈三人带着聪儿挤进人群，只见欢迎队伍最前端还有一排人，都头戴礼帽，身穿长衣大褂，手拄文明棍，有的还戴着眼镜，正是滨江市的绅士名流。他们周围簇拥着不少维持秩序的制服人士，不知是不是国民政府的雇员。

"来啦！"人群忽然沸腾起来，鞭炮、锣鼓齐鸣，人们乱七八糟地呼喊，"欢迎接收大员莅临滨江！"

白微抱着聪儿，拉着婆母程幽兰，和王大妈一起向远处看去，只见六个人骑着六匹马缓缓而来。最前面的一个人骑一匹紫色四川矮马，打扮得像绅士，却只是引路的，他一手握着缰绳，一手高举青天白日旗，满面春风，时不时回头顾盼；第二匹是一匹枣红色的高头大马，马鞍上插一面随风飘舞的青天白日旗，一个威风凛凛的男人骑在马上，身披大红披风，胸前戴一朵大红花，随着距离的拉近，清楚看到这人戴一副有色眼镜，西装头，白白的面皮，面貌俊秀。

人群随着马匹的临近骚动起来，程幽兰和白微踮着脚尖从人缝中看去，看到第二匹马上那人微笑着抱拳向夹道群众致意。

程幽兰心情激动："这就是我的儿子彭远程！"

白微也一眼认出："这就是我的丈夫彭远程！"

第三匹是一匹花斑马，一个二十多岁、面如桃花的俊俏女郎骑在上面。她烫着时髦的波浪发，涂着淡口红，嘴角挂着一个矜持的微笑。上身穿大红缎西装，下身穿绿色百褶罗裙，脚穿大英高跟皮鞋、长筒肉色弹力丝袜，露出玉般的大腿。第四匹是一匹四川青马，上面的青年女子身穿民国传统服饰，怀里抱着一个两三岁的男孩。最后是两个骑着大青骡的护卫，身穿国民军官制服，大檐帽，身挂快慢机，显得英气勃勃。

白微的笑容早就没有了，这一切，符合她最糟糕的预想，她已经完全明白了。

她突然感到头晕，脚下一个趔趄，站立不稳。程幽兰也发现儿子另组了家族，担忧地望向儿媳，及时扶住白微，没有让她跌倒。

白微勉强稳住心神，与程幽兰对视一眼，程幽兰低声安慰："别急，这世道三妻四妾很常见，聪儿他爸说不定有苦衷。反正，你是大房。"

得到婆母撑腰，白微又振作起来，她想，她可以不要丈夫，聪儿不能没有父亲！于是她高声喊道："聪儿他爸，聪儿和奶奶都在这里！"

程幽兰看到自己的儿子做高官，骑大马，戴红花，万人欢迎，母以子荣，也不禁跟着喊出来："远程！妈在这儿呢！"

彭远程听到两个熟悉的声音呼唤他的名字，他循着声音看去，正是他的母亲和发妻。他心里不喜反惊，盖因当初自己瞒过佟军长才爬到如今的地位，现在母亲和发妻找上门，被佟军长知道了，他不但美妻难保，高官厚禄皆成泡影！

于是他心一横，大声呵斥："是谁斗胆直呼我的名字?!"

接收大员发话了，人群中头排的绅士听得一清二楚，扭头怒瞪程幽兰、白微，训道："你俩是哪里来的村妇，毫无礼貌，胆敢直呼我们接收大员的名字，不知避讳！"

周围维持秩序的制服人士齐拥上来，将程幽兰、白微等三个大人拖了下去，聪儿哀求哭号也是无用。可怜弱女稚子，天大的冤枉也被沸反盈天的欢迎仪式掩盖。

彭远程上任的第一件事：清理日军遗留的资产。滨江很穷，日军没有留下多少财产，只有一个粮行、一个布店、二十多艘船、一个打靶场及驻地的一千多亩土地。彭远程毫不客气地占为己有，从光杆大员摇身一变成为大财主。

第二件事：组建一个一千人以上的保安团，一律都是日式武装，自任团长。

第三件事：协助中国国民党中央执行委员会调查统计局筹建滨江联络站，省局派王老虎的儿子、原伪军师长王亚泽为站长，原日军翻译、绰号"狗班长"的徐日新为副站长，原日军情报员田小五等十五人为情报员。

第四件事：协助国民政府军事委员会调查统计局成立驻滨江联络站，编制十人。站长是抗日民兵团团长胡世荣的侄子胡友昌，下设十个成员。

第五件事：筹建一个三百人以上的税警队。

当然，以上五件事约等于一件事："刮地皮"。

刮地皮的帮手到位后，羽翼丰满的彭远程以缴获的日军的二十多艘船组建成立滨江海河联运公司，拥有职工一百多人；把缴获的日军粮行改成大中华粮油公司，拥有职工五十多名；把缴获的日军布店改成九州光复布庄。

他加重滨江民众赋税，搜刮民脂民膏，中饱私囊。不到一年，他一跃成为滨江首富,其他地主豪绅叫苦不迭。

彭远程在日军原营地建了两层三进六间的楼房,抽调保安团十人为自家卫队,保姆、厨师一应俱全。他是经过大风大浪的人,深知自己的所作所为天怒人怨,为了保护既得利益,他与恶行累累的原日军翻译官、现中统特务徐日新等人狼狈为奸。

恶人得势,受苦的只有百姓。徐日新和田小五几年间也变成了名副其实的地主,每人都买了一百多亩地,拥有佃户几十个。徐日新家里盖了一幢瓦房,娶妓女荷花为妻,还想抢个小妾替他生儿育女,可惜暂未物色到中意的人选。

硝烟中的婚庆

　　赵伟民在滨江一战中脑部受伤，变成植物人，经过护士的精心护理，到一九四四年的夏天终于苏醒。

　　他休养了几个月，身体基本恢复，归队后，经师部研究，报八路军总部批准，授予赵伟民"一级战斗英雄"勋章，将十七岁的他提拔为副团级。

　　时值八月十五，战士们都高兴地吃月饼、赏月、唱着歌儿。赵伟民望着皎洁的月亮，耳边响起的却是林彬一路相送的歌声："送哥送到柳树湾，哥抗日寇几时还？"

　　伴随歌声，他的脑海里还浮起林彬妩媚可爱的形象，越想心里越热乎，他恨不得立即回滨江去看她，用津贴替她做一身花衣服。

　　他想着林彬，不觉又想起妈妈和姐姐，他生命里最重要的三个女人似乎都站在他的眼前。月正当空，他说不清悲伤或者喜悦，眼眶偷偷湿润了。

　　夜里，赵伟民莫名地做了一个梦，梦见林彬披头散发、满身是血地向他跑来。不管他怎么呼喊她的名字，林彬却只是哭泣，不肯跟他讲话。

　　梦是心头想，可老人也说梦是不祥之兆，赵伟民惊醒后，心里就像压了一块石头，挥之不去。不由得他不怕，这个乱世，本就是朝不保夕的。

　　第二天，他向师政治部提出回滨江八仙居茶社工作的申请。师政治部考虑到赵伟民身体虚弱，驳回申请，未予批准。直到一九四六年八月，日军投降后，蒋介石发动内战，解放军要解放滨江，赵伟民的申请才被重新考虑。

　　贺师长亲自批准，派赵伟民去滨江八仙居茶社做内线工作，配合师侦察部门侦察滨江地区国军城防情况，在时机成熟时协助解放滨江。贺师长还下达了指示，赵伟民要以八路军的名义替林三友扫墓,从八仙居茶社带去几十块光洋,作为林三友、林枫烈士家属的慰问金,并把林三友、林枫两名烈士的证明书交到家属手中。

赵伟民于一九四六年九月十五日回到滨江联络站,发现八仙居茶社又增加了两个新成员。一个是家住小冯庄的冯维田,一个是小李庄的李小娟,如果宋小头在场,应该能认出都是熟人。

冯维田曾是王集乡小学的小学生,学校被日军飞机炸毁后,他失学在家,被他爸爸冯正来带着参加了八路军。那时他还是十二三岁的孩子,男长十七八,几年就长成像他爸爸一样雄壮的高个儿小伙子。李小娟幼时瘫痪在床,本来快要绝望了,幸好宋小头和娇娇告诉她王家屯驻有八路军,八路军医院替穷人治病不收钱。宋小头与娇娇还给她两块银圆,她爷爷请人把她抬到八路军医院,诊断是坐骨神经炎,很快就治愈了。她病好后赖在八路军医院里不走,要求当护士。但一个大字不识、连药名都看不懂的小丫头怎么能当护士呢? 经八路军后勤部批准,她被安排在厨房里当炊事员,业余读夜校识字班。两年不到,她认识了几百个字,组织上看她聪明伶俐、细心谨慎,又把她调到连队当文书。"女大十八变",李小娟从当年奄奄一息的穷苦幼女长成大方爽利的漂亮姑娘,入党后,被派来支援八仙居茶社的工作。

一九四四年冬天,日军如日薄西山,日军的狗腿子也没有以前嚣张跋扈了。李小娟在八仙居茶社做内勤兼堂倌,日军翻译官徐日新三天两头到茶社喝茶,大摇大摆地挂着盒子枪,专叫李小娟侍茶。他企图娶李小娟为妻,被李小娟痛斥,当时没敢妄动。后来日军走了,他又当上滨江中统的副头子,自觉比过去更威风了,调戏李小娟却遭她打了两个耳光。他怒气冲冲地离开了,撂下狠话:"你敢打国民政府官员,早晚要你好看!"

赵伟民上班的第一天,张茂松向他介绍了日军投降后滨江市的政治局面,重点是国民政府、国民军城防部队、保安团、中统、军统的情况,提到国民政府的接收大员叫彭远程。还说中统滨江联络站站长是王亚泽,正是王家屯王老虎的儿子,当年的日伪军师长,曾被我军打得全军覆没,腿都被打断的那个;副站长则是日军翻译官"狗班长"徐日新,并有前日军情报员田小五等十五人。军统站长是抗日民兵团团长胡世荣的侄子胡友昌,也算是熟人。这群垃圾勾结起来刮地皮、祸害民众,社会上流传童谣《古怪歌》:

往年古怪少啊,今年古怪多啊。

板凳爬上墙,灯草打破了锅,灯草打破了锅啊。

古怪多啊古怪多,古怪古怪古怪多。

月亮西边出啊,太阳东边落啊。

天上梭罗地下栽呀,河里的石头滚啊滚上坡,滚上坡。

半夜三更黑哟,老虎闯进了门哪,我问他来干什么,他说保护小绵羊啊,他说保护小绵羊啊。

古怪多啊古怪多,古怪古怪古怪多,

清早走进城啊,看见狗咬人哪,只许他们汪汪叫。

不许人哪用嘴来讲话,来讲话。

田里种石头啊,灶里生青草啊,人向老鼠讨米吃,秀才做了强盗啊,秀才做了强盗啊。

古怪多啊古怪多,古怪多啊古怪多,喜鹊号啕哭啊,猫头鹰笑呵呵呵,城隍庙里小鬼哟,白天也唱起了古怪歌。

张茂松唱完歌,赵伟民感慨道:"这首歌充分说明了如今的滨江是如何民不聊生、官逼民反的,正需要我们打击贪官污吏的势力,保护群众利益。现在解放战争已经开始,打蛇先打头,首先要除掉滨江的城防部队、保安团,才能进一步帮助解放军解放滨江。"

"解放是什么意思?"张茂松久在情报站,没能及时跟进中央的指示,不禁问道。

赵伟民解释道:"解放的意思就是中国共产党领导中国人民从压迫中解脱出来,获得真正的民主、平等和自由。毛主席搞土地改革,把地主和富农多余的土地分给无土地的农民,使农民不但在政治上翻身,在经济上也翻身,还要解放妇女,去掉夫权制,真正实现男女平等!"

"太好了!"张茂松高兴地站了起来,"解放好,我们老百姓终于能见到太阳了!"

然而他有多欢喜解放,就有多愁如今的局面:"滨江这地方国军有个守备师万把人,一个保安团一千多人,还有税警队三百多人,要怎么才能除掉?"

"走一步看一步吧。"赵伟民充分发挥革命乐观主义精神,"我这次回茶社就是要配合师侦察部门侦察国军滨江守备部队的设防情况,选择有利时机,一口把它吃掉。"

张茂松被他带得也乐观起来,笑道:"我们对国军这个城防部队也做了很长时间的调查,知道这是个杂牌师,由三个部分组成:一部分是国军的一个营,在此基础上收编了日伪军的一个师,还有一部分是抓壮丁抓来的。在我看来,这个杂牌师只是乌合之众,不具备什么战斗力。日本投降后,老百姓和地方豪绅对国民政府期盼很高,但滨江市国民政府只知道欺压百姓,搜刮民脂民膏。希望有多大失望就有多大,他们现在受万民所指,我们却是民心所向,得民心者得天下啊!"

"对!"赵伟民兴奋地握了握拳,"毛主席说'枪杆子里面出政权',贺师长也跟我说过'政权与民心是舟与水的关系'。现在解放战争的枪声已经打响,我们要用武力支持老百姓把政权夺过来,用人民的武装打败敌人的武装,搞里应外合,实现人民当家做主。王家屯有我们的地下组织,国军守备师里有个炮兵营长王勃就是王家屯人,被我们发展成地下党员,我这次会到王家屯去做联络工作。至于你们,继续在茶社这边通过老百姓搞一些鼓动工作,争取民心,搞瘫滨江市国民政府。还有中统、军统,人数虽少,危害极大,我们也要制造国民政府与他们之间的矛盾,叫他们内斗。总之,我们商量着办,解放战争需要每个人出一份力,宁可做不到也不要暴露身份,不能打狗不成把绳子都带跑了。"

两人商量完毕,张茂松留在茶社主持工作,赵伟民领取几十块光洋的活动经费,去王家屯联络地下党员王勃,同时为林三友扫墓,将林三友和林枫的烈士证明书带给何小英、林彬母女。

赵伟民打扮成生意人,看其他生意人出门都是用钱搭子装钱,便把几十块光洋放在小包裹里背着。临走前,他又用自己的津贴在布店买了一丈二尺喜鹊登梅印花洋布,打算一起送给林彬。

滨江到王家屯有百把里,不但不通车,而且都是羊肠小道。赵伟民以急行军的步伐从五更头一直走到太阳快下山,才到龙头山,这还是因为这条路他走过,算是熟门熟路。路上也不见其他行人,他孤零零地独自行路,不觉想起林彬唱的歌:"送哥送到龙头山,父亲新坟妹心寒。"抬头看去,果然看到葬有林三友平坟的那座山,荒草萋萋,人迹渺渺,没人知道那里躺着一位为民族独立献出了宝贵生命的烈士。

赵伟民触景生情,一阵悲凉袭上心头,眼眶都湿润了。可他再看两眼,却见林三友平坟的两边又增加了两座微微凸起的新坟,右边的那座坟上还长着一棵青翠如盖的小树,树上栖息着一对相思鸟,相偎相依,唱出清脆的歌声。

怎么回事?他下意识地浑身紧张起来,心想,林三友的平坟是他亲手挖的,除了林彬母女,就只有给了他一张芦席的林彬大舅知道位置,新增的这两座坟是凑巧吗?还是林三友的什么人?

若不是凑巧,肯定是林三友的亲人,要不然怎么能并排埋葬?!

想到这两座坟可能是林三友亲人的,赵伟民汗毛竖立,心跳得快从嗓子眼冒出来。他快步爬上山坡,走到坟前,那对相思鸟被惊得展翅双飞。他站在三座坟前,定睛细看,左边那座坟大一些,右边那座坟略小,从三座坟上的荒草分析,埋葬的时间差不多。

他不敢往下想,毕竟是经过战火陶冶的硬汉,忽而又刚强起来,长长地叹了一口气,在每座坟前鞠了三个躬,转身下山。

待他走进王家屯,太阳已经落山,这兵荒马乱的年代什么事都能发生,夜幕刚临,王家屯上千户人家便关门闭户,连一星半点的灯火都不见。

他摸黑找到第三保第五甲三十五号门牌,叫了两声,屋里走出一个五十来岁的男人,一脚门里一脚门外,警惕地问:"先生找谁?"

"我不找谁,我是卖工的,你要工吗?"赵伟民看着这人说。

"你卖的是什么工?是长工还是短工?"那人问。

"我卖的是短工。你要几个?"

"我要八个。"

"没有那么多时间,只能卖五个。"

至此,暗号对上了,那人一把将赵伟民拉进屋里,握着他的手热情地说:"同志!您从哪里来?有什么指示?"

"你是王斌同志吗?"赵伟民确认道。

"是的!"那人点头,又问,"您尊姓大名?"

"我叫赵伟民,是贺师长派我来的。"

王斌听说他是贺师长直派的,知道必有大事,追问道:"贺师长有什么指示?"

赵伟民传达贺师长的指示:"八路军已经改名'中国人民解放军',要解放全中国,建立人民自己的政权。从现在起,我们的一切行动都要以此为目的,充分配合解放军。"

"解放军?解放是什么意思呀?"果然,王斌提出了与张茂松同样的问题。

"解放的意思就是中国共产党领导中国人民从压迫中解脱出来,获得真正的民主、平等和自由……"赵伟民早有准备,把和张茂松解释过的话又说了一遍。

"太好了!"王斌越听越激动,"为了解放滨江,我有什么能做的,请上级尽管吩咐!"

赵伟民点点头:"国军一个师驻扎在老龙山下,离你们这里不远,贺师长叫我来了解国军的火力部署情况。"他补充道,"国军的人数师部侦察部门已经掌握,还需要了解他们的重武器部署。贺师长说国军守备师炮兵营长王勃是王家屯人,是我们的地下党员,你认识吗?"

"认识。"王斌迫不及待地向赵伟民介绍,"他就是我这个支部的执行委员,是王老虎的远房侄子。他曾经来过我家一次,告诉我国军守备师炮兵是一个团的编制,是由汪伪炮兵团整编的,下辖三个营,他是二营营长,还有两个副营长。"

赵伟民来回踱了两步,迅速想了个主意,道:"国军里贪污腐败,上级欺压下级,层层克扣军饷,吃空额,士兵吃不饱,下级军官怨声载道,即使营长这一级也都敢怒不敢言。你明天就以探亲的名义去看看王勃,买些吃的东西,分给两个副营长和几个排长,再给他们几块光洋,拜托他们支持王勃的工作。"

他从包裹里分出几块光洋递给王斌,又从鞋子里掏出一张字条,上面是钢板刻印的密密麻麻的小字,道:"我们解放战争不但要靠武力,还要靠宣传工作,不但要唤起民众自己解放自己,还要唤醒国军起义投降。国军下层官兵都来自百姓,有的是抓壮丁抓来的,有的是买壮丁买来的,个个思乡,人人思亲。这张纸上写的是宣传提纲,你们根据本地情况还可以发挥,要在社会上和国军部队里同时散发。千万谨慎,宣传战争是没有硝烟的战争,病老虎也会吃人。"

王斌收好光洋,接过字条一看,上面列出数条提纲分别是:

> 解放全中国,建立人民自己的政权!
> 把人民从压迫中、剥削中解放出来,自己当家做主!
> 国军战士们,你们都是人民的子女,共产党是为人民服务的!起义吧!投降吧!
> 解放军优待俘虏,反戈一击,立功受奖!
> 把妇女从三座大山压迫下解放出来,男女平等,妇女也可以当家做主!

王斌看过宣传提纲以后,感觉自己也受到了激励,既兴奋又紧张难耐,道:"贺师长的指示保证完成!但不知道什么时候解放滨江?"

"这是毛主席掌握的,他老人家一声令下,滨江就天亮了!"

赵伟民又从包裹里拿出林三友和林枫的烈士证明书,与剩下的几十块光洋一起推给王斌:"林三友为革命牺牲了,他的儿子林枫,哦,你应该只知道他的小名林欢欢,他在与日军的战斗中为掩护贺师长也牺牲了。请你以党组织的名义出面,将这两张烈士证明书和这些光洋交给他俩的家属。"

王斌接过两张烈士证明书,却没有碰那几十块光洋,泪涌双眶,颤声说:"不需要给钱了,他们一家人都不在了。"

"什么?"赵伟民不敢相信自己的耳朵,"我没有听清楚,你再讲一遍?"

王斌擦了一把眼泪,一字一顿地道:"林三友家已经没有人了,他老婆何小英、女儿林彬一九四三年就被日本鬼子杀了。"

这句话一出,赵伟民如遭晴天霹雳,如坠万丈悬崖,眼前一片黑暗,差点没有倒地晕死过去。

但他是经过枪林弹雨的军人,似长实短的几秒钟后,他竟没有流泪,反而冷静地问:"日本鬼子为什么要杀两个女人?"

"还不是因为汉奸告密!"王斌咬牙切齿地恨声道,"汉奸说林三友家中有八路军,日本鬼子没找到八路,就杀死了林三友的老婆,又想强奸他女儿。他女儿顽强反抗,捅伤了日本鬼子,最后被日本鬼子先杀后奸。"

赵伟民咬住嘴唇,血从嘴角流出,半天没说话。

王斌感叹道:"林三友一家活得光荣,死得壮烈,是我们中华儿女的榜样。"

赵伟民终于忍不住流下泪来,自言自语地喃喃道:"都是因为我……我老家是宋庄的,林三友是我的乡邻。我们几年没见,上次我为了侦察日军营地在龙头山下偶然碰到他,他帮了我军很大的忙,日军营地暗道就是他告诉我的,这是我军消灭滨江日军的关键。为了帮我,他不幸在侦察过程中牺牲了,临终时把林彬的终身托付给我,没想到我连林彬也没保住。"

"那天我临走时,她还送了我二十多里……"赵伟民越说越伤心,悲恸欲绝,哽咽得说不下去了。

王斌这才知道林三友牺牲的详情,看到赵伟民堂堂一条伟汉子哭得像个孩童,既心酸又感慨。

组织上之所以安排王斌负责王家屯一个乡的联络工作,是因为他眼活心灵。为了减轻赵伟民的悲痛,他立刻想起了赵伟民的老乡李小娟、吴兰芳,还有林彬的两个舅舅何江龙、何江虎,急忙叫儿子王继革去通知他们。

现在虽然没有日本鬼子杀人放火,可特务的耳目灵通,保长也都时刻监视着八路军的活动,逮到就是杀头。王继革颇花了一点时间,才不声不响地把他们请了过来。

李小娟、吴兰芳见到赵伟民,都抓住他的手泪珠滚滚,李小娟泣不成声,半天才道:"你怎么才来? 林彬太惨了……"

赵伟民被她埋怨了一句,竟觉得心里好受了些许,再看到林彬的两个舅舅何江龙、何江虎走进屋来,他放开李小娟和吴兰芳,迎上去紧紧握住两个舅舅的手。

"舅舅!"赵伟民干脆跪下来,"我实在内疚,都是由于我的到来,害了林叔叔一家人。"

何江龙、何江虎连忙要扶他,赵伟民不肯起来,跪着道:"林叔叔帮助我军赢得了滨江抗日战斗的胜利,林欢欢为了保护贺师长也在战斗中牺牲了,师部报上级批准林叔叔和林欢欢为抗日烈士。我今天才知道叔母何小英、小妹林彬也被日军杀害,我认为也应该追认为抗日烈士,回去就向师政治部汇报。"

他膝行过去,把桌子上的烈士证明书和大洋推给何江龙、何江虎,又道:"这是师部给林叔叔家属的慰问金,既然他全家都为抗日牺牲了,请两个舅舅代收。十月朝快到了,请几个乡亲把三座坟修一修,以表对抗日烈士的敬意。"

何江龙、何江虎这才知道外甥林欢欢也牺牲了,"男儿有泪不轻弹,只是未到伤心处",两条硬汉的热泪也涌了出来,涩声道:"感谢八路军领导的关怀,你们为我们老百姓牺牲了千千万万条人命,我妹妹一家既然做了八路军家属,就有了心理准备。我们懂得,我们理解。"

两位舅舅强行把赵伟民扶了起来,趁着他在场,要定下如何用几十块光洋修坟。赵伟民与他们谈了几句实务,倒是勉强止住了悲痛。

王斌在一边旁听,他做了十几年地下工作,为人沉稳持重,提意见道:"这坟是要修的,却不能修得太大张旗鼓。林三友因为八路军才一家被杀,现在日本鬼子虽然投降了,但是又来了个国民党王家屯乡政府,豢养了十几个乡丁,还有中统、军统的耳目,在这两年逮了一些疑似共产党的进步人士秘密处决。你们修坟修得太明显,就怕赵老弟有危险。"

赵伟民从事情报工作,警惕心也极强,他从悲痛中缓过心神,思索道:"我今天来王家屯的路上一个人也没遇到,神不知鬼不觉,我明天先去坟上祭祀,等我走了你们再修坟吧。"

其他人自然没有意见,众人又谈了些赵伟民和林三友一家人交往的旧事,王斌细心观察,发现李小娟对赵伟民似有几分情意。

等何江龙、何江虎兄弟俩告辞后,他把李小娟单独叫到屋里,调侃道:"吴兰芳已经结婚,也算终身有靠了,你年纪到了还一直不肯嫁人,我替你找个乘龙佳婿怎么样?"

李小娟看到他的目光瞄向赵伟民,脸上涨红,害羞地道:"是谁呀? 得经过我父母同意才行。"

王斌也不跟她绕圈子，直接道："这个人在千里之外，也在咫尺之间，青梅竹马，路不相识。"

"我愿意。"李小娟勇敢地道，莹润的面庞因为爱情灿然生光，但又迅速黯淡下来，"可是我不知道他愿不愿意。林彬太惨了，我亲眼见证过他们的爱情，现在只剩下他孤零零一个人，我只想安慰他，不想勉强他，让他更不快乐。"

"好姑娘，"王斌欣慰地道，"你去把你爸叫来，我与他商量商量。他吃过的盐比你吃过的饭多，有些事你们年轻人必须要有长辈的指引。"

没多久，李小娟的父亲李传玉、母亲沈家凤一阵风似的走了进来。赵伟民不明所以，主动迎了上去，右手握着李传玉的手，左手握着沈家凤的手，亲热地道："伯父、伯母，我是牛崽，你们还认得我吗？乱世中分别数载，您二老变化不大，有幸再遇，我还能认出来。"

"哎呀，真的是牛崽，几年不见就长成大小伙子了！"李传玉反掌紧握赵伟民的手，抚摸着他宽厚的脊背，喜悦地道："好啊，看到你这么一表人才，你爸你妈九泉之下也瞑目了！"

沈家凤也睁大一双眼睛对赵伟民左看又相，笑道："'女大十八变'，男大还不止十八变！谁能想到呢，那么瘦小的一个孩子，几年不见就长成这么个雄壮的大男子汉。"

王斌看三人相处和睦，愈加觉得赵伟民和李小娟佳偶天成，理该喜结良缘。他也不浪费时间，直截了当地说："现在是战争年代，八路军已经改名为解放军，目标是解放全中国，赵伟民同志出身行伍，以后自然要跟着解放军南征北战，此去不知哪年哪月才能回来。男大当婚，他既做过林彬的未婚夫、林三友的晚辈，也就是我的晚辈，今天我就帮他保个媒，想让他和李小娟喜结连理，不知您二位做父母的看法如何？"

"什么？"赵伟民大吃一惊，连连摆手道："不行！使不得！"

在场的其他人却根本不理他，李小娟垂下头一声不吭，李传玉看了身边的沈家凤一眼，笑道："'男大当婚，女大当嫁'，王大爷说得好，就按你说的办吧。"

"'天上无云不下雨，地上无媒不成婚'，小妹，你还不快谢过王大爷替你保媒。"沈家凤轻轻推了李小娟一把。

赵伟民看到李小娟娇羞地走到王斌面前行礼，终于明白她喜欢自己，愿意嫁给自己，可自己呢？难道自己对李小娟就一点也不动心吗？

赵伟民怔住了，他心里林彬的影子半点也没有褪色，可是战火纷飞的年代，容不下那些过于纤细脆弱的感伤。能够拥有一份新的爱情抵挡悲痛侵袭,能够得到一个并肩作战的同呼吸共命运的伴侣,他扪心自问,没有办法拒绝。

赵伟民沉默了,在满屋的欢声笑语中,他默认了。

他抬起头来看向李传玉、沈家凤,从内心深处迸出一句话:"爸爸,妈妈,我无父无母,上无片瓦,下无寸土,二老看得起我这穷小子,我一辈子孝敬您二老。"

李传玉、沈家凤听了赵伟民的表态,高兴地笑了,李小娟也抿嘴娇笑,盈盈双目向赵伟民睐了一眼,粉面桃腮,看得赵伟民一阵恍惚。

王斌走进房里,端出一个罩子灯,笑道:"这豆油灯适合喜事,亮得多,把新郎、新娘照得更漂亮了。"

"我不但要当媒人,也要当主婚人和证婚人,还有主持人。"王斌一本正经地道,"请新郎新娘面对面站立,听我的口令。

"今天是赵伟民与李小娟喜结良缘的大喜之日,亲友们坐好! 锣鼓敲起来! 喇叭吹起来! 新郎、新娘面朝门口南方站好!

"一拜天地! 二拜高堂! 夫妻对拜! 送进洞房!"

赵伟民和李小娟羞答答地按王斌的口令行动,直到他喊"送进洞房",新郎新娘相顾愕然,转过头,四目向王斌望去。

"不知往哪里走,是吧?"王斌冲两人促狭地挤了挤眼,"放心,不会让你们没地方做洞房的。洞房就设在我家吧,我跟老婆打地铺,把床让给你俩!"

且不说这一夜有多少欢喜多少悲伤的泪水,第二天清晨,李小娟在小商铺里买了一小瓶竹叶青酒、两样糕点,与赵伟民到林三友一家三口的坟上祭奠。

赵伟民把那一丈二尺的喜鹊登梅印花洋布焚烧在林彬坟前,然后对三座坟各鞠三个躬,与李小娟洒泪相别。

血染新房

战时情况不断变化,赵伟民考虑再三,没有回茶社,而是直接回到师部。

贺师长和穆参谋长听了赵伟民的汇报,贺师长赞道:"滨江市的民运工作做得太好了,特别是王家屯做得最好,连老龙山那个师的军心都受到摇撼。毛主席说'枪杆子里面出政权',而我们的枪杆子少不了老百姓的支持。"

穆参谋长皱眉思索了一会儿,道:"现在军情紧急,我们要准备吃掉老龙山那个国军守备师。老龙山有很多山洞,据情报,这个师的司令部就设在老龙山山洞里,是一只难掏的螃蟹。"

赵伟民建议说:"打老龙山可以采取引蛇出洞之术,先打滨江的保安团,引老龙山的那个师派兵营救,我们埋设伏兵在他们必经的中途,搞突然袭击,他们就是插翅也难飞走。"

"你的建议很好,你是经过侦察的,有第一手材料,战前开会研究具体布局,会把你的意见考虑在内。"穆参谋长补充道,"但'欲知山中事,须问打柴人',为了保险起见,我觉得我们应该把老龙山的土匪争取过来。别看他们只有三百人,人数虽少,'卤水点豆腐,一物降一物',他们熟悉地形,战时可以偷袭斩首。"

"我同意。"贺师长也点了点头,"老龙山的土匪头子名叫'龙山王',你明天就回茶社去,做争取'龙山王'的工作。"

赵伟民收到贺师长和穆参谋长的指示,没有停脚就回到滨江八仙居茶社。时已深更,茶社的人还没有睡觉,几个人都垂头丧气地坐在厨房里。

见赵伟民回来,金祖汉、伍员、冯维田三个年轻人齐刷刷站起身,冯维田脸上痛苦未消,却绽出笑容,高兴地道:"太好了! 小赵回来就有救了!"

"出什么大事了?"赵伟民莫明其妙地问,"一个个这样沮丧?"

三人互相望了望,脸上闪过愤怒、忧虑、苦恼、羞惭,种种情绪变化,几番欲言又止。最后还是张茂松无奈地道:"李小娟被两个中统特务抓走了!"

赵伟民大惊:"为什么抓她?"

"说她是暗藏的共产党。"张茂松苦笑,"我看她的身份并没有暴露,这只是徐日新逼婚的借口。"

"就是逼婚!"金祖汉气愤地骂道,"徐日新那个乌龟王八蛋,前一阵三天两头地来喝茶,每次都要小娟陪他,对小娟动手动脚,逼得小娟赏了他两耳光! 他恼羞成怒,临出门时丢了一句话:'不吃敬酒吃罚酒,走着瞧!'"

冯维田也接话道:"那个徐日新罪大恶极,日伪时期做日本鬼子的走狗、汉奸,到处强奸民女、抢劫民财。日本鬼子投降后,他摇身一变又成了国民党特务头子! 听说他娶了个老婆叫荷花的,出身青楼不能生育,所以一心想娶个小老婆为他传宗接代。可巴掌大的滨江,谁不认识谁啊? 漂亮的姑娘见他就像躲瘟神一样,味儿他都闻不倒,这不,他就盯上了我们小娟!"

金祖汉冲动地道:"徐日新盯上小娟算他命不好,恶贯满盈,活该遭报应,我们这次就要为民除害!"

张茂松不赞同地摇摇头:"为民除害没那么简单,徐日新很狡猾,身边的十几个特务个个都有武器,一不小心就会打草惊蛇。我们这个茶社是师部的眼睛和耳朵,一旦出了问题损失太大。"

看得出在赵伟民回来前他们就这个问题已经争论了一段时间,赵伟民并没有急着站队,他头脑很冷静,像严丝合缝的齿轮般飞快地转动,瞬间把师部的任务与眼前这件事结合到一起。

"我有个主意。"赵伟民目光炯炯地望向张茂松四人,"老龙山上有一伙土匪,匪头姓李,外号叫'龙山王'。他们人不多,来去如风,专吃大户,国军拿他们也没办法。贺师长曾经想收编他们,现在还没有腾出手来,我们正好可以冒用他们的名字把徐日新干掉!"

三个年轻人大喜,哄然叫好,张茂松稍觉犹豫,赵伟民朝他使了个眼色,私下把贺师长要情报站争取"龙山王"的命令说出来,张茂松也便没有了异议。

赵伟民、金祖汉、伍员、冯维田四人成立营救组,赵伟民担任组长,强调速战速决,现场留下字条:"敢抢'龙山王'的妹子,你们的时辰已到!"

三个年轻人十分激动，他们都参加过多次战斗，枪声最能刺激人的神经，现在天天在在茶社里潜伏，很是消磨意气。可既要偷袭又要"栽赃"，他们还是第一次接受如此复杂的任务，又不禁有些担心。

　　金祖汉悄悄问赵伟民："我们是先营救小娟还是先干掉那伙坏蛋？"

　　"同时进行。"赵伟民耐心地回答，"但首先要搞清楚他把小娟藏在什么地方。"

　　"徐日新家我去侦察了好几次，是一处青砖黑瓦大院，五间两进，今年春节后才落成。"金祖汉连忙提供信息，"徐日新和荷花住在后进东间里。"

　　伍员问："光查到主人住哪里不行，最重要的是查到小娟被关在哪里，有没有人看守，几个人看守。"

　　赵伟民皱着眉头补充："还有，他家有没有养狗？如果有狗，狗吠怎么办？"

　　这些问题金祖汉一个也答不出来，惭愧地埋下头，伍员便道："我去吧，我比他有经验。之前我也去过几次，但那徐日新曾经当过日本鬼子的'狗班长'，家中养了一条藏獒，还有一条那不勒斯獒犬，都十分凶猛。我不敢靠得太近，想进屋必须首先除掉这两条恶犬。"

　　可是人好对付，狗要如何不声不响地解决？众人不由得沉思起来。

　　"狗是拴养的还是散养的？"赵伟民问。

　　"拴养的。"

　　"那就好办了！"姜还是老的辣，张茂松痛快地出了个主意，"我们茶社里养了三只猫，逮两只抛到徐日新院子里，狗既不会讲话，被拴着也没法挣脱，不管怎么叫也没法说清来的是猫还是人。"

　　"妙啊！"赵伟民击掌道，"现在是三更天了，宜早不宜迟，我们现在就去！张老，你把武器拿出来吧。"

　　张茂松依言打开储藏室，撬开水泥板，拿出四支快慢机、四把东洋刀、四只五节电池的手电筒，还有四个蒙面帽。

　　四人依次领了装备，张茂松千叮万嘱："要小心，乌龟急了也会咬人呢，何况是这些杀人不眨眼的特务！你们的大好性命，还要留着解放全中国。"

　　赵伟民为营救小组定好了行动时的暗号：手电筒闪一次代表安全，连闪两次代表没有找到目标，连闪三次代表找到了目标，连闪四次代表紧急集合。四人都戴上蒙面帽，摸黑来到徐日新家，首先剪断了徐日新家直通特务机关的电话线。然后三人按计划行动，赵伟民单独留在院外，躲进屋檐下预防不测。

　　剩下的三人，伍员负责探察李小娟的位置，冯维田、金祖汉负责扰乱敌人视线。

伍员骑在围墙上蓄势待发,冯维田、金祖汉各抱着一只猫,轻手轻脚地爬到屋顶。

但出乎三人预料的是,狗没有吠,把猫抛到院子里,也没看到它们追出来扑咬。赵伟民琢磨,可能是徐日新今天办喜事,来往陌生人比较多,他自己把狗全关了起来。

真是"自作孽不可活",赵伟民想通这点,感叹世上还是有报应这回事的。他从屋檐下站出来,做了个手势,催促三人直接行动。

前院东披间是厨房,屋里人声喧闹,院内不断有人行走,看样子像是上菜、递手巾的服务人员。伍员悄没声息地滑下围墙,冯维田、金祖汉则爬上堂屋的屋顶,两人轻轻揭开一片瓦,从隔热砖缝里对里面细看。

堂屋内点了一盏汽油灯,炽白的灯光把不大的空间照得通明,八个人围着一张八仙桌正在划拳喝酒。伍员嗅觉灵敏,闻到从板缝里透出的烟酒混浊气味,判断这伙人至少喝了三个小时,少说也醉了五分。除了徐日新,其余七个应该都是徐日新的心腹手下,穿着时髦的便衣,腰悬手枪。

说笑间,田小五带头站起来举杯:"兄弟们,今天是徐站长纳妾的好日子,我们都来祝徐站长多子多福,多财多寿!"一桌人跟着站起身,闹哄哄地一口饮尽,都把酒杯口朝下亮了一下才坐了下来。田小五喝完酒又道:"徐站长大喜之日,王站长不到,实在遗憾。"

徐日新变脸骂道:"他妈的,有什么了不起,生怕别人不知道他是正的,我是副的。他家上千亩田,钱多架子大,我亲自请几次都不来,瞧不起我!"

几个手下相互望了望,李神仙也站起来,高举酒杯说:"祝贺我们徐站长娶了一个美如天仙的漂亮夫人,明年就为我们徐站长生个聪明的龙子,将来做大官,压倒那个王亚泽!"

众人都笑,徐日新却不肯笑,其他人便不敢出声,低下头默默收敛笑容。气氛凝滞了一会儿,直到坐在徐日新另一侧的高个儿特务站起来,殷勤地替他斟满酒,劝道:"徐站长的功劳比王亚泽大得多,就抓共产党这一点来说,几年来我们抓了一百多个共产党和赤色分子,他们才抓了几个?他妈的,朝中无人不做官,他们每天吃喝玩乐不干事,还不是仗着王亚泽上面有人!"高个子义愤填膺地骂完,脸色一变,又举杯笑道,"大喜的日子,不提不高兴的事,只要咱们兄弟齐心,徐站长的功劳谁也抢不走,上级迟早会重视。来,祝徐站长官运亨通,享尽艳福,早生贵子!"

这人带着徐日新的手下表态效忠。几个手下都喝了,徐日新这才满意地饮了一杯,堂屋内气氛再次活跃起来。

金祖汉和冯维田在堂屋顶上趴的这会儿工夫,伍员从后院绕至东屋,每到一处就耳贴瓦面细听,终于被他听到一间房里传出哭闹声。

哭闹声时大时小,他揭开一片瓦偷看,一眼便看到正在哭的李小娟。她身穿红缎旗袍,脖子上缠着一块红布,大约是滑下来的红盖头,双手被铐在身后。李小娟左边坐着个漂亮的年轻女子,右边坐着一个五十多岁的媒婆,可能是牵亲婆,两人不断给她擦眼泪,絮絮地低声安慰。

伍员侦察到李小娟所在的位置,悄悄原路返回,赵伟民打出信号,金祖汉、冯维田也很快回来集合。四人把情报整合以后,赵伟民道:"现在有两个方案可行,第一个是正面动手,我们现在闯进去,金祖汉朝屋里扔手榴弹,伍员和冯维田带着小娟冲出院子,我留在最后掩护,速战速决,赶在保安团到达之前撤离。第二个方案是暗地里动手,等这伙人喝过酒散了,新郎进房,我们只需要干掉徐日新一个人,就能安全地把小娟救走。"

"第一个好!"金祖汉抢着道,"既能救人又能杀敌,我投第一个!"

"我也认为第一个方案好,这伙特务敲诈勒索,害死不少百姓,现在是还债的时候了! 我们不但要救人,还要为民除害!"冯维田也激动地道。

伍员相对比较冷静,但也是年轻人,默默点了点头,算是支持两人的意见,就连赵伟民自己,何尝不愿意痛快地干上一场?!

"好,我们就这么办!"赵伟民统一了意见,果断下令,"小金去扔手榴弹,如有漏的再用枪点一下;伍员、冯维田营救小娟后从大门冲出,两个女人无罪,不能伤害;我断后保护,如果狗出来了我会把狗除掉。"

四人敏捷地翻进院子里,赵伟民竖起一只手,喊口令:"一、二、三、行动!"

金祖汉应声扬手,只听"嗵嗵嗵"三声响,被徐日新关在屋内的狗狂吠起来!

屋内那伙人都是跟徐日新做日军汉奸发家的乌合之众,不但没有战斗经验,警惕性也很差,只有徐日新听到了营救小队的脚步声,呼地站起来,还来不及说话,只听一声巨响,八人都倒在了地上。

汽油灯被炸熄,屋里一片漆黑,徐日新被炸断了腿,但他的头脑还很清醒,伏在黑暗中一声不吭。

金祖汉没想到手榴弹的效果这么好,兴奋地从窗口钻进屋内,徐日新等的就是这时候,举枪连射,一粒子弹击中金祖汉的右臂,手枪掉在地上,他急忙趴下来,用左手抽出东洋刀向徐日新砍去。只听"啪"一声响,徐日新连枪带右手掉在地上,发出撕心裂肺的惨叫。

金祖汉忍着疼痛从地上爬起来,拿手电筒照了照,捡起自己的枪给徐日新补了一枪,结束这汉奸的痛苦。其余七个汉奸仍然躺在地上,不知真死还是假死,他不敢再大意,每人都补了一枪。

另一边,赵伟民三人在伍员的带领下冲进后院,意外却发生了,被徐日新关在后院的两条狗竟然挣脱了出来。

狗比人的嗅觉灵敏一百倍,听觉是人的六倍,虽然它的视野只有一百米,但它能听到的最远距离大约是人的四百倍!徐日新养的两条狗分别是那不勒斯獒犬和藏獒,都十分凶猛,或许是徐日新的惨叫声激起了它们护主的本能,两条狗挣断铁链,迅猛向赵伟民扑来。

说时迟,那时快。赵伟民条件反射般地抬起手电筒,亮光刺得狗眼失明,他飞快地开了两枪,狗应声倒下。赵伟民消灭两条狗只是顷刻间的事,甚至没有拖慢他跑动的速度,他跟着伍员闯进新娘房,荷花和那牵亲婆坐在地上打哆嗦,赵伟民挥挥手,伍员将两个女人绑起来,冯维田上去解开小娟腕上的手铐。

再隔十几秒钟,金祖汉也到了,赵伟民见他胳膊流血,拿起李小娟的红盖头帮他包扎。完了发现冯维田还在对着手铐发愁,他曾在侦察连里专门练习过解手铐的绝招,便叫李小娟从背后抬起双手,紧绷铐链,他对准链条中心开了一枪,瞬间击断了铐链。

赵伟民丢下那张准备好的字条,五人扫除痕迹,快速消失在黑暗中。

回到茶社时将近五更,张茂松一直在提心吊胆地守候,怕他们稍有闪失,整个情报站都要搭进去。看到五个人平安归来,他如释重负,急忙叫李小娟和受伤的金祖汉把衣服换掉、烧毁,全员离开茶社赶回师部,躲避即将到来的搜捕。

再说另一边,荷花和牵亲婆吓得瘫软在地,行凶的"蒙面人"离开后好大一会儿才清醒过来。荷花稳住心神,叫牵亲婆把她扶到堂屋,擦亮火柴一看,徐日新和他的心腹手下横七竖八地躺着不动,地上溅满黏糊糊的血!牵亲婆吓得扭头就跑,失去支撑的荷花趔趄几步,倒是没有再摔倒。她是妓女出身,也算见多识广,见徐日新这样的下场并不意外,也早就有了预案。

徐日新有一部直通特务机关的电话,荷花没有打过,但她曾经看徐日新打过。她依样抓住把柄摇晃,再拿起听筒听听,里面什么声音也没有,她猜到电话线被"蒙面人"剪断了。她又想到厨房里去找厨师和服务员帮忙,可是,前后两院空空荡荡,鸦雀无声,那些人早在听闻枪声时就跑光了。

不久前热闹非凡的院子静得可怕,似乎只剩下她一个活人,荷花吓得跑了出去,却不知两个小偷趁机溜进来,把徐日新敲诈勒索来的值钱物品洗劫一空。

直到天亮,荷花终于带着她找来的十几个特务和一批警察回到现场,领头的正是中统站站长王亚泽。

王亚泽当然不是徐日新他们所说的无能之辈,他曾是久经战场的伪军师长,有丰富的侦察经验。他勘察过现场,立即对十几个特务说:"这是共匪作案,既图财又害命,伪造成抢劫现场。"

警察局长王浩也道:"我看这批共匪就是老龙山的土匪,胆大妄为,还留了张字条!据我了解'龙山王'确实有个妹妹,但不知是否就是八仙居茶社的那个丫头。"

"那就先把八仙居茶社的老板逮起来。"王亚泽断然道,"他可能和老龙山那个匪首勾结,要不然,匪首的妹妹怎么能到茶社工作?"

话音刚落,只见两人各骑着一匹马飞奔而来。前面的脚蹬大英皮鞋,身着黑色燕尾服,是王亚泽的叔伯兄弟王亚南;后面那个身披深紫色斗篷,寸长短发,是王亚泽的表弟江文东。王亚南把马拴在门前的拴马桩上,气喘吁吁地跑到王亚泽跟前,开口便道:"王家屯前天夜里出现很多赤色标语,说八路军改名解放军,马上要打回滨江!很多人都看到了,现在民心不稳,我们该怎么办?"

王亚泽是日本陆军士官学校的优秀毕业生,曾经傲慢得不可一世,却在伪军师长任上被八路军伏击,全军覆没,还被打断了一条腿,这使他对八路军既恨之入骨又怕得要死。听到王亚南的汇报,他故作镇静地道:"几个小毛贼而已,翻不了天,我们有一千多人的保安团,老龙山下还有国军一个万人师,怕什么?"

他想了想,咬牙道:"正好徐日新死了,是老龙山土匪所为,我怀疑他们通共,据此在滨江范围内展开剿共行动,按照蒋委员长指示,'宁可错杀一千,不可放过一个'!"

在场的特务和警察哄然响应,保安团、警察局、特务机关全体出动,仅三天时间,滨江市陷入白色恐怖,秘密逮捕了三百多人。王亚泽忙得三天三夜未合眼,手铐、脚镣不够用,他下令让滨江街上的所有铁匠连夜加班,集中打造脚镣手铐。

王亚泽的行动也导致物议沸腾,从滨江市的名流豪绅到王家屯的贫穷佃户,一时人人自危,连老龙山上的土匪也收到消息,开始蠢蠢欲动。

十月十七日,市长兼保安团团长彭远程招集王亚泽、胡友昌、王浩等滨江的政、军、特班子举行联席会议,研究如何处置抓到的共产党和赤色分子。彭远程强压怒火,焦虑地道:"你们抓了这么多人,是不是都有真凭实据?现在共产党发动舆论攻势,管理不严是要发生暴动的,你们考虑过没有?"

"放心，"王亚泽硬着头皮道，"都是我亲自下令逮捕的，他们杀了我们八位中统同志，这就是证据。"

彭远程拿他没办法，无奈道："你们中统是通天的，我管不了，我这个市长、保安团长的命就交给你们了。"

王亚泽拍胸脯保证："请彭市长放心，我们所做的一切努力都是为了巩固滨江市国民政府的政权。这件大事办完以后，我们不但要重谢市长，还要向上级禀报，请求上级给彭市长叙功。"他把心一横，又道，"为免夜长梦多，我已经决定了，就在这两天把他们秘密处决！"

十月二十四日深夜，一千多名保安团人员、一百多名警察，把三百多名地下党员和倾向革命的群众秘密押上刑场。

所有人嘴巴和眼睛都用胶布封住，戴着手铐和脚镣，在黑夜里行走着，脚镣声"哗哗"，手铐声"锵锵"，冤屈不甘的怨气直冲霄汉。

星星也为之流泪，夜风也为之呼号。

解放滨江

赵伟民一行人连夜离开八仙居茶社,与赶来抓捕他们的中统特务前后脚错开,躲过了这次滨江大清洗。

赵伟民惦记自己的任务,与张茂松等人中途分道,他们回师部,赵伟民则直奔老龙山。

师部命令他争取老龙山的土匪头子"龙山王",张茂松告诉他,这个人传言就住在老龙山蜈蚣岭的山洞里,但山洞很多,不知是哪个洞。幸好山下还有个村庄名叫蜈蚣村,他打算去村上打听,希望能打听到。

他们在撤离时带走了八仙居茶社的库存武器,赵伟民全副武装,腰插快慢机、手榴弹和匕首,疾行来到老龙山蜈蚣岭下。时已半夜,他重伤后体质虚弱,一阵阵下山风吹来,吹得他打了个寒战,只觉全身冷飕飕。

蜈蚣村大约有百来户人家,夜里黑压压一片草房,赵伟民选定村边某间黑墙框的草房,"哐哐"敲门。敲了四五分钟,只听屋里有动静,但就是不开门。

赵伟民稍作沉吟,又敲了几下门,用本地土话说:"我是八路军,是来打老龙山国民党部队的,迷路了,想问个路。"

门立刻就开了,走出一个六十多岁白发白须的老人,疑惑地看了他两眼,转身又要关门。

"等等,"赵伟民连忙挡住门,"我真的是八路军,没有穿制服,是因为我是地下党员,是来为我们的大部队打前站的!"

老人仔细打量他,见他容貌英俊,气质温和,笑嘻嘻的,甚为可亲可爱,于是半信半疑地问："听说八路军改了名字？"

"对，"赵伟民笑道，"我们现在叫'中国人民解放军'，是毛主席改的，意思是要把全中国劳苦大众从压迫中解放出来，自己当家做主。"

老人听到"毛主席"三个字，似乎相信了他的八路军身份，马上变得热情起来，抓住他的手说："走！有话到屋里讲。"

赵伟民跟着他走进堂屋，老人点燃煤油灯，屋内大亮，显出烟熏的黑墙，四面环绕着一张破旧小桌子，几把木桩凳子。

老人邀他坐下，转头对屋里喊了一声："菊虎他妈起来，烧水给英雄喝！"

一个白发老太太应声从屋里走了出来，没好气地骂道："你们这些刮民党黄皮狗，把我们养的猪羊都抢去了，还敢要老娘烧水喝？"

"别乱说话！"老人连忙阻止她，"这是八路军，现在改名叫解放军了。"

"哎呀，是我错了！我这就去烧水给你喝！"老太太顿时从满脸晦色变得喜气洋洋，扭头便往门外的小厨房走。

赵伟民阻止不及，便不理会，开口与老人攀谈："请问您老人家贵姓？"

"敝姓菊，字寒强。"老人像是读过书，客客气气地问，"英雄尊姓大名？"

赵伟民笑道："英雄不敢当，我叫赵伟民，是来找'龙山王'帮忙的。实不相瞒，我们解放军马上要解放滨江了，但国军像狼一样躲在山洞里不出来，强攻的话损失很大。听说'龙山王'对附近山洞都很熟悉，我想请他帮忙找到狼窝，把狼王掏出来。"

老人听说后，皱了皱雪白的长眉，思考了许久，慢吞吞地道："'龙山王'是有的，可'聚则成形，散则成气'，他不是一个人。"

赵伟民不懂老人这话的意思："此话怎讲？请您老人家说得详细一点。"

菊寒强老人并没有卖关子，解释道："十几年前，山上来了个打猎的青年，长得人高马大的，姓杜，名字叫杜大高。他一开始并没有做强盗，只在山上猎取獐、羊、鹿、兔之类的野物，到山下村庄里换粮食。时间长了，彼此熟悉了，周围人都知道他是陕西人，在当地给一户地主做长工，却与地主家小姐相爱，地主要加害他，他就带着地主家小姐私奔到此地。他住在老龙山九宫十八峪的主洞老龙洞里，日伪时期，没人收购他的猎物，他为了活命，和本地一批穷苦青年集伙吃大户，还经常到滨江市里去打劫大户，临走时都留下'龙山王'的标志，因而出名。这个人早在某次反'扫荡'战斗中被日军打死了，留下妻子和十来岁的儿子，现在外面说的'龙山王'根本不是他，而是大大小小的反日武装借的他的名号。"

原来如此，"龙山王"不是一个人，而是本地反日武装的共称，赵伟民被菊寒强老人的一席话说得泄了气，挠着头皮，一时不知道该怎么向贺师长交代。

"赵英雄别急，'龙山王'虽然不存在，但你这一趟不算白跑。"菊寒强老人不紧不慢地道，"你们的目的是擒贼先擒王，不用杜大高，其他人也能做到。"

赵伟民大喜："国军在老龙山的师长叫龙云，老爷子，您有办法对付他?"

菊寒强老人笑了，自豪地道："我儿子菊虎就是杜大高的徒弟，在与杜大高打猎中练就了三把飞刀的本领，近距离打猎不用枪，只用飞刀，五十步内百发百中，如果用枪，一百步以内百发百中。我的孙女儿名叫菊花，现在跟她爸在街上卖艺，他俩为了学习空中飞人的本领，经常去九宫十八峪的主洞老龙洞的万丈崖练功，对老龙洞的旮旮旯旯都很熟悉。"

老人补充道："龙云和国军的指挥部肯定在老龙洞里，因为九宫十八峪的其他洞里都没有水，人在里面长期生活非常不方便。"

"太好了!"赵伟民迫不及待地站起身，"走，到您儿子家去!"

打铁趁热，军情似火，菊寒强也不推迟，领着赵伟民就到同村的菊虎家里。

菊虎和女儿菊花刚从街头卖艺回来，正在吃饭，听赵伟民说明来意，菊虎爽快地道："老龙洞我熟，菊花练空中飞人就是在那里面练的，要搞掉那个师长只要一刀。等我们吃完饭，今晚就去吗?"

"不是现在，"赵伟民摇摇头，"斩首行动必须配合我们解放军攻打老龙山的行动，到时会用信号弹通知。"

想起当年因为对池田大佐执行斩首行动而牺牲的徐士斌，他又道："也不是你一个人去，我们会派一个侦察营保护你。"

赵伟民和菊虎商定，急着要赶回师部报告贺师长，菊虎的女儿菊花却拦在了门口。

"我去! 不要我爹去!"菊花自告奋勇地说。

赵伟民在煤油灯的昏光下定睛一看，菊花个子小小，但英姿飒爽，玉润的瓜子脸，朱唇，上身穿粉红色束腰紧身袄，下身穿淡绿色灯笼裤，脚踏绿色红缨软底鞋，比起美貌少女，倒像英俊少年。

她抬了抬手，只见一道白光闪过，"哗"的一声响，屋梁上吊着的一个菜篮子跌了下来，吊菜篮的绳子被她飞刀切断，里面装的十几个地瓜在地上乱滚。她随后盈盈一笑，对赵伟民施了一个万福，得意地道："解放军叔叔，你看我能不能到老龙洞去执行斩首行动?"

"胡闹!"赵伟民还没说话,菊寒强老人叱道,"你这么个小女孩子,斗得过人家师长吗?还是让你爹去吧!"

菊花笑道:"这爬绳子的功夫,我爹不如我,一巧胜十力,四两拨千斤。爷爷,您曾经跟我讲过花木兰代父从军的故事,古代木兰能代父从军,我咋就不能?"

赵伟民听她说"我爹不如我",询问地看向菊虎,后者点了点头,沉声道:"我年纪大了,没有她小女孩儿身娇体软,要论神不知鬼不觉地摸进老龙洞,她比我强。"

赵伟民又看向菊寒强,老人犹豫了许久,长叹一声,重重点头。

"我一定要去,"菊花抬起头,高扬尖尖的下巴,"我不打他的千军万马,也不跟他一对一,偷偷地给他一刀能有什么危险?他太坏了,害得我家这么穷,我想上学都上不起,我要为穷人除害!"

"那好,"赵伟民并不因为菊花是小女孩儿就轻视她,郑重地道,"菊花同志,斩首行动就由你负责了!"

菊花笑逐颜开,忽然又柳眉倒竖,道:"我有个要求不知该不该说?"

赵伟民和颜悦色地道:"有话尽管说。"

"如果我完成任务,能不能收我当解放军?"菊花眨巴着大眼睛天真地问。

赵伟民笑了,枉费她充了半天大人,到最后还是露出孩童的本色。

他忍不住摸了摸小女孩儿头上的小鬏鬏,肯定地回答:"能!"

几个人在村头分开,赵伟民借了一匹马赶回师部,向贺师长作汇报,贺师长安排联络员到时候通知菊虎和菊花:发射三枚绿色信号弹后执行斩首行动。

贺师长领导的这支八路军改名中国人民解放军后隶属于华中野战军,归在粟裕领导下。为击败国民党名将张灵甫,全师官兵接到粟裕的指示,先剪掉其羽翼,即驻扎在滨江老龙山的整编师。

二团团长王平是王家屯人、王斌的侄子,王斌等三百余人在中统王亚泽制造的白色恐怖中被捕。他在作战会议上向贺师长建议:"我们有三百多个同志被捕,据情报,敌人最近就要将他们秘密处决。事不宜迟,我们要首先把这些同志救出来,再解放滨江,扫除攻打老龙山的路障。"

贺师长果断地道:"王团长的意见很好,我给予采纳。"

他顿了顿,参考作战会议上众人的意见,得出结论:"我命令:王平团长为先锋,在解救滨江被捕同志的同时,打掉滨江保安团,为扫平老龙山敌军清除障碍。同时,派一个营的兵力埋伏在老龙山通往滨江的途中,吃掉他们增援滨江的部队,减弱敌军实力。我们的大部队分成三路：穆参谋长带领三团从老龙山八大岗东边翻过山，插入敌军背后，居高临下打他个措手不及，把敌军二团和三团用火力分割开来；副师长牛耕带领四团从老龙山莲花峪插入，斩断敌军首脑与肢体的联系；我带领二团、高炮团由滨江正面进攻。打蛇先打头，我从正面九宫十八峪的山下将蛇头钳住，你们把蛇身斩割三段，叫他们首尾不顾，孤立无援，将他们各个击破！"

贺师长擅长夜战，他讲完后掏出怀表看了一眼，宣布："现在是十月二十四日下午四时，我命令王团长即刻出发，我随后就到。"

十月二十四日当晚，滨江上空乌云密布，雨下个不停，像老天爷流的泪。

保安团一千余人全部上阵，如临大敌地将三百多名地下党员以及倾向共产党的群众押上刑场。王亚泽嫌一个个处决时间太长，为了防止集体暴乱，命令用机枪扫射处决。少数漏网的，在查漏时再补一枪。

王平久历战阵，接到命令即刻整军急行，先锋部队于十月二十四日夜到达滨江南郊，正好是处决前。赵伟民在王平军中，他用望远镜隔南河相望，隐约看到一片人影在黑暗中晃动，听到悲声凄凄，号啕隐隐，阴风飒飒。

这头，王平急令工兵加三道浮桥渡河；那头，王亚泽举起青天白日旗，高喊："开枪！"

河对岸传来"嗒嗒嗒"的机枪扫射声，王平立即发令："吹冲锋号！"

解放军兵分两路，一路去滨江东郊伏击老龙山敌军的增援部队，一路随着号声冲过南河，炮声、枪声，震天撼地！

赵伟民也随军冲锋，只见子弹在刑场上空密集飞舞，闪射着道道赤色流霞；炮弹在刑场周围天崩地裂般爆炸，如神兵天降；连续几枚照明弹升空，把刑场照得如同白昼。

保安团虽有一千多人，但大部分是滨江本地的混饭吃的穷苦人，少数是地痞流氓，忽见八路军来势凶猛，有的瘫倒在地，有的弃枪就跑，竟没有一个敢反抗的，刹那间全军崩溃。

照明弹下，国军这方仅剩王亚泽还在歇斯底里地狂呼："给我打！给我打！顶住！顶住！顶住！"

不知什么时候，王亚泽忽然发现身边的人都消失了，连贴身的警卫员也跑了，肩膀一震，手里的枪也掉到了地上。

他低下头，看到肩膀上被子弹打出的血洞，同时一支手枪顶住他的胸膛："别动,你被俘了,举起手来!"

他转眼一看,拿枪的人身穿灰色军装,胸前一块长方形的布上印着"中国人民解放军"。而他不知道的是,这个人名叫赵伟民,与他同是滨江本地人,在他们的过去与将来,命运都与这座城市息息相关。

不对,赵伟民的将来他看不到,而王亚泽自己,已经没有将来了。

三百多名地下党员和"赤色分子"个个高兴得热泪盈眶,刑场上响起铿铿锵锵的脚镣、手铐摩擦声,他们的嘴虽然被封住,喊不出声音,可他们的心是封不住的,一个个从心底爆放发出对解放军最热切最真挚的欢迎。

王平团长在照明弹下看到敌军弃枪逃散,即刻下令救人,解放军这才为刑场上的同志们解开镣铐,撕开眼上、嘴上的胶布封条。一时间,刑场上声如雷鸣,不知多少人整齐高呼:"毛主席万岁! 共产党万岁! 解放军万岁!"

天明后,另两条战线传来消息,由于菊虎和菊花父女配合解放军成功施行了斩首行动,老龙山已经攻下,滨江彻底解放了!

从此,滨江和生活在滨江的人民终于结束了朝不保夕的战乱生涯,迎接它的下一段故事,进入崭新的篇章!

尾声

　　滨江解放后,滨江人民政府成立了,赵伟民转业到滨江市当了城市建设局长。他发动群众,自力更生建设滨江,挖建了全市最大风光最好的情侣湖;在"大跃进"中,打擂比武,建了滨江纺织厂、砖瓦窑厂、床单厂。"文化大革命"中指挥武斗,被判三年徒刑。儿子赵世才,北京某大学美术系学生,因故被取消学籍,在家自学成为画家。孙子赵文锋,年少才高,不到三十岁就被评为副教授,因见义勇为遇到舞蹈老师王园园。

　　宋小年少时跟着娇娇的舅舅到马来西亚给人种橡胶,赚了一笔钱,存在滨江市银行。时值企业改制,地方政府向宋小借贷,后无钱偿还,以纺织厂、砖瓦窑厂、床单厂等作价偿还。后因土地涨价,宋小把三个厂交给儿子宋龙搞房地产开发,一跃成为亿万富翁,修建了滨江市著名的白玉楼。

　　宋小的孙子宋鹏与赵伟民的孙子赵文锋一起爱上了王园园,宋鹏仰仗财富,派出保镖詹地虎雇凶妄图杀害赵文锋。此前宋鹏已经结过六次婚,且在婚前违背女方意愿与其中五位发生性关系,因此受到滨江市公安局刑警李峰的关注。根据宋鹏前妻的口供,李峰对宋鹏身边人员展开调查,詹地虎心理防线崩溃,当场自首。

　　宋小被气死,宋鹏入狱,宋龙的白玉楼仍然高耸,所有人却都能预见到它倒塌的前景。

　　时代洪流与滨江河水滚滚向前,一代人的传奇被遗忘,一代人的功过被评说,不变的,唯有人们奋力想要活得更好的愿望,和人与之间最朴素的真情。

2020 年 10 月 19 日清稿

图书在版编目(CIP)数据

沉浮 / 朱德盛著. — 3版. —杭州:浙江文艺出版社,2022.5
ISBN 978-7-5339-6804-5

Ⅰ.①沉⋯　Ⅱ.①朱⋯　Ⅲ.①长篇小说 – 中国 – 当代
Ⅳ.①I247.5

中国版本图书馆CIP数据核字（2022）第047981号

责任编辑　周海鸣
装帧设计　吕翡翠
责任印制　张丽敏

沉浮

朱德盛 著

出版　浙江文艺出版社
地址　杭州市体育场路347号
邮编　310006
电话　0571-85176953(总编办)
　　　　0571-85152727(市场部)
制版　浙江新华图文制作有限公司
印刷　浙江全能工艺美术印刷有限公司
开本　710毫米×1000毫米　1/16
字数　357千字
印张　20.5
版次　2022年5月第1版
印次　2022年5月第1次印刷
书号　ISBN 978-7-5339-6804-5
定价　49.00元